安徽師範大學中國詩學研究中心學術專刊

安徽師範大學文學院高峰學科建設經費資助項目

李商隱文編年校注

（三）

劉學鍇文集

第二卷

安徽师范大学出版社
ANHUI NORMAL UNIVERSITY PRESS
·蕪湖·

爲滎陽公論安南行營將士月糧狀〔一〕

使當道先准詔發遣行安南行營將士五百人〔二〕，其月糧錢米，並當道自般運供送者。右臣當道繫敕額兵，數只一千五百人〔三〕。内一千人散於西原防遏〔四〕，三百人扭在邕管行營〔五〕，入界内分捉津橋〔六〕，專知鎮戍〔七〕。計其抽用，略無孑遺〔八〕。至於堅守城池，備禦倉庫，供承職掌〔九〕，傳遞文書〔一〇〕，並是當使方圓衣糧〔一一〕，招收驅使，其安南行營將士，皆是敕額外人。

又當管去安南三千餘里，去年五月十五日發遣，八月二十日至海門〔一二〕，遭惡風漂溺官健一十三人〔一三〕，沉失器械一千五百餘事。其年十二月六日，差綱某等〔一四〕，般送醬菜錢米，今年五月八日至烏雷〔一五〕，又遭颶風〔一六〕，打損船三隻，沉失米五百餘石，見錢九十貫〔一七〕。其月十八日至崑崙灘，又遭颶風，損船一隻，沉失米一百五十石。至今姜士贇等，尚未報到安南。臣到任已來，爲日雖淺，懸軍在遠〔一八〕，經費爲虞〔一九〕。竊檢尋見在行營將士等，從去年六月已後，至今年六月已前，從發赴安南，用夫船程糧及船米賞設，并每月醬菜等，一年約用錢六千二百六十餘貫，米麪等七千四百三十餘石。大數雖破上供〔二〇〕，餘用悉資當府。不惟褊匱〔二一〕，且以遐遥，有搬灘過海之勞〔二二〕，多巨浪颶風之患。須資便信〔二三〕，動失程期〔二四〕。臣忝守戎行，不勝憂結〔二五〕。伏以裴元裕既開邊隙〔二六〕，又乏武經〔二七〕，抽三道之見兵〔二八〕，備一方之致寇〔二九〕，曾無戎捷〔三〇〕，徒曜軍容〔三一〕。昔者淮陰驅市井之人，尚能破敵〔三二〕；晋伯假紀綱之僕，亦不常留〔三三〕。苟元裕能均食散金〔三四〕，絶甘分少〔三五〕，便可收功於故校〔三六〕，豈資别立於新家〔三七〕？側聞容、廣守臣〔三八〕，亦欲飛章上請〔三九〕，臣緣乍到，未敢抗論。已牒韋厔、李玭〔四〇〕，并牒元裕，請詳物理，續具奏聞。伏惟皇帝陛下，道邁羲、勛〔四一〕，威加華夏〔四二〕，南蠻以兹脆弱〔四三〕，宜慕聲猷〔四四〕。伏乞特詔元裕，使廣布仁聲，遠揚朝旨〔四五〕，無邀功以生事〔四六〕，勿耗國以進兵〔四七〕。庶令此境之人，無擁思鄉之念。唯兹裁照，實屬皇明〔四八〕。

今前綱姜士贇等，沉失至多，遲留未達，復須遣使，以續見糧〔四九〕。雖欲無言，懼不集事〔五〇〕。儻未蒙恩允，特賜抽還，則長慶二年，安南有奏請借便當軍糧米五千石，經略使王承業〔五一〕，請一二年内勸課輸填〔五二〕，頻有文符，並未支送。伏乞天恩，憫其州鄉闕乏〔五三〕，哀以海路漂淪〔五四〕，且新安南併還欠米〔五五〕。庶行營將士等，得存宿飽〔五六〕，無乏晨炊〔五七〕。臣所守藩方〔五八〕，粗獲通濟〔五九〕。謹録奏聞，伏聽敕旨〔六〇〕。

校注

〔一〕本篇原載清編《全唐文》卷七七二第二二頁、《樊南文集補編》卷一。〔錢箋〕《新唐書·宣宗紀》：會昌六年九月，雲南蠻寇安南，經略使裴元裕敗之。又《地理志》：安南都護節度使，治安南府，管交、武峩、粤、芝、愛、福禄、長、峯、陸、廉、雷、籠、環、崖、儋、振、瓊、萬安等州。又：安南府在邕管之西。又《吐蕃傳》：及潼關失守，河洛阻兵，於是盡徵河隴、朔方之將鎮兵入靖國難，謂之行營。〔按〕鄭亞於大中元年六月九日抵桂林，而本文云『臣緣乍到』，又云『從去年六月已後，至今年六月已前』，則狀當上於大中元年六月到任後不久。視狀中已得知是年五月十八日船遭颶風之事，上此狀之時間約在六月中下旬。

〔二〕〔錢注〕《後漢書·楊厚傳》：宜亟發遣，各還本國。

〔三〕〔錢注〕《舊唐書·地理志》：桂州下都督府，管戍兵千人，衣糧稅，本管自給也。〔補注〕繫，歸屬。此言『二千五百人』，當是後有所增加。

〔四〕〔錢注〕《新唐書·地理志》：嶺南道諸蠻州中有西原州，隸安南都護府。又《西原蠻傳》：黄氏、儂氏據州十八。經略使至，遣一人詣治所，稍不得意，輒侵掠諸州。横州當邕江官道，嶺南節度使常以兵五百戍守，不能制。《後漢書·寇恂傳》：光武語恂曰：『吾今委公以河内，堅守轉運，給足軍糧，率厲士馬，防遏他兵，勿令北度而已。』〔補注〕西原州，在今廣西靖西東南，大新縣西。

〔五〕〔錢注〕《舊唐書·地理志》：邕管經略使治邕州，管邕、貴、黨、横、田、嚴、山、巒、羅、潘等州。

〔六〕〔錢注〕《新唐書·百官志》：永徽中，廢津尉，上關置津吏八人。永泰元年，中關置津吏六人，下關四人。〔補注〕捉，把守。

〔七〕〔錢注〕《新唐書·百官志》：唐廢戍子，每防人五百人爲上鎮，二百人爲中鎮，不及者爲下鎮。五十人爲上戍，三十人爲中戍，不及者爲下戍。

〔八〕〔補注〕《詩·大雅·雲漢》：『周餘黎民，靡有孑遺。』抽，抽調。唐陳谿《彭州新置唐昌縣歇馬亭鎮等記》：『又置一鎮，抽武士三十人而禦之。』

〔九〕承，《全文》作『丞』，據錢校改。〔錢注〕《魏志·田疇傳》注：《先賢行狀》載太祖命曰：疇開塞導送，供承役使。

〔一〇〕〔錢注〕《漢書·京房傳》注：郵，行書者也，若今傳送文書矣。

〔一一〕〔錢注〕《通鑑·德宗貞元十二年》：初，藩鎮多以進奏市恩，皆云稅外方圓。注：折則成方，轉則成圓。言於常稅之外，别自轉折以致貨財也。〔補注〕方圓，籌集。李德裕《奏銀妝具狀》：『至於綾紗等物，猶是本州所出，易於方圓。』

〔一二〕〔錢注〕《通鑑·唐憲宗紀》注：海門鎮在白州博白縣東南。

〔一三〕〔錢注〕《通鑑》：代宗大曆十二年，定諸州兵，其召募給家糧春冬衣者，謂之官健。

〔一四〕〔錢注〕《舊唐書·食貨志》：比年自揚子運米，皆分配緣路觀察使差長綱發遣，運路既遠，實謂勞人。今請當使諸院，自差綱節級般運，以救邊食。《通鑑·德宗建中元年》：初，劉晏造運船，船十艘爲一綱。〔補注〕差綱，此指差綱官，差遣押送運載貨物之船隊的官吏。

〔一五〕烏，《全文》作『鳥』，據錢校改。〔錢注〕《新唐書·地理志》：烏雷縣屬嶺南道陸州。〔補注〕烏雷在今廣西北海市西沿海。

〔一六〕〔錢注〕《太平御覽》：《南越志》曰：熙安間多颶風。颶者，具四方之風也。〔按〕颶風，即今之台風。古籍中明以前將台風稱颶風，明以後按風情不同而有颶風、台風之分。李肇《國史補》卷下：『南海人言，海風四面而至，名曰颶風。』

〔一七〕〔錢注〕《説文》：貫，錢貝之貫。

〔一八〕〔錢注〕《魏志·齊王芳紀》注：《漢晉春秋》：姜維有重兵，而懸軍應恪。〔補注〕懸軍，深入無後援之孤軍。

〔一九〕〔錢注〕《史記·平準書》：自天子以至於封君湯沐邑，皆各爲私奉養焉，不領於天下之經費。

〔二〇〕〔錢注〕《舊唐書·裴垍傳》：先是，天下百姓輸賦于州府，一曰上供，二曰送使，三曰留州。

〔二一〕〔補注〕褊匱，匱乏。

〔二二〕〔錢注〕《舊唐書·高駢傳》：又以廣州饋運艱澀，駢視其水路，自交至廣，多有巨石梗途。

〔二三〕〔補注〕便信，此指便利之信風。法顯《佛國記》：『汎海西南行，得冬初信風，晝夜十四日，到師子國。』

〔二四〕〔補注〕程期，期限。信風須待時日，故延誤程期。杜甫《前出塞》：『公家有程期，亡命嬰禍羅。』

〔二五〕〔錢注〕《漢書·鮑宣傳》：此天有憂結未解。〔補注〕《左傳·成公二年》：『下臣不幸，屬當戎行，無所逃隱。』憂結，憂慮鬱結。

〔二六〕〔錢注〕《漢書·匈奴傳贊》：始開邊隙。

〔二七〕〔補注〕武經，猶武略。

〔二八〕〔錢注〕《舊唐書·地理志》：五府經略使治，在廣州，管兵萬五千四百人，輕税本鎮以自給。經略軍，在廣州城内，管兵五千四百人。清海軍，在恩州城内，管兵二千人。桂管經略使，治桂州，管兵千人。容管經略使，治容州，管兵千一百人。安南經略使，治安南都護府，即交州，管兵四千二百人。邕管經略使，管兵七百人。《魏志·劉放傳》注：《孫資别傳》：但以今日見兵，分命大將據諸要險。〔按〕抽三道之見（同現）兵，據下文，當指桂管、容管、廣州三處之兵員。

〔二九〕一，錢注本作『四』，未出校。〔補注〕《易·需》：『九三，需于泥，致寇至。』王弼注：招寇而致敵也。

〔三〇〕〔補注〕戎捷，指戰利品。《春秋·莊公三十一年》：『六月，齊侯來獻戎捷。』李德裕《紀聖功碑銘》：『諸侯有四夷之功，獻其戎捷，《春秋》舊典也。』

〔三一〕〔錢注〕《漢書·胡建傳》：軍容不入國。〔補注〕軍容，猶軍威。

〔三二〕〔錢注〕《史記·淮陰侯傳》：信與張耳東下井陘擊趙，出，背水陳，大破虜趙軍。諸將問曰：『將軍令臣等背水陳，曰破趙會食，臣等不服，然竟以勝，此何術也？』信曰：『信非得素拊循士大夫也。此所謂驅市人而戰之，其勢非置之死地，使人人自爲戰，寧尚可得而用之乎？』

〔三三〕〔補注〕《左傳·僖公二十四年》：『秦伯送衛於晋三千人，實紀綱之僕。』杜預注：『諸門户僕隸之事，皆秦卒共之，爲之紀綱。』紀綱，統領僕隸之人。

〔三四〕〔錢注〕《史記·吴起傳》：起之爲將，與士卒最下者同衣食。又《魏其侯傳》：竇嬰爲大將軍，賜金千斤，陳之廊廡下，軍吏過，輒令財取爲用，金無入家者。按：此類史書甚多。

〔三五〕〔錢注〕《漢書·司馬遷傳》：愚以爲李陵素與士大夫絶甘分少，能得人之死力，雖古名將不過也。注：自絶旨甘，而與衆人分之，共同其多少也。

〔三六〕〔錢注〕曹植《孟冬篇》：收功在羽校。

〔三七〕〔錢注〕《國語》：勝敵而歸，必立新家。

〔三八〕〔錢注〕《舊唐書·地理志》：嶺南東道節度使治廣州，管廣、韶、循、岡、恩、春、賀、潮、端、藤、康、封、瀧、高、義、新、勤、竇等州。容管經略使治容州，管容、辯、白、牢、欽、巖、禺、湯、瀼、古等州。

〔補注〕《禮記·玉藻》：『凡自稱，天子曰予一人，伯曰天子之力臣；諸侯之於天子，曰某守土之臣某。』

〔三九〕〔錢注〕《後漢書·寇榮傳》：於是遂作飛章以被於臣。〔補注〕飛章，迅急上奏章。亦指報告急變、急事之奏章。

〔四〇〕〔錢注〕此二人《新》《舊》二書皆無傳，以上文文義推之，必一爲容管經略，一爲嶺南節度也。後有《爲滎陽公與容州韋中丞狀》，疑即指廑。至嶺南節度之爲玭，更無顯證，惟本集《樊南乙集序》『李玭得秦州』，叙在商隱桂林從事之後。考《舊唐書·文宗紀》：大和九年，以金吾將軍李玭爲黔中觀察使。《宣宗紀》：大中三（原作二，據《通鑑》改）年八月，鳳翔節度使李玭奏收復秦州。或中間曾鎮嶺南，史略之耳。又，韋廑後爲司農卿。並録之以俟詳考。〔按〕李玭，李晟之孫，李愬之子。韋廑，開成二年爲武寧軍節度判官，在薛元賞幕，見《唐故處士太原王府君（修本）墓志銘并序》。

〔四一〕〔補注〕羲，伏羲；助，放勛（勳），即堯。

〔四二〕威，《全文》作『盛』，據錢校改。〔補注〕《書·武成》：『華夏蠻貊，罔不率俾。』《三國志·蜀志·關羽傳》：『羽威震華夏，曹公議徙許都以避其鋭。』

〔四三〕〔錢注〕《國語》：臣脆弱不能忍俟也。

〔四四〕〔補注〕聲猷，聲望與業績。《周書·蕭詧傳論》：『密邇寇讎，則威略具舉；朝宗上國，則聲猷遠振。』

〔四五〕〔錢注〕江淹《肆赦交州詔》：并遣大使，宣揚朝旨。

〔四六〕〔錢注〕《漢書·馮奉世傳》：即封奉世，開後奉使者利，以奉使爲比，争逐發兵，要功萬里之外，爲國家生事於夷狄，漸不可長。

〔四七〕〔錢注〕《韓非子》：耗國以便家。《戰國策》：景翠果進兵。

〔四八〕〔錢注〕班固《西都賦》：以發皇明。

〔四九〕〔錢注〕《史記·蕭相國世家》：軍無見糧。

〔五〇〕〔補注〕《左傳·成公二年》：『此車一人殿之，可以集事。』杜預注：集，成也。

〔五一〕〔錢校〕業，疑當作『弁』。《舊唐書·穆宗紀》：長慶二年正月，以夔州刺史王承弁爲安南都護，本管經略招討使。〔按〕錢校似是。

〔五二〕〔錢注〕《後漢書·卓茂傳》：勸課農桑。〔補注〕勸課，鼓勵督責。輸填，交納抵償。

〔五三〕〔錢注〕《國語》：於是乎合其州鄉朋友婚姻。〔補注〕州鄉，本指鄉里，此當指州郡。

〔五四〕〔錢注〕《晉書·林邑國傳》：徼外諸國嘗齎寶物，自海路來貿貨。

〔五五〕新，《全文》原校：疑。〔錢校〕按：似當作『許』。

〔五六〕〔錢注〕《史記·淮陰侯傳》：樵蘇後爨，師不宿飽。〔補注〕宿飽，常飽。

〔五七〕〔錢注〕《史記·淮陰侯傳》：晨炊蓐食。

〔五八〕〔錢注〕《北史·張衮傳》：屈膝藩方之禮。

〔五九〕〔補注〕通濟，融通調濟。

〔六〇〕〔錢注〕《新唐書·百官志》：凡王言之制有七：五曰敕旨，百官奏請施行則用之。

爲滎陽公賀幽州破奚寇表〔一〕

臣某言：臣得本道進奏官某狀報，某月日幽州節度使張仲武奏，破奚北部落及諸山奚，除舊奚王匿舍朗所管外〔二〕，殺戮首領丁壯老幼，并殺獲牛羊〔三〕，焚燒車帳器械等計二十萬，刺史已下面皮一百具〔四〕，耳二百隻〔五〕，奚車五百乘，羊一萬口，牛一千五百頭者。天聲遠疊〔六〕，廟略遐宣〔七〕，白虜獲於寧臺〔八〕，赤夷俘於燕路〔九〕。臣某中賀。

臣竊觀舊史，逖聽前朝〔一〇〕，有天子憂邊，清宵輟寐〔一一〕；將軍出塞，白首言歸〔一二〕。至乃或勝或奔，一彼一此〔一三〕，竟困塞郊之柝〔一四〕，那停絶漠之烽〔一五〕。猶欲叙烈旂常〔一六〕，告功祧廟〔一七〕。用其暫勝，謂曰難能。況幽朔巨都〔一八〕，全燕重地〔一九〕，薦臻奚寇〔二〇〕，猾亂華人〔二一〕。田豫之護鮮卑〔二二〕，莫能深入〔二三〕；祭肜之軍遼水，唯遺相攻〔二四〕。近歲以來，爲患滋甚。走單于偵邏之路〔二五〕，懷駒支漏泄之姦〔二六〕。

張仲武重感國恩，習知邊事〔二七〕。同三師而肄楚〔二八〕，倂五餌以間戎〔二九〕。乘其囂惰之時，俄得翦除之便〔三〇〕。燕犀密掛〔三一〕，冀馬潛羈〔三二〕，超距投石者動過千羣〔三三〕，戟手科頭者略踰萬計〔三四〕。坎三鼓而河流自却〔三五〕，聲六校而屋瓦皆飛〔三六〕。自使鴟懼喪林〔三七〕，兔忙迷穴〔三八〕，無舟掬指〔三九〕，有地僵尸〔四〇〕。未驚紫陌之烏，前軍已蹙〔四一〕；不唳淮山之鶴，後隊仍窮〔四二〕。遂分袁尚之頭顱〔四三〕，仍裂蚩尤之肩髀〔四四〕。穹廬落燼〔四五〕，同甲揚灰〔四六〕。山積雲屯，大收其車乘〔四七〕；角羸耳濕，盡獲其牛羊〔四八〕。柳水載澄〔四九〕，桑河無事〔五〇〕。爰施吉語〔五一〕，入解皇威〔五二〕。此皆皇帝陛下功格上玄〔五三〕，運膺下武[五四]，授茲成算[五五]，於彼當仁[五六]。震肅九圍[五七]，歡呼萬國。昔艱難云始[五八]，胡塵首起於盧龍[五九]；今開泰有期[六〇]，漢將先清於涿鹿[六一]。人謀允若[六二]，靈貺昭然[六三]。固已上慶祖宗，下光編策[六四]。録圖《洪範》[六五]，競三古之殊尤[六六]；玉檢金泥，有百神之靈祐[六七]。臣雖當防遏，不介邊陲，空增氣於懦夫，實叨榮於下將。日圍千里[六八]，天蓋九重[六九]。奉一月之捷書[七〇]，唯知抃蹈；獻萬年之壽酒，尚隔班行[七一]。念風水於遐藩[七二]，寄夢寐於宣室[七三]。無任望闕結戀之至。

校注

〔一〕本篇原載《文苑英華》卷五六八第一一頁、清編《全唐文》卷七七二第四頁、《樊南文集詳注》卷一。〔馮箋〕此爲鄭亞賀破奚寇也。徐氏以爲當作『濮陽』，而引會昌時破回鶻那頡啜事，謬甚。《新書・奚傳》：奚亦東胡種，居鮮卑故地，直京師東北四千里，其地東北接契丹，西突厥，南白狼河，北霫。喜戰鬭，兵有五部，部一俟斤主之。其國西距回鶻牙三千里，多依土護真水。貞元、元和、大和之世，屢朝獻。亦時陰結回鶻、室韋犯邊。大中元年，北部諸山奚悉叛，盧龍張仲武禽酋渠，燒帳落二十萬，取其刺史以下面耳三百、羊牛七萬、輜貯五百乘獻京師。即此文所叙也。亦見《宣宗紀》《張仲武傳》，而《舊書》紀、傳皆失載，惟《回鶻傳》云：烏介敗走東北，託附室韋，諸回鶻殺烏介，立其弟特勤遏捻，復有衆五千以上，其食用糧羊皆取給於奚王石舍郎（碩舍朗）。大中元年春，張仲武大破奚衆，迴鶻無所取給，日有耗散。此數語亦可引證。〔按〕《新唐書・宣宗紀》：大中元年，『五月，張仲武及奚北部落戰，敗之。』幽州距長安二千五百二十里，長安距桂林四千餘里，捷報自幽州傳至長安，復由長安傳至桂林，至少需時一月以上，故此賀表約上於大中元年六月下旬。

〔二〕匿舍朗，《英華》作『匿即』，徐注本作『匿耶』，馮注本作『匿朗』。〔馮注〕按：石舍郎，《新書・回紇傳》作『碩舍朗』。《奚傳》又云：『大和末大首領匿舍朗來朝』，蓋取音之相近，無定字。此『匿郎』即『匿舍朗』也。《傳》云『禽酋渠』，當即擒匿舍朗而盡戮其人，故曰『除所管外』。文中『袁尚』一聯，指此。〔按〕似不應包括匿舍朗。

〔三〕獲，《全文》作『戮』，據《英華》改。

〔四〕〔徐注〕《史記・刺客傳》：聶政因自皮面抉眼。索隱：皮面，謂以刀剺其面皮，欲令人不識。《晉書・朱伺傳》：馬雋妻子先在壘内，或請皮其面以示之，伺曰：『殺其妻子，不能解圍，但益其怒耳。』《北史・齊後主紀》：或殺人剥面皮而視之。〔馮注〕按《國策》《史記》，聶政自皮面。索隱曰：以刀剺其面皮。或注曰：去面之皮。

〔五〕〔徐注〕《詩》傳：馘，獲也。不服者殺而獻其左耳曰馘。

〔六〕〔徐注〕班固《封燕然山銘》：振大漢之天聲。〔補注〕疊，振動。

〔七〕〔徐注〕《晉書・羊祜傳》：詔曰：外揚王化，内經廟略。

〔八〕〔徐注〕《晉書・苻堅傳》：秦人呼鮮卑爲白虜。《戰國策》：樂毅報燕昭王書曰：齊器設於寧臺。〔馮注〕《晉書・苻堅傳》：堅曰：『吾不用王景略、陽平公之言，使白虜敢至於此。』〔按〕慕容部人皮膚潔白，故蔑稱『白虜』或『白賊』。寧臺，燕國臺名。

〔九〕〔徐注〕杜氏《通典》：東夷九種，有黄夷、白夷、赤夷、玄夷。孔融書：士將高翔遠引，莫有北首燕路者矣。〔馮注〕《漢書・韓信傳》：廣武君曰：『牛酒日至，以饗士大夫醳兵，北首燕路。』

〔一〇〕〔徐注〕司馬相如《封禪文》：逖聽者風聲。〔補注〕逖聽，遠聽。

〔一一〕〔馮注〕《漢書・丙吉傳》：吉見謂憂邊思職。又《文帝紀》：詔曰：『間者累年匈奴並暴邊境，多殺吏民，今朕夙興夜寐，勤勞天下，憂苦萬民，爲之惻怛不安。』按：似尚有典，再考。

〔一二〕〔徐注〕《後漢書・班超傳》：超妹昭上書請超曰：『超今且七十，衰老被病，頭髮無黑，敢觸死匄（丐）超餘年。』書奏，徵超還。超在西域三十一年，至洛陽，病遂加，卒。

〔一三〕〔徐注〕《左傳》：趙孟曰：『疆埸之事，一彼一此，何常之有？』

〔一四〕〔馮注〕塞郊，猶云邊郊也。然似宜作『寒』，如顧況啓有云：『邊烽息焰，寒柝沉聲。』此或刊刻小誤。

〔一五〕漠，《英華》作『漢』，誤。〔徐注〕漠，與『幕』同。《漢書·武帝紀》：衛青復將六將軍絶幕。注：臣瓚曰：沙土曰幕，直度曰絶。師古曰：『幕』者，即今之突厥中磧耳。李陵歌云：經萬里兮度沙幕。《賈誼傳》注：師古曰：晝則燔燧，夜則舉烽。〔馮注〕《説文》：漠，北方流沙也。

〔一六〕旂常，見《爲濮陽公陳情表》『不辱旂常』注。烈，功業。

〔一七〕〔徐注〕《禮記》：王立七廟，遠廟爲祧。

〔一八〕〔徐注〕《書》：宅朔方曰幽都。〔按〕幽朔，此指幽州。

〔一九〕〔馮注〕《晉書》：石勒讓王浚曰：『據幽都驍悍之國，跨全燕突騎之鄉。』

〔二〇〕〔補注〕《詩·大雅·雲漢》：『天降喪亂，饑饉薦臻。』薦臻，接連而至。薦，通『洊』。

〔二一〕〔補注〕《三國志·魏志·袁紹傳》：『雖黄巾猾亂，黑山跋扈，舉軍東向，則青州可定。』猾亂，擾亂。

〔二二〕豫，《英華》作『讓』，注：一作『護』。〔徐注〕《魏志·田豫傳》：豫字國讓，漁陽雍奴人也。文帝初，使豫持節護烏桓校尉，牽招、解雋并護鮮卑。爲校尉九年，其御夷狄，恒摧抑兼并，乖散强猾。按：唐初修前代之史，凡犯廟諱者，一名則稱其字，劉淵曰劉元海，石虎稱石季龍是也。二名則去其一，蕭淵明曰蕭明、韓擒虎曰韓擒是也。義山爲文，亦遵其式。代宗諱豫，故此表以田豫爲田讓，稱字之例也。孝敬皇帝諱弘，故《會昌一品集序》以周弘正爲周正，去一之例也。苟非有爲而然，則古人之名固未可以任意爲翦截矣。〔馮曰〕六朝時，亦有取便對屬意爲翦截者。

〔二三〕〔馮注〕莫能深入，乃遣詞之法耳。讓與牽招戰功頗著。按《魏志·田豫傳》：豫護鮮卑，將精鋭討軻比能，破之，僵尸蔽野。又：烏丸王骨進桀黠不恭，豫將百餘騎入進部，斬進以令衆，威振沙漠。其戰功固多也。

〔二四〕彤，《英華》作『肜』，誤。〔徐注〕《後漢書·祭肜傳》：肜拜遼東太守，以三虜連和，卒爲邊害，乃招呼鮮卑，其大都護偏何遣使奉獻，肜曰：『審欲立功，當歸擊匈奴。』其後歲歲相攻，輒送首級，受賞賜。自是邊無寇警。

〔二五〕走，《英華》作『是』，非。偵邏，見《爲滎陽公桂州謝上表》『絶戎人偵邏之姦』注。

〔二六〕〔徐注〕《左傳》：晋將執戎子駒支，范宣子親數諸朝曰：『來！姜戎氏。今諸侯之事，我寡君不如昔者，蓋言語漏泄，則職汝之由。』〔馮箋〕按《舊》《新書·張仲武傳》皆言：回鶻常有酋長監護奚、契丹，以督歲貢，因詗刺中國。仲武使裨將石公緒等厚結二部，執諜者八百餘人殺之。此會昌時事，而自後回鶻餘衆尚取給于奚。故此四句云然。

〔二七〕〔馮箋〕《新書》：張仲武，范陽人，會昌初爲雄武軍使，遣其屬吴仲舒入朝，請以本軍擊回鶻。李德裕因問北方事，仲舒曰：『仲武，舊將張光朝子，通書，習戎事，性忠義，願歸款朝廷舊矣。』乃擢兵馬留後，即拜副大使，檢校工部尚書，蘭陵郡公。《舊書·傳》：爲幽州大都督，蘭陵郡王。

〔二八〕肄，《英華》作『隸』，誤。〔徐注〕《左傳》：吴子問於伍員曰：『伐楚如何？』對曰：『若爲三師以肄焉，一師至，彼必皆出，彼出則歸，彼歸則出，楚必道敝。』〔補注〕肄，勞。

〔二九〕間，《英華》作『開』，誤。〔徐注〕《漢書·賈誼傳贊》曰：欲試屬國，施五餌三表以係單于。注：師古曰：賈誼書（按：指賈誼《新書》）：賜之盛服車乘以壞其目，賜之盛食珍味以壞其口，賜之音樂婦人以壞其耳，賜之高堂邃宇倉庫奴婢以壞其腹。於來降者，上以召幸之，相娱樂，親酌而手食之，以壞其心。此五餌也。

〔三〇〕〔徐注〕《晋書·袁宏傳》：贊曰：翦除荆棘。〔補注〕嚚惰，傲慢懈怠。

〔三一〕〔徐注〕《周禮·考工記》曰：函人爲甲，犀甲七屬，壽百年。又曰：燕之無函也，非無函也，夫人而能爲函也。徐陵《與王僧辯書》：躍冀馬者千羣，披燕犀者萬隊。〔補注〕燕犀，燕地生産之犀甲。

〔三二〕〔徐注〕《左傳》：冀之北土，馬之所生。《後漢書·劉表傳》：贊曰：雲屯冀馬。

〔三三〕〔徐注〕《史記》：秦王翦擊荆，荆兵數挑戰，終不出。久之，翦使人問：『軍中戲乎？』對曰：『方投石超距。』翦曰：『士卒可用矣。』〔補注〕投石超距，古代軍中習武練功活動。《史記·王翦傳》司馬貞索隱：『超距，猶跳躍也。』投石，以石投人。詳見《爲濮陽公與劉積書》『拔距投石』注。

〔三四〕〔徐注〕張衡《西京賦》：袒裼戟手，奎踽盤桓。善曰：《左傳》云『戟其手』也。《史記》：張儀説韓王曰：虎賁之士，跿跔科頭、貫頤奮戟者至不可勝計。集解：科頭，謂不著兜鍪入敵。索隱：兩手捧頤而直入敵，又有執戟者奮怒而趨入陣也。徐陵《九錫文》：他他籍籍，萬計千羣。〔馮注〕《左傳》：公戟其手。注曰：抵徒手屈肘如戟形。〔按〕戟手，以手叉腰如戟形，常用以形容人憤怒或勇武之狀。或謂指伸出食指與中指指人，其形如戟，故云。然此處當非其義。

〔三五〕〔徐注〕《詩》：坎其擊鼓。《左傳》：曹劌曰：『夫戰，勇氣也。一鼓作氣，再而衰，三而竭。彼竭我盈，故克之。』〔馮注〕《淮南子》：武王伐紂，渡孟津，陽侯之波，波流而擊，疾風晦冥。武王左操黄鉞，右秉白旄，瞋目而撝之曰：『余在，天下誰敢害吾意者？』於是風霽而波罷。《水經注》『河水東過砥柱間』引《搜神記》：『齊景公渡于江沈之河，黿銜左驂没之。古冶子拔劍從之，至砥柱之下，左手持黿頭，右手挾左驂，燕躍鵠踊而出，仰天大呼，水爲逆流三百步。』按：用此類事，然俟再考。〔按〕《論衡·書虚篇》有『孔子當泗水而葬，泗水爲之却流』語，然非所用。李白《大獵賦》：『河漢爲之却流，川岳爲之生風。』

〔三六〕〔徐注〕《漢書·陳湯傳》：即日引軍分行，别爲六校。《史記·趙世家》：秦軍軍武安西，鼓噪勒兵，武安屋瓦盡振。《後漢書·光武紀》：莽兵大潰，走者相騰踐，會大雷風，屋瓦皆飛。〔補注〕校，古代軍隊建制之一，亦指軍營。《文選·司馬相如〈上林賦〉》『扈從横行，出乎四校之中』李善注引文穎曰：『凡五校，今言四者，中一校隨天子乘輿也。』

〔三七〕使，《全文》作『是』，據《英華》改。〔徐注〕《詩》：翩彼飛鴞，集于泮林。

〔三八〕〔徐注〕《戰國策》：馮煖曰：『狡兔有三窟，僅得免其死耳。』

〔三九〕〔徐注〕《左傳》：邲之戰，中軍下軍爭舟，舟中之指可掬也。

〔四〇〕〔徐注〕張衡《西京賦》：尸僵路隅。

〔四一〕〔徐注〕《北史·尉景傳》：世辯嗣爵。周師將入鄴，令世辯率千騎覘侯，出滏口，登高阜西望，遥見羣烏飛起，謂是西軍旗幟，即馳還，比至紫陌橋，不敢顧。《郡國志》：漳水，趙建武十一年造紫陌浮橋於水上。按：王粲《羽獵賦》：『濟漳浦而横陣，倚紫陌而並征。』則其名舊矣。

〔四二〕唳，《英華》作『淚』，誤。〔馮注〕淮山謂八公山。《晉書·謝玄傳》：苻堅進屯壽陽，列陣臨肥水。玄以精鋭八千決戰肥水南。堅中流矢，臨陣斬苻融。《載記》：苻堅與苻融北望八公山上草木皆類人形。及大敗遁還，聞風聲鶴唳，皆謂晉師之至。〔徐注〕《寰宇記》：八公山一名淝陵山，在壽州壽春縣。〔補注〕《晉書·謝玄傳》：『堅進屯壽陽，列陣臨肥水，玄軍不得渡。玄使謂苻融曰：「君遠涉吾境，而臨水爲陣，是不欲速戰。諸君少却，令將士得周旋，僕與諸君緩轡而觀之，不亦樂乎？」堅衆皆曰：「宜阻肥水，莫令得上，我衆彼寡，勢必萬全。」堅曰：「但却軍，令得過，而我以鐵騎數十萬向水逼而殺之。」融亦以爲然。遂麾使却陣，衆因亂不能止。』後隊之窮，疑用此，故詳引之。

〔四三〕〔徐注〕《後漢書》：袁尚與操軍戰，敗，奔公孫康於遼東。康曰：『卿頭顱方行萬里。』遂斬首送之。

〔四四〕〔馮注〕《史記·五帝本紀》：黄帝與蚩尤戰於涿鹿之野，遂禽殺蚩尤。〔徐注〕《史記》集解：《皇覽》曰：蚩尤冢在東平郡壽張縣闞鄉城中，高七丈，民常十月祀之，有赤氣出如疋絳帛，民名『蚩尤旗』。肩髀冢在山陽郡鉅野縣重聚，大小與闞冢等，傳言黄帝與蚩尤戰於涿鹿之野，黄帝殺之，身首異處，故别葬之。

〔四五〕〔徐注〕《漢書·匈奴傳》：匈奴父子同穹廬卧。

〔四六〕〔徐注〕《管子》：同甲十萬。注：同甲，謂完堅齊等（按：意指等同堅固之鎧甲）。〔馮注〕以上專叙禽酋渠，燒帳落二十萬，即奚王所管者也。（按：篇首已明言『除舊奚王匿舍朗所管外』）下乃旁及車乘牛羊。《困學紀聞》引《莊子》逸篇：羌人死，燔而揚其灰。〔補注〕謂堅固之鎧甲焚爲灰燼。

〔四七〕〔徐注〕《後漢書·劉盆子傳》：赤眉降，積兵甲宜陽城西，與熊耳山等。

〔四八〕〔徐注〕《易》：羝羊觸藩，羸其角。《詩》：爾牛來思，其耳濕濕。

〔四九〕〔徐注〕柳水未詳。案《新書·地理志》：營州柳城縣，西北接奚，北接契丹，柳水疑當在縣界。《水經注》：水，狼水又東北逕狼山西，燕慕容皝以柳城之北、龍山之南，福地也。〔馮注〕柳城見《後漢書·烏桓傳》。《魏志·田疇傳》：出盧龍，歷平岡，登白狼堆，去柳城二百餘里。《隋書·志》：遼西郡柳城縣有渝水、白狼水。則柳水當即指此。《新書·志》：『營州柳城縣，西北接奚，北接契丹。』地正相合。

〔五〇〕〔馮注〕《水經》：溼水出鴈門陰館縣東北，過代郡桑乾縣南，又東過涿鹿縣北，又東南出山，過廣陽薊縣北，又東至漁陽雍奴縣，西入笥溝。按：《注》曰：溼水又東北流，左會桑乾水。而桑乾水自源東南流，又有諸水合注，桑乾水爲溼水並受通稱也。〔徐注〕《明一統志》：盧溝河在順天府西南，本桑乾河，俗稱渾河，亦曰小黄河，以流濁故也。

〔五一〕施，《英華》注：疑。馮注本作『馳』。〔馮曰〕今思必『馳』字之訛，故改正。吉，《英華》作『言』，誤。〔徐注〕《漢書·陳湯傳》：湯知烏孫瓦合，不能久攻，屈指計其日曰：『不出五日，當有吉語聞。』居四日，軍書到，言已解。〔按〕馮校似是。馳吉語指上賀表。

〔五二〕〔徐注〕潘岳《西征賦》：兵興而皇威暢。〔馮注〕《西都賦》：耀皇威講武事。

〔五三〕〔徐注〕揚雄《甘泉賦》：惟漢十世，將郊上玄。

〔五四〕〔徐注〕《詩》：下武惟周。〔補注〕下武，謂有聖德能繼先王功業。鄭玄箋：『下，猶後也……後人能繼先祖者，惟有周家最大。』

〔五五〕〔徐注〕《隋書·柳彧傳》：表曰：俱秉成算，非專己能。

〔五六〕〔補注〕《論語·衛靈公》：『當仁不讓於師。』當仁，此指張仲武。

〔五七〕〔徐注〕《詩》：帝命式于九圍。〔補注〕九圍，九州。孔穎達疏：『謂九州爲九圍者，蓋以九分天下，各爲九處，規圍然，故謂之九圍也。』

〔五八〕〔馮注〕《詩》：天步艱難。〔補注〕艱難云始，指安史亂起，唐朝國運開始艱困。

〔五九〕〔徐注〕謂禄山之變。《魏志·田疇傳》：舊北平郡治在平岡，道出盧龍，達於柳城。《新書·地理志》：『平州治盧龍縣。』今直隸永平府治是也。〔馮曰〕唐人追溯安禄山之亂，每曰『艱難』。《經籍志》有《天寶艱難記》十卷。

〔六〇〕泰，《英華》作『大』，非。〔徐注〕《晋書·顧榮傳》：上牋曰：羣生有賴，開泰有期。

〔六一〕《英華》『漢』字上有『而』字，衍。〔徐注〕《史記》：黄帝與蚩尤戰於涿鹿之野。注：張晏曰：涿鹿在上谷。按：《漢志》：上谷郡有涿鹿縣。應劭以爲黄帝與蚩尤戰於此。上谷今爲直隸宣化府，故宣府鎮地也。

〔六二〕〔徐注〕《易》：人謀鬼謀。《書》：帝曰：『俞，允若兹。』

〔六三〕〔徐注〕《後漢書·光武紀贊》：靈貺自甄。〔補注〕靈貺，神靈賜福。

〔六四〕〔補注〕編策，此指史册。

〔六五〕録，《英華》作『籙』。〔徐注〕《河圖挺佐輔》：黄帝至於翠嬀之川，魚汎白圖，蘭葉朱文。以授黄帝，名曰録圖。《書》：天乃錫禹《洪範》九疇，彝倫攸叙。〔馮注〕《周易乾鑿度》：録圖受命。按：『録』『洪』假借顔色爲對，唐人詩文中此類極多。〔補注〕録圖，即圖籙，圖讖符命之書。録，通『籙』。

〔六六〕尤，《英華》作『猷』。〔徐注〕《漢書·藝文志》：世歷三古。司馬相如《封禪文》：未有殊尤絶跡可考於今者也。

〔六七〕祐，《英華》作『符』，非。〔徐注〕《漢書·武帝紀》：登封泰山。注：孟康曰：刻石紀號，有金策石函金泥玉檢之封焉。《後漢書·王霸傳》：霸謝曰：此明公至德神靈之祐也。〔馮注〕《漢書·郊祀志》：武帝令侍中儒者封泰山下東方，封廣丈二尺，高九尺，其下則有玉牒書，天子上泰山亦有封，其事皆禁。又《武帝紀》注：孟康曰：功成治定，告成功於天，刻石紀號。〔補注〕金泥，以水銀和金粉爲泥，作封印之用。應劭《風俗通·正失·封泰山禪梁父》：『刓石紀號，著己績也。或曰：金泥銀繩，印之以璽。』玉檢，玉牒書之封篋。《太平御覽》卷五三六引司馬彪《續漢書·祭志》：『有玉牒十枚列於方石旁，東西南北各三，皆長三尺，廣一尺，厚七寸。檢中刻三處，深四寸，方五寸，有蓋。檢用金縷五周，以水銀和金爲泥。』金泥玉檢，指封禪所用之告天書函。

〔六八〕〔徐注〕《北堂書鈔》：《春秋元命苞》曰：日徑千里。徐整《長曆》曰：日徑千里，周圍三千里。〔馮注〕揚雄《解難》：日月之徑不千里不能燭六合。

〔六九〕〔徐注〕宋玉《大言賦》：方地爲車，圓天爲蓋。《楚辭·天問》曰：圜則九重，孰營度之？

〔七〇〕〔徐注〕《詩》：一月三捷。

〔七一〕〔徐注〕《史記·高祖紀》：九年，大朝諸侯，羣臣置酒未央前殿。高祖奉玉卮，起爲太上皇壽，殿上羣臣皆呼萬歲。〔馮注〕《後漢書·禮儀志》：每月朔、歲首爲大朝，受賀，二千石以上上殿稱萬歲，舉觴御座前。按注云：舉觴上壽也。歲首或遇大喜事，即御殿受賀。黄香《天子頌》曰：獻萬年之玉觴。互詳《爲滎陽公赴桂州在道進賀端午銀狀》《爲李貽孫上李相公啓》。〔按〕此云『獻萬年之壽酒』，固可解爲因賀張仲武破奚而稱觴上壽，然宣宗六月二十三日生日，此所謂『壽酒』，殆或兼此而言。若然，則此表之上於六月下旬更無可疑。

〔七二〕〔徐注〕《晉書·四夷傳》云：視熊謂使者曰：『迎天子於西京，以盡遐藩之節。』〔馮注〕風水，謂飄泊出外。《舊書·鄭畋傳》：自陳曰：『一沉風水，久換星霜。』意亦類此。習用語也。

〔七三〕〔徐注〕《漢書·賈誼傳》：文帝思誼，徵之。及入見，上方受釐坐宣室。〔按〕事始見於《史記·屈原賈生列傳》：『後歲餘，賈生徵見。孝文帝方受釐，坐宣室。』宣室，漢未央宫前殿正室。

〔蔣士銓曰〕（『天子憂邊，清宵輟寐，將軍出塞，白首言歸。至乃或勝或奔，一彼一此，竟困塞郊之柝，那停絶漠之烽。』）用筆曲折可味。（『坎三鼓而河流自却，聲六校而屋瓦皆飛。自使鴞懼喪林，兔忙迷穴，無舟掬指，有地僵尸。』）漸開俗派。（《評選四六法海》卷二）

爲滎陽公賀幽州破奚寇上中書狀〔一〕

右得進奏院狀報，幽州張相公大破奚寇，斬馘刺史已下〔二〕，並焚燒驅獲車帳器械牛羊等。伏以近歲以來，北番微擾〔三〕，奚寇恣其狗盜〔四〕，頗復鴟張〔五〕。相公鉤格傳能〔六〕，崆峒稟氣〔七〕，克揚戎略〔八〕，式靖邦讎〔九〕。姑用火攻〔一〇〕，未加湯沃〔一一〕。刺睢盱之面〔一二〕，貫聾聵之耳〔一三〕。帳幕如掃〔一四〕，干戈盡熠〔一五〕。聚輪轂于戍樓〔一六〕，出羊牛于塞草〔一七〕。此皆相公授其軍令，雄此邊聲〔一八〕。願崇九伐之威〔一九〕，且舉一隅而示〔二〇〕。昔越平吴國，實立賀臺〔二一〕；楚勝晋軍，將爲京觀〔二二〕。固不可不銘山示績〔二三〕，畫閣傳勳〔二四〕，盡良相之廟謀〔二五〕，豈將軍之天幸〔二六〕！某謬蒙任使，竊慶翦除。伏限守藩〔二七〕，闕陪賀列。無任抃躍攀戀之至！

校注

〔一〕本篇原載清編《全唐文》卷七七三第二一頁、《樊南文集補編》卷三。〔錢箋〕《新唐書·宣宗紀》：大中元年五月，張仲武及奚北部落戰，敗之。又《地理志》：幽州屬河北道。又《北狄傳》：奚亦東胡種。元魏時自號庫真奚，居鮮卑故地，與突厥同俗。至隋始去『庫真』，但曰奚。大中元年，北部諸山奚悉叛。盧龍張仲武禽酋渠，燒帳落二十萬，取其刺史以下面耳三百，羊牛七萬，輜貯五百乘，獻京師。本集有《爲滎陽公賀幽州破奚寇表》，後有

《賀幽州張相公狀》。〔按〕此三篇賀表、賀狀當同爲大中元年六月下旬所上，參上篇注〔一〕編著者按。

〔二〕〔補注〕斬馘，斬敵首割左耳計功。此泛指斬殺。

〔三〕〔補注〕北番，指回鶻。

〔四〕〔錢注〕《史記·叔孫通傳》：陳勝起，通曰：『明主在上，安敢有反者，此特羣盜鼠竊狗盜耳！』

〔五〕〔錢注〕《吴志·孫堅傳》：張温曰：『董卓不怖罪，而鴟張大語。』〔補注〕鴟張，如鴟鳥張翼。喻囂張，凶暴。

〔六〕〔錢注〕《舊唐書·張仲武傳》：仲武，范陽人也。少業《左氏春秋》，擲筆爲薊北雄武軍使。會昌初，陳行泰殺節度使史元忠，權主留後。俄而行泰又爲絳所殺。時仲武遣軍吏吴仲舒表請以本軍伐叛。上遣宰臣詢其事，仲舒曰：『仲武是軍中舊將張光朝之子，年五十餘，兼曉儒書，老於戎事，性抱忠義，願歸心闕廷。』《淮南子》：桀之力制軨伸鉤，索鐵歙金。《方言》：鉤，宋、楚之間謂之鹿軨，或謂之鉤格。〔補注〕鉤格，又作詢觡、鉤鉻，古代兵器名。

〔七〕〔錢注〕《爾雅》：北戴斗極爲空桐。〔補注〕古人以爲北極星居天之中，斗極之下爲空桐（崆峒）。崆峒稟氣，猶言其稟上星之氣。

〔八〕〔錢注〕《宋書·沈慶之傳》：宣綜戎略。

〔九〕〔補注〕《詩·小雅·采芑》：『蠢爾蠻荆，大邦爲讎。』

〔一〇〕〔錢注〕《孫子》：火攻有五：一曰火人，二曰火積，三曰火輜，四曰火庫，五曰火墜。

〔一一〕〔錢注〕《淮南子》：善者之動也，若以湯沃雪，何往而不遂？

〔一二〕〔錢注〕張衡《西京賦》：睢盱跋扈。李善注：《字林》曰：睢，仰目也；盱，張目也。〔補注〕《莊子·寓言》：『老子曰：而睢睢盱盱，而誰與居？』郭象注：『睢睢盱盱，跋扈之貌。』成玄英疏：『睢盱，躁急威權之貌也。』

〔一三〕〔錢注〕《國語》：聾聵不可使聽。〔補注〕貫耳，以箭穿耳，古代刑罰之一。《左傳·僖公二十七年》：『子玉復治兵于蔿，終日而畢，鞭七人，貫三人耳。』

〔一四〕〔錢注〕李陵《答蘇武書》李善注：毳幙，氈帳也。

〔一五〕〔錢注〕《左傳》注：吴、楚之間謂火滅爲熸。

〔一六〕〔錢注〕蔡邕《讓高陽侯印綬符策》：及看輪轂。梁簡文帝《鬬雞詩》：車籠赴戍樓。〔按〕此即《新唐書·北狄傳》『取其……輜貯五百乘』之謂。

〔一七〕〔錢注〕古樂府斛律金《勅勒歌》：天蒼蒼，野茫茫，風吹草低見牛羊。

〔一八〕〔錢注〕李陵《答蘇武書》：邊聲四起。〔按〕《答蘇武書》：『涼秋九月，塞外草衰，夜不能寐，側耳遠聽，胡笳互動，牧馬悲鳴，吟嘯成羣，邊聲四起。晨坐聽之，不覺淚下。』此謂『雄此邊聲』，當非指胡笳牧馬之悲鳴。邊聲，實即『邊威』之意。錢注非。

〔一九〕〔補注〕《周禮·夏官·大司馬》：『以九伐之灋（法）正邦國：馮（憑）弱犯寡則眚之；賊賢害民則伐之；暴内陵外則壇之；野荒民散則削之；負固不服則侵之；賊殺其親則正之；放弑其君則殘之；犯令陵政則杜之；外内亂、鳥獸行則滅之。』

〔二〇〕〔補注〕《論語·述而》：『舉一隅不以三隅反，則不復也。』

〔二一〕〔錢注〕《初學記》：《吴越春秋》：越王平吴後，立賀臺於越。

〔二二〕〔補注〕《左傳·宣公十二年》：『君盍築武軍，而收晋尸以爲京觀。』杜預注：『積尸封土其上，謂之京觀。』晋、楚邲之戰，晋敗，潘黨建議收晋軍之尸封土而成高冢（即京觀）。

〔二三〕不可不，下『不』字《全文》脱，據錢校補（按：錢於『可』字下校：此處疑脱一『不』字）。〔錢注〕《後漢書·竇憲傳》：憲拜車騎將軍，以執金吾耿秉爲副。與北單于戰於稽落山，大破之。遂登燕然山，刻石勒漢威德，令班固作銘。

〔二四〕〔錢注〕《漢書・蘇武傳》：宣帝思股肱之美，乃圖畫其人於麒麟閣，署其官爵姓名，凡十一人。

〔二五〕〔錢注〕《史記・魏世家》：國亂則思良相。《後漢書・光武紀贊》：明明廟謀。

〔二六〕〔錢注〕《史記・衛將軍驃騎傳》：衛青爲大將軍，大將軍姊子霍去病爲驃騎將軍，擊匈奴。驃騎所將常選，然亦敢深入，常與壯騎先其大將軍，軍亦有天幸，未嘗困絶也。

〔二七〕限，《全文》作『恨』，據錢校改。

爲滎陽公賀幽州張相公狀〔一〕

得本道進奏院狀報，相公親鼓上軍〔二〕，大破奚寇，威加玄朔〔三〕，慶動紫宸〔四〕，凡在生靈，莫不欣快。伏以北邊諸虜，最强者奚〔五〕。車帳既雜於華風〔六〕，弓戟頗窺於漢制〔七〕。馬牛銜尾〔八〕，羔駱交蹄〔九〕。朝廷常壓以雄軍，處之重將。訪於耆舊，不絶侵漁〔一〇〕。

相公太白傳精〔一一〕，雷泉秉氣〔一二〕，黄公授略〔一三〕，玄女與符〔一四〕。綦連四弓〔一五〕，常推其百勝〔一六〕；藺子七劍〔一七〕，不顧於萬人〔一八〕。建牙旗而草樹分形〔一九〕，横琱戈而煙雲斂氣〔二〇〕。而又以功勳任己，感激事君，每雪涕以論兵〔二一〕，願風驅而掃寇〔二二〕。永言異類，曾不畏威。或獸搏於桑河〔二三〕，或鴟張於遼水〔二四〕。彼專其暴〔二五〕，我務於仁〔二六〕。彼輕進以易奔〔二七〕，我薄威而養鋭〔二八〕。待人百其勇〔二九〕，士一其心〔三〇〕，然後分命驍雄〔三一〕，尅期討伐。珍國見賊，惟懼其少〔三二〕；韓信用士，每辦於多〔三三〕。一麾而大野朝昏〔三四〕，再鼓而窮荒晝赤〔三五〕。失旗喪斧〔三六〕，逸馬迷輪〔三七〕。耳盡貫而無所伏聽〔三八〕，面皆夷而不容泥首〔三九〕。熠焚殆盡〔四〇〕，孳息全空〔四一〕。向若非動有成謀，舉無遺算〔四二〕，以廟堂之決勝〔四三〕，佐沙漠之横行〔四四〕，則何以致此一朝，平其積患？昔漢時驍將，多以後期〔四五〕；周室虎臣，惟稱薄伐〔四六〕。比於今日，詎可同年。

某嘗讀兵書〔四七〕，誤兼文律〔四八〕。馬援聚米，曾或留心〔四九〕；奚反持矛，未至無力〔五〇〕。遠廉嶺表，遐仰邊功〔五一〕，闕申賀於行臺〔五二〕，空抒懷於尺牘〔五三〕。執筆撫劍，欣慕無任。伏惟俯賜照察。

校注

〔一〕本篇原載清編《全唐文》卷七七四第七頁、《樊南文集補編》卷四。〔錢箋〕（幽州張相公）張仲武也。《新唐書·藩鎮盧龍傳》：張仲武，范陽人。會昌初，爲雄武軍使。史元忠總留後，爲偏將陳行泰所殺。行泰邀節制，未報。次將張絳殺行泰，起求帥軍。是時，回鶻爲黠戛斯所破，仲武遣屬入朝，請以本軍入回鶻，乃擢兵馬留後。絳爲軍中所逐，即拜仲武副大使。大中初，破奚北部及山奚，俘獲雜畜不貲。擢同中書門下平章事。餘詳《爲滎陽公賀幽州破奚寇上中書狀》注〔一〕。〔按〕本篇與《爲滎陽公賀幽州破奚寇表》《爲滎陽公賀幽州破奚寇上中書狀》爲同時之作，均作於大中元年六月下旬，説見前表。

〔二〕〔補注〕《左傳·僖公二十七年》：『乃使郤縠將中軍，郤溱佐之；使狐偃將上軍，讓於狐毛而佐之。』古軍制分上軍、中軍、下軍，以中軍最尊，上軍次之。

〔三〕〔錢注〕曹植《橘賦》：處玄朔之肅清。〔補注〕玄朔，指北方。

〔四〕〔錢注〕《唐會要》：高宗龍朔三年四月，移仗就蓬萊宫新作含元殿，始御紫宸殿聽政，百寮奉賀新宫成也。

〔五〕見《爲滎陽公賀幽州破奚寇上中書狀》注〔一〕。

〔六〕〔錢注〕《漢書·西域傳》：龜兹王，元康元年遂來朝賀，賜以車騎、旗鼓、歌吹數十人，綺繡、雜繒、琦珍凡數千萬。後數來朝賀，樂漢衣服制度，歸其國，治宫室，作徼道周衛，出入傳呼撞鐘鼓，如漢家儀。外國胡人皆曰：『驢非驢，馬非馬，若龜兹王，所謂騾也。』《陳書·高祖紀》：希復華風。

〔七〕〔錢注〕《漢書·鼂錯傳》：若夫平原易地，輕車突騎，則匈奴之衆易撓亂也；勁弩長戟，射疏及遠，則匈奴之弓弗能格也；堅甲利刃，長短相雜，遊弩往來，什伍俱前，則匈奴之兵弗能當也；材官騶發，矢道同的，則匈奴之革笥木薦弗能支也；下馬地鬬，劍戟相接，去就相薄，則匈奴之足弗能給也：此中國之長技也。〔按〕『車帳』二句謂奚族之車輿營帳弓箭刀戟頗有華風漢制。

〔八〕〔錢注〕《後漢書·西羌傳》：牛馬銜尾，羣羊塞道。

〔九〕〔錢注〕《説文》：羔，羊子也。駱，馬白色黑鬣尾也。

〔一〇〕〔錢注〕《新唐書·北狄·奚傳》：太宗貞觀三年始來朝，不數年，其長可度者内附，帝爲置饒樂都督府，復置東夷都護府於營州。顯慶間可度者死，奚遂叛。詔尚書右丞崔餘慶持節總護定襄等三都督討之。萬歲通天中，契丹反，奚亦叛。延和元年，幽州都督孫佺帥兵與奚酋李大酺戰，大敗。玄宗開元元年，詔宗室出女辛妻大酺，始復營州。大酺死，弟魯蘇領其部。久之，契丹可突于反，脅奚衆並附突厥。幽州長史趙含章討破之，衆稍自歸。明年，信安王禕降其酋李詩，以其地爲歸義州，置其部幽州之偏。詩死，子延寵嗣，與契丹又叛，爲幽州張守珪所困。詔立他酋婆固爲饒樂都督，以定其部。貞元四年，與室韋攻振武。後七年，幽州殘其衆六萬。大和四年，復盜邊，盧龍李載義破之。《韓非子》：侵漁朋黨。〔補注〕侵漁，侵奪。此言奚侵擾掠奪。

〔一一〕〔錢注〕《太平御覽》：《洞冥記》曰：東方朔母田氏寡，夢太白星臨其上，因有娠。田氏歎曰：『無夫而孕，人得棄我。』乃移向代郡之東方里，五月生朔，仍以所居爲姓。《初學記》：《天官星占》曰：太白者金之精，白帝之子，大將之象也。

〔一二〕〔錢注〕《風俗通》：子路感雷精而生，尚剛好勇。《楚辭·招魂》：旋入雷淵，爢散而不可止些。按：唐諱『淵』，故作『泉』。

〔一三〕〔錢注〕李康《運命論》：張良受黄石之符，誦《三略》之説。李善注：《黄石公記序》曰：黄石者，神人也，有《上略》《中略》《下略》。〔按〕《史記·留侯世家》載張良刺秦始皇失敗後，逃亡至下邳，在圯上遇一老父，授良《太公兵法》，並言十三年後至濟北穀城山下，見黄石，即老父。《漢書·張良傳》亦載。後因稱其爲黄石公或黄公。

〔一四〕〔錢注〕《史記·五帝紀》注：正義曰：《龍魚河圖》云：黄帝攝政，有蚩尤兄弟八十一人，威振天下，誅殺無道。萬民欲命黄帝行天子事，黄帝以仁義不能禁止蚩尤，乃仰天而嘆。天遣玄女下授黄帝兵符，伏蚩尤。

〔一五〕〔錢注〕《北齊書·綦連猛傳》：猛少有志氣，便習弓馬。元象五年，梁使來聘，云有武藝，求訪北人，欲與相角。世宗遣猛就館接之。梁人引弓兩張，力皆三石。猛遂併取四張，疊而挽之過度，梁人嗟服之。

〔一六〕〔錢注〕《孫子》：百戰百勝者，非善之善者也。

〔一七〕〔錢注〕《列子》：宋有蘭子者，以技干宋元，宋元召而使見其技，以雙枝長倍其身，屬其踁，並趨並馳，弄七劍，迭而躍之，五劍常在空中。

〔一八〕見《爲濮陽公上陳相公狀二》『劍敵一人』注。

〔一九〕〔錢注〕張衡《東京賦》：牙旗繽紛。《晉書·苻堅載記》：謝石等水陸繼進。堅與苻融登城而望王師，見部伍齊整，將士精鋭，又北望八公山上，草木皆類人形，顧謂融曰：『此亦勍敵也。』〔補注〕牙旗，旗竿上飾有象牙之大旗，多爲主帥主將所建。

〔二〇〕〔錢注〕《國語》：韓簡挑戰，穆公衡琱戈出見使者。

〔二一〕〔錢注〕《列子》：景公雪涕而顧晏子。〔補注〕雪，拭也。

〔二二〕〔錢注〕陸機《辨亡論》：哮闞之羣風驅。事詳《爲滎陽公賀幽州破奚寇表》及《上中書狀》注〔一〕。

〔二三〕〔錢注〕《荀子》：鳥窮則啄，獸窮則攫。《水經注》：㶟水東北流，左會桑乾水。桑乾河見《爲滎陽公賀幽州破奚寇表》注〔五〇〕。

〔二四〕〔錢注〕《水經》：大遼水出塞外衛白平山東南。入塞，過遼東襄平縣西，又東南過房縣西，又東過安市縣西南，入于海。又玄菟高句驪縣有遼山，小遼水所出，西南至遼隊縣，入于大遼水也。鴟張，見《爲滎陽公賀幽州破奚寇上中書狀》注〔五〕。

〔二五〕〔錢注〕《晋書·羊祜傳》：抗每告其戍曰：『彼專爲德，我專爲暴，是不戰而自服也。』

〔二六〕〔錢注〕《蜀志·龐統傳》注：《九州春秋》：備曰：『操以暴，吾以仁。』

〔二七〕〔錢注〕《史記·匈奴傳》：利則進，不利則退，不羞遁走。〔補注〕陳琳《爲袁紹檄豫州文》：『至乃愚佻短略，輕進易退，傷夷折衄，數喪師徒。』

〔二八〕〔補注〕《左傳·昭公二十三年》：吴公子光曰：『……吾聞之曰：「作事威克其愛，雖小，必濟。」……七國同役而不同心，帥賤而不能整，無大威命，楚可敗也。……請先者去備薄威，後者敦陳整旅。』《晋書·慕容德載記》：『既據之後，閉關養鋭，伺隙而動。』

〔二九〕〔錢注〕《後漢書·荀彧傳》：敵人懷利以自百。注：各規利，人百其勇也。

〔三〇〕〔補注〕《書·泰誓上》：『受有臣億萬，惟億萬心；予有臣三千，惟一心。』

〔三一〕〔錢注〕劉劭《人物志》：膽力絶衆，材力過人，是謂驍雄，白起、韓信是也。

〔三二〕〔錢注〕《梁書·王珍國傳》：魏寇鍾離，高祖遣珍國，因問討賊方略，珍國對曰：『臣嘗患魏衆少，不苦其多。』

〔三三〕〔錢注〕《漢書·韓信傳》：上嘗從容與信言諸將能各有差。上曰：『如我，能將幾何？』信曰：『陛下不過能將十萬。』上曰：『如公何如？』曰：『如臣，多多益辦耳。』〔按〕事首見《史記·淮陰侯列傳》。《史記》作『多多益善』。辦，成也。

〔三四〕〔錢注〕史岑《出師頌》：素旗一麾，渾一區字。〔補注〕《書·禹貢》：『大野既豬，東原底平。』孔傳：『大野，澤名。』此泛指廣大之原野。

〔三五〕〔補注〕《左傳·莊公十年》：『夫戰，勇氣也。一鼓作氣，再而衰，三而竭。』此活用之。

〔三六〕失，《全文》作『朱』，據錢校改。〔補注〕《易·巽》：『喪其資斧。』斧，斧形銅幣。喪斧本指失去行旅之資，此借爲喪失武器（斧鉞）之意。

〔三七〕〔錢注〕庾信《哀江南賦》：失羣班馬，迷輪亂轍。

〔三八〕〔錢注〕《太平御覽》：《墨子》：若城外穿地來攻者，宜城中掘於井，以薄甖内井中，使聽聰者伏甖聽之。貫耳，見《爲滎陽公賀幽州破奚寇上中書狀》注〔一三〕。〔按〕錢注非所用。《史記·衛將軍驃騎列傳》：『斬輕鋭之卒，捕伏聽者三千七十一級，執訊獲醜。』裴駰集解引張晏曰：『伏於隱處，聽軍虚實。』

〔三九〕〔錢注〕《通鑑·晉武帝紀》注：泥頭者，以泥塗其頭也。〔補注〕《國語·晉語三》：『將止不面夷。』韋昭注：『夷，傷也。』按：泥頭，以泥涂頭，表示自辱服罪。《三國志·吴志·孫和傳》：『（權）後遂幽閉和，於是驃騎將軍朱據、尚書僕射屈晃率諸將吏泥頭自縛，連日詣闕請和。』

〔四〇〕見《爲滎陽公賀幽州破奚寇表》及《上中書狀》注〔一〕，與『焚燒驅獲車帳器械牛羊等』之文。

〔四一〕〔錢注〕《晉書·江統傳》：子孫孳息，今以千計。

〔四二〕〔錢注〕《晉書·袁喬傳》：知者了於胸心，然後舉無遺算耳。

〔四三〕決勝，見《爲濮陽公上華州陳相公狀》注〔一三〕。

〔四四〕〔錢注〕《説文》：漠，北方流沙也。《史記·季布傳》：單于嘗爲書嫚吕后，吕后大怒，召諸將議之。上將軍樊噲答曰：『臣願得十萬衆，横行匈奴中。』

〔四五〕〔錢注〕《漢書·張騫傳》：騫與李廣，俱出右北平擊匈奴，匈奴圍李將軍，軍失亡多，而騫後期。〔按〕事始見《史記·大宛列傳》：『騫爲衛尉，與李將軍俱出右北平擊匈奴。匈奴圍李將軍，軍失亡多，而騫後期當斬，贖爲庶人。』又，《史記·李將軍列傳》：『（李廣）軍亡導，或失道，後大將軍。』

〔四六〕〔補注〕《詩·小雅·出車》：『赫赫南仲，薄伐西戎。』又《六月》：『薄伐玁狁，至于大原。文武吉甫，萬邦爲憲。』

〔四七〕〔錢注〕《漢書·藝文志》：凡兵書五十三家。

〔四八〕〔錢注〕陸機《文賦》：普辭條與文律。〔補注〕《文心雕龍·通變》：『文律運用，日新其業。』

〔四九〕〔錢注〕《後漢書·馬援傳》：帝自征隗囂，援於帝前聚米爲山谷，指畫形勢，開示衆軍所從道徑往來，分析曲折，昭然可曉。

〔五〇〕〔錢注〕《吴志·虞翻傳》注：《吴書》曰：策討山越，斬其渠帥，悉令左右分行逐賊，獨騎與翻相得山中。翻問左右安在，策曰：『悉行逐賊。』翻曰：『危事也！』令策下馬：『此草深，卒有驚急，馬不及縈。』策但牽之，執弓矢以步。翻善用矛，請在前行。得平地，勸策乘馬，策曰：『卿無馬奈何？』答曰：『翻能步行，日可二百里，自征討以來，吏卒無及翻者。明府試躍馬，翻能疏步隨之。』行及大道，得一鼓吏，策取角自鳴之，部曲識聲，小大皆出，遂從周旋，平定三郡。《北史·奚康生傳》：後吐京胡反，自號辛支王，康生爲軍主，從章武王彬討之。分爲五軍，四軍俱敗，康生軍獨全。率精騎一千追胡，至車突谷，詐爲墜馬，胡皆謂死，争欲取之。康生騰騎奮矛，殺傷數十人，射殺辛支。按：『奚反』字似有訛，今姑兼引備考。〔按〕奚反，疑即『虞翻』之訛。

〔五一〕〔錢注〕《後漢書·李陳龐陳橋傳贊》：軀習邊功。

〔五二〕〔錢注〕《新唐書·百官志》：邊要之地，置總管以統軍，加號使持節，有行臺、大行臺。

〔五三〕〔錢注〕《漢書·陳遵傳》：遵贍於文辭，性善書，與人尺牘，主皆藏去以爲榮。

爲滎陽公奉慰積慶太后上謚表〔一〕

臣某言：臣得禮部牒，奉六月二日敕，大行積慶太后〔二〕，册上尊號曰貞獻皇后者〔三〕。慶屬堯門〔四〕，謚遵周道〔五〕。《兔罝》考義〔六〕，繭館流輝〔七〕。臣某中謝。臣聞刑于寡妻，文王之令德〔八〕；怨及丘嫂，漢后之深非〔九〕。《詩》傳所存，褒貶斯在。伏惟皇帝陛下，用周典訓〔一〇〕，滌漢瑕疵〔一一〕。報惠皇友愛之仁〔一二〕，如文宗引進之念〔一三〕。積慶太后始蒙敬養〔一四〕，終受崇名。掩沙麓以傳祥〔一五〕，軼河洲而抒美〔一六〕。天長地久〔一七〕，式崇清廟之尊彝〔一八〕；萬歲千秋〔一九〕，永慰光陵之牀帳〔二〇〕。天下臣子，不勝感抃。臣限以守藩江嶺〔二一〕，不獲奉慰闕庭，無任惶恐屏營之至！

校注

〔一〕本篇原載清編《全唐文》卷七七二第五頁、《樊南文集補編》卷一。〔按〕錢箋僅云『詳《慰諭表》』，未繫月日。張采田《會箋》三則置於《慰諭表》《賀聽政表》之後，《爲滎陽公赴桂州在道换進賀端午銀表》《爲滎陽公桂州謝上表》之前，蓋以爲赴桂道中所上。然此表明云『得禮部牒，奉六月二日敕，大行積慶太后册上尊號曰貞獻皇后者』，則此表必在大中元年六月二日以後所上。長安至桂林水陸路四千餘里，禮部牒文即令於奉敕之日同時發出，亦需一月左右方能到達。故此表當上於大中元年七月。時鄭亞到桂林已踰月，故文云『守藩江嶺』，其非在道所上甚明。

〔二〕〔錢注〕《漢書·霍光傳》注：韋昭曰：大行，不反之辭也。

〔三〕〔錢注〕《逸周書·謚法解》：博聞多能曰獻，聰明叡哲曰獻，清白守節曰貞，大慮克就曰貞，不隱無克曰貞。〔補注〕《新唐書·后妃傳下》：『穆宗貞獻皇后蕭氏，閩人也……生文宗。文宗立，上尊號曰皇太后。』

〔四〕〔錢注〕《漢書·外戚傳》：鉤弋趙婕妤，元始三年生昭帝，號鉤弋子。任身十四月乃生，上曰：『聞昔堯十四月而生，今鉤弋亦然。』乃命所生門曰堯母門。昭帝即位，尊爲皇太后。

〔五〕〔補注〕上古有號無謚，周初始制謚法，至秦廢，漢復其舊，歷代因之。故云『謚遵周道』。參《逸周書·謚法》。

〔六〕〔錢注〕《詩序》：《兔罝》，后妃之化也。《關雎》之化行，則莫不好德，賢人衆多也。

〔七〕〔錢注〕《漢書·元后傳》：太后四時車駕巡狩四郊，春幸繭館。

〔八〕〔補注〕《詩·大雅·思齊》：『刑于寡妻，至于兄弟，以御于家邦。』鄭玄箋：文王以禮法接待其妻。

〔九〕見《爲滎陽公至湖南賀聽政表》注〔一一〕。

〔一〇〕〔錢注〕《國語》：修其訓典。〔補注〕典訓，指經典。

〔一一〕〔錢注〕班固《東都賦》：滌瑕盪穢。〔按〕滌漢瑕疵，指漢高祖怨嫂之事。

〔一二〕惠皇，《全文》作『皇后』，錢校據胡本改正，兹從之。〔錢注〕《舊唐書·穆宗紀》：穆宗睿聖文惠孝皇帝。鄭亞改《會昌一品集序》：長慶中，事惠皇爲翰林學士。〔補注〕穆宗、宣宗爲兄弟，故云『友愛之仁』。

〔一三〕〔錢注〕按文宗爲宣宗之姪。此用《檀弓》：『喪服，兄弟之子，猶子也，蓋引而進之也。』

〔一四〕〔補注〕《禮記·祭義》：『君子生則敬養，死則敬享。』

〔一五〕〔錢注〕《漢書·元后傳》：王翁孺徙魏郡元城。元城建公曰：『昔，春秋沙麓崩，晋史卜之，曰：「陰爲陽雄，土火相乘，故有沙麓崩。後六百四十五年，宜有聖女興。」其齊田乎？今王翁孺徙，正直其地，日月當之。元城郭東有五鹿之墟，即沙麓地也。後八十年，當有貴女興天下』云。翁孺生禁，禁生女政君，即元后也。

〔一六〕〔補注〕《詩·周南·關雎》：『關關雎鳩，在河之洲。窈窕淑女，君子好逑。』《詩大序》：『《關雎》，后妃之德也，《風》之始也，所以風天下而正夫婦也。』軼，超越。

〔一七〕〔錢注〕《老子》：天長地久。天地所以能長且久者，以其不自生，故能長生。

〔一八〕〔補注〕《詩·周頌·清廟》：『於穆清廟，肅雝顯相。』清廟，太廟，古代帝王之宗廟。尊、彝，均古代酒器，因祭祀、朝聘、宴享之禮多用之，亦泛指禮器。

〔一九〕〔錢注〕《戰國策》：楚王謂安陵君曰：『寡人萬歲千秋之後，誰與樂此也？』〔按〕此『萬歲千秋』即『天長地久』、千年萬代之意，非死之諱辭。

〔二〇〕〔錢注〕《舊唐書·穆宗紀》：長慶四年正月崩。十一月葬於光陵。《唐會要》：光陵陪葬名氏：恭僖太后王氏、積慶太后蕭氏。《後漢書·光烈陰皇后紀》：明帝性孝愛。十七年正月，當謁原陵，夜夢先帝、太后，如平生歡，遂率百官及故客上陵。會畢，帝從席前伏御牀，視太后鏡奩中物，感動悲涕，令易脂澤裝具。左右皆泣，莫能仰視焉。

〔二一〕句首『臣』字《全文》原脱，錢校據胡本補，兹從之。〔錢注〕《史記·呂后紀》：足下佩趙王印，不急之國守藩。《初學記》：沈懷遠《南越志》曰：廣信江、始安江、鬱林江，亦爲三江，在越也。〔補注〕桂管地處嶺南，境有灕水（桂江），故稱『江嶺』。

爲滎陽公與裴盧孔楊韋諸郡守狀〔一〕

某素無材效，謬忝恩榮。實積兢惶，罔知啓處〔二〕。大夫盛名典郡〔三〕，碩畫佐時〔四〕，將以俯歷州鄉，深求疾瘼〔五〕，然後入膺寵命，以副具瞻〔六〕。不惟卑誠，實在公議。末由拜謁，結戀無任。

校注

〔一〕本篇原載清編《全唐文》卷七七四第一五頁、《樊南文集補編》卷四。〔錢注〕《舊唐書·職官志》：武德改郡爲州，州置刺史。天寶改州爲郡，置太守。乾元元年，改郡爲州，州置刺史。〔按〕據《新唐書·方鎮表》，桂管經略使，領桂、梧、賀、連、柳、富、昭、蒙、嚴、環、融、古、思唐、龔十四州。此裴、盧、孔、楊、韋諸郡守，所守之州郡不詳（桂州刺史係鄭亞自任）。《全唐詩》卷七四五陳陶《南海送韋七使君赴象州任》，據今人陶敏考證，此詩作於大中二年。此『韋七使君』或即題内之韋守。然此類狀文，多爲到任後不久之例行公文，當作於大中元年六、七月間。則題内之韋守，似非二年赴象州任之韋七使君也。

〔二〕〔補注〕《詩·小雅·四牡》：『王事靡盬，不遑啓處。』啓處，安居。又《小雅·采薇》：『不遑啓處，玁狁之故。』

〔三〕夫，《全文》作『人』，錢氏據胡本改正，兹從之。〔錢注〕朱浮《爲幽州牧與彭寵書》：伯通以名字典郡，有佐命之功。〔補注〕典郡，主管一郡政事，指爲郡守。

〔四〕〔錢注〕《漢書·匈奴傳》：石畫之臣甚衆。注：石，大也；畫，計策也。〔補注〕石，通『碩』。

〔五〕〔補注〕疾瘼，指民之病痛。

〔六〕〔補注〕《詩·小雅·節南山》：『赫赫師尹，民具爾瞻。』具瞻，爲衆人所瞻望。此指宰輔重臣。

爲滎陽公舉王克明等充縣令主簿狀〔一〕

以前件狀如前。伏以臣所部控聯谿洞〔二〕，參錯蠻髦〔三〕，水接重湖〔四〕，山當五嶺〔五〕。縱有天官注擬〔六〕，多緣地理幽遐〔七〕，或不出上京〔八〕，已發徒勞之歎〔九〕；或暫來屬邑，即聞歸去之辭〔一〇〕。既經久而不謀，亦柔良而曷寄〔一一〕？臣謬膺廉部，慮在曠官〔一二〕。儻旬朔以無言，則賦輿而必闕〔一三〕。前件官或胄粱遺胄〔一四〕，或英俊下寮〔一五〕，雖寓遐陬，久從試吏〔一六〕。假之銅墨〔一七〕，有意於鳴琴〔一八〕；委以簿書〔一九〕，不羞其棲棘〔二〇〕。既聞績用〔二一〕，合有甄昇。一則復遠俗之凋殘，一則輕微臣之憂責〔二二〕。苟事因請託，跡涉貪殘〔二三〕，將有負於斯人，豈敢逃於舉主〔二四〕？伏希卑聽〔二五〕，咸賜即真〔二六〕。干冒宸嚴，無任兢越。

校注

〔一〕本篇原載《文苑英華》卷六三九第三頁、清編《全唐文》卷七七二第二一頁、《樊南文集詳註》卷二。題内『滎陽公』下，馮校云『一有桂州字』。張采田《會箋》三繫大中元年，置《爲滎陽公賀幽州破奚寇表》及相關二狀之後。〔按〕狀謂王克明等人『雖寓遐陬，久從試吏』，當係桂管士人原已試吏，此次正式任命爲縣令、主簿者。狀又有『儻旬朔以無言』之語，當是鄭亞抵達桂林後十天至一月内所上。亞六月初九抵桂林，狀約上於六七月間。

〔二〕〔徐注〕《北史·史萬歲傳》：踰嶺越海，攻陷谿洞不可勝數。〔馮注〕嶺南多蠻夷谿洞。〔補注〕谿洞，又作谿峒，對西南少數族聚居地之統稱。

〔三〕〔徐注〕《詩》：如蠻如髦。〔馮注〕傳曰：蠻，南蠻也。髦，夷髦也。箋曰：髦，西夷別名。武王伐紂，其等有八國從焉。正義曰：髦雖在西，夷總名也。

〔四〕〔徐注〕《巴陵舊志》：洞庭湖南連青草，西吞赤沙，横亘七八百里，因名三湖，又謂之重湖。重湖者，一湖之内，南名青草，北名洞庭，有沙洲間之也。〔馮注〕《荆州記》：巴陵南有青草湖，週圍數百里。湖南有青草山，故名。一名洞庭湖。又：雲夢澤一名巴丘湖。

〔五〕五嶺，見《爲濮陽公陳情表》『豈意復踰五嶺』注。

〔六〕注，《英華》注：集作『恣』，非。〔馮校〕注擬，一作『遴選』，非。〔徐注〕《通典》：光宅元年，改吏部爲天官，神龍元年復舊。天官注擬，見《爲安平公謝除兖海觀察使表》『天官一昇於判第』注。〔補注〕唐代選舉官員，凡應試獲選者，先由尚書省登録，經考詢後再按其才能擬定官職，稱『注擬』。注，登記、記載。

〔七〕〔補注〕地理幽遐，謂地處僻遠。

〔八〕〔補注〕上京，國都。《文選·班固〈幽通賦〉》：『皇十紀而鴻漸兮，有羽儀於上京。』李善注：『有羽翼於京師也。』

〔九〕見《代安平公遺表》『非州縣之職徒勞』注。

〔一〇〕〔馮注〕《晋書·隱逸傳》：陶潛爲彭澤令，義熙二年解印去縣，乃賦《歸去來辭》。

〔一一〕〔徐注〕《後漢書·光武紀》：詔中都官三輔郡國，務進柔良，退貪酷。〔馮箋〕《舊書·傳》：韓佽爲桂州觀察使。桂管二十餘郡，州掾下至邑長三百員，由吏部補者什一，他皆廉使量其才而補之。佽皆得清廉吏以蘇活其人。按《唐會要》：嶺南郡縣官，遣使就補，謂之南選。大和、開成時，屢敕權停，皆委廉使推擇，惟廣、韶、桂、賀等州，吏曹注官，號爲北選。盧鈞奏云：『選人肯來者貧弱令史、遠處無能之徒，到官皆有積債，無一肯識廉耻。』皆可證此狀也。

〔一二〕〔徐注〕《書》：無曠庶官。〔按〕孔傳：『曠，空也。位非其人爲空官。』指空居官位，不稱職。《後漢書·獨行傳·李業》：『朝廷貪慕名德，曠官缺位，於今七年。』此『曠官』指空缺官位。似兼有上二義。

〔一三〕〔徐注〕《左傳》：羣臣帥賦輿以爲魯、衛請。〔馮注〕《左傳》注曰：猶兵車。按：此作財賦之義，唐人常用。〔補注〕《文選·曹攄〈思友人〉詩》：『自我别旬朔，微言絶于耳。』劉良注：『十日爲旬，月初爲朔。』

〔一四〕〔徐注〕《顔氏家訓》：古人云：『膏粱難整。』以其爲驕奢自足不能克勵也。《南史·王曇首傳》：帝曰：『並膏粱世德，乃能屈志戎旅。』〔馮注〕唐柳芳《氏族論》：三世有三公者曰膏粱，有令、僕者曰華腴。

〔一五〕〔徐注〕左思《詠史詩》：世胄躡高位，英俊沉下僚。

〔一六〕〔補注〕試吏，本指出任官吏。《漢書·高帝紀上》：『及壯，試吏，爲泗上亭長。』此處與下『即真』相應，當爲正式任命前試行代理官吏之意。

〔一七〕〔徐注〕《漢書》：縣令、長皆秦官，秩六百石以上皆銅印墨綬。

〔一八〕〔徐注〕《吕氏春秋》：宓子賤爲單父宰，鳴琴而治。

〔一九〕〔徐注〕劉楨詩：沈迷簿領書。〔馮注〕《漢書·賈誼傳》：大臣特以簿書不報，期會之間，以爲大故。〔補注〕委以簿書，指任爲主簿。

〔二〇〕〔馮注〕《後漢書》：仇香爲考城主簿，令王涣謝遣曰：『枳棘非鸞鳳所棲，百里豈大賢之路。』〔補注〕枳棘，枳木與棘木，多刺，被稱爲惡木。此以棲棘喻居下位。

〔二一〕〔徐注〕《書》：九載績用弗成。《後漢書·循吏傳論》曰：斯其績用之最章章者也。〔補注〕績用，功績、功效。

〔二二〕〔馮注〕《漢書·陸賈傳贊》：致仕諸吕，不受憂責。《後漢書·吴良傳》：東平王蒼署爲西曹，上疏薦良曰：『臣榮寵絶矣，憂責深大，私慕公叔同升之義。』

〔二三〕〔馮注〕《後漢書·鄭弘傳》：洛陽令楊光，其官貪殘，不宜處位。《後漢書·第五倫傳》：陛下誅刺史二千石貪殘者六人。

〔二四〕〔馮注〕《後漢書·楊倫傳》：豺狼之吏不絶者，豈非本舉之主不加之罪乎？自非案坐舉者，無以禁絶姦萌。〔徐注〕《南史·謝莊傳》：表曰：若任得其才，舉主延賞；有不稱職，宜及其坐。

〔二五〕伏字下《英華》衍『乙』字。〔馮注〕《史記》：司星子韋謂宋景公曰：『天高聽卑。』

〔二六〕〔馮注〕《漢書·韓信傳》：信請自立爲假王。漢王曰：『大丈夫定諸侯，即爲真王耳，何以假爲？』《王莽傳》：遂謀即真之事矣。按：後凡攝官而實授者，皆曰即真。〔徐注〕《晋書·劉暾傳》：兼御史中丞，朝廷嘉之，遂即真。

爲滎陽公桂州署防禦等官牒〔一〕

段協律〔二〕

判官禀訓台階〔三〕，從知侯國〔四〕。庭蘭並馥〔五〕，巖電齊明〔六〕。且憶菲才，嘗分曩顧，梁園辱召〔七〕，淮館陪遊〔八〕。今者獲守小藩，適經舊第〔九〕，滋川之上〔一〇〕，方顧慕于廉臺〔一一〕；瀫水之旁，亦徘徊于阮曲〔一二〕。實欣餘慶〔一三〕，豈謂嘉招〔一四〕？願持謙下之姿，俯贊訓齊之令〔一五〕。事須請攝防禦巡官〔一六〕。

校注

〔一〕本題包括爲鄭亞代擬之署官牒文十九篇，原載清編《全唐文》卷七七八第一九至二五頁、《樊南文集補編》卷八。〔錢箋〕《新唐書·方鎮表》：桂州，開耀後置管内經略使，領桂、梧、賀、連、柳、富、昭、蒙、嚴、環、融、古、思唐、龔十四州，治桂州。餘見《爲中丞滎陽公赴桂州至湖南敕書慰諭表》注〔一〕及《爲滎陽公上集賢韋相公狀二》注〔七〕。張采田《會箋》三繫此組牒文於大中元年鄭亞抵達桂林後，置《爲滎陽公上許高尚書啓》之後，未標月份。〔按〕此組牒文十九篇似皆爲鄭亞到任後不久辟署桂管所屬州縣官吏及使府幕僚而作。其中劉福攝觀察衙推牒有『今廉部之初，求人是切』語，尤爲明證。今酌訂此組牒文爲大中元年六七月間作。

〔二〕〔錢箋〕文首云『稟訓台階』，必宰相之子。考《新唐書·宰相世系表》，段氏宰相，惟文昌一人，其子成式，字柯古，以蔭入官。咸通初，出爲江州刺史。此尚初試，正與鄭亞同時也。成式以博雅著稱，其文與李義山、温飛卿齊名，號三十六體。《新》《舊》二傳第載其爲校書郎，而不詳其爲協律。然史言『文昌晚年既耽玩於歌舞，成式子安節又善樂律，能自度曲』，意於音律之學，有濡染於家風者矣。再玩文中語氣，似爲鄭亞故府之子。考《舊唐書·段文昌傳》：長慶元年，詔授西川節度。大和四年，移鎮荆南。文昌於荆、蜀皆有先祖故第，至是贖爲浮圖祠。又以先人墳墓在荆州，别營居第，以置祖禰影堂。與文中『廉堂』『阮曲』，語意正合。豈文昌節度荆南之日，鄭亞曾爲幕僚，今此觀察桂管，道出荆南，適成式尚在故居，亞遂辟之赴桂耶？然亦究無確證，特就文義推測得之耳。協律，見《上李舍人狀六》注〔二〕。〔按〕錢氏據牒文『稟訓台階』及協律之姓推測其爲段文昌之子段成式，可疑。其謂『文昌節度荆南之日，鄭亞曾爲幕僚』乃誤解。牒文『且憶菲才，嘗分橐顧，梁園辱召，淮館陪遊』數語，明指段協律往昔曾與己（鄭亞）同幕。此蓋指段成式、鄭亞大和初同在李德裕浙西幕府之事。按成式《酉陽雜俎續集》卷四云：『予大和初，從事浙西贊皇公幕中，嘗因與曲宴。』時鄭亞亦在浙西幕。《舊唐書・鄭畋傳》云：『李德裕出鎮浙西，辟（亞）爲從事。』德裕雖前後三鎮浙西，然鄭亞與段成式同在幕者，則爲長慶二年至大和三年初鎮浙西時。亞元和十五年擢進士第，其入浙西幕當即在長慶二年九月德裕方出鎮時。大和二年亞應賢良方正、直言極諫科試。吏部調選，又以書判拔萃。則大和二年起亞已不在浙西幕。段成式何時入浙西幕不可考，而『大和初，從事浙西贊皇公幕中』，與鄭亞同幕則無疑。然成式以父蔭入仕爲集賢院校書。會昌中，爲祕書省祕書郎、集賢學士，遷尚書郎。大中初，出爲吉州刺史。祕書郎從六品上，尚書郎同，而太常寺協律郎正八品上。牒文不稱其較高之京官品級而稱其較低之品級，此可疑者一。且前已爲從六品之祕書郎、尚書郎，至大中元年反降爲從八品之協律郎，此亦不可解。據成式《寺塔記》：『及刺安成（吉州），至大中七年歸京，在外六甲子。』則大中二年成式已刺吉州。吉州爲上州，刺史從三品。如大中元年入桂幕時尚爲正八品上之協律郎，二年驟昇從三品之上州刺史，幾爲不可能之事。據『庭蘭並馥』語，似文昌除成式外尚另有子，然《新書・宰相表》僅載成式一人。且如非成式，又與『梁園辱召，淮館陪遊』之語不符。疑不能決，姑並録之以俟再考。又，戴偉華《唐方鎮文職幕僚考》疑爲段文昌之孫段公路。公路撰成《北户録》記嶺南風土物産。似可從。

〔三〕判官，見《爲尚書濮陽公涇原讓加兵部尚書表》注〔三〕。台階，指宰輔之位，屢見。

〔四〕侯國，見《爲濮陽公補仇坦牒》『今重之侯國』注。

〔五〕〔錢注〕《晉書・謝玄傳》：謝安嘗戒約子姪，因曰：『子弟亦何豫人事，而正欲使其佳？』玄答曰：『譬如芝蘭玉樹，欲使其生於庭階耳。』〔按〕曰『並馥』，似子弟不止一人。然此或可兼子、姪而言之也。

〔六〕〔錢注〕《晉書・王戎傳》：戎幼而穎悟，神彩秀徹，視日不眩。裴楷見而目之曰：『戎眼爛爛，如巖下電。』

〔七〕見《上令狐相公狀二》『梁園早厠於文人』注。

〔八〕見《上令狐相公狀二》『淮邸夙叨於詞客』注。

〔九〕第，全文作『地』，從錢校據胡本改正。〔錢注〕《漢書·高帝紀》注：孟康曰：有甲乙次第，故曰第也。〔按〕此『舊第』即《舊唐書·段文昌傳》所謂在荆州之先祖故第。參注〔二〕。下廉臺、阮曲均喻指故第。

〔一〇〕滋，《全文》作『兹』，從錢校據胡本改正。

〔一一〕臺，《全文》作『堂』，從錢校據胡本改正。〔錢注〕《説文》：滋水出牛飲山白陘谷，東入滹沱。嵇康《琴賦》：或徘徊顧慕。《魏書·地形志》：中山郡毋極縣有新城、廉臺。《元和郡縣志》：廉頗臺在陘邑縣西南十五里。慕容恪與冉閔戰於魏昌廉頗臺，閔大敗。即此。

〔一二〕阮，《全文》作『既』，從錢校據胡本改正。〔錢注〕《水經注》：穀水又東南轉屈而東注，謂之阮曲，云阮嗣宗之故居也。

〔一三〕〔補注〕《易·坤》：『積善之家，必有餘慶。』

〔一四〕〔錢注〕潘岳《河陽縣作》：弱冠忝嘉招。〔補注〕嘉招，朝廷之徵聘。此指辟署爲幕僚。

〔一五〕〔補注〕《莊子·天下》：『以濡弱謙下爲表，以空虚不毁萬物爲實。』訓齊，訓練整治。防禦巡官職事。

〔一六〕〔錢注〕《新唐書·百官志》：防禦使，巡官一人。

李幼章

前件官，籍在五陵〔一〕，學通《三略》〔二〕。不露才而務進〔三〕，能仗氣以逾恭〔四〕。所宜率彼紀綱〔五〕，託爲親信〔六〕。屬兹封部〔七〕，稍遠宸居〔八〕。是用輟自私朝〔九〕，仍其舊邸〔一〇〕，遠分尺籍〔一一〕，遥押牙璋〔一二〕。爾其敏以在公〔一三〕，幹而集事〔一四〕。達封章于鳳闕〔一五〕，底方賄于鑾圻〔一六〕。勿替前勞〔一七〕，以承後弊。事須補充防禦押衙〔一八〕，知上都進奏〔一九〕。

校注

〔一〕〔錢注〕《漢書·原涉傳》：涉年二十餘，郡國諸豪及長安五陵諸爲氣節者皆歸慕之。注：謂長陵、安陵、陽陵、茂陵、昭陵也。

〔二〕見《爲滎陽公賀幽州張相公狀》注〔一三〕。

〔三〕〔錢注〕王逸《楚辭章句序》：班固謂之露才揚己。《吴越春秋》：螳螂貪心務進，志在有利。

〔四〕〔錢注〕《宋書·孔覬傳》：爲人使酒仗氣。

〔五〕〔錢注〕《後漢書·張升傳》：仕郡爲綱紀。〔補注〕《資治通鑑·晋明帝太寧二年》：『有詔：王敦綱紀除名，參佐禁錮。』胡三省注：『綱紀，綜理府事者也。』即指下文『押衙』。

〔六〕託，《全文》作『記』，從錢校據胡本改正。〔錢注〕《漢書·朱博傳》：博因敕禁：『毋得泄語，有便宜，輒記言。』因親信之，以爲耳目。

〔七〕兹，《全文》作『資』，據錢校改。〔錢注〕《魏志·張邈傳》注：《英雄記》曰：甫詣封部。〔補注〕封部，猶封地、封邑，此指桂管所管轄之地區。

〔八〕〔補注〕宸居，帝王所居之所，此指京城長安。

〔九〕〔補注〕《禮記·玉藻》：『將適公所，宿齋戒……既服，習容，觀玉聲，乃出，揖私朝，煇如也，登車則有光矣。』孔穎達疏：『私朝，大夫自家之朝也。』

〔一〇〕〔錢注〕《説文》：邸，屬國舍。〔按〕二句言其辦理公事在桂管駐京府邸，即下文『遠分尺籍，遥押牙璋』『知上都進奏。』

〔一一〕〔錢注〕《漢書·馮唐傳》注：李奇曰：尺籍所以書軍令。

〔一二〕〔補注〕《周禮·春官·典瑞》：『牙璋以起軍旅，以治兵守。』鄭玄注引鄭司農曰：『牙璋瑑以爲牙。牙齒，兵象，故以牙璋發兵，若今時以銅虎符發兵。』

〔一三〕〔補注〕《詩·召南·小星》：『夙夜在公，寔命不同。』在公，辦理公事。

〔一四〕〔補注〕集事，成功。語本《左傳·成公二年》：『此車一人殿之，可以集事。』

〔一五〕〔錢注〕揚雄《趙充國頌》：屢奏封章。鳳闕，見前《爲汝南公賀元日朝會上中書狀》『鳳闕雙標』注。

〔一六〕〔錢注〕《國語》：昔武王克商，通道于九夷、百蠻，使各以其方賄來貢，使無忘職業。〔補注〕《周禮·夏官·大司馬》：『方千里曰國畿……又其外方五百里爲蠻畿。』蠻畿，古所謂九畿中最邊遠之畿，亦稱蠻服、蠻圻，爲九州之邊界。自此之外，爲夷狄之諸侯。底，同『底』，致，達到。方賄，土産，地方所有之財物。

〔一七〕〔補注〕《左傳·哀公二十七年》：『齊師將興，陳成子……召顔涿聚之子晋，曰：「隰之役，而父死焉。以國之多難，未女恤也。今君命女以是邑也，服車而朝，毋廢前勞！」乃救鄭。』

〔一八〕〔錢注〕《通鑑·唐玄宗紀》注：押牙者，盡管節度使牙内之事。

〔一九〕見《爲濮陽公奉慰皇太子薨表》注〔一〕。

羅瞻

前件官，早從官序〔一〕，實負公才〔二〕。每服節以存誠〔三〕，亦約言而顧禮〔四〕。惟是造次〔五〕，不致尤違〔六〕。今者任重察廉〔七〕，務煩按鞫〔八〕，既資明練〔九〕，兼藉哀矜。勿輕東海之冤〔一〇〕，無縱梗陽之賂〔一一〕。俾夫縣道〔一二〕，畏我簡書〔一三〕。事須補充觀察衙推〔一四〕。

校注

〔一〕〔補注〕《禮記·禮運》：『大臣法，小臣廉，官職相序，君臣相正，國之肥也。』早從官序，謂早已置身官吏之等第序列。

〔二〕〔錢注〕《晋書·虞駿傳》：駿歷吴興太守，王導嘗謂駿曰：『孔愉有公才而無公望，丁潭有公望而無公才，兼之者其惟卿乎？』〔補注〕此『公才』猶言堪與三公相當之才能。《三國志·魏志·崔琰傳》：『琰又名之曰：孫（禮）疏亮亢烈，剛簡能斷，盧（毓）清警明理，百練不消，皆公才也。』

〔三〕〔錢注〕蘇武《報李陵書》：向使君服節死難。〔補注〕《易·乾》：『庸言之信，庸行之謹，閑邪存其誠。』存誠，心懷坦誠。

〔四〕〔錢注〕《吴志·孫權傳》：乃欲哀親戚，顧禮制。〔補注〕《禮記·坊記》：『故君子約言，小人先言。』約言，省約其言。

〔五〕〔補注〕《論語·里仁》：『君子無終食之間違仁，造次必於是，顛沛必於是。』此造次即含造次顛沛意。

〔六〕致，《全文》作敢，錢校據胡本改正，兹從之，參注。〔補注〕《書·君奭》：『弗永遠念天威，越我民罔尤違。』尤違，過失。

〔七〕任，《全文》作『位』，錢校據胡本改，兹從之。

〔八〕〔錢注〕《漢書·趙廣漢傳》注：按，致其罪也。又《田千秋傳》注：鞫，問也。

〔九〕〔錢注〕《魏志·滿寵等傳評》：田豫居身清白，規略明練。〔補注〕明練，明察幹練。

〔一〇〕〔錢注〕《漢書·于定國傳》：定國父于公，爲郡決曹，決獄平。東海有孝婦少寡，養姑甚謹，姑欲嫁之，終不肯。其後姑自經死，姑女告吏：『婦殺我母。』吏捕驗治，孝婦自誣服。于公以爲此婦養姑以孝聞，必不殺也。争之弗能得。太守竟論殺孝婦。郡中枯旱三年。後太守至，于公曰：『孝婦不當死，前太守彊斷之，咎黨（儻）在是乎？』於是太守殺牛自祭孝婦冢，因表其墓，天立大雨。

〔一一〕賂，《全文》原作『略』，據錢校改。〔補注〕《左傳·昭公二十八年》：『冬，梗陽人有獄，魏戊不能斷，以獄上。其大宗賂以女樂，魏子將受之，魏戊謂閻没女寬曰：「主以不賄聞於諸侯，若受梗陽人賄，莫甚焉，吾子必諫。」皆許諾。』

〔一二〕〔錢注〕司馬相如《喻巴蜀檄》：亟下縣道。《漢書·百官公卿表》：縣有蠻夷曰道。

〔一三〕〔錢注〕《詩·小雅·出車》：『豈不懷歸，畏此簡書。』〔補注〕簡書，用於告誡、徵召之文書。

〔一四〕『補』字《全文》脱，據錢校補。〔錢注〕《新唐書·百官志》：觀察使，衙推一人。

陳公瑾

右件官，學精《三略》〔一〕，藝極六鈞〔二〕。敏以竄謀〔三〕，恭而仗氣〔四〕。事予莊主〔五〕，奉我郡侯〔六〕。誰言越嶺之名藩〔七〕，仍自梁園之下客〔八〕。既叨防遏〔九〕，深藉材能，將致果於戎行〔一〇〕，俾同登於勇爵〔一一〕。事須補充同散兵馬使〔一二〕。

校注

〔一〕見《爲滎陽公賀幽州張相公狀》注〔一三〕。

〔二〕〔補注〕《左傳·定公八年》：『士皆坐列，曰：「顔高之弓六鈞。」皆取而傳觀之。』杜預注：『三十斤爲鈞，六鈞百八十斤。』謂張滿弓用力六鈞。

〔三〕竄字下《全文》原注：疑。〔按〕竄字不誤，見注。〔錢注〕《國語》：縶敏且知禮，敬以知微。敏能竄謀，知禮可使；敬不墜命，微知可否。君其使之。〔補注〕竄，暗中謀畫。

〔四〕見《李幼章牒》注〔四〕。

〔五〕〔錢注〕此係當日同爲幕僚者。《國語》：昔吾逮事莊主。

〔六〕〔錢注〕《晉書·職官志》：郡侯如不滿五千户，王置一軍，一千一百人，亦中尉領之。〔補注〕晉武帝封羊祜爲南城侯，置相，與郡公同，爲郡侯之始。此句『郡侯』即兼首州刺史之節度使、觀察使，亦即上句『莊主』，指鄭亞與陳公瑾昔日共事之幕主。亞與公瑾何時同幕，不詳。

〔七〕〔補注〕越嶺名藩，指桂管觀察使。越嶺，即越城嶠。

〔八〕〔錢注〕《列士傳》：孟嘗君食客三千人，厨有三列：上客食肉，中客食魚，下客食菜。梁園，見《上令狐相公狀二》『梁園早厠於文人』注〔二〇〕。

〔九〕見《爲滎陽公論安南將士月糧狀》注〔四〕。

〔一〇〕〔補注〕《左傳·成公二年》：『下臣不幸，屬當戎行，無所逃隱。』又《宣公二年》：『殺敵爲果，致果爲毅。』致果，極勇敢地殺敵立功。

〔一一〕〔補注〕《左傳·襄公二十一年》：『莊公爲勇爵，殖綽、郭最欲與焉。』杜預注：『設爵位以命勇士。』

〔一二〕散兵馬使，見《爲濮陽公補仇坦牒》注〔一四〕。〔錢注〕《新唐書·百官志》：初，太宗省内外官制七百三十員，曰：『吾以此待天下賢材足矣。』然是時已有員外置，其後，又有特置、同正員。

崔兵曹〔一〕

兵曹出于華胄〔二〕，早履宦途。郤宛直而和〔三〕，大叔美而秀〔四〕。能暇豫于思義〔五〕，不造次以違仁〔六〕。盤錯有彰〔七〕，綮肯無頓〔八〕。雖思濡足〔九〕，安可折腰〔一〇〕？希茂象雷之能〔一一〕，兼佐宣風之職〔一二〕。事須請攝觀察巡官〔一三〕。兼知某縣事。

校注

〔一〕《新唐書·地理志》：桂州始安郡，中都督府。《舊唐書·職官志》：中都督府，兵曹參軍事一人，從七品上。〔按〕崔兵曹當是已任桂州兵曹參軍，而攝觀察巡官，兼知某縣事者。

〔二〕〔錢注〕《南史·何昌寓傳》：昌寓後爲吏部尚書，嘗有一客姓閔求官，昌寓謂曰：『君是誰後？』答曰：『子騫後。』昌寓團扇掩口而笑，謂坐客曰：『遥遥華胄。』〔補注〕崔姓爲高門，故云。

〔三〕〔補注〕《左傳·昭公二十七年》：『郤宛直而和，國人説之。』杜預注：『以直事君，以和接類。』

〔四〕〔補注〕《左傳·襄公三十一年》：『子大叔美秀而文。』

〔五〕思，《全文》作『恩』，據錢校改。〔補注〕《論語·子張》：『士見危致命，見得思義。』

〔六〕見本篇《羅瞻牒》注〔五〕。

〔七〕盤錯，見《爲滎陽公上門下李相公狀二》注〔六〕。

〔八〕綮，《全文》作『脊』，據錢校改。〔錢注〕《莊子》：庖丁爲文惠君解牛曰：『臣之所好者，道也，進乎技矣。臣以神遇，而不以目視，官知止而神欲行，依乎天理，批大郤，導大窾，因其固然，技經肯綮之未嘗，而況大軱乎？今臣之刀十九年矣，所解數千牛矣，而刀刃若新發於硎。』〔補注〕綮肯，筋骨結合處。頓，通『鈍』。
〔九〕〔錢注〕桓寬《鹽鐵論》：孔子思堯、舜之道，東西南北，灼頭濡足，庶幾世主之悟。
〔一〇〕見《上張雜端狀》『五斗米安可折腰』注。
〔一一〕雷，《全文》作『賢』，從錢校據胡本改正。〔錢注〕《太平御覽》：《孝經援神契》曰：二王之後稱公，大國侯皆千乘，象雷百里，所潤雲雨同。
〔一二〕宣風，見《爲中丞滎陽公赴桂州至湖南敕書慰諭表》注〔三〇〕。
〔一三〕〔錢注〕《新唐書·百官志》：觀察使，巡官一人。

段球

右件官，太倉稟術〔一〕，何晏傳能〔二〕。既通九藏之宜〔三〕，兼善五禽之戲〔四〕。湘南越北〔五〕，蠻落華人〔六〕，雖其土厚水深〔七〕，豈忘二臣三佐〔八〕？勉將剖浣〔九〕，用息痌瘝〔一〇〕。勿矜麥麴之廋辭〔一一〕，審辯藿茶之輟寐〔一二〕。事須補充醫博士〔一三〕。

校注

〔一〕〔錢注〕《史記·倉公傳》：太倉公者，齊太倉長，臨菑人也。姓淳于氏，名意。少而喜醫方術。同郡元里公乘陽慶，更悉以禁方予之。傳黄帝、扁鵲之脈書，五色診病，知人死生，及藥論甚精。爲人治病多驗。
〔二〕晏，《全文》作『宴』，從錢校據胡本改正。〔錢注〕《世説》：何平叔云：服五石散，非惟治病，亦覺神明開朗。

〔三〕藏，《全文》作『歲』，據錢校改。〔補注〕《周禮·天官·疾醫》：『參之以九藏之動。』賈公彥疏：『正藏五者，謂五藏。肺、心、肝、脾、腎，並氣之所藏，故得正藏之稱。又有胃、膀胱、大腸、小腸者，此乃六府中取此四者，以益五藏爲九藏也。』

〔四〕〔錢注〕《後漢書·華佗傳》：吾有一術，名五禽之戲：一曰虎，二曰鹿，三曰熊，四曰猨，五曰鳥。亦以除疾，兼利蹏足，以當導引。

〔五〕〔錢注〕《水經》：湘水出零陵始安縣陽海山，東北過零陵東。注：越城嶠水，南出越城之嶠，嶠即五嶺之西嶺也。秦置五嶺之戍，是其一焉。北至零陵縣，下注湘水。〔補注〕湘南越北，指桂管地區。湘南泛指湘水以南包括今桂林一帶。商隱詩《寄成都高苗二從事》以『命斷湘南病渴人』自指，『湘南』即指桂管。

〔六〕蠻落，見《爲滎陽公上集賢韋相公狀二》注〔七〕。落，居也。

〔七〕〔補注〕《左傳·成公六年》：『不如新田，土厚水深，居之不疾。』

〔八〕〔錢注〕沈括《夢溪筆談》：舊説有藥用一君二臣三佐五使之説。〔補注〕《素問·至真要大論》：『方制君臣何謂也？岐伯曰：主病之謂君，佐君之謂臣。』《重修政和經史證類備用本草》卷一：『藥有君臣佐使，以相宣攝合和。宜用一君二臣三佐五使。』

〔九〕〔錢注〕《後漢書·華佗傳》：佗精於方藥，處齊不過數種，鍼灸不過數處。若疾發結於内，鍼藥所不能及者，乃令先以酒服麻沸散，既醉無所覺，因剖破腹背，抽割積聚。若在腸胃，則斷截湔洗，除去疾穢，既而縫合，傅以神膏，四五日創愈，一月之間皆平復。

〔一〇〕〔補注〕《書·康誥》：『嗚呼！小子封，恫瘝乃身，敬哉！』孔傳：『恫，痛；瘝，病。』後多寫作『痌瘝』。

〔一一〕〔錢注〕《國語》：范文子曰：『有秦客廋辭於朝。』〔補注〕麥麴，麥製之酒母。《左傳·宣公十二年》：『還無社與司馬卯言，號申叔展。叔展曰：「有麥麴乎？」曰：「無。」「有山鞠窮乎？」曰：「無。」』杜預注：

『麥麴、鞠窮，所以禦濕。欲使無社逃泥水中，無社不解，故曰無。軍中不敢正言，故繆語。』〔補注〕廋辭，隱語。軍中不敢正言，故繆語，即所謂廋辭也。

〔一二〕〔錢校〕藿茶，胡本作『翟祖』。〔錢注〕《詩》『堇荼如飴』疏：《廣雅》：堇，藿也。今三輔之間言猶然。張華《博物志》：飲真茶，令人少眠。《野客叢書》：世謂古之荼即今茶，不知荼有數種，惟荼檟之荼，即今之茶也。

〔一三〕〔錢注〕《新唐書·百官志》：中都督府，醫藥博士一人，正九品下。

鄉貢明經陶標〔一〕

牒奉處分，昔漢時高手〔二〕，周室上醫〔三〕，將崇三代之功〔四〕，亦謹一經之道〔五〕。以標實稱幹父〔六〕，且又名家，佇有濟于痒痾〔七〕，在先頒于禄廩〔八〕。爾其精詳《桐籙》〔九〕，慎別《農經》〔一〇〕，且繫孝廉之船〔一一〕，勉用季孫之石〔一二〕。事須補充要籍〔一三〕。

校注

〔一〕〔錢注〕唐貢士之法，多循隋制，其常貢之科，有秀才，有明經，有進士，有明法，有書，有算。自京師郡縣，皆有學焉。每歲仲冬，郡縣監課，試其成者。長吏會僚屬，設賓主，陳俎豆，備管絃。既餞，而與計偕。其不在館學而舉者，謂之鄉貢。〔補注〕《新唐書·選舉志上》：『唐制，取士之科，多因隋舊，然其大要有三：由學館曰生徒，由州縣曰鄉貢，皆升於有司而進退之。』《唐摭言·統序科第》：『自武德辛巳歲四月一日，敕諸州學士及早有明經及秀才、俊士、進士明於理體，爲鄉里所稱者，委本縣考試，州長重覆，取其合格，每年十月隨物入貢。斯我唐貢士之始也。』

〔二〕〔錢注〕《初學記》：司馬彪《續漢書》曰：東平王蒼到國，病，詔遣太醫丞，將高手醫視病。

〔三〕〔補注〕《周禮·天官冢宰·醫師》：『醫師，掌醫之政令……凡邦之有疾病者……使醫分而治之。歲終，則稽其醫事，以制其食。十全爲上，十失一次之，十失二次之，十失三次之，十失四爲下。』

〔四〕〔錢注〕用《禮記》『醫不三世，不服其藥』。唐諱『世』，作『代』。

〔五〕〔錢注〕《漢書·韋賢傳》：賢篤志於學，兼通《禮》《尚書》，以《詩》教授，號稱鄒、魯大儒。少子玄成復以明經歷位至丞相。故鄒、魯諺曰：遺子黄金滿籯，不如一經。〔按〕此『一經』切『鄉貢明經』而言。

〔六〕〔補注〕《易·蠱》：『幹父用譽，承以德也。』孔穎達疏：『奉承父事，惟以中和之德，不以威力，故云承以德也。』幹父之蠱，謂子承父志，完成父親未竟之業。《易·蠱》：『幹父之蠱，有子，考無咎。』王弼注：『以柔巽之質，幹父之事，能承先軌，堪其任者也。』

〔七〕〔錢注〕《説文》：痒，瘍也。疴，病也。〔按〕疴、痾皆疾病。

〔八〕〔錢注〕《周禮·内宰》注：稍食，吏禄，稟也。

〔九〕〔錢注〕陶弘景《本草序》：有《桐君采藥録》，説其花葉形色。《藥對》四卷，説其佐使相須。

〔一〇〕愼，《全文》作『慎』，注曰：疑。據錢校改。〔錢注〕陶弘景《本草序》：舊説皆稱《神農本經》，余以爲信然。

〔一一〕〔錢注〕《晉書·張憑傳》：憑舉孝廉，負其才，詣劉惔。會王濛就惔清言，有所不通，憑於末坐判之，言旨深遠，清言彌日。憑既還船，須臾，惔遣教覓張孝廉船，便召與同載。

〔一二〕季，《全文》作『李』。〔錢校〕『李孫』未詳，似當作『季孫』。然《左傳》『藥石』，乃孟孫，而非季孫，或臆記而誤。〔按〕錢説是。《左傳·襄公二十三年》：『季孫之愛我，疾疢也；孟孫之惡我，藥石也。』殆因此而誤記爲『季孫』，又形訛爲『李孫』。兹據改。

〔一三〕〔錢注〕《新唐書·百官志》：觀察使，要籍一人。〔補注〕《周禮·夏官·大司馬》：『大役與慮，事屬其植，受其要，以待考而賞誅。』鄭玄注：『要者，簿書也。』又《天官·小宰》：『月終則以官府之叙受羣吏之要。』鄭玄注：『主每月之小計。』賈公彦疏：『月計曰要，故每月月終則使官府致其簿書之要受之。』要，爲會計之簿書。要籍，當是主管簿書之會計之吏。陶禔之職實爲醫官，因前已辟署段球爲醫藥博士，按規定只能舉一人，故陶禔以『要籍』名義領取禄廩。

前攝臨桂縣令李文儼〔一〕

右件官，我李本枝〔二〕，諸劉貴族〔三〕，能彰美錦〔四〕，令肅陽鱎〔五〕。臨桂既有正官〔六〕，豐水方思健令〔七〕。無辭久假〔八〕，勉慰一同〔九〕。已聞言偃之絃歌〔一〇〕，更佇潘仁之桃李〔一一〕。事須差攝豐水縣令。

校注

〔一〕〔錢注〕《新唐書·地理志》：臨桂縣，上，屬嶺南道桂州。《舊唐書·職官志》：諸州上縣，令一人，從六品上。〔補注〕攝，暫行代理、非正式任命。

〔二〕〔補注〕《詩·大雅·文王》：『文王孫子，本支百世。』本支，亦作本枝，家族之嫡系與庶出子孫。此指李唐皇族。

〔三〕〔錢注〕《史記·荆燕世家》：荆王劉賈者，諸劉不知其何屬。〔補注〕諸劉，指漢劉氏皇族，喻李唐同姓皇族。

〔四〕〔補注〕《左傳·襄公三十一年》載：子皮欲使尹何爲家邑之宰，子産以爲尹何不堪此任，喻之曰：『子有美錦，不使人學製焉。大官、大邑，身之所庇也，而使學者製焉，其爲美錦不亦多乎？』能彰美錦，謂能擔當治理一縣之重任。

〔五〕〔錢注〕《説苑》：宓子賤爲單父宰，陽晝曰：『夫投綸措餌，迎而吸之者，陽鱎也，其爲魚薄而不美。』未至單父，冠蓋迎之者，交接於道。子賤曰：『車驅之。夫陽晝之所謂陽鱎者至矣。』〔按〕《説苑》『鱎』作『橋』。明楊慎《陽鱎》：『陽喬，魚名，不釣而來，喻士之不招而至者也。其魚之形則未詳……喬從魚爲鱎，字義乃全。』楊慎所解似非《説苑·政理》原意，子賤蓋以陽鱎爲趨附之徒，故云『車驅之。』與此句『令肅陽鱎』意合。

〔六〕官，《全文》作『言』，據錢校改。〔錢注〕《漢書·哀帝紀》注：諸以才技徵召，未有正官，故曰待詔。

〔七〕〔錢注〕《新唐書·地理志》：豐水縣，中下，屬桂州。《舊唐書·職官志》：諸州中下縣，令一人，從七品上。《後漢書·馮魴傳》：魴遷郟令，郟賊攻圍縣舍，魴率吏士力戰。帝案行鬭處，乃嘉之曰：『此健令也。』

〔八〕〔補注〕假，代理。前攝臨桂縣令，今又差攝豐水縣令，故云『久假』。

〔九〕〔補注〕《左傳·襄公二十五年》：『且天子之地一圻，列國一同，自是以衰。今大國多數圻矣，若無侵小，何以至焉。』杜預注：『一同，方百里。』古代一縣所轄之地方百里。《漢書·百官公卿表》：『縣大率方百里。』亦以『一同』借指縣令。

〔一〇〕〔補注〕《論語·陽貨》：『子之武城，聞弦歌之聲。夫子莞爾而笑，曰：「割雞焉用牛刀？」子游對曰：「昔者偃也聞諸夫子曰：君子學道則愛人，小人學道則易使也。」子曰：「二三子！偃之言是也。前言戲之耳。」』弦歌，指以禮樂教化治理縣政。言偃，吴人，字子游，少孔子四十五歲。見《史記·仲尼弟子列傳》。

〔一一〕〔錢注〕《晉書·潘岳傳》：岳字安仁。《白帖》：晉潘岳爲河陽令，樹桃李花，人號曰『河陽一縣花』。

突將凌綽〔一〕

牒奉處分。我所羈縻〔二〕，未爲遐陋，既懸版籍〔三〕，實集賦輿〔四〕。言念蕃州〔五〕，雖無漢守〔六〕，豈得久容懦吏〔七〕，有負疲人？以綽早處中軍〔八〕，嘗爲突騎〔九〕，既負抉門之武〔一〇〕，仍聞免胄之恭〔一一〕。是用暫假撫綏，聊資控遏。爾其載敷仁勇〔一二〕，式慰州邦。無挾遠以生情，勿憂貧而易操〔一三〕。獎能舉罪〔一四〕，兩不敢私。事須差知蕃州事。

校注

〔一〕〔錢注〕《通鑑·唐肅宗紀》注：突將，以領驍勇馳突之士。

〔二〕見《爲滎陽公上集賢韋相公狀二》注〔七〕。〔錢注〕《漢書·司馬相如傳》：蓋聞天子之於夷狄也，其義羈縻，勿絶而已。注：羈，馬絡頭也；縻，牛紖也。

〔三〕〔錢注〕《周禮》『司氏』注：版，今户籍也。〔按〕此版籍即版圖、疆域。此指桂管所轄區域。

〔四〕〔補注〕實，通『寔』，即。賦輿，賦税，語本《左傳·成公二年》，屢見前注。

〔五〕〔錢注〕《新唐書·地理志》：蕃州，隸桂州都督府。〔按〕蕃州爲桂州都督府之羈縻州，治在今廣西宜山縣西南。

〔六〕〔錢注〕《吴志·太史慈傳》注：《江表傳》曰：鄱陽民帥别立宗部，阻兵守界，不受華子魚所遣長吏，言：『我以别立郡，須漢遣真太守來，當迎之耳。』

〔七〕〔錢注〕《漢書·元后傳》：逐捕魏郡羣盜堅盧等黨與，及吏畏懦逗遛當坐者。

〔八〕〔補注〕《左傳·桓公五年》：『秋，王以諸侯伐鄭，鄭伯禦之，王爲中軍，虢公林父將右軍。』古代行軍作戰分左、中、右或上、中、下三軍，以主帥所在之中軍發號施令。

〔九〕〔錢注〕《漢書·鼂錯傳》注：突騎，言其驍鋭，可用衝突敵人也。

〔一〇〕〔補注〕《左傳·襄公十年》：『縣門發，郰人紇抉之。』抉門，托舉城門。

〔一一〕〔補注〕《國語·周語中》：『左右皆免胄而下拜，超乘者三百乘。』免胄，脱下頭盔，古代將士之行禮方式。

〔一二〕〔補注〕《論語·憲問》：『仁者必有勇。』

〔一三〕〔補注〕《論語·衛靈公》：『君子謀道不謀食。耕也，餒在其中矣；學也，禄在其中矣。君子憂道不憂貧。』

〔一四〕〔錢注〕《晉書·劉頌傳》：夫監司以法舉罪。

盧韜

右件官，族茂燕臺〔一〕，譽高藩閫〔二〕。未從鵰化〔三〕，聊屈鸞棲〔四〕。州縣誠歎于徒勞〔五〕，煙火嘗欣其相接〔六〕。勉全素分，佇振嘉聲。事須差攝靈川縣主簿〔七〕。

校注

〔一〕〔錢注〕《新唐書·宰相世系表》：盧氏，范陽涿人。鮑照《放歌行》：將起黄金臺。李善注：段匹磾討石勒，進屯故安縣故燕太子丹金臺。《上谷縣圖經》曰：黄金臺，易水東南十八里。燕昭王置千金於臺上，以延天下之士。二説既異，故具引之。

〔二〕〔錢注〕《漢書·馮唐傳》：臣聞上古王者遣將也，跪而推轂，曰：『閫以内寡人制之，閫以外將軍制之。』

〔三〕鵾化，見《爲濮陽公賀牛相公狀》注〔三〕。

〔四〕〔錢注〕《後漢書·仇覽傳》：覽爲考城主簿，王涣謝遣曰：『枳棘非鸞鳳所棲，百里豈大賢之路。』

〔五〕〔錢注〕《後漢書·梁竦傳》：竦嘗曰：『大丈夫居世，生當封侯，死當廟食。如其不然，閑居可以養志，詩書足以自娱。州縣之職，徒勞人耳！』

〔六〕〔錢注〕《史記·律書》：鳴雞吠狗，煙火萬里。〔按〕桂林與靈川鄰接，故云。

〔七〕〔錢注〕《新唐書·地理志》：靈川縣，中，屬桂州。《舊唐書·職官志》：諸州中縣主簿一人，從九品上。

林君霈

牒奉處分。古者三人擇師〔一〕，一社立宰〔二〕。所冀稟規有自〔三〕，制事無偏。雖在邊隅，且分州里。語地既踰于一社，料民何啻于三人〔四〕。將求綏撫之才〔五〕，必極柔良之選〔六〕。以君霈策名麾下〔七〕，歷軾軍前〔八〕，身弓六鈞〔九〕，心鐵百鍊〔一〇〕。無擊跽曲拳之志〔一一〕，有飲冰食蘗之貞〔一二〕。是用輟自私門，介于廉部，勉承委寄，慎保始終。有禄食以奬能，有簡書而責過〔一三〕，惟兹二道，汝自執焉〔一四〕。事須差知環州事〔一五〕。

校注

〔一〕〔補注〕《論語·述而》：『子曰：三人行，必有我師焉。擇其善者而從之，其不善者而改之。』

〔二〕〔錢注〕《史記·陳丞相世家》：里中社，平爲宰，分肉食甚均。〔補注〕《管子·乘馬》：『方六里，名之曰社。』社宰爲一社之長。

〔三〕〔錢注〕《晋書·温嶠傳》：同禀規略。

〔四〕〔錢注〕《國語》：宣王既喪南國之師，而料民于太原。〔補注〕料，數。料民，計點人口，清查民户。

〔五〕〔錢注〕《漢書·翟方進傳》：綏撫宇内。

〔六〕〔錢注〕《後漢書·光武紀》：詔務進柔良，退貪酷，各正其業焉。

〔七〕〔補注〕《左傳·僖公二十三年》：『策名委質，貳乃辟也。』杜預注：『名書於所臣之策。』孔穎達疏：『古之仕者於所臣之人書已名於策，以明繫屬之也。』

〔八〕〔錢注〕《戰國策》：蘇秦伏軾撙銜，横歴天下，庭説諸侯之王。

〔九〕〔錢注〕揚子《法言》：修身以爲弓，矯思以爲矢，立義以爲的。六鈞，見本篇《陳公瑾牒》注〔二〕。

〔一〇〕〔錢注〕劉琨《重贈盧諶》詩：何意百鍊剛，化爲繞指柔。〔補注〕曹操《敕王必領長史令》：『領長史王必，是吾披荆棘時吏也，忠能勤事，心如鐵石，國之良吏也。』

〔一一〕〔錢注〕《莊子》：擎跽曲拳，人臣之禮也。〔補注〕成玄英疏：『擎手跽足，磬折鞠躬，俯仰拜伏者，人臣之禮也。』

〔一二〕〔補注〕《莊子·人間世》：『今吾朝受命而夕飲冰，我其内熱與？』飲冰，形容惶恐焦灼。飲冰食蘖，謂生活清苦，爲人清白。參見《爲中丞滎陽公赴桂州至湖南敕書慰諭表》『食檗自規』注。

〔一三〕簡書，見本篇《羅瞻牒》注〔一三〕。〔錢注〕《史記·大宛傳》：以適（謫）過行者，皆絀其勞。

〔一四〕執，錢本作『擇』，未出校。

〔一五〕〔錢注〕《新唐書·地理志》：環州，下，屬嶺南道。〔按〕環州係桂管所領，爲開拓蠻僚所置，見《新唐書·地理志》。

李克勤〔一〕

右件官，始在宦途，便彰政術〔二〕。瓊枝瑶萼，且異于良倫〔三〕；黄綬青袍〔四〕，尚淹于末路〔五〕。屬吾屬縣〔六〕，有令曠官〔七〕。芒蝎既蠹于良材〔八〕，碩鼠又妨于嘉穗〔九〕。匪聞讓畔〔一〇〕，遽致盈庭〔一一〕。聿求可人〔一二〕，用革前弊。其在推公以分疆理〔一三〕，潔己以抑奸豪。使麻不争池〔一四〕，桑無競隴〔一五〕。蔣琬沉醉〔一六〕，未如巫馬之戴星〔一七〕；王衍清談〔一八〕，豈若韓棱之去雹〔一九〕？勉修實效，勿徇虚名。苟善否之有聞，于賞罰而何悋？事須差攝修仁縣令〔二〇〕。

校注

〔一〕〔錢注〕《新唐書·宗室世系表》：克勤，沅江令。〔補注〕韋謨《有唐故撫州法曹參軍員外置隴西李府君墓誌銘并序》：『公諱彙，字伯撰……以貞元廿一年六月廿三日終于廣州旅泊，享年七十……有子五人，長曰克勤，次曰克修。』然年似過長，疑非一人。

〔二〕術，《全文》作『述』，從錢校據胡本改正。

〔三〕〔錢注〕《晋書·武十三王傳論》：瑶枝瓊萼，隨鋒鏑而消亡。良，疑當作『常』。〔補注〕瑶枝瓊萼，喻其爲宗室。

〔四〕〔錢注〕《漢書·朱浮傳》：刺史不察黄綬。注：丞、尉職卑，皆黄綬。韋絢《劉賓客嘉話録》：舊官人所服袍，赭黄、紫二色。貞觀中，始令三品已上服紫，四品、五品以朱，六品、七品以緑，八品、九品以青。

〔五〕〔錢注〕《戰國策》：《詩》云：行百里者，半於九十。此言末路之難。〔補注〕此『末路』猶下位之意。王褒《四子講德論》：『曩從末路，望聽玉音，竊動心焉。』高適《酬祕書弟兼寄幕下諸公》：『末路望繡衣，他時常發蒙。』

〔六〕〔錢注〕《漢書・王尊傳》：到官出教，告屬縣。

〔七〕〔補注〕《書・皋陶謨》：『無曠庶官，天工人其代之。』曠官，空居官位，不稱職。

〔八〕〔錢注〕《爾雅》：蝎，桑蠹。

〔九〕〔錢注〕湛方生《七歡》：簡嘉穗以精微。〔補注〕《詩・魏風・碩鼠》：『碩鼠碩鼠，無食我黍。』『碩鼠碩鼠，無食我麥。』

〔一〇〕〔錢注〕《史記・五帝紀》：舜耕歷山，歷山之人皆讓畔。〔補注〕畔，田岸。

〔一一〕〔補注〕《詩・小雅・小旻》：『發言盈庭，誰敢執其咎？』盈庭，本指充滿朝廷，此指訟者充滿縣庭。

〔一二〕〔補注〕《禮記・雜記下》：『其所與游辟也，可人也。』可人，本指有才能之人，此處似含有合適之人義。

〔一三〕〔補注〕《詩・小雅・信南山》：『我疆我理，南東其畝。』毛傳：『疆，畫經界也；理，分地理也。』

〔一四〕〔錢注〕《晋書・石勒載記》：初，勒與李陽鄰居，歲常争麻池，迭相毆擊。

〔一五〕〔錢注〕《史記・吴世家》：初，楚邊邑卑梁氏之處女，與吴邊邑之女争桑，二女家怒相滅。

〔一六〕〔錢注〕《蜀志・蔣琬傳》：琬除廣都長，衆事不理，時又沈醉。先主將加罪戮，諸葛亮請曰：『蔣琬，社稷之器，非百里之才也。』乃不加罪。

〔一七〕〔錢注〕《吕氏春秋》：宓子賤治單父，彈鳴琴，身不下堂，而單父治。巫馬期以星出，以星入，日夜不居，以身親之，而單父亦治。

〔一八〕〔錢注〕《晋書・王衍傳》：衍補元城令，終日清談，而縣務亦理。

〔一九〕〔錢注〕《東觀漢記》：韓棱爲下邳令，時鄰縣皆雹傷稼，棱縣界獨無雹。

〔二〇〕〔錢注〕《新唐書·地理志》：修仁縣，中下，屬桂州。〔補注〕《舊唐書·職官志》：諸州中下縣令一人，從七品上。

韋重

右件官，頃佐一門，實揚二職。襲韋賢之經術〔一〕，有崔琰之鬚眉〔二〕。久爲旅人〔三〕，不遇知己。今龍城屬部〔四〕，象縣分封〔五〕，雖求瘼頒條，允歸于通守〔六〕；而提綱舉轄，必藉于外臺〔七〕。子其正色當官，潔身照物，逢柔莫茹〔八〕，有蠹必攻〔九〕。羅含擅譽于琳瑯〔一〇〕，猶聞謙受〔一一〕；梁竦徒勞于州縣〔一二〕，未曰通材〔一三〕。勿恥上官〔一四〕，以渝清節〔一五〕。事須差攝柳州録事參軍〔一六〕。

校注

〔一〕見本篇《鄉貢進士陶褾牒》注〔五〕。

〔二〕〔錢注〕《魏志·崔琰傳》：琰聲姿高暢，眉目疏朗，鬚長四尺，甚有威重。朝士瞻望，太祖亦敬憚焉。〔按〕琰，《全文》避嘉慶帝諱作『炎』。兹回改，下同。

〔三〕〔補注〕《易·旅》：『上九，鳥焚其巢，旅人先笑後號咷，喪牛于易，凶。』此指羈旅漂泊之人。

〔四〕〔錢注〕《新唐書·地理志》：嶺南道柳州，下，領龍城縣、象縣。《魏志·武帝紀》注：孫盛曰：罪謙之由，而殘其屬部，過矣。〔按〕此句『屬部』當即部下之意。柳州爲桂管所轄領。

〔五〕〔補注〕分封，分有疆域。

〔六〕〔錢注〕《隋書·百官志》：開皇中，罷州置郡，郡置太守，其後諸郡各加置通守一人，位次太守。〔按〕唐州郡無通守之職，此言『求瘼頒條』，殆即指州刺史。

〔七〕〔錢注〕孫綽《爲功曹參軍駁事箋》：綱紀居管轄之任，以糾司外内。《通典》：録事參軍，晋置，本爲公府官，非州郡職也。掌總録衆曹文簿，舉彈善惡，後代刺史有軍而開府者，並置之。《新唐書·百官志》：至德後，諸道使府參佐，皆以御史爲之，謂之外臺。〔補注〕録事參軍之職，相當於漢代州郡主簿，而漢、晋時常稱州郡主簿爲綱紀，謂其綜理府事也。故此處以『提綱舉轄』指稱録事參軍。韋重當帶憲銜，故云『外臺』。

〔八〕〔補注〕《詩·大雅·烝民》：『人亦有言，柔則茹之，剛則吐之。維仲山甫，柔亦不茹，剛亦不吐，不侮矜寡，不畏强禦。』茹，吃，吞咽。茹柔，欺軟。

〔九〕〔補注〕《周禮·秋官·翦氏》：『翦氏掌除蠹物，以攻禜攻之，以莽草熏之。』攻禜，古祭名。

〔一〇〕〔錢注〕《晋書·羅含傳》：含字君章，桂陽耒陽人，爲郡功曹，刺史庾亮以爲部江夏從事。太守謝尚稱曰：『羅君章可謂湘中之琳琅。』

〔一一〕〔補注〕《書·大禹謨》：『滿招損，謙受益。』按：此『謙受』蓋指羅含雖有才名而仍接受郡功曹與從事一類任職。

〔一二〕見本篇《盧韜牒》注〔五〕。

〔一三〕〔錢注〕《後漢書·韋彪傳》：應用公正之士，通才謇正，有補益于朝者。〔補注〕《孔叢子·獨治》：『其人通材，足以幹天下。』

〔一四〕〔補注〕上官，受命上任。李白《尋陽送弟昌峒鄱陽司馬作》：『朱紱白銀章，上官佐鄱陽。』

〔一五〕〔錢注〕《漢書·王貢兩龔鮑傳贊》：是故清節之士，於是爲貴。

〔一六〕〔錢注〕《舊唐書·職官志》：下州録事參軍一人，從八品上。

曹讜

牒奉處分。郡督郵〔一〕，縣主簿〔二〕，古之任重，今也材難〔三〕。得其人，則四鄙無侵刻之虞〔四〕；失其人，則一府壞紀綱之要〔五〕。昭丘舊郡，平樂屬城〔六〕，雖州將在焉〔七〕，而縣尹耄矣〔八〕！苟忘管轄〔九〕，何寄準繩？前件官，實富公才〔一〇〕，嘗參侯服〔一一〕。削大刃而只思髖髀〔一二〕，茂長材而惟憶風霜〔一三〕。辯瀉口河〔一四〕，志堅心石〔一五〕。委之稽勾〔一六〕，必慰疲羸。夫專于雷同〔一七〕，則無以貴吾道；苟務從派別〔一八〕，則無以致人和。允執厥中〔一九〕，惟理所在。無忝潔操〔二〇〕，以負求才。事須差攝昭州録事參軍〔二一〕。

校注

〔一〕〔錢注〕《通典》：督郵，漢有之，掌監屬縣。唐以後無。〔補注〕督郵爲郡之重要屬吏，代表太守督察縣鄉，兼司獄訟捕亡。

〔二〕〔錢注〕《通典》：主簿，謂主諸簿，自漢有之。唐赤縣置二人，他縣各一人。

〔三〕〔補注〕《論語·泰伯》：『孔子曰：才難，不其然乎？』《漢書·王嘉傳》引孔子曰作『材難』。顔師古注：『材難，謂有賢材者難得也。』

〔四〕鄙，《全文》作『鄰』，從錢校據胡本改正。〔錢注〕《漢書·食貨志》：侵刻小民。〔補注〕《禮記·月令》：『季冬行秋令，則白露蚤降，有蟲爲妖，四鄙入保。』四鄙，四境邊民。

〔五〕紀綱，見本篇《韋重牒》注〔七〕。

〔六〕〔錢注〕《新唐書·地理志》：嶺南道昭州，下，領平樂縣。《舊唐書·地理志》：昭州，武德四年置樂州，貞觀八年改爲昭州，以昭岡潭爲名。

〔七〕〔錢注〕《後漢書·張奂傳》：小人不明，得過州將。〔補注〕州將，此當指州刺史。唐刺史多有使持節某州諸軍事之職銜。

〔八〕〔補注〕縣尹，指平樂縣令。《左傳·隱公四年》：『衛國褊小，老夫耄矣，無能爲矣。』杜預注：八十曰耄。

〔九〕見《韋重牒》注〔七〕。

〔一〇〕公才，見本篇《羅瞻牒》注〔二〕。

〔一一〕〔補注〕《書·禹貢》：『五百里甸服……五百里侯服。』《周禮·夏官·職方氏》：『乃辨九服之邦國，方千里曰王畿，其外方五百里曰侯服。』舊説以《書》所記爲夏制，《周禮》所記爲周制。此句言其曾爲州郡僚佐。

〔一二〕〔錢注〕《漢書·賈誼傳》：屠牛坦一朝解十二牛，而芒刃不頓者，所排擊剥割，皆衆理解也。至於髖髀之所，非斤則斧。注：髀，股骨也。髖，髀上也。

〔一三〕〔錢注〕《晋書·劉輿傳》：時稱潘滔大才，劉輿長才，裴邈清才。《後漢書·盧植傳論》：風霜以别草木之性，危亂而見貞臣之節。

〔一四〕〔錢注〕《晋書·郭象傳》：象好《老》《莊》，能清言，王衍每云：『聽象語，如懸河瀉水，注而不竭。』

〔一五〕〔補注〕《詩·邶風·柏舟》：『我心匪石，不可轉也。』按：此句『心石』乃形容其志堅不移。

〔一六〕〔錢注〕勾，去聲。〔補注〕《通典·職官六》：『漢有御史主簿……大唐置一員，掌府事，勾稽省事。』勾稽，猶考核。

〔一七〕〔補注〕《禮記·曲禮上》：『毋勦説，毋雷同。』

〔一八〕〔錢注〕左思《吴都賦》：百川派别，歸海而會。

〔一九〕〔補注〕《書·大禹謨》：『人心惟危，道心惟微，惟精惟一，允執厥中。』

〔二〇〕〔錢注〕《後漢書·桓彬傳》：辭隆從窊，絜操也。

〔二一〕見上《韋重牒》注〔一六〕。

陳積中

牒奉處分。地處一同〔一〕，有移風易俗之務〔二〕；雷震百里，有驚遠懼邇之威〔三〕。聿求其人，良不易得。況荔江屬邑〔四〕，桂嶺通津〔五〕，停弦待調〔六〕，鋪錦俟製〔七〕。前件官，秩爲仙尉〔八〕，名下蘇卿〔九〕。聊借效于牛刀〔一〇〕，暫輟遊于鷺翽〔一一〕。勉將廉白〔一二〕，以慰逋遺〔一三〕。事須攝荔浦縣令〔一四〕。

校注

〔一〕〔補注〕一同，古稱方百里（即一縣）之地，見本篇《前攝臨桂令李文儼牒》注〔九〕。

〔二〕〔補注〕《禮記·樂記》：『移風易俗，天下皆寧。』

〔三〕〔補注〕《易·震》：『震驚百里，不喪匕鬯。象曰：……震驚百里，驚遠而懼邇也。』

〔四〕〔錢注〕《元和郡縣志》：桂州荔浦縣，因荔水爲名。《史記·大宛傳》：其屬邑大小七十餘城。

〔五〕〔錢注〕《史記·秦始皇紀》注：《廣州記》云：五嶺者，大庾、始安、臨賀、揭陽、桂陽。《輿地志》云：一曰……大庾，二曰騎田，三曰都龍，四曰萌諸，五曰越嶺。王凝之《蘭亭集詩》：逍遥映通津。〔按〕桂嶺，指越城嶠，即越嶺，此處指桂管多山地區。通津，四通八達之交通要津。

〔六〕〔錢注〕《漢書·董仲舒傳》：譬之琴瑟不調，甚者必解而更張之，乃可鼓也。〔按〕錢注非。此當用《論語·陽貨》：『子之武城，聞弦歌之聲。夫子莞爾而笑曰：「割雞焉用牛刀？」子游對曰：「昔者偃也聞諸夫子曰：君子學道則愛人，小人學道則易使也。」』子游以弦歌禮樂爲教民之具，後因以『弦歌』爲出任縣令之典。『停弦待調』，謂縣令缺人，等待新任縣令施行教化。

〔七〕見本篇《前攝臨桂令李文儼牒》注〔四〕。

〔八〕〔錢注〕《漢書·梅福傳》：福補南昌尉，後去官歸，嘗以讀書養性爲事。一朝棄妻子，去九江，至今傳以爲仙。

〔九〕〔錢注〕《漢書·蘇武傳》：武字子卿，爲移中廐監。按：詩集《茂陵》詩『誰料蘇卿老歸國』，即指蘇武。此與梅福並隸，蓋謂賢而隱於下僚耳。

〔一〇〕見本牒注〔六〕。

〔一一〕〔補注〕《詩·陳風·宛丘》：『無冬無夏，值其鷺翿。』毛傳：『翳也。』鷺翿，以白鷺羽製成之舞具。

〔一二〕〔錢注〕《後漢書·桓帝紀》：令廉白守道者，得信其操。

〔一三〕〔補注〕逋遺，猶逋亡，逃亡之民。

〔一四〕〔錢校〕『須』下疑脱一字。〔按〕當脱一『差』字。〔錢注〕《新唐書·地理志》：荔浦縣，中下，屬桂州。

李遇〔一〕

牒奉處分。使君代緒清華〔二〕，襟神秀朗〔三〕，恭而負氣〔四〕，勇以求仁〔五〕。屢試絃歌〔六〕，比分符竹〔七〕。處雞舌龍身之地〔八〕，不侮鰥寡〔九〕；居明珠大貝之間〔一〇〕，益清冰蘗〔一一〕。每聞受代〔一二〕，便至徒行〔一三〕。戰勝紛華〔一四〕，儀形遐豫〔一五〕。比陶潛之乏食，遠過二旬〔一六〕；方江革之歸資，兼無一舸〔一七〕。

爰徵舊史，想見其人。

某幸忝廉車〔一八〕，每懷屬部，詎忘賢守，薦自良朋〔一九〕？敢滯鑾圻〔二〇〕，同頒鳳詔〔二一〕？噫！處盤錯而願彰利刃，虞升卿是以爲能〔二二〕；有民人而遂不讀書，仲子路于焉見拒〔二三〕。盛名典郡〔二四〕，學古入官〔二五〕，苟直操之罔渝〔二六〕，豈層臺之足累〔二七〕？勉思所自，以保克終〔二八〕。事須請攝嚴州刺史〔二九〕。

校注

〔一〕〔補箋〕唐有四李遇，一爲唐代宗子端王李遇，一爲天寶時御史中丞，一爲五代吴常州刺史，與此年代均不相及。《新唐書·宰相世系表》監察御史李諶子李遇，江都尉。時代相近，或即其人。又《唐故奉天定難功臣遊擊將軍天威軍正將杜公夫人隴西李氏墓誌銘并序》，大和九年四月澂事郎試太常寺奉禮郎李遇撰。與李諶子李遇未知是否同爲一人。録以備考。

〔二〕〔錢注〕《後漢書·郭伋傳》：聞使君到，喜，故來奉迎。〔補注〕代緒，猶世緒、世系。清華，指門第清高顯貴。

〔三〕〔錢注〕《梁書·范雲傳》：卿精神秀朗，而勤于學，卿相才也。

〔四〕〔錢注〕《宋書·謝弘微傳》：阿連剛躁負氣。〔按〕即《李幼章牒》「仗氣而愈恭」意。

〔五〕〔補注〕《論語·憲問》：「仁者必有勇。」又《述而》：「求仁而得仁。」

〔六〕見本篇《陳積中牒》注〔七〕。

〔七〕〔補注〕謂近分竹使符爲州刺史。按唐制刺史持銅魚符。「分符竹」蓋漢制。

〔八〕〔錢注〕《太平御覽》：《南方草木狀》曰：交阯蜜香樹，其花不香，成實乃香，爲雞舌香。《淮南子》：九疑之南，陸事寡而水事衆，於是民人被髮文身，以象鱗蟲。〔按〕錢注『雞舌』引《南方草木狀》『雞舌香』（即今所謂丁香），恐誤。此『雞舌』與『龍身』（紋身作龍之圖案）並列，殆指南方少數民族語音之難懂，猶《孟子·滕文公上》所謂『南蠻鴂舌』，亦商隱《異俗二首》（其二）所謂『鳥言』，《昭郡》所謂『鄉音吁可駭』也。

〔九〕〔補注〕《左傳·昭公元年》：『《詩》曰：不侮鰥寡，不畏彊禦。』按：《詩·大雅·烝民》作『不侮矜寡，不畏强禦。』

〔一〇〕〔錢注〕《南越志》：土産明珠大貝。

〔一一〕冰蘗，飲冰食蘗之省，喻生活清苦，操守清白。屢見。

〔一二〕〔錢注〕《晉書·劉弘傳》：弘至，奕不受代。〔補注〕受代，官吏任滿，由新官替代。

〔一三〕〔補注〕《論語·先進》：『吾不徒行，以爲之椁，以吾從大夫之後，不可徒行也。』邢昺疏：『徒，猶空也。謂無車空行也，是步行謂之徒行。』

〔一四〕〔錢注〕《韓非子》：子夏見曾子，曾子曰：『何肥也？』對曰：『戰勝，故肥也。』曾子曰：『何謂也？』子夏曰：『吾入見先王之義則榮之，出見富貴之樂又榮之。兩者戰於胸中，未知勝負，故臞；今先王之義勝，故肥。』《史記·禮書》：子夏，門人之高第也，猶云出見紛華盛麗而樂，入聞夫子之道而樂，二者心戰，故未能決。

〔一五〕〔補注〕儀形遐豫，儀容閑暇安樂，即所謂『戰勝故肥』。

〔一六〕〔錢注〕陶潛《擬古詩》：三旬九遇食，十年著一冠。〔補注〕陶潛《詠貧士七首》之五云：『貧富常交戰，道勝無戚顔。』正用子夏事，故此句聯想及陶。

〔一七〕〔錢注〕《梁書·江革傳》：革除會稽郡丞，行府州事，民安吏畏，乃除都官尚書。將還，贈遺無所受，惟乘臺所給一舸。舸艚偏欹，不得安卧，或謂革曰：『船既不平，濟江甚險，當移徙重物，以迮輕艚。』革既無物，乃於西陵岸取石十餘片以實之。

〔一八〕〔補注〕廉車，觀察使赴任時所乘之車，借指觀察使。

〔一九〕〔補注〕《詩·小雅·常棣》：『每有良朋，況也永歎。』

〔二〇〕鑾圻，見本篇《李幼章牒》注〔一六〕。

〔二一〕〔錢注〕《晉書·石季龍載記》：戲馬觀上安詔書，五色紙在木鳳之口，鹿盧迴轉，狀若飛翔焉。

〔二二〕〔錢注〕《後漢書·虞詡傳》：詡字升卿。盤錯，見《爲滎陽公上門下李相公狀二》注〔六〕。

〔二三〕拒，《全文》作『矩』，原注：疑。據錢校改。〔補注〕《論語·先進》：『子路使子羔爲費宰，子曰：「賊夫人之子。」子路曰：「有民人焉，有社稷焉，何必讀書，然後爲學？」子曰：「是故惡夫佞者。」』按：見拒，當指孔子斥子路爲佞。

〔二四〕見《爲滎陽公與裴盧孔楊韋諸郡守狀》注〔四〕。

〔二五〕〔補注〕《書·周官》：『學古入官。』孔傳：『言當先學古訓，然後入官治政。』

〔二六〕〔錢注〕荀悦《漢紀》：馮參兄弟四人，參矜嚴直操，不屈於五侯貴寵之家。

〔二七〕〔錢注〕《老子》：九層之臺，起於累土。

〔二八〕〔錢注〕《蜀志·馬良傳》：鮮於造次之華，而有克終之美。〔補注〕《詩·大雅·蕩》：『靡不有初，鮮克有終。』

〔二九〕〔錢注〕《新唐書·地理志》：嚴州，下，屬嶺南道。《舊唐書·職官志》：下州刺史一員，正四品下。〔補注〕桂管領嚴州，見《新唐書·方鎮表》。

吕佋〔一〕

牒奉處分。前件官，吏道長材〔二〕，故人令弟〔三〕。一言相託，萬里爰來。未及解巾〔四〕，俄悲斷手〔五〕。

牙絃載絶〔六〕，徐劍寧欺〔七〕？且資典午之權〔八〕，終正頒條之請〔九〕。佇揚仁隱〔一〇〕，用慰疲羸〔一一〕。無恃舊故。事須差攝判官〔一二〕。

校注

〔一〕〔錢箋〕本集有《祭呂商州文》，馮氏以爲代滎陽公作。中云『言念令季，託余屬城』，必即是人也。〔按〕徐樹穀已云『似代鄭亞，故有「三湘五嶺」之語』，惟不詳呂商州爲何人，馮浩始考明其爲呂述。《爲滎陽公祭呂商州文》有『天涯地末，高秋落景』之語，文當作於大中元年秋。然呂述之歿則在大中元年二月鄭亞、呂述分别任命爲桂管觀察使、商州刺史後不久。《祭呂商州文》云：『逮予廉部，及子頒條。』本牒云：『未及解巾，俄悲斷手。』可證呂佋未及抵桂，其兄呂述即歿於商州刺史任上。亞受述之託携佋赴桂，並辟爲判官。是則此牒與祭文當爲同時先後之作。

〔二〕〔錢注〕《史記・平準書》：吏道雜而多端，則官職耗費。

〔三〕〔錢注〕應亨《贈四王冠》詩：濟濟四令弟。

〔四〕〔錢注〕《後漢書・韋彪傳》：彪族子豹，豹子著，以經行知名，不應州郡之命，就家拜東海相，詔書逼切，不得已，解巾之郡。

〔五〕〔錢注〕《後漢書・袁紹傳》：兄弟者，左右手也。譬人將鬭，而斷其右手，而曰我必勝若，如是者可乎？

〔六〕〔錢注〕《呂氏春秋》：伯牙鼓琴，鍾子期聽之。方鼓琴，而志在太山，鍾子期曰：『善哉！巍巍乎若太山。』少選之間，而志在流水，鍾子期又曰：『善哉！湯湯乎若流水。』鍾子期死，伯牙破琴絶絃，終身不復鼓琴。

〔七〕〔錢注〕《史記・吴世家》：季札之初使，北過徐君，徐君好季札劍，季札未獻。還至徐，徐君已死。於是乃解其寶劍，繫之徐君冢樹而去，曰：『始吾已心許之，豈以死倍吾心哉！』

〔八〕〔錢注〕《蜀志·譙周傳》：典午忽兮。典午者，謂司馬也。〔按〕此『典午』乃隱指司馬之官職。唐制，節度使、觀察使屬僚有行軍司馬。又每州亦有司馬，視下句『終正頒條之請』，似爲州司馬。此職常用以安置閒散人員。連下句謂先安排州司馬，再任刺史之職。

〔九〕〔補注〕頒條，發布律條，指州刺史之職。

〔一〇〕〔錢注〕《漢書·韓安國傳》：此仁人之所隱也。〔補注〕《孟子·公孫丑上》：『惻隱之心，仁之端也。』仁隱之隱，指仁者惻隱之心。

〔一一〕〔錢校〕此下疑脱四字。

〔一二〕〔錢注〕《新唐書·百官志》：觀察使，判官一人。

秦軻

牒奉處分。廉介不潤于脂膏〔一〕，忠信可行於蠻貊〔二〕。不唯今也，古猶難哉！予始軔廉車〔三〕，軻素爲州將〔四〕，召至與語〔五〕，得其可人〔六〕。書劍有成〔七〕，腰腹甚偉〔八〕。是用返于故部，慰彼遐陬〔九〕。職次牙璋〔一〇〕，務兼銀冶〔一一〕。俯資軍用〔一二〕，兼助地征〔一三〕。雖處之不疑，將委爾以山澤之利〔一四〕；而義然後取〔一五〕，不畜爾爲聚斂之臣〔一六〕。其在無失舊規，不渝素節〔一七〕。威小人之草，咸使偃風〔一八〕；護姹女之神，無令得火〔一九〕。佇聞集事〔二〇〕，更議酬勞。事須假同兵馬使職〔二一〕，依前知古州事〔二二〕，兼專勾當都蒙營務〔二三〕。

校注

〔一〕見《爲濮陽公上淮南李相公狀一》注〔九〕。

〔二〕〔補注〕《書·武成》：『華夏蠻貊，罔不率俾。』《論語·衛靈公》：『子張問行。子曰：「言忠信，行篤敬，雖蠻貊之邦，行矣。」』

〔三〕〔錢注〕《漢書·揚雄傳》注：服虔曰：軔，止車之木。〔補注〕始軔廉車，謂始到觀察使任。

〔四〕州將，指州刺史，見本篇《曹譏牒》注〔七〕。

〔五〕〔錢注〕《國語》：桓公召而與之語，訾相其質，足以比成事。

〔六〕可人，見本篇《李克勤牒》注〔一二〕。

〔七〕見《爲濮陽公上陳相公狀二》注〔五〕。

〔八〕見《爲滎陽公謝集賢韋相公狀》注〔五〕。

〔九〕〔補注〕遐陬，邊遠一隅，此指古州。

〔一〇〕見本篇《李幼章牒》注〔一二〕。此指假同兵馬使之職。

〔一一〕〔錢注〕按《新唐書·地理志》：桂管所屬多貢銀，而古州不載。

〔一二〕〔錢注〕《漢書·陳湯傳》：因敵之糧，以贍軍用。

〔一三〕〔補注〕《周禮·地官·大司徒》：『制天下之地征。』地征，土地税。

〔一四〕〔補注〕《穀梁傳·莊公二十八年》：『山林藪澤之利，所以與民共也。虞之，非正也。』

〔一五〕〔補注〕《論語·憲問》：『子問公叔文子於公明賈曰：「信乎！夫子不言、不笑、不取乎？」公明賈對曰：「以告者過也。夫子時然後言，人不厭其言；樂然後笑，人不厭其笑；義然後取，人不厭其取。」」

〔一六〕畜，《全文》作『蓄』，據錢校改。〔補注〕《論語・先進》：『季氏富於周公，而求也爲之聚斂而附益之。子曰：「非吾徒也，小子鳴鼓而攻之，可也。」』

〔一七〕〔補校〕渝，《全文》作『踰』，錢注本同。按：作『踰』非，當作『渝』。《李遇牒》：『苟直操之罔渝。』《韋重牒》：『勿耻上官，以渝清節。』字皆作『渝』，兹據改。

〔一八〕〔補注〕《論語・顔淵》：『季康子問政於孔子曰：「如殺無道，以就有道，何如？」孔子曰：「子爲政，焉用殺？子欲善而民善矣。君子之德風，小人之德草，草上之風，必偃。」』

〔一九〕〔錢注〕《參同契》：河上姹女，得火則飛。〔補注〕道家煉丹，稱水銀爲姹女。《參同契》蔣一彪集解引彭曉曰：『河上姹女者，真汞也，見火則飛騰。』此句『護姹女之神』當指其『務兼銀冶』而言。

〔二〇〕集事，成功。見《李幼章牒》注〔一四〕。

〔二一〕見《爲濮陽公陳許補王琛前兵馬使牒》注〔一〕。

〔二二〕〔錢注〕《新唐書・地理志》：古州，下，屬嶺南道。〔補注〕古州爲桂管觀察使所領州。

〔二三〕〔錢注〕《新唐書・地理志》：都蒙縣，屬嶺南道環州。〔補注〕環州亦桂管所領州。

劉福

牒奉處分。前件官，襲慶儒門〔一〕，儲精吏道〔二〕。不鍘庖刃〔三〕，思處囊錐〔四〕。今廉部之初，求人是切，爰將折獄〔五〕，用寄長材。子其斟酌蜀科〔六〕，評詳漢令〔七〕，勿令門下意盜璧于張儀〔八〕，無使獄中溺然灰于安國〔九〕。佇觀法理〔一〇〕，更俟甄昇。事須差攝觀察衙推〔一一〕。

校注

〔一〕〔錢注〕《後漢書鄭興賈逵傳贊》：中世儒門，賈、鄭名學。

〔二〕見《吕佋牒》注〔二〕。

〔三〕見《上河南盧給事狀》注〔八〕。〔補注〕不鍘庖刃，謂如利刃未試，尚未發於砥石也。

〔四〕〔錢注〕《史記·平原君傳》：秦之圍邯鄲，趙使平原君來救，合從於楚，約與食客二十人偕。門下有毛遂者，前自贊於平原君，平原君曰：『夫賢士之處世也，譬若錐之處囊中，其末立見。』遂曰：『臣乃今日請處囊中耳！』

〔五〕〔補注〕《論語·顏淵》：『片言可以折獄者，其由也與？』折獄，判決獄訟。

〔六〕〔錢注〕《蜀志·伊籍傳》：籍與諸葛亮、法正、劉巴、李嚴，共造蜀科。〔補注〕科，法規、刑律。

〔七〕〔錢注〕《漢書·刑法志》：律令凡三百五十九章。

〔八〕〔錢注〕《史記·張儀傳》：儀嘗從楚相飲，已而楚相亡璧，門下意儀，共執儀，掠笞數百，不服，醳（釋）之。

〔九〕〔錢注〕《史記·韓長孺傳》：韓安國坐法抵罪，蒙獄吏田甲辱安國。安國曰：『死灰獨不復然乎？』甲曰：『然即溺之。』

〔一〇〕〔錢注〕《漢書·宣帝紀》：法理之士，咸精其能。

〔一一〕見《羅瞻牒》注〔一四〕。

爲滎陽公桂管補逐要等官牒〔一〕

田仲方

右件官，掌予書計〔二〕，積爾光陰。臨文乃辨於魯魚〔三〕，問數能知於身首〔四〕。昨者始從藩寄，初啓戎行〔五〕。有廊廡所散之金〔六〕，有筐篚是將之帛〔七〕。資其出納，益見廉隅〔八〕。不惟録舊之誠〔九〕，且切隨材之用。事須補充逐要〔一〇〕。

校注

〔一〕本篇包括桂管補田仲方逐要等官牒十一通，原載清編《全唐文》卷七七九第一至第三頁，《樊南文集補編》卷九。張采田《會箋》三繫大中元年鄭亞抵桂管後，次《爲滎陽公桂州署防禦等官牒》之後。〔按〕牒文有『始從藩寄，初啓戎行』，『今兵屯越嶠，藩控蠻圻』等語，當是鄭亞到桂管後不久商隱爲之代擬，酌編大中元年六七月間。

〔二〕〔補注〕《禮記·内則》：『十年，出就外傅，居宿於外，學書計。』《漢書·食貨志》：『八歲入小學，學六甲五方書計之事。』書計，文字與籌算，六藝中之六書九數之學。

〔三〕〔錢注〕《抱朴子》：書三寫，『魯』成『魚』，『帝』成『虎』。

〔四〕〔補注〕《左傳·襄公三十年》：「晋悼公夫人食輿人之城杞者，絳縣人或年長矣，無子而往，與於食。有與疑年，使之年，曰：『臣小人也，不知紀年。臣生之歲，正月甲子朔，四百有四十五甲子矣，其季於今三之一也。』吏走問諸朝。師曠曰：『……七十三年矣。』史趙曰：『亥有二首六身，下二如身，是其日數也。』士文伯曰：『然則二萬六千六百有六旬也。』」〔按〕『臨文』『問數』二句正切『書』與『計』而言。

〔五〕〔補注〕《左傳·成公二年》：「下臣不幸，屬當戎行，無所逃隱。」

〔六〕〔錢注〕《史記·魏其侯傳》：竇嬰爲大將軍，賜金千斤，陳之廊廡下，軍吏過，輒令財取爲用，金無入家者。

〔七〕〔錢注〕《詩·鹿鳴序》：「《鹿鳴》，燕羣臣嘉賓也。既飲食之，又實幣帛筐篚，以將其厚意。」〔補注〕《鹿鳴》：「我有嘉賓，鼓瑟吹笙。吹笙鼓簧，承筐是將。」

〔八〕〔補注〕《禮記·儒行》：「近文章，砥礪廉隅。」

〔九〕〔錢注〕王筠《與東陽盛法師書》：既荷録舊之情，兼備慇勤之旨。

〔一〇〕〔錢注〕《新唐書·百官志》：節度使，逐要一人。

嚴君景

右件官，當參戎府，洎從廉車，殿後驅前〔一〕，拉朽穿蠹〔二〕，既展在公之績〔三〕，宜當職禄之科。聊比秩於中璋〔四〕，用承榮於建旆〔五〕。事須補充同兵馬使〔六〕。

校注

〔一〕〔錢注〕《廣雅》：軍在前曰啓，後曰殿。〔補注〕《詩·衛風·伯兮》：『伯也執殳，爲王前驅。』

〔二〕〔錢注〕《晉書·甘卓傳》：將軍之舉武昌，若摧枯拉朽，何所顧慮乎？

〔三〕〔補注〕《詩·召南·小星》：『肅肅宵征，夙夜在公。』

〔四〕〔補注〕中璋，古代用以發兵之玉制符節。《周禮·考工記·玉人》：『牙璋中璋七寸，射二寸，厚寸，以起軍旅，以治兵守。』賈公彦疏：『軍多用牙璋，軍少用中璋。』《周禮·春官·典瑞》：『牙璋以起起軍旅，以治兵守。』鄭玄注引鄭司農云：『牙齒兵象，故以牙璋發兵，若今時以銅符發兵。』孫詒讓正義：『此不云中璋者，中璋比於牙璋，殺文飾。總而言之，亦得名爲牙璋。』

〔五〕〔錢注〕邢子才《冀州刺史封隆之碑》：建旆懷藩。

〔六〕見《爲濮陽公陳許補王琛衙前兵馬使牒》注〔一〕。

王公衡

右件官，素樂從軍〔一〕，少來歸我。勁勇而敢探雛虎〔二〕，誠明而可涉吕梁〔三〕。屢變星灰〔四〕，益彰冰蘗〔五〕。今兵屯越嶠，藩控蠻圻〔六〕，無淮陰市井之人〔七〕，有秦伯紀綱之僕〔八〕。是焉求舊〔九〕，以壯中權〔一〇〕。宜思干命之刑〔一一〕，用保克終之美〔一二〕。事須補充某營十將〔一三〕。

校注

〔一〕〔錢注〕王粲《從軍行》：從軍有苦樂，但問所從誰。所從神且武，焉得久勞師？

〔二〕〔錢注〕《後漢書·班超傳》：超使西域，到鄯善，王禮敬甚備，後忽更疏懈，超謂其官屬曰：『此必有北虜使來，狐疑未知所從故也。不入虎穴，不得虎子。當今之計，獨有因夜以火攻虜。滅此虜，則鄯善破膽，功成事立矣。』

〔三〕〔錢注〕《莊子》：孔子觀於吕梁，懸水三十仞，流沫四十里，黿鼉魚鼈之所不能游也。見一丈夫游之。孔子從而問焉，曰：『蹈水有道乎？』曰：『吾始乎故，長乎性，成乎命，與齎俱入，與汨俱出，從水之道，而不爲私焉。』

〔四〕〔錢注〕《後漢書·律曆志》：候氣之法，以木爲案，每律各一，從其方位，以葭莩灰抑其内端，氣至灰去。

〔五〕冰蘖，喻清苦之節，屢見。

〔六〕藩，《全文》作『播』，據錢校改。蠻圻，見《爲滎陽公桂州署防禦等官牒·李幼章》注〔一六〕。

〔七〕見《爲滎陽公論安南行營將士月糧狀》注〔三三〕。

〔八〕〔補注〕屢變星灰，猶屢遷歲月。

〔八〕〔補注〕《左傳·僖公二十四年》：『秦伯送衛於晋三千人，實紀綱之僕。』杜預注：『諸門户僕隸之事，皆秦卒共之，爲之紀綱。』紀綱之僕，得力之僕。

〔九〕〔補注〕《書·盤庚上》：『人惟求舊，器非求舊，惟新。』

〔一〇〕〔補注〕《左傳·宣公十二年》：『前茅慮無，中權，後勁。』杜預注：『中軍制謀，後以精兵爲殿。』此以中權指中樞、司令部。

〔一一〕〔補注〕《左傳·昭公二十一年》：『不死伍乘，軍之大刑也。干刑而從子，君焉用之？』干刑，冒犯刑律。《三國志·吴志·魯肅傳》：『目使之去。』裴松之注引《吴書》：『肅欲與羽會語，諸將疑恐有變，議不可往。肅曰：「今日之事，宜相開譬。劉備負國，是非未決，羽亦何敢重欲干命！」』干命之刑，違反命令之刑。

〔一二〕〔補注〕《詩·大雅·蕩》：『靡不有初，鮮克有終。』

〔一三〕〔錢注〕《通鑑·唐憲宗紀》注：十將，軍中小校也。

劉淮

牒奉處分。我之上軍〔一〕，實首南服〔二〕。静則拔距投石〔三〕，用養其威；動則振鐸挺鍵〔四〕，以揚其武。爰求訓整，是屬偏裨〔五〕。前件官，頗歷星霜，爲予御右〔六〕，望通軍志，誓在戎行〔七〕。是用挾以楚韅〔八〕，分之齊鼓〔九〕。勉思脱兔〔一〇〕，勿暴將羊〔一一〕。事須補充某營十將〔一二〕。

校注

〔一〕〔補注〕《左傳·僖公二十七年》：『乃使郤縠將中軍，郤溱佐之；使狐偃將上軍，讓于狐毛而佐之。』春秋時晋之軍制分上、中、下軍，中軍最尊，上軍次之。

〔二〕〔錢注〕《晋書·劉弘傳》：威行南服。〔補注〕古稱王畿以外地區每五百里爲一區劃，分爲侯服、甸服、綏服、要服、荒服，合稱五服。南服，指南方。

〔三〕〔錢注〕《漢書·甘延壽傳》：延壽投石拔距，絶於等倫。注：投石，以石投人也。拔距者，有人連坐，相把據地，距以爲堅，而能拔取之。皆言其有手掣之力。〔按〕參見《爲濮陽公與劉稹書》『拔距投石』馮注及《爲滎陽公賀幽州破奚寇表》『超距投石』馮注。

〔四〕〔錢校〕鍵，疑當作『鈹』。《國語》：被甲帶劍，挺鈹搢鐸。《説文》：鈹，劍而刀裝者。〔補注〕《周禮·夏官·大司馬》：『司馬振鐸，羣吏作旗，車徒皆作。』鄭玄注：『振鐸以作衆。作，起也。』振鐸，摇鈴，古代宣布政教法令時，振鐸以警衆。挺，舉、拔。鍵，疑『劍』之音誤。

〔五〕〔錢注〕《漢書·馮奉世傳》：兵法曰：大將軍出，必有偏裨，所以揚威武，參計策。〔補注〕訓整，訓教整飭。

〔六〕〔錢注〕《晉書·何曾傳》：臨敵交刃，又參御右。〔補注〕御右，駕御軍車之甲士右邊之武士，亦稱車右，爲勇力之士。

〔七〕〔補注〕《左傳·昭公二十一年》：『《軍志》有之：先人有奪人之心，後人有待其衰。盍及其勞且未定也伐諸？』戎行，已見《田仲方牒》注〔五〕。

〔八〕〔補注〕《左傳·宣公十年》：『令尹南轅反旆。』杜預注：『迴車向南。』

〔九〕〔補注〕《左傳·莊公十年》：『齊人三鼓。劌曰：「可矣。」齊師敗績。』

〔一〇〕〔錢注〕《孫子》：始如處女，敵人開户；後如脱兔，敵不及拒。

〔一一〕〔錢校〕勿暴將羊，疑當作『勿慕如羊』。《後漢書·張奂傳》：遷安定屬國都尉，羌豪帥感奂恩德，上馬二十匹。先零又遺金鐻八枚，並受之。而召主簿於諸羌前，以酒酹地，曰：『使馬如羊，不以入廄；使金如粟，不以入懷。』並以金、馬還之。

〔一二〕見《王公衡牒》注〔一三〕。

徐適

右件官，嘗從州兵〔一〕，實懷戎略。瞻晉卿之馬首，識齊壘之烏聲〔二〕。使以履軍，冀無堅敵〔三〕。屬熊湘南戍，於越北疆〔四〕，思揚建隼之威〔五〕，用警跕鳶之俗〔六〕。爾其撫予後勁〔七〕，聽我先庚〔八〕，深弘戰器之資〔九〕，用叶師貞之美〔一〇〕。事須補充某營十將。

校注

〔一〕〔補注〕《左傳·僖公十五年》：『晋於是乎作州兵。』杜預注：『五黨爲州，州二千五百家也。因此又使州長各繕甲兵。』此指州郡之地方軍隊。

〔二〕〔補注〕《左傳·襄公十四年》：『（晋）荀偃令曰：「雞鳴而駕，塞井夷竈，唯余馬首是瞻。」』又《襄公十八年》：『丙寅晦，齊師夜遁。師曠告晋侯曰：「鳥烏之聲樂，齊師其遁。」』

〔三〕〔錢注〕《晋書·段灼傳》：灼上疏追理鄧艾曰：『龍驤麟振，前無堅敵。』

〔四〕熊湘，見《爲滎陽公上弘文崔相公狀一》注〔五〕。於越北疆，見《爲滎陽公上弘文崔相公狀二》注〔三〕。

〔五〕〔補注〕《周禮·春官·司常》：『鳥隼爲旟，龜蛇爲旐……州里建旟，縣鄙建旐。』建隼，樹立畫有隼鳥之帥旗。此指任州刺史。

〔六〕〔錢注〕《後漢書·馬援傳》：援謂官屬曰：『當吾在浪泊、西里間，下潦上霧，毒氣重蒸，仰視飛鳶跕跕墮水中。』

〔七〕〔補注〕《左傳·宣公十二年》：『軍行：右轅，左追蓐，前茅慮無，中權，後勁。』後勁，殿後之精兵。

〔八〕〔補注〕《易·巽》：『先庚三日，後庚三日。』先庚，頒布命令前先行申述。申命令謂之庚。

〔九〕〔補注〕《左傳·成公十六年》：『子反入見申叔時，曰：「師其何如？」對曰：「德、刑、詳、義、禮、信，戰之器也。」』杜預注：『器猶用也。』

〔一〇〕〔補注〕《易·師》：『師貞，丈人，吉，無咎。』師貞，言用兵之道，利于得正。貞，正也。

鄭楚〔一〕

牒奉處分。爾之嚴君〔二〕，頃於冢宰〔三〕，守無假器〔四〕，行不易方〔五〕，慶襲身枝〔六〕，名登尺籍〔七〕。是用分乘楚廣〔八〕，均領晉藩〔九〕。刻思及父之賢〔一〇〕，以奉丈人之吉〔一一〕。事須補充同十將。

校注

〔一〕《太平廣記》卷四二八《盧造》，《續玄怪録》卷四《葉令女》有鄭楚，係大曆時人。與此鄭楚顯非一人。

〔二〕〔錢曰〕楚父何名未詳。〔補注〕《易·家人》：『家人有嚴君焉，父母之謂也。』此指父。

〔三〕〔補注〕《書·周官》：『冢宰掌邦治，統百官，均四海。』孔傳：『天官卿稱太宰。』冢宰爲六卿之首，後常稱吏部尚書爲冢宰。

〔四〕〔補注〕《左傳·昭公七年》：『晋人來治杞田，季孫將以成與之。謝息爲孟孫守，不可，曰：「人有言曰：雖有挈瓶之知，守不假器（借與器物），禮也。夫子從君，而守臣喪邑，雖吾子亦有猜焉。」』守不假器，謂不以官職輕易授人。

〔五〕〔補注〕《易·恒》：『象曰：雷風，恒。君子以立不易方。』孔穎達疏：『君子立身得其恒久之道，故不改易其方。方猶道也。』《後漢書·班彪傳上論》：『班彪以通儒上才，傾側危亂之間，行不踰方，言不失正。』

〔六〕〔補注〕《禮記·哀公問》：『孔子遂言曰：……君子無不敬也，敬身爲大。身也者，親之枝也，敢不敬與？』襲慶，襲積善之家餘慶，語本《易·坤》。

〔七〕〔錢注〕《漢書·馮唐傳》注：李奇曰：『尺籍所以書軍令。』〔補注〕尺籍，書寫軍令、軍功之簿籍。《史記·張釋之馮唐列傳》司馬貞索隱：『尺籍者，謂書其斬首之功於一尺之板。』是則『名登尺籍』蓋謂其有軍功記在簿籍也。

〔八〕〔補注〕《左傳·宣公十二年》：『楚子爲乘廣三十乘，分爲左右。』乘廣，主帥所乘之兵車。

〔九〕〔補注〕《左傳·襄公二十九年》：子展曰：『東西南北，誰敢寧處？堅事晉、楚，以蕃王室也。……』

〔一〇〕〔錢注〕《漢書·王嘉傳》：故繼世立諸侯，象賢也。注：象其先父祖之賢耳。

〔一一〕〔補注〕《易·師》：『貞，丈人，吉。』

李邯

右件官，族傳隴右〔一〕，氣蓋關中〔二〕。藏蒙、瑜獨出之鋒〔三〕，藴頗、羽先登之志〔四〕。今者疆分楚、越〔五〕，俗雜蠻夷〔六〕。資中江下瀨之師〔七〕，鎮祝髮鏤膚之俗〔八〕。無替爾勇，挫我軍威。事須補充討擊副使〔九〕。

校注

〔一〕〔錢注〕《新唐書·宗室世系表》：李氏出自嬴姓。曇字貴遠，趙柏人侯，入秦爲御史大夫，生四子：崇、辨、昭、璣。崇爲隴西房。

〔二〕〔錢注〕《史記·季布傳》：季布弟季心，氣蓋關中。

〔三〕〔錢注〕陸機《辨亡論》：周瑜、陸公、魯肅、吕蒙之儔，入爲腹心，出作股肱。〔補注〕獨出，猶特出、突出。

〔四〕〔錢注〕《史記·廉頗傳》：廉頗者，趙之良將也。又《項羽紀》：項籍者，下相人也，字羽，項氏世世爲楚將。〔補注〕《左傳·隱公十一年》：『潁考叔取鄭伯之旗蝥弧以先登。』

〔五〕見《爲滎陽公上弘文崔相公狀二》注〔三〕。

〔六〕見《爲滎陽公上集賢韋相公狀二》注〔七〕。

〔七〕〔錢注〕《南史·宋孝武帝紀》：大明七年十一月，大閲水師於中江。《漢書·武帝紀》：元鼎五年，甲爲下瀨將軍，下蒼梧。注，瀨，湍也。吴、越謂之瀨，中國謂之磧。〔補注〕《書·禹貢》：『東爲中江，入于海。』古代對中江有不同解釋。盛弘之《荆州記》以爲指長江經流自今湖北江陵以下至江西九江一段。下瀨，此泛指水軍。李嶠《軍師凱旋自邕州順流舟中作》：『尚想江陵陣，猶疑下瀨師。』張仲素《昆明池賦》：『獱獺呈形，有類於文身之俗；鳧鷖亂響，如習乎下瀨之師。』

〔八〕〔錢注〕左思《魏都賦》：或魋髻而左言，或鏤膚而鑽髮。〔補注〕《穀梁傳·哀公十三年》：『吴，夷狄之國也，祝髮文身。』范寧注：『祝，斷也。』鏤膚即文身。

〔九〕〔錢注〕《新唐書·許欽寂傳》：萬歲通天元年，契丹入寇，詔爲隴山軍討擊副使。

張存〔一〕

右件官，早輸丹赤，頗涉星霜，雖懷暴武之鋒〔二〕，不起戡蟬之色〔三〕。唯兹沈毅〔四〕，可使訓齊。今則登以伍符〔五〕，列之三鼓〔六〕，爾其聿修戰器〔七〕，精講軍書〔八〕，勉膺擊刺之名〔九〕，用奬勤劬之節。事須補充討擊副使〔一〇〕。

校注

〔一〕〔補箋〕《太平廣記》卷二三二有張存，係大曆中高郵百姓；《北夢瑣言》卷九有張存，係唐末虢州刺史；《唐故監察御史裏行太原王公（仲堪）墓誌銘》謂其子婿前鄉貢明經清河張存，仲堪貞元十三年卒。以上三張存年代均與此張存不相及，當非其人。又《新唐書·宰相世系表》始興張氏之張存，則年輩更不相及。

〔二〕〔錢注〕唐諱『虎』作『武』。〔補注〕《詩·鄭風·大叔于田》：『襢裼暴虎，獻于公所。』又《小雅·小旻》：『不敢暴虎，不敢馮河。』暴虎，徒手與虎搏鬬。

〔三〕蟬，《全文》原作『彈』，據錢校改。〔錢注〕《列子》：王作色曰：『吾之力者，能裂犀兕之革，曳九牛之尾，猶憾其弱。女折春螽之股，堪秋蟬之翼，而力聞天下，何也！』〔按〕戡、堪通。戡，剪伐。

〔四〕〔錢注〕《後漢書·祭肜傳》：肜性沈毅内重。

〔五〕伍，《全文》作『五』，從錢校據胡本改正。〔錢注〕《漢書·馮唐傳》注：李奇曰：伍符，軍士五五相保之符信也。

〔六〕〔補注〕《左傳·莊公十年》：『齊人三鼓。』

〔七〕〔補注〕《左傳·襄公九年》：『甲戌，師于汜，令於諸侯曰：「脩器備，盛餱糧，歸老幼，居疾于虎牢。」』

〔八〕〔錢注〕《漢書·息夫躬傳》：軍書交馳而輻輳，羽檄重跡而狎至。

〔九〕〔錢注〕《史記·日者傳》：齊張仲、曲成侯以善擊刺學用劍，立名天下。

〔一〇〕見前牒注〔九〕。

王政

右件官，一心事我，三歲食貧〔一〕。奉崔瑗之嘉賓〔二〕，曾無惰色；收陳遵之尺牘〔三〕，不失片辭。既愿慤以可規〔四〕，亦堅明而有守〔五〕。宜攜刀筆〔六〕，從我牙旗〔七〕。事須補充要籍〔八〕。

校注

〔一〕〔補注〕《詩·衛風·氓》：『自我徂爾，三歲食貧。』

〔二〕〔錢注〕《後漢書·崔瑗傳》：瑗愛士好賓客，盛修肴膳，單極滋味。

〔三〕〔錢注〕《漢書·陳遵傳》：遵贍于文辭，性善書，與人尺牘，主皆藏去以爲榮。

〔四〕〔錢注〕《荀子》：孝悌愿慤，軥録疾力，以敦比其事業，而不敢怠傲。

〔五〕堅，《全文》作『聖』，從錢校據胡本改正。〔錢注〕《史記·廉頗藺相如傳》：未嘗有堅明約束者也。

〔六〕〔錢注〕《漢書·郅都傳》：臨江王欲得刀筆爲書謝上。注：刀，所以削治書也。古者書於簡牘，故必用刀焉。

〔七〕〔錢注〕張衡《東京賦》：牙旗繽紛。

〔八〕〔錢注〕《新唐書·百官志》：觀察使，要籍一人。

劉公實

右件官，早在戎藩，素推武藝〔一〕。堇父敢登於懸布〔二〕，養由無失於穿楊〔三〕。屬徼外無虞〔四〕，軍前罷警，且從散秩〔五〕，勿慮遺才。事須補充散將〔六〕。

校注

〔一〕〔錢注〕《魏志·袁渙傳》：有武藝而好水功。

〔二〕〔補注〕《左傳·襄公十年》：『主人縣布，堇父登之，及堞而絶之，隊則又縣之，蘇而復上者三。主人辭焉，乃退。』

〔三〕〔錢注〕《戰國策》：楚有養由基者，善射，去柳葉百步射之，百發百中。

〔四〕〔錢注〕《漢書·王尊傳》：懷來徼外。〔補注〕《史記·司馬相如列傳》：『西至沬、若水，南至牂柯爲徼。』司馬貞索隱引張揖曰：『徼，塞也。以木柵水爲蠻夷界。』馮浩《玉谿生詩箋註·因書》注引《漢書注》：『東北謂之塞，西南謂之徼。』

〔五〕〔錢注〕《魏書·盧義僖傳》：散秩多年，澹然自得。〔補注〕散秩，閒散而無一定職守之官位。

〔六〕〔錢注〕《通鑑·唐懿宗紀》注：散將者，牙將之散員也。

鄭琡

右件官，嘗在壯圖，亦從薄宦〔一〕。解康成之書帶〔二〕，精鬼谷之鈐經〔三〕。不憚遐方〔四〕，忽兹投迹〔五〕。雖云小國，寧忘亢宗〔六〕？將有俟於先勞，固未登於真守〔七〕。事須補充同散使〔八〕。

校注

〔一〕〔錢注〕《南史·陶潛傳》：弱年薄宦，不絜去就之迹。

〔二〕〔錢注〕《後漢書·郡國志》注：《三齊記》曰：鄭玄教授不期山，山下生草大如薤，葉長一尺餘，堅刃異常，土人名曰『康成書帶』。〔補注〕解，通曉。此言其通經。

〔三〕〔錢注〕《隋書·經籍志》：《鬼谷子》三卷。《周禮》典同疏：《鬼谷子》有《飛鉗》《揣摩》之篇。〔按〕古兵法有《玉鈐》，傳爲吕尚所遺。《列仙傳·吕尚》：『二百年而亡，有難而不葬。後子及葬之，無尸，唯有《玉鈐》六篇在棺中云。』此句『鈐經』疑因兵法書《玉鈐》而泛指兵書。

〔四〕憚，《全文》作『殫』，據錢校改。

〔五〕〔錢注〕《莊子》：物將往投迹者衆。（錢氏原引『物』字上有『多』字，當屬上句，今删。）〔補注〕投迹，猶投身。

〔六〕〔補注〕《左傳·昭公元年》：『吉不能亢身，焉能亢宗？』亢宗，庇護宗族。

〔七〕〔錢注〕《後漢書·馬援傳》：朱勃未二十，右扶風請試渭城宰。注：試守者，試守一歲乃爲真，食其全俸。

〔八〕〔補注〕同散使，當指同兵馬使之散員。

爲滎陽公賀太尉王司徒啓〔一〕

近者党項侵擾西道〔二〕，崛强北邊〔三〕，仰聞天威〔四〕，將事電掃〔五〕。果從貴府，首建行臺〔六〕。蓋以藉司徒大鹵之先聲，壺關之舊戍〔七〕，謀於羣后〔八〕，允屬當仁〔九〕。凡在藩方，不勝欣愜。伏計上軍已有行日〔一〇〕，諸將並受嚴期〔一一〕。是賈復先登之秋〔一二〕，乃樊噲横行之日〔一三〕。弓聲破漠〔一四〕，劍氣凌雲〔一五〕。但恐犬羊不足以當誅鋤〔一六〕，鐘鼎不足以銘功業〔一七〕。某素無韜略〔一八〕，謬忝恩榮。當悲苦之餘，值空困之後，前驪負羽〔一九〕，不展平生。瞻望中權〔二〇〕，唯積私懇。伏惟俯賜亮察。

校注

〔一〕本篇原載清編《全唐文》卷七七六第一〇頁、《樊南文集補編》卷七。〔錢箋〕（太尉王司徒）王宰也。《通鑑》：大中元年五月，吐蕃論恐熱乘武宗之喪，誘党項及回鶻餘衆寇河西，詔河東節度使王宰將代北諸軍擊之。宰以沙陀朱邪赤心爲前鋒，自麟州濟河，與恐熱戰於鹽州，破走之。《舊唐書·職官志》：太尉、司徒、司空各一員，並正一品。宰何時兼職，未詳。〔按〕王宰會昌四年至大中四年在河東節度使任。其加司徒，據《金石補正》卷七四《冷泉關河東節度王宰題記》稱：『（大中二年九月）詔就拜司徒……十二月十二日遂得祗詔擁節趨闕，赴正朝聘之禮。至明年正月十一日又蒙聖旨奬加光禄大夫，依前檢校司徒，却歸本鎮。至二月五日過此。』是大中二年九月方拜司徒。題稱『司徒』，或後追書。《全唐文》卷七八八蔣伸有《授王宰河陽節度使李拭河東節度使制》，稱『河東節度兼諸道行營招討党項使王宰』，當即大中元年五月討党項時所兼。啓云『仰聞天威，將事電掃。果從貴府，首建行臺』，是詔王宰將兵出擊尚未破敵之時。又云『凡在藩方，不勝欣愜』，則其時鄭亞已抵桂林。詔王宰擊党項之消息傳至桂林，當已在六月下旬或更晚，啓即其時所上。

〔二〕〔錢注〕《魏書·高道悦傳》：西道偏戎，旗胄仍襲。〔補注〕西道，此指河西地區。

〔三〕〔錢注〕《史記·陸賈傳》：乃欲以新造未集之越，屈彊於此。〔補注〕崛强，桀驁不馴。

〔四〕〔補注〕《書·君奭》：『我亦不敢寧于上帝命，弗永遠念天威。』天威，喻帝王之威嚴。

〔五〕〔錢注〕《後漢書·皇甫嵩傳》：旬日之間，神兵電掃。

〔六〕〔錢注〕《新唐書·百官志》：邊要之地，置總管以統軍，加號使持節，有行臺，大行臺。〔按〕臺省在外者稱行臺，爲出征時隨其所駐之地設立之代表中央之政務機構，魏晋始有之。唐貞觀後漸廢。此用舊稱。

〔七〕〔錢注〕《新唐書·王智興傳》：智興子晏宰，後去『晏』，獨名『宰』。累擢邠寧慶節度使，徙忠武軍，討劉稹也，詔宰以兵出魏博，趨磁州。當是時，何弘敬陰首鼠，聞宰至，大懼，即引軍濟漳水。宰相李德裕建言：『河陽兵寡，以忠武爲援，既以捍洛，則并制魏博。』遂詔宰以兵五千摧鋒，兼統河陽行營。進取天井關，賊黨離沮。德裕以宰乘破竹勢不遂取澤州，爲顧望計，帝有詔切責。宰懼，急攻陵川，破賊石會關，進攻澤州，其將郭誼殺稹降。宰遂節度太原。宣宗初，吐蕃引党項、回鶻寇河西，詔統代北諸軍進擊。《元和郡縣志》：太原府，《禹貢》冀州之域，春秋晋荀吴敗狄于大鹵，即太原晋陽縣也。中國曰太原，夷狄曰大鹵。《新唐書·地理志》：潞州領壺關縣。

〔八〕〔補注〕《書·舜典》：『乃日覲四岳羣牧，班瑞于羣后。』蔡沈集傳：『羣后，即侯牧也。』後亦泛指公卿。

〔九〕〔補注〕當仁，語本《論語・衛靈公》：『當仁不讓於師。』

〔一〇〕〔補注〕《左傳・僖公二十七年》：『乃使郤縠將中軍，郤溱次之；使狐偃將上軍，讓於狐毛而佐之。』行日，出發之日。語本《儀禮》。

〔一一〕並，《全文》作『并』，從錢校據胡本改正。〔錢注〕《晋書・劉元海載記》：伏聽嚴期。

〔一二〕〔錢注〕《後漢書・賈復傳》：復遷都護將軍，從擊青犢於射犬，大戰至日中，賊陳堅不却。復被羽先登，所向皆靡，賊乃敗走。

〔一三〕〔錢注〕《史記・季布傳》：單于嘗爲書嫚吕后，吕后大怒，召諸將議之。上將軍樊噲答曰：『臣願得十萬衆，横行匈奴中。』

〔一四〕〔錢注〕《隋書・長孫晟傳》：突厥大畏長孫總管，聞其弓聲，謂爲霹靂。《説文》：漠，北方流沙也。

〔一五〕〔錢注〕任昉《宣德皇后令》：劍氣凌雲，而屈迹於萬夫之下。

〔一六〕〔錢注〕《漢書・王莽傳》：直飢寒，羣盜犬羊相聚。〔補注〕犬羊，此爲對異族（党項）之蔑稱。

〔一七〕〔補注〕鐘鼎上多銘刻紀事表功之文字，故云。《舊唐書・長孫無忌傳》：『自古皇王，褒崇勳德，既勒銘於鐘鼎，又圖形於丹青。』

〔一八〕〔錢注〕《隋書・經籍志》：太公《六韜》五卷，黄石公《三略》三卷。

〔一九〕〔錢注〕《南史・王融傳》：車前豈可乏八騶。揚雄《羽獵賦》：賁、育之倫，蒙盾負羽。〔補注〕前騶，官吏出行時在前開路。負羽，背負羽箭，指從軍出征。

〔二〇〕中權，見《爲滎陽公桂管補逐要等官牒・徐適》注〔七〕引《左傳・宣公十二年》文。此以『中權』指主將。

爲滎陽公上浙西鄭尚書啓〔一〕

不審近日諸況何若？第高標令範〔二〕，早映朝端〔三〕；惠露仁風〔四〕，載光藩寄〔五〕。況地雄東海，郡控南徐〔六〕。當皇心妙簡之難〔七〕，是國用取資之地〔八〕。斯焉假道，以副具瞻〔九〕。況忝亢宗〔一〇〕，允俟嘉會。此方且多雜俗，又異奥區，但餘江山〔一一〕，記在方誌〔一二〕。然將以比西州東府〔一三〕，白下朱方〔一四〕，則亦遼豕爲慚〔一五〕，葉龍知懼矣〔一六〕。而里閭凋弊，谿洞幽遐，内惟短材〔一七〕，常愧尸禄。道路綿邈〔一八〕，懷抱淒涼，未期雲霧之披〔一九〕，空屬池塘之思〔二〇〕。餘并附某乙口述。

校注

〔一〕本篇原載清編《全唐文》卷七七六第一〇頁，《樊南文集補編》卷七。〔錢箋〕《新唐書·鄭朗傳》：開成中，擢起居郎，累遷諫議大夫，爲侍講學士。由華州刺史入拜御史中丞、户部侍郎。爲鄂岳、浙西觀察使。進義武、宣武二節度，歷工部尚書判度支、御史大夫，復爲工部尚書，同中書門下平章事。考朗之入相，在大中七年，見《舊唐書·宣宗紀》。以時代推之，其觀察浙西或當在大中之初，與鄭亞刺桂同時，疑即其人也。《舊唐書·地理志》：浙江西道節度使治潤州，管潤、蘇、常、杭、湖等州。或爲觀察使。〔張箋〕考鄭朗由鄂岳遷浙西。《新書·方鎮表》：『盧商大中元年三月除武昌。』則朗之徙鎮，必在其時。錢説確矣。兹據以入譜（按：張箋大中元年書：鄭朗爲浙西觀察使）。又案：《補編》又有《爲滎陽公與浙西李尚書狀》，係亞初到桂時。考《新書·李景讓傳》：出爲浙西觀察使，入爲尚書左丞。惟未詳何年，鄭朗當是代景讓者也。〔按〕《爲滎陽公與浙西李尚書狀》係大中元年三月七日鄭亞離京赴任時所上，張謂『初到桂時』，非。時鄭朗尚在鄂岳任。朗之由鄂岳遷浙西，當在三月七日後，與盧商遷鄂岳同時。鄭朗時檢校工部尚書，《全唐文》卷七八八蔣伸《授鄭光河中節度使鄭朗汴州節度使制》稱『浙江道觀察使、檢校工部尚書鄭朗』。此篇有『此方且多雜俗，又異奥區，但餘江山，記在方誌』等語，係鄭亞到桂後所上。亞六月九日抵桂，商隱九月末十月初離桂林奉使江陵，啓當作於此段時間内。然此類書啓，例皆到任後不久即上，故其作時大抵不出大中元年六七月間。

〔二〕〔錢校〕第，當作『弟』。〔按〕字通。

〔三〕〔錢注〕《宋書·王弘傳》：位副朝端。

〔四〕〔錢注〕露，胡本作『霑』。〔錢注〕沈約《齊故安陸昭王碑文》：惠露霑吴，仁風扇越。〔按〕當作『惠露仁風』，方與『高標令範』對文。

〔五〕〔錢注〕《北史·楊侃傳》：朕停卿藩寄，移任此者，正爲今日。

〔六〕〔錢注〕《宋書·州郡志》：晋永嘉大亂，幽、冀、青、并、兖州及徐州之淮北流民，相率過淮，亦有過江左晋陵界者。晋成帝咸和四年，又徙流民之在淮南者於晋陵諸縣，其徙過江南及留在江北者，並立僑郡縣以司牧之。安帝義熙七年，始封淮北爲北徐，淮南猶曰徐州。武帝永初二年，加徐州曰南徐，而淮北但曰『徐』。文帝元嘉八年，更以江南爲南徐州，治京口，割揚州之晋陵、兖州之九郡僑在江南者屬焉。〔按〕南徐州治京口，即唐之潤州州治，浙西觀察使府所在。

〔七〕〔錢注〕《魏志·高貴鄉公紀》：宜妙簡德行，以充其選。〔補注〕《後漢書·儒林傳序》：『時樊準、徐防並陳敦學之宜，又言儒職多非其人，於是制詔公卿妙簡其選。』妙簡，猶精選。

〔八〕〔錢注〕王融永明十一年《策秀才文》：若終畝不税，則國用靡資。〔按〕安史亂後，北方中原地區受到戰亂嚴重破壞，加以藩鎮割據，不向朝廷繳納賦税，朝廷每年收入，主要來自浙西、浙東、宣歙、淮南、江西、鄂岳、福建、湖南等八道四十九州。見李吉甫《元和國計簿》。

〔九〕〔補注〕《莊子·天運》：『古之至人，假道於仁，託宿於義。』假道，猶借助，由借路之義引申。《左傳·僖公二年》：『晋荀息請以屈産之乘，與垂棘之璧，假道于虞以伐虢。』《詩·小雅·節南山》：『赫赫師尹，民具爾瞻。』具瞻，指宰輔重臣。此謂借助浙西之任，入爲宰輔。

〔一〇〕亢宗，見《爲滎陽公桂管補逐要等官牒·鄭琡牒》注〔七〕。

〔一一〕〔補注〕謂桂管地區多江山之勝。參《爲滎陽公奉慰積慶太后上謚表》『守藩江嶺』注。

〔一二〕〔錢注〕皇甫謐《三都賦序》：其鳥獸草木，則驗之方志。

〔一三〕〔錢注〕《初學記》：山謙之《丹陽記》曰：東府城池，則晋簡文爲會稽王時第，東則丞相會稽王道子府。道子領揚州，故俗稱東府。又曰：揚州廨，王敦所創，開東南西三門，俗謂之西州。注：已上潤州。

〔一四〕〔錢注〕《元和郡縣志》：上元縣本金陵地，隋平陳，於石頭城置蔣州，以江寧縣屬焉。武德九年，改爲白下。又：潤州本春秋吴之朱方邑。

〔一五〕〔錢注〕朱浮《爲幽州牧與彭寵書》：往時遼東有豕，生子白頭，異而獻之。行至河東，見羣豕皆白，懷慚而還。

〔一六〕〔錢注〕任昉天監三年《策秀才文》：非懼真龍。李善注：《莊子》曰：子張見魯哀公，哀公不禮。去曰：『君之好士，有似葉公子高之好龍也。葉公好龍，室屋雕文，盡以寫龍。於是天龍聞而下之，窺頭於牖，拖尾於堂。葉公見之，棄而退走，失其魂魄，五色無主。是葉公非好真龍也，好夫似龍而非龍也。今君之好士，好夫似士而非士者也。』按：《藝文類聚》《太平御覽》《困學紀聞》引同。他書引此，多作《申子》。

〔一七〕〔錢注〕陸機《豪士賦序》：運短才而易聖哲所難者哉！

〔一八〕〔錢注〕左思《吴都賦》劉逵注：綿邈，廣遠貌。

〔一九〕〔錢注〕《晋書·樂廣傳》：廣善談論，尚書令衛瓘見而奇之曰：『此人之水鏡，見之瑩然，若披雲霧而睹青天也。』〔補注〕謂未能親見其面。

〔二〇〕〔錢注〕《南史·謝惠連傳》：惠連年十歲，能屬文，族兄靈運嘉賞之，云：『每有篇章，對惠連輒得佳語。』嘗於永嘉西堂，思詩竟日不就，忽夢見惠連，即得『池塘生春草』，大以爲工。〔補注〕屬，託。謂空託夢寐之思。鄭亞與朗同宗，故用此典。

爲滎陽公上陳許高尚書啓〔一〕

伏見制書，尚書克懷懋德，以贊明時〔二〕。殊祥取貴於龜龍，大樂受鈞於金石〔三〕。以秩宗典禮〔四〕，以司馬總戎〔五〕。況潁水遺封，許田奥壤〔六〕，犨、洛互其後〔七〕，宛、葉居其前〔八〕。版籍則方城之外人〔九〕，幕府則淮陽之勁卒〔一〇〕。唯茲巨防〔一一〕，實屬當仁〔一二〕。荀爽驟拜司空〔一三〕，黄霸入爲丞相〔一四〕。遺蹤且在〔一五〕，後命非遥〔一六〕。早忝恩知〔一七〕，倍注誠款。

校注

〔一〕本篇原載清編《全唐文》卷七七六第一〇頁，《樊南文集補編》卷七。〔錢注〕《舊唐書·地理志》：忠武軍節度使，治許州，管陳、許、蔡三州。高尚書，未詳。〔張箋〕高尚書，高銖也。表兄吴廷燮曰：杜牧《薦韓乂啓》：『大和八年，自淮南有事至越，見韓君於境上。』後云：『蕭、高二連帥至，即日造於廬，詢以政事。』此謂蕭俶、高銖。銖爲浙東觀察使，在大和九年，見《舊・傳》。啓又曰：『及高至許下，厚禮辟之。』高即高銖，忠武治許下，『至許下』，即爲忠武也。《新・傳》：『銖歷義成節度使。大中初，遷禮部尚書，徙太常卿。』合以義山啓『以秩宗典禮，以司馬董（按：原文作總）戎』，則銖由禮部尚書爲忠武，加兵部尚書，後乃徙太常卿也。本傳失載。（吴）所解似確，今據書。〔按〕吴考是，其説又略見其《唐方鎮年表・忠武》。啓當上於鄭亞抵桂之後，見任命高銖爲陳許節度使之制書而作，則銖之爲陳許當在大中元年三至六月間。啓約作於是年六、七月間。

〔二〕〔補注〕《書・畢命》：『惟公懋德，克勤小物。』懋德，勉行大德。此謂盛德。曹植《求自試表》：『志欲自效於明時，立功於聖世。』以，《全文》作『心』，從錢校據胡本改正。

〔三〕〔補注〕《禮記・禮運》：『何謂四靈？麟鳳龜龍，謂之四靈。』古人以爲龜龍乃靈物，後常以喻傑出人物。《禮記・樂記》：『大樂與天地同和，大禮與天地同節。』『金石絲竹，樂之器也。』

〔四〕〔補注〕《書・舜典》：『咨伯，汝作秩宗。』秩宗爲古代掌宗廟祭祀之官。此指禮部尚書。《新唐書・百官志》：『禮部，尚書一人，正三品……掌禮儀、祭享、貢舉之政。』參注〔一〕引吴廷燮考證。

〔五〕〔補注〕《書・周官》：『司馬掌邦政，統六師，平邦國。』〔錢注〕庾信《長孫儉神道碑》：龍驤總戎，或似平吴之號。〔按〕此指兵部尚書。

〔六〕見《上許昌李尚書狀一》『潁水云清，許田斯闢』二句注。

〔七〕〔錢注〕《新唐書・地理志》：河南道河南府領洛陽、鞏縣。按：《漢書・地理志》河南郡同。

〔八〕〔錢注〕《新唐書・地理志》：山南東道鄧州南陽縣，武德三年置宛州，八年廢。又：河南道汝州領葉縣。按：《漢書・地理志》：宛、葉俱屬南陽郡。

〔九〕〔錢注〕《周禮》『司民』注：版，今户籍也。〔補注〕《左傳・僖公四年》：『楚國方城以爲城，漢水以爲池。』杜預注：『方城山在南陽葉縣南。』

〔一〇〕〔錢注〕《史記・李牧傳》：市租皆輸入莫府。索隱曰：崔浩曰：將帥理無常處，以幕帟爲府署，故曰幕府。當作幕。《舊唐書·地理志》：陳州，隋淮陽郡。《史記·灌夫傳》：上以爲淮陽天下交，勁兵處，故徙夫爲淮陽太守。

〔一一〕防，《全文》作『訪』，原注：疑。此據錢校改正。〔錢注〕《戰國策》：齊有長城巨防，足以爲塞。防，此讀去聲。左思《蜀都賦》：『豁險吞若巨防。』與『嶂』『向』等字爲叶。

〔一二〕〔補注〕《論語·衛靈公》：『當仁不讓於師。』

〔一三〕〔錢注〕《後漢書·荀爽傳》：獻帝即位，徵爽拜平原相，行至宛陵，復追爲光禄勳；視事三日，進拜司空。

〔一四〕〔錢注〕《漢書·黄霸傳》：霸爲潁川太守，治爲天下第一。五鳳三年，代丙吉爲相。

〔一五〕〔錢校〕且，疑當作『具』。

〔一六〕〔補注〕後命，續發之任命，語本《左傳·僖公九年》『齊侯將下拜，孔曰：「且有後命。」』

〔一七〕知，《全文》作『加』，從錢校據胡本改正。

爲滎陽公黄籙齋文〔一〕

臣伏聞系自象先〔二〕，道尊玄教〔三〕。有無名之璞〔四〕，不可雕鎪〔五〕；開衆妙之門〔六〕，未嘗關揵〔七〕。達人大觀〔八〕，上士勤行〔九〕。始有胥、連〔一〇〕，爰交尊、陸〔一一〕，皆禀混成之教〔一二〕，以凝懸解之功〔一三〕。及至化漸漓，真元稍散，七千神虎〔一四〕，窮蹈籍之姿〔一五〕；九百毒龍〔一六〕，恣貪殘之患。乃復吴宫合石〔一七〕，王屋流珠〔一八〕，方班萬國之朝，始定百靈之位〔一九〕。大之則籠羅八極〔二〇〕，居蔕芥之微〔二一〕；小之則陶冶一身，後天地而老〔二二〕。上維皇屋〔二三〕，下及烝人，莫不受煉朱陵〔二四〕，施功酆部〔二五〕。故五臘二直〔二六〕，八節三元〔二七〕，咸開儀拔之科〔二八〕，用顯修崇之旨。

臣某幸生昭代，素稟玄風。每秋水凝情〔二九〕，春臺寫望〔三〇〕，暢靈襟而抽思〔三一〕，若振羽毛〔三二〕；動玄籥以開懷，如餐沆瀣〔三三〕。因循官牒〔三四〕，漸染君恩。既乖紫氣之占〔三五〕，遂阻丹丘之會〔三六〕。五嶺之表，再麾始臨〔三七〕。撫凋瘵之民人〔三八〕，壓蠻髦之雜俗〔三九〕。竊恐見聞所及，未契玄科〔四〇〕；舉措之間，有踰真裕〔四一〕。或散爲疾瘼，或遘作凶饑。敢薦真師，式陳妙會。況此府水環湘、桂，山類蓬、瀛〔四二〕，固亦武陵之谿，桃源接境〔四三〕；平昌之井，荆水通津〔四四〕。洞乳凝華〔四五〕，邑煙結氣。浮丘別館，薊子郵亭〔四六〕。豈直發地五千，獨稱於太華〔四七〕；去天三百，惟迷於武功〔四八〕？實幸廉車，得親靈境。今則涼飈已戒，溽暑尋徂〔四九〕。九外八遐〔五〇〕，静無氛翳；二元三景〔五一〕，藹有輝光。雲篆鳥章〔五二〕，珠巾琳几〔五三〕，略皆備物，粲有加儀。

伏乞太上三尊〔五四〕，十方衆聖〔五五〕，曲流玄澤，大降鴻慈，先俾清朝，克逢多福。南面慶千春之壽〔五六〕，北辰康億載之歡〔五七〕。三事百官〔五八〕，共綏天禄；四夷萬有〔五九〕，長叶帝謨。然後所部封疆，當州寮屬，皆無虚士〔六〇〕，屢有豐年〔六一〕。臣齋功獲申〔六二〕，道念增厚，式揚藩任，妙選宸心。慶靈長披於身枝〔六三〕，清裕永霑於家屬〔六四〕。則仰荷大道無極之恩。臣限以嚴扃〔六五〕，屬兹戎寄〔六六〕，不獲躬齎素簡〔六七〕，親詣黄壇〔六八〕，望紫府以馳誠〔六九〕，向清都而潔慮〔七〇〕。謹附臣李道琮墨辭上啓。惶恐，謹辭。

校注

〔一〕本篇原載清編《全唐文》卷七八〇第二三頁，《樊南文集補編》卷十一。黄籙齋，見《上鄭州李舍人狀二》注〔三〕。〔按〕文云『今則涼飇已戒，溽暑尋徂』，當作於夏末秋初，約大中元年六月末七月初。黄籙齋，道教潔齋法之一。《通鑑·唐僖宗光啓三年》：『與鄭杞、黄瑾謀因中元夜，邀高駢至其第建黄籙齋。』胡注：『黄籙大齋者，普召天神、地祇、人鬼而設醮焉，追懺罪根，冀升仙界。』此文黄籙齋當係中元節（七月十五）舉行者，文作於其前。

〔二〕〔錢注〕《老子》：『挫其鋭，解其紛，和其光，同其塵，湛兮其或存，吾不知誰之子，象帝之先。』〔補注〕『象帝之先』河上公注：『老子言我不知「道」所以生，「道」自在天帝之前，乃先天帝生也。』

〔三〕〔錢注〕荀勖《晋四廂樂歌》：玄教氤氲。〔補注〕玄教，此指道教。《老子》有『玄之又玄，衆妙之門』語。

〔四〕〔錢注〕《老子》：吾將鎮之以無名之璞。

〔五〕〔錢注〕左思《魏都賦》：木無雕鎪。

〔六〕〔錢注〕《老子》：『玄之又玄，衆妙之門』。

〔七〕〔錢注〕《老子》：善閉者，無關揵而不可開。

〔八〕〔錢注〕賈誼《鵩鳥賦》：達人大觀兮，物無不可。

〔九〕〔錢注〕《老子》：上士聞道，勤而行之。

〔一〇〕胥、連，赫胥氏、驪連氏，參下注。

〔一一〕〔錢注〕司馬貞《補三皇本紀》：大庭氏、柏皇氏、中央氏、卷須氏、栗陸氏、驪連氏、赫胥氏、尊盧氏、渾沌氏、昊英氏、有巢氏、朱襄氏、葛天氏、陰康氏、無懷氏。斯蓋三皇以來，有天下者之號。〔按〕尊、陸，即尊盧氏、栗陸氏。

〔一二〕〔補注〕《老子》：『有物混成，先天地生。』王弼注：『混然不可得而知，而萬物由之以成，故曰混成也。』混成之教，指道教。

〔一三〕〔錢注〕《莊子》：老聃死，秦失弔之，三號而出。弟子曰：『弔焉若此，可乎？』曰：『始也，吾以爲其人也，而今非也。適來，夫子時也；適去，夫子順也。安時而處順，哀樂不能入也。古者謂是帝王之懸解。』〔補注〕懸解，天然之解脱。

〔一四〕千，《全文》作『十』，據錢本改。〔錢注〕《雲笈七籤》：老君曰：『神虎玉符，太上道君常所寶，祕藏於太陵靈都瓊宫玉房之裏，衛以巨獸，捍以毒龍，神虎七千，備于玉闕也。』

〔一五〕〔錢注〕司馬相如《上林賦》：人臣之所蹈籍。

〔一六〕〔錢注〕《後漢書·西域傳》注：蔥嶺冬夏有雪，有毒龍，若犯之則風雨晦冥，飛砂揚礫。過此難者，萬無一全也。〔補注〕《新五代史·唐莊宗神閔敬皇后劉氏傳》：『吾有毒龍五百，當遣一龍揭片石，常山之人，皆魚鼈也。』此以毒龍喻殘暴者。

〔一七〕見後《梓州道興觀碑銘》『封吴宫之合璧』注。

〔一八〕見後《梓州道興觀碑銘》『貫王屋之深珠』注。

〔一九〕〔錢注〕班固《東都賦》：禮神祇，懷百靈。

〔二〇〕〔錢注〕晋張韓《不用舌論》：鸚鵡猩猩，鼓弄於籠羅。《淮南子》：八紘之外，乃有八極也。〔補注〕籠羅，猶包羅、牢籠，作動詞用。

〔二一〕〔錢注〕賈誼《鵩鳥賦》：細故蔕芥兮，何足以疑？

〔二二〕〔錢注〕《莊子》：後天地凝而不爲老。

〔二三〕〔補注〕《晉書·恭帝紀論》：『去皇屋而歸來，灑丹書而不恨。』皇屋，天子所居宫室，借指朝廷。

〔二四〕〔錢注〕《雲笈七籤》：《三元品戒》云：今日受鍊，罪滅福生。《初學記》：故南嶽衡山，朱陵之靈臺，太虚之寶洞，上承冥宿，銓德萬物。〔補注〕朱陵，道教所稱三十六洞天之一，在今湖南衡山縣。

〔二五〕〔錢注〕《唐類函》：《茅君内傳》曰：羅酆山之洞，周一萬五千里，名曰北帝死生之天。皆鬼神所治，五帝之官、考謫之府也。《太平御覽》：《三洞珠囊》曰：高上玉清刻石隱銘曰：酆都山在北，内有空洞，洞中有六宫書。此銘於宫北壁，制檢羣凶不使横暴，生民學者，得佩此刻石文，則北酆落名，南宫度命，爲其真人。

〔二六〕〔錢注〕《雲笈七籤》：《八道祕言》曰：正月一日名天臘，五月五日名地臘，七月七日名道德臘，十月一日名民歲臘，十二月節日名侯王臘。此五臘日，並宜修齋，並祭祀先祖。《明真科》云：『月一日，初八日，十四日，十五日，十八日，二十三日，二十四日，二十八日，二十九日，三十日，已上爲十直齋日。』『二直』未詳。〔按〕二直，似指每月初一、十五齋日。

〔二七〕〔錢注〕《雲笈七籤》：凡八節之日，是上天八會大慶之日也。其日諸天大聖尊神，上會靈寶玄都玉京上宫，朝慶天真，奉戒持齋，遊行誦經。此日修齋持戒，宗奉天文者，皆爲五帝所舉，書名《玉曆》。又：立春爲建善齋，春分爲延福齋，立夏爲長善齋，夏至爲朱明齋，立秋爲遐齡齋，秋分爲謝罪齋，立冬爲遵善齋，冬至爲廣慶齋。又：《三元品戒經》云：正月七日，天地水三官檢校之日，可修齋。《聖紀》云：正月七日名舉遷賞會齋，七月七日名慶生中會齋，十月五日名建生大會齋。三官考覈功過，依日齋戒，呈章賞會，可祈景福。〔按〕道教稱天、地、水爲三元，亦以之稱所奉天官、地官、水官三神。然此『三元』則指正月十五上元、七月十五中元、十月十五下元。

〔二八〕〔錢注〕《雲笈七籤》：《道教靈驗記》云：解冤釋結，除宿報之灾，惟黄籙道場，可以懺拔冤魂生天，疾病自損，過此不知也。

〔二九〕〔錢注〕《莊子》：秋水時至，百川灌河。

〔三〇〕〔錢注〕《老子》：衆人熙熙，如享太牢，如登春臺。

〔三一〕〔補注〕抽思，抒發情思。《楚辭·九章·抽思》：『與美人之抽思兮，并日夜而無正。』

〔三二〕〔錢注〕干寶《搜神記》：淮南王安，好道術，盛禮設樂，以享八公，授琴而絃，歌曰：明明上天，照四海兮，知我好道，公來下兮。公將與余，生羽毛兮，升騰青雲，蹈梁甫兮。觀見三光，遇北斗兮，驅乘風雲，使玉女兮。〔補注〕振羽毛，謂振羽飛升登仙。

〔三三〕〔錢注〕《楚辭·遠遊》：食六氣而飲沆瀣兮，漱正陽而合朝霞。〔補注〕沆瀣，清露。

〔三四〕〔錢注〕《後漢書·李固傳》：其列在官牒者。〔補注〕官牒，記載官吏姓名、爵禄之簿籍。

〔三五〕〔錢注〕《史記·老子傳》注：索隱曰：《列異傳》：老子西遊，關令尹喜望見紫氣浮關，而老子果乘青牛而過也。

〔三六〕〔錢注〕《楚辭·遠遊》：仰羽人於丹丘兮，留不死之舊鄉。

〔三七〕〔補注〕五嶺之表，此指桂管。再麾，一對旌旗。唐制：節度使專制軍事，賜雙旌雙節，旌以專賞，節以專殺。

〔三八〕〔錢注〕《說文》：痌，半傷也。瘵，病劣也。

〔三九〕〔補注〕《詩·小雅·角弓》：『如蠻如髦，我是用憂。』蠻髦，猶蠻夷。

〔四〇〕〔錢注〕《雲笈七籤》：玄科祕訣，本有冥期。〔補注〕玄科，道教之規章。

〔四一〕〔錢校〕裕，疑當作『格』。〔錢注〕《太平御覽》《金根經》云：青宫之内，北殿上有仙格，格上有學仙簿籙，領仙玉郎之典也。

〔四二〕〔錢注〕按：馮氏蒐輯逸句，引此二語，出《明一統志》桂林府形勝。湘水，見《爲滎陽公桂州署防禦等官牒·段球牒》『湘南越北』注。《水經注》：桂水出桂陽縣北界山，北逕南平縣而東北流，屆鍾亭，右會鍾水，通爲桂水也。故應劭曰：桂水出桂陽東北入湘。《列子》：渤海之東有大海，其中有山，一曰岱輿，二曰員嶠，三曰方壺，四曰瀛洲，五曰蓬萊。

〔四三〕〔錢注〕陶潛《桃花源記》：晋太元中，武陵人，捕魚爲業。緣溪行，忘路之遠近，忽逢桃花林。

〔四四〕〔錢注〕《水經注》：潍水又北逕平昌縣故城東，荆水注之。城之東南角有臺，臺下有井，與荆水通。物墜於井，則取之荆水。

〔四五〕〔錢注〕《桂海虞衡志》：桂林山中，洞穴最多，所産鐘乳。

〔四六〕浮丘，見《爲濮陽公奉慰皇太子薨表》『悼深伊將』注。薊子，見《上河陽李大夫狀二》『乘騾更同於薊子』注。

〔四七〕〔錢注〕《山海經》：太華之山，削成而四方，其高五千仞。

〔四八〕〔錢校〕迷，疑當作『述』。〔錢注〕《水經注》：渭水又逕武功縣故城北。《地理志》曰：縣有太一山，古文以爲『終南』，杜預以爲『中南』也。亦曰太白山，在武功縣南，不知其高幾何。俗云：武功、太白，去天三百。

〔四九〕〔補注〕班婕妤《怨歌行》：『常恐秋節至，涼飈奪炎熱。』戒，通『屆』，至。《禮記·月令》：『（季夏之月）土潤溽暑，大雨時行。』

〔五〇〕〔錢注〕《太上飛行九神玉經》云：潤流九外。陶潛《閑情賦》：憩遥情於八遐。

〔五一〕〔錢注〕《雲笈七籤》：三合五離，混化二元。又：三景保守，令我得真。

〔五二〕見後《梓州道興觀碑銘》『及夫祕篆抽奇』『摧藏鳥迹』注。

〔五三〕〔錢注〕《太平御覽》：《太玄經》曰：《老子傳授經戒籙儀注訣》曰：以局脚小案置經，絳巾復上。

〔五四〕〔錢注〕《雲笈七籤》：三尊者，道尊、經尊、真人尊。〔按〕道教稱元始天尊、靈寶天尊、道德天尊爲『三尊』。道教最高最尊之神名前常冠『太上』二字以示尊崇，錢注疑非。

〔五五〕〔錢注〕《雲笈七籤》：《老君存思圖》云：見三尊竟，仍存十方天尊，相隨以次，同詣玄臺。朝禮太上，嚴整威儀，爲一切軌則。北方無極太上道德天尊服色黑，羽儀多玄。東方服色青，羽儀多碧。南方服色赤，羽儀多丹。西方服色白，羽儀多素。東北方服色青黑，又多黄。東南方服色青赤，又多黄。西南方服色赤白，又多黄。西北方服色白黑，又多黄。上方服色玄紫，又多蒼。下方服色黄紅，又多緑。

〔五六〕〔錢注〕謝朓《酬德賦》：度千春之可並。〔補注〕南面，指君主。

〔五七〕〔補注〕北辰，北極星，喻君主。《論語·爲政》：『子曰：爲政以德，譬如北辰，居其所而衆星共之。』

〔五八〕〔補注〕《詩·小雅·雨無正》：『三事大夫，莫肯晝夜。』孔穎達疏：『三事大夫爲三公耳。』錢氏謂『三事』，出《書》。然《書·立政》『任人、準夫、牧，作三事』，爲三種官職，與『三事百官』之『三事』義有别，今不取。

〔五九〕〔錢注〕何承天《報應問》：羣生萬有，往往如之。〔補注〕萬有，萬物。

〔六〇〕〔錢注〕《陳書·姚察傳》：名下定無虚士。

〔六一〕〔補注〕《詩·周頌·豐年》：『豐年多黍多稌，亦有高廩。』

〔六二〕〔錢注〕《雲笈七籤》：《本相經》云：虔心者惟罄一心，丹誠十極，燒香禮拜，惟求於道。捨財者市諸香油，八珍百味。營饌供具，屈請道士。及以凡器，歸心啓告，委命至真。内泯六塵，外齊萬境，冥心静慮，歸神於道。克成道果，永契無爲。救濟存亡，拔度灾苦。隨其分力，福降不差。功德輕重，各在時矣。

〔六三〕〔錢注〕謝靈運《撰征賦序》：慶靈將升。〔補注〕慶靈，先人之積善與福蔭。謝靈運《歸途賦》：『承百世之慶靈，遇千載之優渥。』《禮記·哀公問》：『身也者，親之枝也。』

〔六四〕〔錢注〕《晋書·續咸傳》：當時稱其清裕。《史記·平準書》：賈人有市籍者，及其家屬，皆無得籍名田以便農。〔補注〕清裕，清正寬厚。

〔六五〕〔錢注〕張衡《周天大象賦》：天闕嚴扃於畢野。〔補注〕嚴扃，森嚴之門户。此指嚴守邊疆。

〔六六〕〔錢注〕《南齊書·蕭景先傳》：今謬充戎寄。

〔六七〕〔錢注〕《雲笈七籤》：凡欲入静朝真，具衣褐，執簡當心，定神存思，然後閉氣入静。

〔六八〕黄壇，見《上鄭州李舍人狀二》注〔三〕。

〔六九〕〔錢注〕《抱朴子》：項曼都言：到天上，先過紫府，金牀玉几，晃晃昱昱。

〔七〇〕〔錢注〕《列子》：化人之宫，出雲雨之上，實爲清都紫微。〔補注〕清都，神話傳説中天帝所居宫闕。《楚辭·遠遊》：『集重陽入帝宫兮，造旬始而觀清都。』《列子·周穆王》：『清都、紫微、鈞天、廣樂，帝之所居。』

爲滎陽公上集賢韋相公狀三〔一〕

伏見制書，伏承加集賢殿大學士〔二〕。恩極台階〔三〕，榮兼祕殿〔四〕。通鳳池于册府〔五〕，擢雞樹于書林〔六〕。中外具瞻〔七〕，遐邇增慰。相公黄中稟氣〔八〕，素尚資仁〔九〕。片玉一枝〔一〇〕，已光于昔日；前籌五鼎〔一一〕，果慶于兹辰。況又高步瀛洲〔一二〕，領官仙掖〔一三〕，佇見亡書必復〔一四〕，墜簡重編。使三千之徒〔一五〕，並受其義；俾百家之説〔一六〕，各有所安。芟翦繁蕪〔一七〕，整綴差謬〔一八〕。某早承重獎，今守遐藩〔一九〕。雖滎廉問之權〔二〇〕，實羡校讎之吏〔二一〕。仰瞻門闌〔二二〕，俯抱肺肝。陳賀末由，伏深感戀。

校注

〔一〕本篇原載清編《全唐文》卷七七三第二三頁、《樊南文集補編》卷三。〔張箋〕此賀其加集賢殿大學士也。本傳無考。〔按〕狀云『今守遐藩』，係到桂管任後所上，當在《爲滎陽公上集賢韋相公狀二》（六月九日到任時所上）之後，約大中元年夏秋間。上韋琮第一、第二狀題内之『集賢』二字，係商隱本年十月編《樊南甲集》時所加。

〔二〕集賢殿大學士，見《爲滎陽公謝集賢韋相公狀》注〔一〕，參《爲濮陽公上陳相公狀三》注〔四〕。

〔三〕〔錢注〕《漢書·東方朔傳》：願陳《泰階六符》。注：孟康曰：泰階，三台也，每台二星，凡六星。應劭曰：《黄帝泰階六符經》曰：太階者，天之三階也。上階爲天子，中階爲諸侯公卿大夫，下階爲士庶人。〔按〕此謂其任宰相。

〔四〕〔錢注〕《舊唐書·職官志》：集賢殿書院，開元十二年置。漢、魏以來職在祕書。開元十三年，與學士張説等宴於集仙殿，因改名集賢。王延壽《魯靈光殿賦》：乃立靈光之祕殿。〔按〕此謂加集賢殿大學士。

〔五〕〔錢注〕鳳池，屢見。《穆天子傳》：天子北征東還，至於羣玉之山，先王之所謂策府。〔按〕策府，即册府，此指集賢殿書院。鳳池，指宰相之職。

〔六〕〔錢注〕雞樹，見《爲濮陽公上賓客李相公狀一》注〔一二〕。《後漢書·和帝紀》：永元十三年，帝幸東觀，覽書林，閱篇籍，選術藝之士以充其官。〔按〕雞樹，切宰相；書林，切集賢殿大學士。

〔七〕〔補注〕具瞻，爲衆人所瞻望。語本《詩·小雅·節南山》：『赫赫師尹，民具爾瞻。』

〔八〕〔補注〕《易·坤》：『君子黄中通理，正位居體，美在其中，而暢於四支，發於事業，美之至也。』黄中，本指人之心臟，亦可喻指内德。

〔九〕〔補注〕任昉《王文憲集序》：『或功銘鼎彝，或德標素尚。』素尚，樸素高尚之情操。

〔一〇〕〔錢注〕《晋書·郤詵傳》：武帝問詵曰：『卿自以爲何如？』詵對曰：『臣舉賢良對策，爲天下第一，猶桂林之一枝，崑山之片玉。』

〔一一〕〔錢注〕前籌，見《爲濮陽公附送官告中使回狀》『漢祖何妨於銷印』注。《漢書·主父偃傳》：大丈夫生不五鼎食，死則五鼎烹耳。〔補注〕五鼎食，列五鼎而食，借指高官厚禄及顯貴者之豪奢生活。

〔一二〕〔錢注〕《舊唐書·褚亮傳》：太宗留意儒學，乃於宫城西起文學館，以待四方文士。於是杜如晦、房玄齡、于志寧、蘇世長、薛收、褚亮、姚思廉、陸德明、孔穎達、李元道、李守素、虞世南、蔡允恭、顔相時、許敬宗、薛元敬、蓋文達、蘇勖，並以本官兼文學館學士。及薛收卒，復徵劉孝孫入館。尋遣圖其狀貌，藏之書府。預入館者，時所傾慕，謂之登瀛洲。

〔一三〕〔錢注〕《漢書·高后紀》：入未央宫掖門。注：非正門，而在左右兩掖，若人之有臂掖。〔補注〕唐時中書、門下兩省在宫中左右掖，因以仙掖借指中書、門下兩省。領官仙掖，謂其同中書門下平章事。

〔一四〕〔錢注〕《漢書·張安世傳》：上行幸河東，嘗亡書三篋，詔問莫能知，唯安世識之，具作其事。後購求得書，以相校，無所遺失。

〔一五〕〔錢注〕孔安國《尚書序》：先君孔子，討論墳典，斷自唐、虞以下，訖于周。芟夷繁亂，剪裁浮辭，舉其宏綱，撮其機要，足以垂世教，典謨訓誥誓命之文凡百篇。三千之徒，並受其義。

〔一六〕〔錢注〕《淮南子》：百家異説，各有所出。

〔一七〕〔錢注〕《隋書·經籍志》：於是採摘孔翠，芟翦繁蕪。

〔一八〕〔錢注〕《北史·崔鴻傳》：删正差謬。〔補注〕整綴差謬，謂整理連綴書籍之錯亂。

〔一九〕〔錢注〕《吴志·虞翻傳》注：《會稽典録》曰：感侵遐藩。

〔二〇〕〔補注〕廉問，察訪查問，指任觀察使。

〔二一〕〔錢注〕左思《魏都賦》：讎校篆籀。李善注：《風俗通》曰：劉向《别録》：讎校，一人讀書，校其上下，得謬誤爲校；一人持本，一人讀書，若怨家相對爲讎。〔補注〕《新唐書・百官志二》：集賢殿書院，校書四人，正九品下；正字二人，從九品上。

〔二二〕〔錢注〕《詩・東方之日》傳：闥，門内也。

爲滎陽公上弘文崔相公狀三〔一〕

伏見制書，伏承天恩榮加崇文館大學士〔二〕。某竊尋舊史，常仰清門〔三〕。魏、齊以來，閥閲相繼〔四〕，皆當代才子〔五〕，翰林主人〔六〕。相公傳慶降祥，重規疊矩〔七〕。漢籌殷鼎〔八〕，已慶于台階〔九〕；玉軸芸籤〔一〇〕，重光于册府〔一一〕。仰惟成命〔一二〕，實屬當仁。某過沐恩光，末由陳賀。感激瞻戀，不任下情。

校注

〔一〕本篇原載清編《全唐文》卷七七三第二四頁、《樊南文集補編》卷三。〔張箋〕當與第一狀（按：鄭亞閏三月二十八到達潭州時所上）相繼上。惟文云：『伏見制（原作除，據《全唐文》改正）書，伏承天恩榮加崇文館大學士。』而標題則皆稱『弘文』，豈有訛歟？宰臣兼館職，史傳中多不備書，頗難詳考也。〔按〕《舊唐書・職官志》：

『弘文館：後漢有東觀，魏有崇文館，宋有玄、史二館，南齊有總明館，梁有史林館，北齊有文林館，後周有崇文館，皆著撰文史、鳩聚學徒之所也。武德初置修文館，後改爲弘文館。後避太子諱，改曰昭文館。開元七年，復爲弘文館，隸門下省。』是唐之弘文館，即魏、周之崇文館。而東宫官屬之崇文館學士，則『掌東宫經籍圖書，以教授諸生，凡課試舉送如弘文館』。故狀文内之『崇文館』，實即題内之『弘文』。商隱詩《代祕書贈弘文館諸校書》，題稱『弘文館』，而詩則云『崇文館裏丹霜後，無限紅梨憶校書』，與此同例。本篇當作於狀一、狀二之後，與《爲滎陽公上集賢韋相公狀三》大體同時，約大中元年夏秋間。

〔二〕〔錢注〕《舊唐書·職官志》：崇文館學士，掌東宫經籍圖書，以教授諸生。凡課試舉選如弘文館。《新唐書·百官志》：崇文館學士二人。乾元初，以宰相爲學士，總館事。〔按〕錢氏引《舊唐書》之『崇文館學士』爲東宫官，與崔元式所加之兼職『崇文館大學士』顯非一事，崔所加者實即弘文館大學士，參注〔一〕。

〔三〕〔補注〕清門，清貴之門第。白居易《博陵崔府君神道碑銘》：『長源遠派，大族清門。』

〔四〕〔錢注〕按《新唐書·宰相世系表》：元式出博陵大房。其先鑒，後魏東徐州刺史、安平康侯。仲哲，後魏司徒行參軍、安平縣男。而齊則未詳。惟第二房育王，北齊起部郎。昂，北齊祠部尚書。第三房，暹，北齊尚書右僕射。觖，北齊散騎常侍。

閥閱，《史記·高祖功臣年表》：古者人臣功有五品：以德立宗廟定社稷曰勳，以言曰勞，用力曰功，明其等曰伐，積日曰閱。〔補注〕閥閱，此泛指祖先有功業之世家。

〔五〕〔補注〕《左傳·文公十八年》：『昔高陽氏有才子八人。』才子，指德才兼備者。

〔六〕〔錢注〕揚雄《長楊賦序》：藉翰林以爲主人，子墨爲客卿以諷。〔補注〕翰林主人，泛指辭人文士。

〔七〕〔錢注〕《蜀志·郤正傳》：動若重規，静若疊矩。

〔八〕〔錢曰〕屢見。〔按〕漢籌，用張良借座前之箸（筷子）爲漢高祖謀劃事，見《爲濮陽公附送官告中使回狀》『漢祖何妨於銷印』注；殷鼎，用伊尹負鼎俎以滋味説湯事，見《爲濮陽公上淮南李相公狀二》注〔三〕。

〔九〕台階，見《爲滎陽公上集賢韋相公狀三》注〔三〕。

〔一〇〕〔錢注〕庾信《哀江南賦》：乃使玉軸揚灰。《舊唐書·經籍志》：其集賢院御書，經庫皆鈿白牙軸，黄縹帶，紅牙籤；史書庫鈿青牙軸，縹帶，緑牙籤；子庫皆雕紫檀軸，紫帶，碧牙籤；集庫皆緑牙軸，朱帶，白牙籤，以分別之。〔補注〕玉軸，卷書之玉鑲書軸；芸籤，書籤。芸香置書中可避蠹蟲。

〔一一〕册府，見《爲滎陽公上集賢韋相公狀三》注〔五〕。

〔一二〕〔補注〕《書·周書·武成》：『華夏蠻貊，罔不率俾。恭天成命，肆予東征。』又《書·周書·召誥》：『王末有成命，王亦顯。』《詩·周頌·昊天有成命》：『昊天有成命，二后受之。』

爲滎陽公賀牛相公狀〔一〕

伏見除書，伏承遷寵。相公允膺四輔〔二〕，光贊六朝〔三〕。静則龍蟄存神，在一水而無悶〔四〕；動則鳳翔覽德，自千仞以來儀〔五〕。雖世塗則有汙隆〔六〕，而吾道終無消長〔七〕。憶昨暫非利往〔八〕，遠適荒陬〔九〕，仲尼之不陋九夷〔一〇〕，子文之能安三已〔一一〕。永言閫閾〔一二〕，實冠品流。今者復自衡陽〔一三〕，去臨汝水〔一四〕。以舊丞相，兼老成人〔一五〕。竊計中途，即有新命。俯移高尚〔一六〕，還處燮和〔一七〕。欲將不爲蒼生〔一八〕，其若仰孤清廟〔一九〕！

某昨者幸因行役〔二〇〕，得奉輝光〔二一〕。伏蒙賜以從容，降之談吐。語百代之損益〔二二〕，定九流之否臧〔二三〕。調以道心〔二四〕，附之禪理。始知全德〔二五〕，不可度思〔二六〕。此時退以語人，便將心卜，恐未可絶張良之粒，具范蠡之舟〔二七〕。今則果然，不差懸料。伏望遠離下土〔二八〕，促動前騶〔二九〕。復昔日之九遷〔三〇〕，慰今晨之四海。

某限當廉察，未冀趨承。於抃賀而則深，顧辭離而漸遠。南荒受任，方榮便道而來〔三一〕；東閤重開〔三二〕，畏在他人之後。瞻戀恩顧〔三三〕，不任下情。伏惟俯賜照察。

校注

〔一〕本篇原載清編《全唐文》卷七七四第九頁、《樊南文集補編》卷四。〔錢箋〕（牛相公）牛僧孺也。《新唐書》本傳：宣宗立，徙衡、汝二州，還爲太子少師卒。此狀賀其徙汝也。〔張箋〕《舊・紀》書守太子太師於本年（按：指大中元年）六月，今從之。紀文『太師』乃『少師』之訛也。〔按〕《舊・紀》僅書『以金紫光禄大夫、守太子少保、分司東都、上柱國、奇章郡開國公、食邑二千户牛僧孺守太子太（少）師』，未及其何時由衡州徙汝州。然大中元年五月初八鄭亞、商隱一行仍滯留長沙（見《爲中丞滎陽公赴桂州至湖南敕書慰諭表》），在長沙時有《爲滎陽公上衡州牛相公狀》。由長沙赴桂林途中又曾便道拜訪當時仍在衡州之牛僧孺（見本狀），於六月九日抵達桂林。由此可推知僧孺之由衡移汝，約在大中元年六月。除書自長安傳至桂林，約在七月，狀上於其時。

〔二〕〔補注〕《書・洛誥》：『誕保文武受民，亂爲四輔。』又，《書・益稷》有『四鄰』，《史記・夏本紀》作『四輔』。孔傳以『四輔』爲『四維之輔』。後賈誼《新書》《尚書大傳》有『疑、承、輔、弼』爲『四輔』之説。指君主身邊之四位輔佐。

〔三〕牛僧孺仕歷，參見《爲濮陽公賀牛相公狀》注〔二三〕。〔錢注〕《新唐書・牛僧孺傳》：元和初，以賢良方正對策，調伊闕尉，改河南，遷監察御史，進累考功員外郎、集賢殿直學士。穆宗初，以庫部郎中知制誥，徙御史中丞，以户部侍郎同中書門下平章事。尋遷中書侍郎。敬宗立，進封奇章郡公。是時，政出近倖，數表去位，授武昌節度使、同平章事。文宗立，李宗閔當國，屢稱僧孺賢，復以兵部尚書平章事，進門下侍郎、弘文館大學士。固請罷，乃檢校尚書左僕射平章事，爲淮南節度副大使。開成初，表解劇鎮，以檢校司空爲東都留守。三年，召爲尚書左僕射，以足疾不任謁，檢校司空、平章事，爲山南東道節度使。會昌元年，下遷太子少保。進少師。明年，以太子太傅留守東都。六朝謂憲、穆、敬、文、武、宣也。

〔四〕〔補注〕《易・繫辭下》：『尺蠖之屈，以求信（伸）也；龍蛇之蟄，以存身也。』《易・乾》：『《文言》曰……遯世無悶，不見是而無悶。樂則行之，憂則違之。』

〔五〕〔錢注〕賈誼《弔屈原文》：鳳皇翔于千仞之上兮，覽德輝焉下之。〔補注〕《書・益稷》：『《簫韶》九成，鳳凰來儀。』

〔六〕〔錢注〕《魏志・何夔傳》注：孫盛曰：委身世塗。〔補注〕《禮記・檀弓上》：『吾先君子無所失道，道隆則從而隆，道污則從而污。』鄭玄注：『污，猶殺也。』世塗有汙隆，謂世道有衰盛，政治有亂治。

〔七〕〔補注〕《易・泰》：『内君子而外小人，君子道長，小人道消也。』

〔八〕〔補注〕《易・復》：『七日來復，利有攸往。』暫非利往，反用其義。

〔九〕〔錢注〕《新唐書・牛僧孺傳》：劉積誅，而石雄軍吏得從諫與僧孺交結狀，又河南少尹吕述言：『僧孺聞積誅，恨歎之。』武宗怒，黜爲太子少保，分司東都，累貶循州長史。《説文》：陬，阪隅也。

〔一〇〕〔補注〕《論語・子罕》：『子欲居九夷。』九夷，古代稱東方之九種民族，亦指其所居之地。

〔一一〕〔補注〕《論語・公冶長》：『令尹子文三仕爲令尹，無喜色；三已之，無愠色。』三已，多次罷官。

〔一二〕〔錢注〕劉峻《廣絶交論》：蹈其閫閾，若升闕里之堂。〔補注〕閫閾，門限、門户。

〔一三〕〔補注〕《書・禹貢》：『荆及衡陽，惟荆州。』衡陽，衡山之陽。

〔一四〕〔錢注〕《水經》：汝水出河南梁縣勉鄉西天息山。〔補注〕臨，治理。臨汝水，謂其任汝州長史。

〔一五〕〔補注〕《書・盤庚上》：『汝無侮老成人，無弱孤有幼。』老成人指年高有德者。《詩・大雅・蕩》：『雖無老成人，尚有典刑。』老成人指舊臣。此處所用當爲前者。

〔一六〕〔補注〕《易·蠱》：『不事王侯，高尚其事（志）。』高尚，此指高潔之志行。

〔一七〕〔補注〕《書·顧命》：『燮和天下，用答文武之光訓。』燮和，協和，此指宰相職務。

〔一八〕見《爲滎陽公上河中崔相公狀一》『如蒼生何』注〔一一〕。

〔一九〕〔補注〕《詩·周頌》有《清廟》篇，《詩序》謂『《清廟》，祀文王也。』清廟即太廟，帝王之宗廟。

孤，辜負。

〔二〇〕行役，見《爲滎陽公上集賢韋相公狀一》注〔二〕。

〔二一〕〔補注〕《易·大畜》：『剛健篤實，輝光日新。』

〔二二〕〔補注〕損益，增減。《漢書·禮樂志》：『王者必因前王之禮，順時施宜，有所損益，即民之心，稍稍制作，至太平而大備。』

〔二三〕〔錢注〕《漢書·藝文志》：儒家者流，出於司徒之官。道家者流，出於史官。陰陽家者流，出於羲和之官。法家者流，出於理官。名家者流，出於禮官。墨家者流，出於清廟之官。從横家之流，出於行人之官。雜家者流，出於議官。農家者流，出於農稷之官。小説家者流，出於稗官。諸子十家，其可觀者九家而已。

〔二四〕〔錢注〕《南齊書·武帝紀》：自今公私，皆不得出家爲道，惟年六十，必有道心，聽朝賢選序。〔按〕《書·大禹謨》『人心惟危，道心惟微』之道心指天理、義理；《高僧傳·義解四·釋道温》『義解足以析微，道心未易可測』之道心及錢注引《南齊書·武帝紀》之道心指悟道（佛道）之心，均非此句之義。『調以道心』與『附之禪理』並提，道心當指道家之玄理。

〔二五〕〔錢注〕《莊子》：形全猶足以爲爾，而況全德之人乎？

〔二六〕〔補注〕《詩·大雅·抑》：『神之格思，不可度思。』

〔二七〕二事分見《爲尚書濮陽公賀鄭相公狀》『張良却粒之懷，錙銖軒冕』注、『范蠡扁舟之志，夢想江湖』注。

〔二八〕〔補注〕《書·舜典》有『帝釐下土，方設居方』之文，下土指四方、天下，非商隱此句所用。此下土蓋指荒遠偏僻之地，亦即上文『荒陬』之義。王符《潛夫論》：『細民寃結，無所控告，下土邊遠，能詣闕者，萬無數人。』

〔二九〕〔錢注〕《南史·王融傳》：車前豈可乏八騶？〔補注〕前騶，官吏出行時在前開道之侍役。

〔三〇〕〔錢注〕《東觀漢紀》：馬援《與楊廣書》曰：車丞相高祖園寢郎，一月九遷爲丞相。

〔三一〕〔錢注〕《漢書·兩龔傳》：遂於家受詔，便道之官。〔按〕錢引《漢書·兩龔傳》之『便道』係拜官或受命後不入朝謝恩，直接赴任之義；商隱此句『便道』乃順路之義，蓋指自潭州赴桂林時便路拜謁也。

〔三二〕東閤，見《爲滎陽公上集賢韋相公狀一》注〔一一〕。

〔三三〕恩，《全文》作『思』，據錢校改。

爲滎陽公與度支周侍郎狀〔一〕

伏見除書〔二〕，伏承以小司馬掌邦計〔三〕，伏惟感慰。侍郎致君業廣，圖國功深〔四〕。頃在内朝〔五〕，則裨大政。昭獻御極〔六〕，名高侍從之臣〔七〕；昭肅握圖〔八〕，迹在循良之傳〔九〕。今上講求羣辟〔一〇〕，深念大藩〔一一〕。以自江之西，雖豫章爲奥壤〔一二〕；而居河之上〔一三〕，推白馬爲要津〔一四〕。爰陟廉車，以登將席〔一五〕。長城萬里〔一六〕，大國三軍〔一七〕。雪諸儒之懦名〔一八〕，盡將軍之威令〔一九〕。果承紫詔〔二〇〕，來駕墨車〔二一〕。向闕馳心〔二二〕，歘廷識貌〔二三〕。清秋一鶚〔二四〕，碧海孤峰〔二五〕。天子動容〔二六〕，羣僚服美。便合入居台鉉〔二七〕，以慰華夷。然以天下之賦輿〔二八〕，海内之財幣，是資經費〔二九〕，宜屬成謀。苟失當仁〔三〇〕，則乖大計。故晉室有鬻練之乏〔三一〕，漢臣興造幣之端〔三二〕。是不得人，何以爲國？仰惟餘地〔三三〕，已不同年〔三四〕。矧又秩貳夏官〔三五〕，任毗司馬〔三六〕。昔祈父爪士〔三七〕，未有兼官〔三八〕；方朔侍郎〔三九〕，不聞鼇務〔四〇〕。倚之爲相〔四一〕，今也其時。某伏限守藩，莫由申賀。山河百二〔四二〕，已抱歸心；風水五千〔四三〕，況兼離戀。瞻望門宇〔四四〕，不任懇誠。

校注

〔一〕本篇原載清編《全唐文》卷七七三第二〇頁、《樊南文集補編》卷三。題内『滎』字，《全文》作『濮』，據錢校改。〔錢箋〕周侍郎，周墀也。墀先爲江西觀察使，遷義成節度使，故文有『自江以西』『居河之上』四語。《舊唐書・宣宗紀》：大中元（錢注本誤作十）年，以義成軍節度使周墀爲兵部侍郎、判度支。則狀當上於此時。時鄭亞觀察桂管，所謂『伏限守藩』也；若王茂元，已卒於會昌三年，則與判度支之年不相及。又文中『昭獻』爲文宗謚，『昭肅』爲武宗謚，則所謂『今上』者，定爲宣宗。據此以推。其誤『滎』爲『濮』，更無疑義。《唐會要》：故事，度支案，郎中判入，員外判出，侍郎總統押案而已。官銜不言專判度支。開元以後，時事多故，遂有他官來判者，或尚書、侍郎專判，乃曰度支使，或曰判度支使，或曰知度支事，或曰勾當度支，雖名稱不同，其實一也。〔張箋〕大中元年六月，以義成軍節度使周墀爲兵部侍郎、判度支。户部侍郎判度支、充鹽鐵轉運使盧弘正（止）出爲義成軍節度使。〔按〕岑仲勉《平質》已缺證十《義成周墀入爲兵侍》條亦謂周墀大中元年二月後内召。周墀入爲兵侍判度支、盧弘止由户侍判度支出爲義成軍節度使，蓋互易者。鄭亞六月九日抵桂林後，商隱有《爲滎陽公與度支盧侍郎狀》，其時周墀尚在義成，盧亦未出鎮義成。周墀入爲兵侍判度支雖在六月，而除書至桂林當已七月，此狀亦當上於大中元年七月。

〔二〕除書，見《爲滎陽公上李太尉狀》注〔二〕。

〔三〕『承』字《全文》脱，錢校據胡本補，兹從之。〔補注〕《周禮·夏官》有小司馬，爲司馬之副職，此借指兵部侍郎。《書·周官》：『司馬掌邦政，統六師，平邦國。』孔傳：『夏官卿主戎馬之事，掌國征伐，統正六軍，平治王邦四方國之亂者。』後常以司馬指兵部尚書，故以小司馬稱兵部侍郎。邦計，此指國家之財政收支。掌邦計，謂周墀判度支。

〔四〕〔補注〕《左傳·昭公元年》：『圖國忘死，貞也。』

〔五〕〔補注〕内朝，古代天子處理政事之場所，在路門外，亦謂之『治朝』。《禮記·玉藻》：『朝服以日視朝於内朝。』鄭玄注：『此内朝，路寢門外之正朝也。』另《周禮·秋官·朝士》鄭玄注：『内朝之在路門内者，或謂之燕朝。』此爲處理政事後休息之所。本文『頃在内朝』之『内朝』實泛指朝廷。

〔六〕〔錢注〕《舊唐書·文宗紀》：謚曰元聖昭獻皇帝，廟號文宗。

〔七〕〔錢注〕《舊唐書·周墀傳》：大和末，累遷至起居郎，補集賢學士，轉考功員外郎，仍兼起居舍人事。開成二年，以本官知制誥，尋召充翰林學士。三年，遷職方郎中。四年，正拜中書舍人，内職如故。班固《兩都賦序》：故言語侍從之臣，若司馬相如、虞丘壽王、東方朔、枚皋、王褒、劉向之屬，朝夕論思，日月獻納。

〔八〕〔錢注〕《舊唐書·武宗紀》：謚曰至道昭肅孝皇帝，廟號武宗。《初學記》：《尚書考靈曜》曰：四千五百六十歲，精反切，握命几，起河圖，聖受思。〔補注〕握圖，猶握符，謂帝王握有受命於天之符命。

〔九〕〔錢注〕《舊唐書·周墀傳》：武宗即位，出爲華州刺史。改鄂岳觀察使（按：周墀未遷鄂岳，此誤載），遷洪州刺史、江南西道觀察使。《史記·太史公自序》：奉法循理之吏，不伐功矜能，百姓無稱，亦無過行。作《循吏列傳》。按：《晉書》《宋書》《梁書》《魏書》有《良吏傳》，《南齊書》有《良政傳》，餘多作『循吏』。〔按〕杜牧《唐故東川節度使檢校右僕射兼御史大夫贈司徒周公墓志銘》：『遷公江西觀察使、兼御史大夫。公既得八州，施展教令，申明約束。』即所謂『循良』也。

〔一〇〕〔錢注〕《史記·禮書》：今上即位。〔補注〕《書·周官》：『六服羣辟，罔不承德。』孔傳：『六服諸侯，奉承周德。』羣辟，諸侯，借指節度使。

〔一一〕〔錢注〕梁昭明太子《貽明山賓令》：明祭酒雖出撫大藩。

〔一二〕〔錢注〕《舊唐書·地理志》：江南西道洪州，隋豫章郡。奥壤，見《爲濮陽公上淮南李相公狀三》『且廣陵奥壤』注。

〔一三〕〔補注〕《詩·小雅·巧言》：『彼何人斯，居河之麋。』麋，通『湄』，水邊。

〔一四〕〔錢注〕《史記·荆燕世家》：劉賈渡白馬津。注：黎陽一名白馬津，在滑州。《古詩》：先據要路津。

〔一五〕〔錢注〕《舊唐書·周墀傳》：大中初，檢校禮部尚書、義成軍節度使、鄭滑觀察等使。按：《舊唐書·宣宗紀》在會昌六年十一月。《舊唐書·崔鄲傳》：凡三按廉車，率由清簡。《後漢書·王常傳》：位次與諸將絶席。

〔補注〕廉車，觀察使所乘之車。周墀遷鄭滑，當依《舊唐書·宣宗紀》，爲會昌六年十一月。

〔一六〕〔錢注〕《宋書·檀道濟傳》：道濟見收，脱幘投地曰：『乃復壞汝萬里之長城。』

〔一七〕〔補注〕《周禮·夏官·司馬》：『凡制軍，萬有二千五百人爲軍。王六軍，大國三軍，次國二軍，小國一軍。』

〔一八〕〔錢注〕《漢書·兒寬傳》：寬爲人温良，有廉知自將，善屬文，然懦於武，口弗能發明也。時張湯爲廷尉，廷尉府盡用文史法律之吏，而寬以儒生在其間，見謂不習事，不署曹，除爲從史。

〔一九〕〔錢注〕《史記·絳侯周勃世家》：已而之細柳軍，軍士吏被甲，鋭兵刃，彀弓弩持滿。天子先驅至，不得入。先驅曰：『天子且至！』軍門都尉曰：『將軍令曰：「軍中聞將軍令，不聞天子之詔。」』居無何，上至，又不得入。於是上乃使使持節詔將軍：『吾欲入勞軍。』亞夫乃傳言開壁門。壁門士吏謂從屬車騎曰：『將軍約，軍中不得驅馳。』於是天子乃按轡徐行。至營，將軍亞夫持兵揖曰：『介胄之士不拜，請以軍禮見。』天子爲動，改容式車，使人稱謝：『皇帝敬勞將軍。』成禮而去。

〔二〇〕〔補注〕紫詔，即紫泥詔。皇帝詔書用紫泥封，上蓋璽印。參《爲濮陽公附送官告中使回狀》『紫泥猶濕』注。

〔二一〕〔補注〕《周禮·春官·巾車》：『大夫乘墨車。』鄭玄注：『墨車，不畫也。』

〔二二〕〔錢注〕陸機《謝平原内史表》：馳心輦轂。

〔二三〕〔錢注〕《漢書·王商傳》：爲人多質，有威重，長八尺餘，身體鴻大，容貌甚過絶人。河平四年，單于來朝，引見白虎殿。丞相商坐未央廷中，單于前，拜謁商。商起，離席與言。單于仰視商貌，大畏之，遷延却退。天子聞而歎曰：『此真漢相矣！』

〔二四〕〔錢注〕鄒陽《上書吴王》：臣聞鷙鳥累百，不如一鶚。

〔二五〕〔錢注〕東方朔《十洲記》：東海之東，復有碧海。

〔二六〕見注〔一九〕引《史記·絳侯周勃世家》『天子爲動，改容式車』。

〔二七〕〔錢注〕《北齊書·韓軌傳》：歷登台鉉。〔補注〕台鉉，猶台鼎。鉉，鼎耳，代指鼎。鼎三足，有三公之象，以喻宰輔。

〔二八〕〔補注〕《左傳·成公二年》：『羣臣帥賦輿，以爲魯衛請。』杜預注：『賦輿，猶兵車。』古以田賦出兵，故稱兵車爲賦輿。此句『賦輿』即賦税。

〔二九〕見《爲滎陽公論安南行營將士月糧狀》注〔一九〕。

〔三〇〕〔補注〕《晉書·石苞傳論》：『夫經爲帝師，鄭沖於焉無愧；孝爲德本，王祥所以當仁。』當仁，當之無愧。

〔三一〕練，《全文》作『練』，從錢校據胡本改正。翳練之乏，見《爲濮陽公上淮南李相公狀三》『江左單衣』注〔六六〕。

〔三二〕〔錢注〕《漢書·武帝紀》：元狩四年，有司言縣官用度不足，請收銀錫，造白金及皮幣以足用。〔按〕句云『漢臣興造幣之端』，似用鄧通鑄錢事。《史記·佞幸列傳》：『鄧通，蜀郡南安人也……（文帝）賜鄧通蜀嚴道銅山，得自鑄錢，鄧氏錢布天下。』

〔三三〕〔錢注〕《莊子》：其游刃必有餘地。

〔三四〕〔錢注〕賈誼《過秦論》：則不可同年而語矣。

〔三五〕〔補注〕《周禮》載周時設置六官，以司馬爲夏官，掌軍政與軍賦。唐武則天時，曾改兵部尚書爲夏官。周墀入拜兵部侍郎，爲兵部尚書之副職，故云『秩貳夏官』。

〔三六〕參見注〔三〕及注〔三五〕。

〔三七〕〔補注〕《詩·小雅·祈父》：『祈父！予王之爪牙。』毛傳：『祈父，司馬也，職掌封圻之兵甲。』

〔三八〕〔錢注〕《管子》：使能不兼官。

〔三九〕〔錢注〕東方朔《答客難》：官不過侍郎，位不過執戟。

〔四〇〕〔錢注〕《舊唐書·玄宗紀》：老疾不堪釐務者與致仕。〔補注〕釐務，管理政事。

〔四一〕〔錢注〕《史記·韓長孺傳贊》：天子方倚以爲相。

〔四二〕〔錢注〕《史記·高祖紀》：秦形勝之國，帶河山之險，縣隔千里，持戟百萬，秦得百二焉。注：蘇林曰：得百中之二焉。秦地險固，二萬人足當諸侯百萬人也。

〔四三〕〔錢注〕《舊唐書·地理志》：桂州至京師，水陸路四千七百六十里。

〔四四〕〔錢注〕《説文》：宇，屋邊。

爲滎陽公上門下李相公狀三〔一〕

伏見恩制，伏承屢貢昌言〔二〕，請均兼職〔三〕。副天道福謙之旨〔四〕，遵玄元象易之文〔五〕。果降絲綸〔六〕，式光鈞軸〔七〕。永言欣荷，難以鋪陳。且《詩》戒從事獨賢〔八〕，《傳》美同班相卹〔九〕。知之甚衆，行之實難〔一〇〕。苟未研味道樞〔一一〕，探詳物理，則安能盡賢哲之至賾〔一二〕，合經典之大猷〔一三〕？凡在含生〔一四〕，罕不伏義〔一五〕。況朝廷道先報本〔一六〕，業重承祧〔一七〕，必用親賢〔一八〕，以奉宮廟〔一九〕。若華委照〔二〇〕，仙李垂陰〔二一〕。恢大君無忝之功〔二二〕，稟聖祖永存之慶〔二三〕。某早蒙恩異，雖遠拜辭，擊節嚮風〔二四〕，撫牀竊抃〔二五〕。末由陳賀，攀戀伏深。

校注

〔一〕本篇原載清編《全唐文》卷七七四第四頁、《樊南文集補編》卷三。〔按〕狀爲賀李回陳讓兼職、宣宗制書勉勵而作。時李回尚未出鎮西川。李回於大中元年八月丙申（初三）罷相出鎮，此狀當上於未聞李回罷相消息之時，約當大中元年六月中旬至八月中旬期間。

〔二〕〔補注〕《書·皋陶謨》：『禹拜昌言曰：俞！』孔穎達疏：『禹乃拜受其當理之言。』昌言，猶善言，正當之言論。

〔三〕〔錢注〕按《舊唐書·李回傳》，回既相，累加中書侍郎，歷户、吏二尚書，充山陵使。其陳讓兼職，史文不載。

〔四〕〔補注〕《易·謙》：『天道虧盈而益謙。』

〔五〕〔錢注〕《舊唐書·高宗紀》：乾封元年二月己未，次亳州，幸老君廟，追號曰太上玄元皇帝。『象易』，未詳，或『象帝』之訛。〔按〕《易·繫辭下》：『是故易者，象也。象也者，像也。』然此處『象』係『效法』之義。象《易》，謂效法《易》道。具體當指《易》之以屈求伸、以退爲進之道。其時宣宗、白敏中務反會昌之政，李德裕、鄭亞或居閒、或外放，李回亦不安於相位，故陳讓兼職。狀内贊美李回此種做法。《老子》所宣揚之道，與《易》道相通，故云『遵玄元象《易》之文』。

〔六〕〔補注〕《禮記·緇衣》：『王言如絲，其出如綸；王言如綸，其出如綍。』絲綸，指帝王詔令，即篇首『恩制』。

〔七〕〔錢注〕《列女傳》：文伯相魯，敬姜謂之曰：『服重任，行遠道，正直而固者，軸也。軸可以爲相。』〔補注〕鈞，製陶器所用轉輪。鈞以製陶，軸以轉車，鈞軸喻宰輔重臣。

〔八〕〔補注〕《詩·小雅·十月之交》：『黽勉從事，不敢告勞。無罪無辜，讒口囂囂……四方有羨，我獨居憂。民莫不逸，我獨不敢休。』

〔九〕〔補注〕《左傳·襄公二十六年》：『秦伯之弟鍼如晋修成，叔向命召行人子員。行人子朱曰：「朱也當御。」三云，叔向不應。朱怒曰：「班爵同，何以黜朱於朝？」撫劍從之。』

〔一〇〕〔補注〕《書·説命中》：『説拜稽首曰：非知之難，行之實艱。』孔傳：『言知之易，行之難。』

〔一一〕道樞，見《爲濮陽公上賓客李相公狀一》注〔二〕。

〔一二〕〔錢注〕《後漢書·崔駰傳》：竫憯思於至賾兮。〔補注〕至賾，極深奥微妙之理。《易·繫辭上》：『言天下之至賾而不可惡也。』

〔一三〕〔補注〕大猷，大道。《尚書序》：『及秦始皇滅先代典籍，焚書坑儒……漢室龍興，開設學校，旁求儒雅，以闡大猷。』

〔一四〕〔錢注〕曹植《對酒行》：含生蒙澤。

〔一五〕〔錢注〕《漢書·賈誼傳》：守節而伏義。〔按〕伏，通『服』。陳子昂《唐水衡監丞李府君墓志銘》：『縉紳高其才，烈士伏其義。』

〔一六〕〔補注〕《禮記·郊特牲》：『唯社，丘乘共粢盛，所以報本返始也。』報本，謂受恩思報，不忘本原。本指祖宗。

〔一七〕承祧，見《爲濮陽公奉慰皇太子薨表》『賢可承祧』注。

〔一八〕〔錢注〕《舊唐書·李回傳》：回，宗室郇王禕之後。〔補注〕《禮記·表記》：『今父之親子也，親賢而下無能。』《文選·任昉〈齊竟陵文宣王行狀〉》：『地尊禮絶，親賢莫貳。』

〔一九〕〔補注〕宫廟，猶宗廟。《詩·周頌》有《清廟》，《魯頌》有《閟宫》。

〔二〇〕〔錢注〕《淮南子》：若木在建木西，末有十日，其華下照地。《北史·宗室傳論》：分枝若木，疏派天潢。謝莊《月賦》：委照而吴業昌。

〔二一〕〔錢注〕葛洪《神仙傳》：老子母到李樹下，生老子，生而能言，指李樹曰：『以此爲我姓。』〔補注〕李唐統治者自言爲老子之後，故云『仙李垂陰』。

〔二二〕〔補注〕《易·師》：『大君有命，開國承家。』孔穎達疏：『大君，謂天子也。』《書·君牙》：『今命爾予翼，作股肱心膂，纘乃舊服，無忝祖考。』孔疏：『無辱累祖考之道。』

〔二三〕〔錢注〕《唐會要》：天寶二載正月十五日，加太上玄元皇帝號爲大聖祖玄元皇帝。八載六月十五日，加號爲大聖祖大道玄元皇帝。

〔二四〕〔錢注〕《魏志·王朗傳》注：《魏略》：承旨之日，撫掌擊節。司馬相如《喻巴蜀檄》：喁喁然皆嚮風慕義。

〔二五〕〔補注〕牀，坐具。《説文》：牀，安身之几坐。

爲滎陽公上西川李相公狀〔一〕

伏見除書，伏承新命〔二〕。某竊惟故事〔三〕，頗服前言〔四〕。令王之守四海也〔五〕，尊胥附之友〔六〕，立禦侮之臣〔七〕。周室之均五等也〔八〕，命齊、楚更盟〔九〕，俾周、召分理〔一〇〕。必配之重德，倚以奥區〔一一〕，然後可以祗承大君，表率羣辟〔一二〕。今中祕黄門之重〔一三〕，胥禦之所處也；井絡廣漢之大〔一四〕，侯伯之所分也。本以英靈，烜之事任〔一五〕。猶在神明所祐，禱祝有成。苟非上材，曷處斯寄！

伏惟相公，指南儒術〔一六〕，華蓋詞林〔一七〕。擅揚、馬之文章〔一八〕，富伊、皐之業望〔一九〕。自顯扶皇極〔二〇〕，允踐台階〔二一〕，不如蕭何，見漢祖之高論〔二二〕；以告仲父，識齊桓之格言〔二三〕。故得四翟八蠻〔二四〕，九流萬國〔二五〕，波恬巨浸〔二六〕，草偃高風〔二七〕。而又成則不居〔二八〕，亢而知退〔二九〕，雖延睿想，終協玄機〔三〇〕。

況井、鬼分疆〔三一〕，岷、峨會險〔三二〕，殷富則銅山丹穴〔三三〕，精靈則雁水犀津〔三四〕。池留萬歲之名〔三五〕，橋有七星之號〔三六〕。碧雞使者〔三七〕，部下時來〔三八〕；白鳳詞人〔三九〕，座中常滿〔四〇〕。以功成名遂之日〔四一〕，處既富且貴之尊。意氣良辰，優游豐福〔四二〕。爲古今之圭表〔四三〕，兼將相之安危〔四四〕。訪於前修〔四五〕，無以擬議。

某早承顧念，曾被陶埏〔四六〕。今者五嶺之衝〔四七〕，再麾是守〔四八〕。灌漏卮而填巨壑〔四九〕，尚隔盂盤；

朝白帝而暮江陵〔五〇〕，空吟風水。感知懷戀，無喻下情。更須旬月，遣專使起居。伏惟俯賜照察。

校注

〔一〕本篇原載清編《全唐文》卷七七四第八頁、《樊南文集補編》卷四。〔錢箋〕（西川李相公）李回也。《舊唐書》本傳：武宗崩，充山陵使，祔廟竟，出爲成都尹、劍南西川節度。《新唐書·宰相表》：大中元年八月，李回爲劍南西川節度使。《舊唐書·地理志》：劍南西川節度使治成都府，管彭、蜀、漢、眉、嘉、資、簡、維、茂、黎、雅、松、扶、文、龍、戎、翼、邛、嶲、姚、柘、恭、當、悉、奉、疊、静等州，使親王領之。〔按〕據《新唐書·宣宗紀》及宰相表，李回罷相，出鎮西川在大中元年八月丙申（初三），除書至桂林，當已八月末。狀蓋上於其時。

〔二〕〔補注〕《書·金縢》：『公曰：體，王其罔害。予小子，新命于三王。』新命，新任命，多指昇遷。此指出鎮西川之任命。

〔三〕〔錢注〕《漢書·公孫弘傳》：其後以爲故事。〔補注〕故事，先例、舊日之典章制度。

〔四〕〔補注〕《易·大畜》：『君子以多識前言往行，以畜其德。』孔穎達疏：『斯乃前言往行足以垂法將來者也。』

〔五〕〔補注〕《左傳·成公八年》：『三代之令王，皆數百年保天之禄。』令王，賢明之君主。

〔六〕〔補注〕《尚書大傳》：『周文王胥附、奔輳、先後、禦侮，謂之四鄰。』此『四鄰』指文王左右四位輔弼之臣。胥附之取名，含使疏遠者親附之意。

〔七〕〔補注〕《詩·大雅·緜》：『予曰有禦侮。』孔穎達疏：『禦侮者，有武力之臣，能折止敵人之衝突者，是能扞禦侵侮，故曰禦侮也。』

〔八〕〔補注〕《孟子·萬章下》：『天子一位、公一位、侯一位、伯一位、子男同一位，凡五等也。』孫奭疏：『《孟子》所言周制，《王制》所言夏、商之制也。』

〔九〕〔補注〕《左傳·襄公二十七年》：『（宋公及諸侯之大夫爲會於宋）晉、楚争先。晉人曰：「晉固爲諸侯盟主，未有先晉者也。」楚人曰：「子言晉、楚匹也，若晉常先，是楚弱也。且晉、楚狎主諸侯之盟也久矣，豈專在晉？」』杜預注：『狎，更也。』

〔一〇〕〔補注〕《史記·燕召公世家》：『自陝以西召公（奭）主之，自陝以東周公（旦）主之。』分理，分治。

〔一一〕奥區，見《爲滎陽公上門下李相公狀二》注〔五〕。

〔一二〕〔補注〕《書·周官》：『六服羣辟，罔不承德。』羣辟，謂四方諸侯。

〔一三〕〔錢注〕中祕，見《爲濮陽公上楊相公狀》注〔四〕。《舊唐書·職官志》：門下侍郎，隋曰黄門侍郎，龍朔爲東臺侍郎，咸亨改爲黄門，垂拱改爲鸞臺，天寶改爲門下，乾元改爲黄門，大曆復爲門下侍郎。回爲中書侍郎轉門下，見《爲滎陽公上門下李相公狀一》注〔一〕。

〔一四〕漢，《全文》作『陵』，據錢校改。〔錢注〕左思《蜀都賦》劉逵注：《河圖括地象》曰：岷山之地，上爲井絡，帝以會昌，神以建福。《漢書·地理志》：廣漢郡，高帝置，屬益州。

〔一五〕〔錢校〕烜，胡本作『炟』。〔錢注〕《玉篇》：烜，火盛貌。劉孝威《蜀道難》篇：君平子雲寂不嗣，江漢英靈已信稀。

〔一六〕〔錢注〕《蜀志·許靖傳》：靖字文休。南陽宋仲子與蜀郡太守書：文休倜儻瑰瑋，有當世之具，足下當以爲指南。崔豹《古今注》：黄帝與蚩尤戰於涿鹿之野，蚩尤作大霧，軍士皆迷路，於是作指南車以示四方，擒蚩尤。舊説周公所作也。越裳氏使者迷其歸路，周公錫以軿車五乘，皆爲司南之制。《史記·儒林傳序》：天下並争於戰國，儒術既絀焉。

〔一七〕〔錢注〕張衡《西京賦》：華蓋承辰。薛綜注：華蓋星覆北斗，王者法而作之。陸倕《感知己賦》：文究辭林。〔補注〕華蓋，帝王或貴官車上之傘蓋。崔豹《古今注·輿服》：『華蓋，黄帝所作也。與蚩尤戰於涿鹿之野，常有五色雲氣，金枝玉葉，止於帝上，有花葩之象，故因而作華蓋也。』此猶『冠冕』之義。

〔一八〕〔錢注〕《華陽國志》：司馬相如耀文上京，揚子雲齊聖廣淵，斯蓋華、岷之靈標，江、漢之精華也。

〔一九〕〔補注〕伊，伊尹；皋，皋陶。業望，功業位望。

〔二〇〕〔補注〕《書·洪範》：『五，皇極，皇建其有極。』皇極，本指帝王統治天下之準則，即所謂大中至正之道。此即指皇帝。

〔二一〕〔補注〕台階，三台星亦名泰階，故稱台階。古人以爲有三公之象，因以指三公之位或宰輔。

〔二二〕〔錢注〕《史記·高祖紀》：高祖曰：『夫運籌策帷帳之中，決勝於千里之外，吾不如子房；鎮國家，撫百姓，給餽饟，不絶糧道，吾不如蕭何；連百萬之軍，戰必勝，攻必取，吾不如韓信。此三者，皆人傑也。』

〔二三〕〔錢注〕《韓非子》：齊桓公時，晋客至，有司請禮，桓公告仲父者三。而優笑曰：『易哉爲君！一曰仲父，二曰仲父。』桓公曰：『吾聞君人者，勞於索人，佚於使人，吾得仲父已難矣。得仲父之後，何爲不易乎？』

〔二四〕〔補注〕《周禮·秋官·序官》：『象胥每翟上士一人。』孫詒讓正義：『翟者，蠻夷閩貉戎狄之通稱。』《論語考比讖》：賜問曰：『格言成法，亦可以次序也。』

〔二五〕〔錢注〕本集馮氏曰：九流本出《漢書·藝文志》。自《漢書·古今人表》列九等之序，而魏陳羣依之，以爲九品官人之法，歷朝因之，至隋始罷。『銓衡九流』，『澄叙九流』，史文習見。

〔二六〕〔錢注〕《周禮·職方氏》注：浸，可以爲陂灌溉者。

〔二七〕〔補注〕《論語·顔淵》：『君子之德風，小人之德草。草上之風，必偃。』喻在上者以德化民，則民之向化，如風吹草伏，相率從善。

四翟，猶四周少數民族。《周禮·夏官·職方》：『辨其邦國、都、鄙、四夷、八蠻、七閩、九貉、五戎、六狄之人民。』

〔二八〕見《爲濮陽公上賓客李相公狀一》注〔一四〕。

〔二九〕〔補注〕《易·乾》：『上九，亢龍有悔。』孔穎達疏：『上九，亢陽之至，大而極盛，故曰亢龍。此自然之象。以人事言之，似聖人有龍德，上居天位，久而亢極。物極則反，故有悔也。』亢而知退，謂居高位而知謙退。

〔三〇〕〔錢注〕嵇康《答釋難宅無吉凶攝生論》：若玄機神妙，不言之化，自非至精，孰能與之？

〔三一〕〔錢注〕《華陽國志》：華陽之壤，梁、岷之域，其國則巴、蜀矣，其分野輿鬼、東井。〔按〕井，井宿，二十八宿中朱鳥七宿之第一宿，亦稱東井、鶉首。鬼，鬼宿，二十八宿中朱雀七宿之第二宿。

〔三二〕〔錢注〕《山海經》：岷山，江水出焉。《華陽國志》：犍爲南安縣南，有峨眉山，去縣八十里。

〔三三〕〔錢注〕《史記·西南夷傳》：以此巴蜀殷富。又《佞幸傳》：文帝賜鄧通蜀嚴道銅山。《後漢書·郡國志》：廣漢郡葭萌。注：《華陽國志》：有水通于漢川，有金銀礦，民洗取之。〔補注〕丹穴，丹砂礦。《史記·貨殖列傳》：『巴蜀寡婦清，其先得丹穴，擅其利數世，家亦不訾。清，寡婦也，能守其業，用財自衛，不見侵犯。』錢注本『丹穴』誤爲『金穴』，故引《華陽國志》『有金銀礦』之文。

〔三四〕〔錢注〕左思《吴都賦》：精靈留其山阿。祝穆《方輿勝覽》：雁江在漢州洛縣南，曾有金雁，故名。又有《金雁橋記》云：廣漢境中獨洛、雁二水最勝。《華陽國志》：李冰爲蜀守，外作石犀五頭以厭水精，穿石犀溪於江南，命曰犀牛里。後二轉，置犀牛二頭，一在府市市橋門，今所謂石牛門是也，一在淵中。

〔三五〕〔錢注〕《華陽國志》：成都縣築城取土，去城十里，因以養魚，今萬歲池是也。

〔三六〕〔錢注〕《華陽國志》：蜀郡治少城西南，兩江有七橋。長老傳言，李冰造七橋，上應七星。

〔三七〕〔錢注〕《漢書·郊祀志》：宣帝時，或言益州有金馬碧雞之神，可醮祭而致。於是遣諫大夫王褒，使持節而求之。

〔三八〕〔錢注〕《魏志·司馬芝傳》：各爲部下之計。

〔三九〕〔錢注〕《西京雜記》：揚雄著《太玄經》，夢吐鳳凰集《玄》之上，頃而滅。

〔四〇〕〔錢注〕《後漢書·孔融傳》：融字文舉，好士，喜誘益後進，賓客日盈其門，常嘆曰：『坐上客恒滿，尊中酒不空，吾無憂矣。』

〔四一〕〔錢注〕《老子》：功成名遂身退，天之道。

〔四二〕〔錢注〕《國語》：則此五者，而受天之豐福。〔補注〕豐福，大福。優游，語本《詩·大雅·卷阿》：『伴奂爾游矣，優游爾休矣。』悠閒自得貌。

〔四三〕〔錢注〕《周禮·大司徒》注：土圭之長，尺有五寸，以夏至之日，立八尺之表，其景適與土圭等，謂之地中。今穎川陽城地爲然。〔補注〕圭表，此猶標準。

〔四四〕見《爲濮陽公上楊相公狀》注〔五〕。

〔四五〕〔錢注〕《楚辭·離騷》：謇吾法夫前修兮。

〔四六〕陶埏，見《爲滎陽公上史館白相公狀二》『苟陶埏於莊惠』注。〔按〕武宗朝，鄭亞曾得李回之助而升遷，詳《舊唐書·鄭畋傳》及《爲滎陽公桂州謝上表》『中間帖掌臺綱』以下十句並注。『曾被陶埏』之語，殆非虛語。

〔四七〕〔錢注〕《史記·秦始皇紀》注：《廣州記》云：五嶺者，大庾、始安、臨賀、揭陽、桂陽。《輿地記》云：一曰臺嶺，亦名塞上，今名大庾；二曰騎田；三曰都龍；四曰萌渚；五曰越嶺。

〔四八〕再麾，見《爲濮陽公上華州陳相公狀》『克罷再麾』注〔一六〕。

〔四九〕〔錢注〕曹植《與吴質書》：食若填巨壑，飲若灌漏巵。

〔五〇〕〔錢注〕《水經注》：自三峽七百里中，兩岸連山，略無闕處，重巖疊嶂，隱天蔽日。至於夏水襄陵，沿泝阻絶，或王命急宣，有時朝發白帝，暮到江陵，其間千二百里，雖乘奔御風，不以疾也。

爲滎陽公上通義崔相公狀〔一〕

門下相公出鎮坤維〔二〕，相公進扶宸極〔三〕。某竊尋前史，仰考昌時，必有上台〔四〕，號曰當國〔五〕。姬姓則魯周公居君牙、君陳之上〔六〕，漢室則蕭相國在張良、韓信之先〔七〕。專吐嘉猷，獨融明命〔八〕。伏惟相公，克懷懿德〔九〕，允遇休期。一自燮調〔一〇〕，屢彰勳伐〔一一〕。恥君不及於堯舜〔一二〕，遠過前人；舉賢不避於親讎〔一三〕，深符直道〔一四〕。果兹優寵，首在注懷。外耀國華〔一五〕，内榮官族〔一六〕。鳳池浴日〔一七〕，聊均潤於同人〔一八〕；雞樹侵雲〔一九〕，憶分陰於猶子〔二〇〕。曠百千歲，無三四人。凡在含靈，敢不從化。況某早蒙恩顧，今獲驅馳。伏限頒條〔二一〕，莫由陳賀。檻猿絆驥〔二二〕，敢嘆於拘留；丘室膺門〔二三〕，實懸於誠抱。抃賀攀戀，不任下情。伏惟俯賜恩察。

校注

〔一〕本篇原載清編《全唐文》卷七七四第一二頁、《樊南文集補編》卷四。〔錢箋〕此『崔相公』别無事迹可尋，惟篇首云：『門下相公出鎮坤維，相公進扶宸極。』考大中元年八月，李回出鎮西川，崔必代其位者。滎陽諸作，多在大中元年。維時崔鉉尚鎮河中，崔鄲自西川移鎮淮南，獨元式於是年同平章事。此時繼爲首相，理爲近之。又按《北夢瑣言》有云：唐通義相國崔魏公鉉鎮揚州。鉉即元式兄子。又《全唐文》薛逢《上翰林韋學士啓》，内有通義相公云云。薛逢，會昌進士，正與義山同時，雖相公未知何指，要爲當時習見之辭矣。考《新唐書·宰相世系表》，崔氏定著十房，元式屬博陵大房。《地理志》：定州博陵郡，屬河北道。《藩鎮盧龍傳》：朱滔封通義郡王。又《宣武彰義澤潞傳》，吴少誠幽州潞人，擢封通義郡王。意『通義』即『博陵』耶？再考《舊唐書·高祖紀》云：立皇高祖以下四廟於長安通義里第。《唐會要》：興聖寺、九華觀並在通義坊。或因所居坊里而名之耶？更俟詳考。 張氏《會箋》繫大中元年，在《爲滎陽公上西川李相公狀》後。〔岑曰〕狀上元式，説確不易。錢猶未檢及《新唐書》表也。門下侍郎在唐爲首相，定制兩員，回以會昌五年除，資在元式之上，回既去，斯元式代居首揆，故曰進扶宸極也。《長安志》九，西二街通義坊，荆南節度使同中書門下平章事魏國公崔鉉宅。〔按〕錢、岑説可信。狀文有『雞樹侵雲，憶分陰於猶子』之語，元式兄子鉉入相在前（會昌三年四月），時任河中節度，故云『憶分陰於猶子』。《爲滎陽公上河中崔相公狀二》云：『天恩刑部相公登庸，伏惟感慰。刑部相公盛烏衣之遊，相公禀青雲之秀。』以阮籍、阮咸及謝混叔侄爲喻，與本狀可互參。據此，本篇之『通義相公』爲元式更可證。元式於大中元年三月以刑部尚書判度支爲門下侍郎同中書門下平章事，此時復代李回爲首相。李回出鎮西川在大中元年八月丙申（初三），消息傳至桂林，當已届八月末。故狀應上於此時。至於薛逢啓中提及之『通義相公』，當指崔鉉，逢曾在鉉任河中節度期間任其幕僚，見《舊唐書·文苑傳·薛逢》。

〔二〕坤維，見《爲滎陽公上西川崔相公狀》『佇見坤維返駕』注。

〔三〕〔錢注〕《魏志·文帝紀》注：魏王上書曰：情達宸極。〔補注〕宸極，北極星，借指帝王。進扶宸極，謂其進位首相。

〔四〕〔錢注〕阮籍《奏記詣蔣公》：居上台之位。〔補注〕上台，指宰輔。《晉書·劉寔傳》：『聖詔殷勤，必使寔正位上台。』

〔五〕〔補注〕《左傳·襄公二十七年》：『辛巳，崔明來奔，慶封當國。』杜預注：『當國，秉政。』

〔六〕〔補注〕《書·君陳序》：『周公既没，命君陳分正東郊成周，作《君陳》。』《書·君陳》：『王若曰：「君陳……命汝尹兹東郊，敬哉！昔周公師保萬民，民懷其德，往慎乃司，兹率厥常，懋昭周公之訓。」』《書·君牙序》：『穆王命君牙爲周大司徒，作《君牙》。』《書·君牙》：『王若曰：「嗚呼！君牙。惟乃祖乃父，世篤忠貞，服勞王家，厥有成績，紀于太常。」』

〔七〕〔錢注〕按：《史記·高祖功臣年表》侯第，酇第一，留第六十二，而淮陰不載侯第，疑以謀逆誅，國除不録。然酇侯第居一，則淮陰斷不能居酇之上明甚。特無明文可證耳。《漢書·高惠高后孝文功臣表》同。〔補注〕《史記·蕭相國世家》：『漢五年，既殺項羽，定天下，論功行封。羣臣争功，歲餘功不決。高祖以蕭何功最盛，封爲酇侯，所食邑多……高帝曰：「夫獵，追殺獸兔者，狗也；而發蹤指示獸處者，人也。今諸君徒能得走獸耳，功狗也；至如蕭何，發蹤指示，功人也。」』《漢書·蕭何傳》所載略同。『姬姓』二句舉周、漢之事，謂崔元式如周公、蕭何功最高，當居首相之位。

〔八〕〔補注〕《書·君陳》：『爾有嘉謀嘉猷，則入告爾后于内。』嘉猷，治國之善道。《書·太甲上》：『伊尹作書曰：先王顧諟天之明命，以承上下神祇。』

〔九〕〔補注〕《詩·大雅·烝民》：『天生烝民，有物有則。民之秉彝，好是懿德。』懿德，美德。

〔一〇〕〔錢注〕謝莊《爲北中郎拜司徒章》：『燮調之重，遂臻非據。』〔補注〕燮調，指宰相職務。

〔一一〕勳伐，見《爲汝南公賀元日朝會上中書狀》注〔九〕。

〔一二〕〔補注〕《書·周書·冏命》：『惟予一人無良，實賴左右前後有位之士匡其不及。繩愆糾謬，格其非心，俾克紹先烈。』《孟子·萬章》：『（伊尹曰）吾豈若使是君爲堯舜之君哉？』

〔一三〕〔補注〕《左傳·襄公二十一年》：『祁大夫外舉不棄讎，内舉不避親。』

〔一四〕〔補注〕《禮記·雜記》：『其餘則直道而行之是也。』

〔一五〕〔錢注〕《國語》：季文子曰：『吾聞以德榮爲國華，不聞以妾與馬。』

〔一六〕〔補注〕《左傳·隱公八年》：『官有世功，則有官族。邑亦如之。』杜預注：『謂取其舊官舊邑之稱以爲族，皆稟之時君。』此句『官族』猶官宦世家之意。《晉書·索靖傳》：『累世官族，父湛，北地太守。』

〔一七〕鳳池，中書省稱鳳凰池，喻指宰相職位。屢見。

〔一八〕〔補注〕《易·同人》：『同人于野，亨。』孔穎達疏：『同人，謂和同於人。』此同人指同官宰相者。

〔一九〕雞樹，指中書省，語本《三國志·魏書·劉放傳》注，屢見。

〔二〇〕猶，《全文》作『遊』，據錢校改。〔錢校〕遊，疑當作『猶』。猶子，見《禮記》。元式兄子鉉入相在前，時罷爲河中節度。

〔二一〕〔補注〕頒條，頒布律條，指郡守之職。屢見。

〔二二〕〔錢注〕《淮南子》：兩絆騏驥，而求其致千里；置猿檻中，則與豚同。非不巧捷也，無所肆其能也。

〔二三〕〔錢注〕膺門，《後漢書·李膺傳》：膺獨持風裁，以聲名自高，士有被其容接者，名爲登龍門。丘室，似用《論語》『升堂』『入室』意（按：《論語·先進》：『由也升堂矣，未入於室也。』），唐人固不避孔子諱也。劉峻《廣絶交論》：『蹈其閫閾，若升闕里之堂；入其隩隅，謂登龍門之阪。』亦兩事並隸。

爲滎陽公上僕射崔相公狀一〔一〕

伏見除書，伏承新命〔二〕。相公廟鼎調味〔三〕，戎麾著功〔四〕。佩印來歸〔五〕，執圭入覲〔六〕。朱暉黄髮〔七〕，尹勳清操〔八〕。想名氏而疑古〔九〕，儼風容而在今〔一〇〕。固合重處化源〔一一〕，再毗昌運。而道唯養退，志在遠權〔一二〕。慮不節以成嗟〔一三〕，恐知進而無亢〔一四〕。餐餔典訓〔一五〕，寢興雋賢〔一六〕。堅拒注懷〔一七〕，退守師長〔一八〕。然竊惟故實〔一九〕，式見優崇：胡廣五遷，方膺此寵〔二〇〕；荀顗四讓，始受今榮〔二二〕。皆名絶品流，事高銓攝〔二三〕。伏想當仁有裕，得請爲娱〔二三〕。從容於鳳池雞樹之間〔二四〕，焜燿以蒼玉皂襜之飾〔二五〕。雅稱鎮物〔二六〕，孤風動人〔二七〕。凡在含靈，孰不仰止〔二八〕！某早承重顧〔二九〕，今守遐方。唯嘆羈留，莫伸抃賀。望蘭臺之祕邃，天上人間〔三〇〕；附桂水之平生，一日千里〔三一〕。攀戀之至，無任下情。伏惟俯賜恩察。

校注

〔一〕本篇原載清編《全唐文》卷七七四第一頁、《樊南文集補編》卷三。〔錢箋〕（僕射崔相公）崔鄲也。詳《爲滎陽公上僕射崔相公狀二》注〔一〕。〔張箋〕大中元年八月丙申，西川節度使、檢校尚書右僕射崔鄲内召，李回罷爲劍南西川節度使。狀云：『伏見除書，伏承新命。』又云：『佩印來歸，執圭入覲。』『而道唯養退，志在遠權。』『堅拒注懷，退守師長。然竊惟故實，式見優崇：胡廣五遷，方膺此寵；荀顗四讓，始受今榮。』『凡在含靈，孰不仰止！』是鄲之罷西川，乃以守尚書右僕射内召也。鄲前雖檢校尚書右僕射，乃宣宗即位時例加者，此則真除，不得并爲一事。〔按〕據《新唐書·宣宗紀》及《宰相表》，李回罷爲劍南西川節度使在大中元年八月丙申（初三），崔鄲内召蓋同時之任命。此狀爲亞『守遐方』即在桂時見除書申賀之作，計除書到桂之日，約在八月末。

〔二〕新命，新的任命，多指昇遷。語本《書·金縢》，詳《爲滎陽公上西川李相公狀》注〔二〕。

〔三〕〔錢注〕《易·鼎卦》注：《革》去故而《鼎》成新，故爲烹飪調和之器也。〔補注〕此用《史記·殷本紀》『伊尹……負鼎俎，以滋味説湯』事，指崔鄲曾任宰輔重臣。

〔四〕〔錢注〕沈約《爲安陸公謝荆州章》：識謝戎麾。〔補注〕此指其任劍南西川節度使。鄲會昌元年十一月出鎮西川，至大中元年八月内召，前後七年。

〔五〕〔錢注〕《史記·蘇秦傳》：秦爲從約長，并相六國，嘆曰：『使吾有雒陽負郭田二頃，吾豈能佩六國相印乎？』

〔六〕〔補注〕執圭，古代大夫始得執圭。入覲，指諸侯秋天入朝朝見天子。《詩·大雅·韓奕》：『韓侯入覲，以其介圭，入覲于王。』

〔七〕〔錢注〕《後漢書·朱暉傳》：國家樂聞駮議，黄髮無愆。注：黄髮，老稱，謂朱暉也。〔補注〕《後漢書·朱暉傳》：『元和中，肅宗巡狩，召南陽太守問暉起居，拜爲尚書僕射。』

〔八〕〔錢注〕《後漢書·尹勳傳》：勳家世衣冠，家族多居貴位者，而勳獨持清操，不以地勢尚人。〔補注〕又：『（勳）後舉高第，五遷尚書令。』

〔九〕〔錢注〕《魏志·常林傳》注：《魏略》：沐並，字德信，河間人也。至正始中，爲三府長史。時吴使朱然、諸葛瑾攻圍樊城，遣船兵於峴山東斫材，牂牁人兵作食，有先熟者，呼後熟者言：『共食來。』後熟者答曰：『不也。』呼者曰：『汝欲作沐德信耶？』其名流布，播於異域如此。雖自華夏，不知者以爲前世人也。

〔一〇〕〔錢注〕《後漢書·竇皇后紀》：風容甚盛。

〔一一〕〔錢注〕按：《史記·主父偃傳》：故賢主獨觀萬化之原。《漢書·董仲舒傳》：太學者，教化之本原也。《匡衡傳》：長安，天子之都，此教化之原本。皆不定指宰執。觀《舊唐書·鄭覃弟朗傳》云：『俄參化源，以提政柄。』則固唐人習用之辭矣。似即中書政本之意。〔按〕化源，本指教化之本源，亦指掌教化之位。《舊唐書·李渤傳》：『若言不行，計不從，順奉身速退，不宜尸素於化源。』崔鄲於開成四年七月至會昌元年十一月曾居相位，此次真拜僕射，故曰『重處化源』。

〔一二〕〔錢注〕《漢書·張安世傳》：其匿名跡、遠權勢如此。

〔一三〕〔補注〕《易·節》：『不節之嗟，又誰咎也？』不節，不遵守法度。

〔一四〕〔補注〕《易·乾》：『知進退存亡而不失其正者，其唯聖人乎？』又：『上九，亢龍有悔。』孔穎達疏：

『上九，亢陽之至，大而極盛，故曰亢龍。此自然之象。以人事言之，似聖人有龍德，上居天位，久而亢極，物極則反，故有悔也。』謂居高位而不知謙退，則盛極而衰，不免有悔。無亢，即無亢龍之悔，由其知進退之故。

〔一五〕〔錢注〕《説文》：餐，吞也。餔，日加申時食也。

〔一六〕〔補注〕《詩·大雅·抑》：『夙興夜寐，洒埽庭内，惟民之章。』寢興，即夙興夜寐，勤勞輔國之意。

〔一七〕〔錢注〕（注懷）似即『注意』，取諧聲病耳，見《爲濮陽公上楊相公狀》注〔四〕。〔按〕句意謂堅辭相位。

〔一八〕〔錢注〕《魏志·賈詡傳》：尚書僕射，官之師長，天下所望。

〔一九〕〔錢注〕《國語》：魯侯賦事行刑，而咨于故實。〔補注〕故實，有參考借鑑意義之舊事。即下舉胡廣、荀顗之事。

〔二〇〕〔錢注〕《後漢書·胡廣傳》：廣舉孝廉，試以章奏，安帝以廣爲天下第一。旬日拜尚書郎，五遷尚書僕射。

〔二一〕顗，《全文》作『覬』，據錢校改。〔錢校〕覬，當作『顗』。《晋書·荀顗傳》：顗甥陳泰卒，顗代泰爲僕射領吏部，四辭而後就職。鮑照《轉常侍上疏》：未冀未望，便荷今榮。

〔二二〕〔錢注〕《説文》：銓，衡也。《廣韻》：攝，録也。

〔二三〕〔補注〕《左傳·僖公十年》：『余得請於帝矣。』得請，謂所請獲准。

〔二四〕鳳池、雞樹，見《爲濮陽公上賓客李相公狀一》注〔一〇〕〔一二〕、《爲安平公賀皇躬痊復上門下狀》『望鳳池而結戀』注。

〔二五〕〔錢注〕《晋書·職官志》：尚書令，秩千石，銅印墨綬，冠進賢兩梁冠，納言幘，五時朝服，佩水蒼玉。僕射，服秩印綬與令同。皂襘，見《爲尚書濮陽公賀鄭相公狀》『皂襘斯入』注〔二四〕。〔補注〕《舊唐書·輿服志》：『二品以下，一品以上，佩水蒼玉。』《左傳·昭公三年》：『不腆之適，以備内宫，焜燿寡人之望。』焜燿，照耀。

〔二六〕〔錢注〕《晋書·謝安傳》：其矯情鎮物如此。〔補注〕鎮物，謂使衆人鎮定。

〔二七〕〔錢注〕王僧達《祭顔光禄文》：孤風絶侣。

〔二八〕〔補注〕《詩·小雅·車舝》：『高山仰止，景行行止。』

〔二九〕〔錢注〕《魏志·王粲傳》注：《文士傳》：蒙將軍父子重顧。〔按〕崔鄲會昌初爲相，鄭亞於會昌元年入朝爲監察御史，故云。

〔三〇〕〔錢注〕《漢書·百官公卿表》：御史大夫有兩丞，秩千石，一曰中丞，在殿中蘭臺，掌圖籍祕書。〔按〕此『蘭臺』指蘭省，即尚書省，因尚書郎握蘭含香，故稱。《爲濮陽公陳許謝上表》：『蘭臺假號，棘署參榮。』蘭臺即指尚書省，蘭臺假號，指爲檢校尚書省僕射。而崔鄲内召則真除耳。錢注非。

〔三一〕〔錢注〕江淹《雜體詩·擬休上人怨别》：桂水日千里，因之平生懷。

賽舜廟文〔一〕

年月日，昭賽虞舜之祠。伏以帝狩南荒〔二〕，神留下土〔三〕。翠華莫返，積怨慕於他年〔四〕；大麓不迷〔五〕，烜威靈於終古〔六〕。比憂嘉種〔七〕，少冒愆陽〔八〕。抗簡陳詞〔九〕，潔樽引咎〔一〇〕。果蒙憑《離》掣電，跨《巽》揚風〔一一〕，布霑渥於九臯〔一二〕，起焦枯於一瞬〔一三〕。敢陳瑶席〔一四〕，輒事蘭羞〔一五〕。帝其罷奏南琴〔一六〕，停吹西琯〔一七〕，使東皇太乙〔一八〕，兼預於靈遊〔一九〕；俾山鬼江斐〔二〇〕，無藏於沴氣〔二一〕。庶將善政，以奉明輝。

校注

〔一〕本篇原載《文苑英華》卷九九七第二頁、清編《全唐文》卷七八一第六頁、《樊南文集詳注》卷五。〔徐注〕《太平寰宇記》：桂州臨桂縣虞山下有皇潭，言舜南巡遊此，因名。今訛曰『黄潭』，亦曰舜廟在焉。桂林舊志，虞山在臨桂縣東北五里，一名舜山，左臨灕水，後臨黄潭，其下有洞，宋張拭名之曰『韶音洞』。南有平原，舜祠在焉。《明一统志》：舜山層巖臨江，有舜祠。唐韓雲卿爲記，刻于崖石，宋張拭重修。〔馮注〕莫休符《桂林風土記》：臨桂縣舜祠，在虞山之下。有澄潭，號黄潭。古老相承，言舜南巡，曾遊此潭。今每遇歲旱，張旗震鼓，請雨多應。錢振倫於《樊南文集補編·爲中丞滎陽公賽理定縣城隍神文》題下箋云：『以下五篇（按：指《爲中丞滎陽公賽理定縣城隍神文》《賽侯山神文》《賽建山神文》《賽莫神文》《賽石明府神文》）並酬雨之文。本集《爲中丞滎陽公桂州賽城隍神文》以下十七篇，皆同時所作。』張采田《會箋》三大中元年編年文中，將《爲中丞滎陽公桂州賽城隍神文》置於《爲滎陽公論安南行營將士月糧狀》之後，《爲滎陽公進賀壽昌節銀零陵香麝竹靴狀》之前；將《祭桂州城隍神祝文》置於《爲滎陽公上通義崔相公狀》之後，《爲滎陽公賀老人星見表》之前；將《爲中丞滎陽公賽理定縣城隍神文》以下二十篇置於《爲滎陽公黄籙齋文》之後，《太尉衛公會昌一品集序》之前。〔按〕張箋繫時近是。商隱在桂府，代鄭亞所作祭城隍神及他神之文共二十二篇。其中《爲中丞滎陽公桂州賽城隍神文》標明日期爲大中元年六月十四日，係鄭亞初抵桂林時商隱所代擬（亞六月九日抵桂林），乃地方長官初蒞任時例行之祭祀。《祭桂州城隍神祝文》標明日期爲大中元年八月二十七日，乃『春祈秋報』，謝神祐豐收之『常典』。而其他二十篇雖未標明月日，但其内容，則均爲久旱不雨，禱神得雨後謝神之祝文，故此二十篇當爲同時所擬之一組文章，其寫作時間當在《祭桂州城隍神祝文》之前。蓋《祭桂州城隍神祝文》已言其時『露白雷收，蟲坏水涸』，而其他二十篇祝文則均言『果蒙憑《離》掣電，跨《巽》揚風，布霈渥於九皋，起焦枯於一瞬』，『尚興甘雨，以救公田』，『果能橐籥風頭，索綯雨脚，下資畎澮，將致倉箱』，『果能愛我大田，貺余膏澤』……，可證皆爲禱神得雨時所作，而《祭桂州城隍神祝文》則爲秋收後所作，二者所反映非一時之景象甚明。此二十篇當在稍前。題前亦均當有『爲滎陽公』字。今仍舊題。

〔二〕荒，《英華》作『方』。〔徐注〕《禮記》：舜崩於蒼梧之野，蓋三妃未之從也。注：南巡而崩。《史記》：舜踐帝位三十九年，南巡狩，崩於蒼梧之野，葬於江南九疑，是爲零陵。〔馮注〕《禮記》注曰：舜征有苗而死。帝嚳立四妃，象后妃四星。舜不告而取，不立正妃，但三妃，謂之三夫人。疏曰：《帝王世紀》云：長妃娥皇，無子。次妃女英，生商均。次妃癸比，生二女，霄明、燭光是也。《山海經》以爲二女，此云『三』者，當以《記》爲正。《山海經》不可用。《後漢書·趙咨傳》：舜葬蒼梧，二妃不從。亦屢見。按：郭璞注《山海經》：力辨洞庭二女爲天帝之二女，處江爲神，即《列仙傳》江妃二女；《離騷》所謂湘夫人稱帝子者，實非舜妃，舜妃固生不從征，死不從葬。其説甚精。今且資詩賦家之引用可耳。又按：《禮記》『三妃』，他書徵引多作『二妃』，疑自古有訛字。

〔三〕〔徐注〕《詩》：禹敷下土方。〔補注〕下土，指偏遠之地，與上『南荒』相應。王符《潛夫論·三式》：『細民冤結，無所控告，下土邊遠，能詣闕者，萬無數人。』

〔四〕慕，《英華》作『望』，馮注本從之。〔徐注〕司馬相如《上林賦》：建翠華之旗。〔補注〕翠華，以翠羽爲飾之旗幟或車蓋，係天子儀仗。此指代舜。怨慕，指舜妃之思慕。

〔五〕〔徐注〕《書》：納于大麓，烈風雷雨弗迷。〔補注〕《書·舜典》孔傳：『麓，録也。納舜使大録萬機之政，陰陽和，風雨時，各以其節，不有迷錯愆伏。』《淮南子·泰族訓》：『既入大麓，烈風雷雨而不迷。』高誘注：『林屬於山曰麓。堯使舜入林麓之中，遭大風雨不迷也。』二説不同，商隱似用後説。

〔六〕烜，《英華》注：集作『炬』。〔徐注〕屈原《九歌》：長無絶兮終古。〔補注〕烜，顯赫。

〔七〕〔徐注〕《詩》：誕降嘉種。

〔八〕〔徐注〕《左傳》：冬無愆陽，夏無伏陰。〔補注〕愆陽，本指冬季温和，陽氣過盛，有悖節令。此指天旱。

〔九〕〔徐注〕《離騷》：跪敷衽以陳辭兮。

〔一〇〕〔徐注〕《左傳》：臧孫命北面重席，新樽絜之。〔補注〕引咎，謂因天旱而地方長官引咎自責。

〔一一〕〔徐注〕《易》：《離》爲電，《巽》爲風。〔補注〕憑、跨，據也。

〔一二〕〔徐注〕《詩》：既優既渥，既霑既足。又：鶴鳴于九皋。〔補注〕九皋，此指廣大之田野。

〔一三〕〔徐注〕《淮南子》：堯時，十日並出，草木焦枯。

〔一四〕陳，《英華》作『布』。屈原《九歌》：瑶席兮玉瑱。〔馮曰〕『布』字複，且音不諧，當作『敷』或『陳』。〔按〕《全文》正作『陳』。

〔一五〕〔徐注〕《九歌》：蕙肴蒸兮蘭藉。〔補注〕羞，美味食品，通『饈』。《楚辭·離騷》：『折瓊枝以爲羞兮，精瓊靡以爲粻。』

〔一六〕南琴，見《代僕射濮陽公遺表》『親沐舜風』注。

〔一七〕西琯，見《爲滎陽公桂州進賀冬銀乳白身狀》『白琯舒和』注。〔徐曰〕舜時西王母獻白玉琯，故謂之西琯。〔補注〕罷奏南琴，停吹西琯，謂罷吹暖熱之炎風。

〔一八〕〔馮注〕《九歌·東皇太乙》注曰：太乙，神名，天之尊神。祠在楚東，以配東帝，故云東皇。

〔一九〕〔徐注〕《漢郊祀歌》：九重開，靈之斿。

〔二〇〕〔徐注〕《九歌·山鬼》注：《家語》：木石之怪，夔、罔兩，豈謂此耶？《吴都賦》：江妃于是往來。〔馮注〕《九歌》有《湘君》《湘夫人》《山鬼》。按：『江斐』即湘君、湘夫人也。然雜列舜妃，似斐，即『妃』字。《文選·吴都賦》注：良曰『江妃解珮與鄭交甫』者，則可與郭璞之説相證合也。文意總用《九歌》，聊於義欠合。贅辨之。

〔二一〕〔徐注〕《後漢書·五行志》：説云：氣之相傷謂之沴。〔補注〕《莊子·大宗師》：『陰陽之氣有沴』。天地四時之氣不和而生之灾害爲沴。

賽越王神文〔一〕

年月日，賽於越王之神。惟神輝焯殊姿〔二〕，抑揚奇表〔三〕。秦魚既爛〔四〕，則聊帝南荒〔五〕；漢鹿有歸〔六〕，則稱臣北闕〔七〕。覽英雄之載籍〔八〕，信王霸之朋遊〔九〕。言念遺祠，猶存屬邑〔一〇〕。尚興甘雨，以救公田〔一一〕。敢陳沼澗之毛〔一二〕，用報京坻之積〔一三〕。神其永司兹土〔一四〕，長庇吾人，福佑柔良〔一五〕，驅除疫癘〔一六〕。今來古往，常教威著越城〔一七〕；萬歲千秋，勿使魂歸真定〔一八〕。神乎不昧，來鑒斯言。

校注

〔一〕本篇原載《文苑英華》卷九九七第二頁、清編《全唐文》卷七八一第七頁、《樊南文集詳注》卷五。〔馮注〕《史記·南越尉佗傳》：尉佗姓趙氏。秦二世時，南海尉任囂病且死，召龍川令趙佗行南海尉事。囂死，佗即聚兵自守。秦已破滅，佗即擊并桂林、象郡，自立爲南越武王。〔按〕事又見《漢書·兩粤傳》。本篇繫時與《賽舜廟文》同，詳該篇注〔一〕按語。

〔二〕輝，《英華》作『耀』。

〔三〕〔補注〕抑揚，控馭自如貌。奇表，非凡之儀表。

〔四〕〔徐注〕《公羊傳》：梁亡，自亡也，魚爛而亡。〔馮注〕《史記·秦始皇本紀》：河決不可復壅，魚爛不可復全。

〔五〕〔馮注〕《史記·尉佗傳》：高后時，佗乃自尊號爲南越武帝。又：文帝時，佗爲書謝曰：老夫妄竊帝號，聊以自娱。自今以後，去帝制。〔徐注〕尉佗稱帝在高后時，此以爲秦漢之際，小誤。

〔六〕〔馮注〕《史記·淮陰侯傳》：蒯通對高祖曰：『秦失其鹿，天下共逐之，高材疾足者先得焉。』

〔七〕〔徐注〕《漢書·高帝紀》：七年，蕭何治未央宫，立東闕，北闕。十一年，立南海尉它爲南粤王，使陸賈即授璽綬。它稽首稱臣。

〔八〕〔徐注〕《史記·伯夷傳》：夫學者，載籍極博。

〔九〕〔馮注〕按《隋書·經籍志》：《南越志》八卷，沈氏撰。《漢末英雄記》八卷，王粲撰。《王霸記》三卷，潘傑撰。可與此二句旁證，然不必泥也。

〔一〇〕屬，《英華》作『鹿』，誤。注：集作『屬』。〔馮注〕《太平寰宇記》：臨桂縣越王廟，鄉黨祈禱之所。又荔浦縣亦有廟。

〔一一〕〔補注〕《詩·小雅·大田》：『雨我公田，遂及我私。』

〔一二〕澗，《英華》作『沚』。〔馮注〕《左傳》：澗谿沼沚之毛，潢汙行潦之水，可薦于鬼神，可羞于王公。〔補注〕毛，指植物。

〔一三〕〔徐注〕《詩》：曾孫之庾，如坻如京。〔補注〕坻，山；京，高丘。

〔一四〕兹，《英華》作『此』。

〔一五〕佑，《英華》作『祐』。〔徐注〕揚雄《長楊賦》：受神人之福佑。

〔一六〕疫，《英華》作『疾』。〔徐注〕《史記》：鄉秦之禁，適足以資賢者爲驅除難耳。馬融《廣成頌》：召方相驅癘疫。《吴志·朱桓傳》：往遇疫癘，穀食荒貴。〔馮注〕《魏志·賈逵傳》注：《魏略》曰：士民頗苦勞役，又有疾癘。《周禮·春官》：大宗伯，以荒禮哀凶札。註曰：札，謂疫癘。又：大祝，天灾彌祀。註曰：天灾，疫癘水旱也。又：《夏官》：方相氏，敺疫。註曰：驚敺疫癘之鬼。

〔一七〕〔徐注〕《元和郡縣志》：故越城，在桂州全義縣西南五十里。漢高后時，遣周竈擊南越。趙佗據險爲城，竈不能踰嶺。即此。按：全義縣今爲興安縣，在桂林府東北一百五十里。〔馮曰〕（越城）亦可統指越地。

〔一八〕〔徐注〕《史記》：尉佗者，真定人也。又：文帝爲佗親冢在真定，置守邑，歲時奉祀。按：兼用漢高帝幸沛時語意，見《獻侍郎鉅鹿公啓》『動沛中之舊宅』注。

賽北源神文〔一〕

年月日，賽於北源之神。惟神雖臨南服〔二〕，實號北源。湘浦降神，近驚於騷客〔三〕；滮池浸稻，遠協於詩人〔四〕。果能橐籥風頭〔五〕，索綯雨脚〔六〕，不資畎澮〔七〕，將致倉箱。聊申信於澗毛〔八〕，庶通靈於水府〔九〕。神其抑揚蘭佩〔一〇〕，麾掉桂旗〔一一〕，拍川后之肩〔一二〕，攬波神之袂〔一三〕，共來於此，饗報留思〔一四〕。

校注

〔一〕本篇原載《文苑英華》卷九九七第四頁、清編《全唐文》卷七八一第七頁、《樊南文集詳注》卷五。〔徐

注〕北源者，湘、灕二水之源也。《漢書·地理志》：零陵縣陽海山，湘水所出，北至酃入江。《水經注》：湘水出始安陽海山。湘、灕同源，分爲二水。南爲灕水，北則湘川。《元和郡縣志》：湘水出全義縣東南八十里陽朔山下。按：陽朔即陽海也，在今興安縣東南九十里，全義直桂之北，故號爲北源。〔馮注〕北源者，專謂湘水之源也。《漢書·地理志》：又有離水，南至廣信入鬱林。宋柳開《湘灕二水説》曰：二水始一水也，出於海陽山，西北至興安縣東五里嶺上始分二水，嶺即名分水嶺也。〔按〕文云『湘浦降神，近驚於騷客』，北源當指湘水之源。本篇作時同《賽舜廟文》，詳該篇注〔一〕按語。

〔二〕〔補注〕古分王畿以外地區爲五服，故稱南方爲南服。《文選·謝瞻〈王撫軍庾西陽集别時爲豫章太守庾被徵還東〉》詩：『祇召旋北京，守官反南服。』李善注：『南服，南方五服也。』

〔三〕〔徐注〕《九歌·湘夫人》：帝子降兮北渚。

〔四〕協，《英華》作『叶』。〔徐注〕《詩》：滮池北流，浸彼稻田。〔補注〕滮，水流貌。

〔五〕〔徐注〕《老子》：天地之間，其猶槖籥乎？〔補注〕槖籥，本指冶煉時用以鼓風吹火之風箱，此用作動詞鼓動之義。

〔六〕〔徐注〕《詩》：宵爾索綯。〔馮注〕杜工部詩：雨脚但如舊。〔補注〕索綯，製繩索。此狀雨柱如同搓製繩索。

〔七〕不，馮注本作『下』，校云：一作『不』，非。甽，馮注本一作『溝』。〔徐注〕《書》：禹曰：『濬甽澮距川。』〔馮注〕《周禮·地官》：遂人，十夫有溝，千夫有澮。〔按〕甽澮，田間水溝。不資甽澮，謂不憑藉甽澮之灌溉，而可致豐收。意本順暢銜接，馮注本别無所據，改爲『下資甽澮』，意反隔斷。

〔八〕見《賽越王神文》『敢陳沼澗之毛』注。

〔九〕〔馮注〕按《晉書·天文志》：『井西南四星曰水府，主水之官也。』而凡河海江湖皆曰水府。互詳《爲舍人絳郡公鄭州禱雨文》『禱請於水府真官』注。

〔一〇〕抑，《英華》作『揖』，誤。〔馮注〕《離騷》：紉秋蘭以爲佩。

〔一一〕〔馮注〕《九歌》：辛夷車兮結桂旗。

〔一二〕〔徐注〕郭璞《遊仙詩》：左挹浮丘袖，右拍洪崖肩。《洛神賦》：川后静波。川后，河伯也。

〔一三〕〔徐校〕『神』當作『臣』。《莊子》：予東海之波臣也。〔按〕波神，即水神，唐詩中習見。

〔一四〕〔馮校〕《粤西文載》作『共來此饗，以報留恩』，皆尚有誤。

賽靈川縣城隍神文〔一〕

年月日，賽於靈川縣城隍之神。高壘深溝〔二〕，用資固護〔三〕；興雲澍雨〔四〕，諒俟威靈。惟神能感至誠，將成大稔〔五〕。逐清泠之耕父，不使揚光〔六〕；迴沮澤之蟠龍，皆令灑潤〔七〕。式陳微報，願鑒惟馨〔八〕。

校注

〔一〕本篇原載《文苑英華》卷九九七第四頁、清編《全唐文》卷七八一第五頁、《樊南文集詳注》卷五。〔徐注〕《新書·地理志》：桂州靈川縣，龍朔二年析始安置。在今桂林府北五十里。〔按〕繫時同《賽舜廟文》，詳該篇注〔一〕按語。

〔二〕〔徐注〕《左傳》：臾駢曰：秦不能支，請深壘固軍以待之。〔補注〕《孫子·虚實》：『故我欲戰，敵雖高壘深溝，不得不與我戰者，攻其所必救也。』

〔三〕〔徐注〕鮑照《蕪城賦》：觀基扃之固護。

〔四〕渫，《英華》作『深』，誤。注：集作『泄』。〔徐注〕張衡《南都賦》：朝雲不興而潢潦獨臻。《魏都賦》：蓄爲屯雲，渫爲行雨。〔馮注〕按《詩》：有渰萋萋，興雨祈祈。『興雨』本作『興雲』，毛傳以『祈祈』爲雲，而《吕氏春秋·務本篇》引《詩》『有晻淒淒，興雲祈祈』，可爲確證也。乃《顔氏家訓》、陸氏《釋文》、孔氏正義皆曰『定本作「興雨」』。趙氏《金石録》曰：《無極山碑銘文》有曰：興雲祈祈。乃知漢以前本皆作『興雲』，顔説初無所據。《顔氏家訓》云：『渰已是陰雨，何勞復云興雲耶？俗寫誤耳。班固《靈臺》詩：「祈祈甘雨。」此其證也。』按：《前漢書·食貨志》：『興雲祈祈。』《後漢書·左雄傳》：『興雨祈祈』，則似始誤耳。然唐人仍習用『祁雲』也。〔補注〕渫，泄。

〔五〕〔徐注〕《左傳》：不可以五稔。注：稔，熟也。

〔六〕〔徐注〕張衡《東京賦》：因耕父於清泠。《南都賦》：耕父揚光於清泠之淵。注：有神耕父，處豐山，常游清泠之淵，見《山海經》。〔馮注〕《山海經·中山經》：豐山，神耕父處之，常遊清泠之淵，出入有光，見則其國爲敗。《後漢書·志》：南陽郡西鄂。注曰：郭璞曰：清泠水在西鄂縣山上，神來時水赤光耀。《南都賦》注：耕父，旱鬼也。按：《文選》賦注不采此語。

〔七〕〔徐注〕《蜀都賦》：潛龍蟠於沮澤，應鳴鼓而興雨。〔馮注〕《方言》：龍未升天曰蟠龍。

〔八〕馨，《英華》作『饗』。

賽荔浦縣城隍神文〔一〕

年月日〔二〕，賽於荔浦縣城隍之神。嗟我疲民〔三〕，每虞艱食〔四〕。寒耕熱耨，始望於秋成〔五〕；鑠石流金〔六〕，幾傷於歲事〔七〕。遠資靈顧，式布層陰〔八〕。無煩管輅之占〔九〕，不待欒巴之噀〔一〇〕。竊陳薄奠〔一一〕，用答豐年。神其據有高深〔一二〕，主張生植〔一三〕，同功田祖〔一四〕，比義雨師〔一五〕。無假怒於潛龍〔一六〕，勿縱威於虐魃〔一七〕。守茲縣邑，富我京坻〔一八〕。

校注

〔一〕本篇原載《文苑英華》卷九九七第四頁、清編《全唐文》卷七八一第五頁、《樊南文集詳注》卷五。〔徐注〕《新書·地理志》：桂州有荔浦縣。在今平樂府西七十五里。〔馮注〕《水經》：瀨水南過蒼梧荔浦縣。《元和郡縣志》：桂州荔浦縣，漢舊縣，因荔水爲名。〔按〕繫時同《賽舜廟文》，見該篇注〔一〕按語。

〔二〕《英華》無此三字。

〔三〕疲，馮注本一作『貧』。

〔四〕〔補注〕艱食，糧食匱乏。《書·益稷》：『暨稷播，奏庶艱食鮮食。』孔傳：『艱，難也，衆難得食處，則與稷教民播種之。』

〔五〕〔徐注〕《爾雅》：秋爲收成。

〔六〕〔馮注〕《招魂》：十日代出，流金鑠石。〔徐注〕《淮南子》：大熱，鑠石流金，火弗爲益其烈。

〔七〕〔徐注〕《禮記·王制》曰：休老勞農成歲事。〔馮注〕《詩》：歲事來辟，稼穡匪解。

〔八〕〔徐注〕江淹詩：日落長沙渚，層陰萬里生。

〔九〕見《爲舍人絳郡公鄭州禱雨文》『樹杪占風』注。

〔一〇〕〔馮注〕《神仙傳》：欒巴，蜀郡人。爲尚書郎，正旦大會，巴後到。賜百官酒，又不飲，而西南向噀之。有司奏巴不敬，巴曰：『臣適見成都市上火，臣故潄酒爲雨以救之，非敢不敬。』詔發驛書問，成都已奏言：『正旦失火，有大雨從東北來，火乃止，著人皆作酒氣。』

〔一一〕奠，《英華》注：集作『具』。

〔一二〕〔補注〕高深，高壘深溝，見上篇注〔二〕。指城、池。

〔一三〕〔補注〕主張，主宰。《莊子·天運》：『天其運乎？地其處乎？日月其争於所乎？孰主張是？孰維綱是？』

〔一四〕〔徐注〕《詩》：田祖有神，秉畀炎火。〔補注〕《詩·小雅·甫田》：『琴瑟擊鼓，以御田祖。』田祖，傳説中之始耕田者，即神農氏。

〔一五〕義，《英華》作『議』，誤。注：集作『義』。〔徐注〕《廣雅》：雨師屏翳。餘詳《賽龍蟠山文》『鞭驅屏翳』注。

〔一六〕潛龍，馮注本一作『龍潛』，非。〔徐注〕《易》：潛龍勿用。餘詳《賽堯山廟文》『大驅蟠澤之龍』注。

〔一七〕虐魃，馮注本一作『魃厲』。詳《爲舍人絳郡公鄭州禱雨文》『伏以旱魃爲虐』注。

〔一八〕見《賽越王神文》『用報京坻之積』注。

賽永福縣城隍神文〔一〕

年月日，賽於永福縣城隍之神。夫考室立家〔二〕，先立户竈〔三〕；聚人開邑〔四〕，首起城池。固有明靈，降而鑒治。惟神克揚嘉霔〔五〕，廣育黎民。聊爲粢梁〔六〕，少申肴醞。神其節宣四氣〔七〕，扶佑三時〔八〕。勿使畢星，但稱於好雨〔九〕；無令田祖，獨擅於有神〔一〇〕。永馨蘋藻之誠〔一一〕，長挾金湯之勢〔一二〕。

校注

〔一〕本篇原載《文苑英華》卷九九七第三頁、清編《全唐文》卷七八一第五頁、《樊南文集詳注》卷五。〔徐注〕《新書·地理志》：桂州永福縣，武德四年析始安置。在今桂林府永寧州東南八十里。〔馮注〕《元和郡縣志》：桂州永福縣，武德四年析始安縣之永福鄉置。〔按〕繫時同《賽舜廟文》，見該篇注〔一〕按語。

〔二〕〔徐注〕《詩序》：《斯干》，宣王考室也。《左傳》：師服曰：天子建國，諸侯立家。〔補注〕《漢書·翼奉傳》『大行考室之禮』顔師古注：『凡宫新成，殺牲以釁祭，致其五祀之神，謂之考室。』此指相地作屋。

〔三〕立，《英華》作『在』，馮注本從《粤西文載》作『存』。〔徐注〕《禮記》：王爲羣姓立七祀，曰司命，曰中霤，曰國門，曰國行，曰泰厲，曰户，曰竈。又：庶士、庶人立一祀，或立户，或立竈。

〔四〕〔徐注〕《易》：何以聚人曰財。〔按〕『人』即『民』，此句即《爲中丞滎陽公桂州賽城隍神文》之『大邑聚人』，非用《易》語。

〔五〕〔補注〕霔，時雨。張九齡《賀雨狀》：『德音纔發，甘霔滂沱。』

〔六〕爲，《英華》作『薦』；粢，《全文》作『茨』，據《英華》改。〔徐注〕《詩》：曾孫之稼，如茨如梁。〔馮校〕茨梁，一作『粢粱』。《論衡》：粢粱之粟，莖穗怪奇。〔按〕徐注引《詩·小雅·甫田》『如茨如梁』，係形容曾孫之糧堆高大如屋頂如屋梁，非此句之義。此『粢粱』指穀物。《楚辭·招魂》：『稻粢穱麥，挐黄粱些。』梁，通『粱』。

〔七〕〔補注〕《左傳·昭公元年》：『君子有四時：朝以聽政，晝以訪問，夕以修令，夜以安身。於是乎節宣其氣，勿使有所壅閉湫底，以露其體。』杜預注：『宣，散也。』四氣，即指朝、晝、夕、夜四時之氣。

〔八〕〔補注〕《左傳·桓公六年》：『潔粢豐盛，謂其三時不害而民和年豐也。』三時，指春、夏、秋三季農作之時。

〔九〕〔徐注〕《書》：星有好風，星有好雨。注：好風者，箕星；好雨者，畢星。〔補注〕畢爲二十八宿之一，有星八，其分佈之狀似田獵用之畢網。古人以爲此星主兵、主雨。《詩·小雅·漸漸之石》：『月離于畢，俾滂沱矣。』毛傳：『月離陰星則雨。』

〔一〇〕見《賽荔浦縣城隍神文》『同功田祖』注。

〔一一〕誠，《全文》作『忱』，《英華》作『城』，均誤，據徐注本、馮注本改。〔補注〕蘋、藻，水草，古時常采作祭祀之用。《詩·召南·采蘋》：『于以采蘋？南澗之濱；于以采藻？于彼行潦。』

〔一二〕見《爲安平公兖州祭城隍神文》『爰假金湯』注。

賽曾山蘇山神文〔一〕

年月日，賽於曾山、蘇山之神。惟神守在出雲〔二〕，職惟通氣〔三〕。果從望歲〔四〕，載潤嘉生〔五〕。將申昭報之儀，敢闕馨香之獻。神其遐瞻惟岳，廣納遊塵，勉揚少女之風〔六〕，勤詠曾孫之稼〔七〕。無令渥澤，盡歸涇水之湫泉〔八〕；勿使威靈，不及歷山之仙室〔九〕。我辭有激，神儻聽焉。

校注

〔一〕本篇原載《文苑英華》卷九九七第五頁、清編《全唐文》卷七八一第八頁、《樊南文集詳注》卷五。〔徐注〕《廣西通志》：蘇山，在平樂府賀縣（馮注引作『修仁縣』）北，高數百丈。宋皇祐間，知縣狄遵晦討寇於縣北十里山下，夢蘇武神，因禱焉。師捷，請于朝，即建廟祀武，因名。前有一石壁，水從上滴下，遇旱則禱雨於此。又：縣西十里有甑（馮注引作『甑』）山。舊《通志》：瑞雲山在賀縣西十里，高千餘丈，舊名幽山，唐李刺史郃改名曰丹甑。宋守鄧壁以此山多雲氣，改今名。上有泉注於池，名曰仙池（馮注引作『唐刺史李郃見有彩雲不散，更名曰瑞雲』，『大和四年，慶雲見丹甑山，是年李郃來任』）。今按：唐時已有蘇山，則必非因皇祐建廟而得名。曾山疑即甑山，以甑爲曾，蓋傳寫之誤。甑山有仙池，蘇山有石壁水，皆禱雨之所，故文引『湫泉』『仙室』以爲喻。〔馮注〕《新書·地理志》：昭州平樂郡、賀州臨賀郡，皆桂管所領。按：《舊》《新書·劉蕡傳》：大和二年，李郃謂人曰：『劉蕡不第，我輩登科，實厚顔矣！』請以所授官讓蕡，事雖不行，人士多之。《新·傳》云郃時爲河南府參軍事，後歷賀州刺史。《唐摭言》作『郚』，而《新書・藝文志》亦作『郚』，則『郚』字是也。然豈四年即守賀哉？《名勝志》曰：甑山，舊名幽山，李郃來遊，名『瑞雲』。今檢《太平寰宇記》，幽山在臨賀西四十里，南接蒼梧，北通道州。則宋時尚名幽山也。志書多流傳失實，皆不足據。〔按〕繫時同《賽舜廟文》，見該篇注〔一〕按語。

〔二〕〔徐注〕《禮記》：天降時雨，山川出雲。

〔三〕〔徐注〕《易》：山澤通氣。

〔四〕〔徐注〕《左傳》：國人望君如望歲焉。

〔五〕〔徐注〕《漢書・郊祀志》：故神降之，嘉生。應劭曰：嘉穀也。〔補注〕嘉生，茂盛之穀物。《國語・周語下》：『陰陽序次，風雨時至，嘉生繁祉，人民龢利。』

〔六〕勉，徐注本作『免』，誤。見《爲舍人絳郡公鄭州禱雨文》『樹杪占風』注。

〔七〕〔補注〕《詩・小雅・甫田》：『曾孫之稼，如茨如梁。』

〔八〕涇，《英華》作『濕』，注：集作『涇』。〔徐注〕《漢書・郊祀志》：湫淵，祠朝那。蘇林曰：湫淵，在安定朝那縣，方四十里，停水不流。師古曰：此水今在涇州界，清澈可愛，不容穢濁，或諠污，輒興雲雨。土俗亢旱，每于此求之。相傳云：龍之所居也。《太平廣記》：《靈應傳》云：涇州之東二十里，有故薛舉城。城之陽有美女湫，廣袤數里，其水湛然碧，莫有測其深淺者，鄉人立祠於旁，曰九娘子神，歲之水旱，祓禱皆得啓請。〔馮曰〕按《英華》作『濕』，而注曰：集作『涇』。考《水經注》濕水條下云：燕京山之大池，在山原之上，世謂之天池。澂渟鏡淨，若安定朝那之湫淵也。又云：陽門水與神泉水出葦壁北。水有靈，陽旱愆期，多禱請焉。則作『濕』亦實可，涇水特尤顯耳。

〔九〕不，《英華》作『下』，誤。山，馮云『當作陽』。〔徐注〕（歷山仙室）未詳。王融序：紀言事于仙室。或曰『仙室』二字誤。《御覽》引《列仙傳》云：歷陽有彭祖仙窟，請雨輒得。〔馮注〕按《列仙傳》：歷陽有彭祖仙室，前世禱請風雨，莫不輒應。常有兩虎在祠左右，今日祠訖，即有虎跡。此句所用也。『山』當作『陽』。而《輿地記》歷陽山在和州，則節『陽』字而稱『歷山』，亦無礙。徐氏引《水經注》濟水、河水條下，皆有歷山，皆有舜廟、舜井者，非也（編著者按：徐氏此注已删去）。或云蒲阪西之歷山。其《水經》上文又有云：河水南逕子夏石室，蓋即謁泉山。而《水經注》云：暘雨愆時，謁禱是應，故錫其名。文用此亦可。然合兩地爲一事，必非也。亦見《法苑珠林》所引，出《搜神記》。

賽白石神文〔一〕

年月日，賽於白石之神。惟神載烜明靈，克標懿號。軒珠耀彩〔二〕，儻非瑶水之源〔三〕；荆璞流輝〔四〕，即是玉山之路〔五〕。昨者俯憂旱歲〔六〕，俾禱遺祠。果能愛我大田〔七〕，貺余膏澤〔八〕，不俟于公之雪獄〔九〕，無煩洛令之曝身〔一〇〕。敢命子男，爰修蘋藻。神其仰濟天澤〔一一〕，俯佑歲功，無萌可轉之心〔一二〕，以負惟馨之禮〔一三〕。尚饗〔一四〕。

校注

〔一〕本篇原載《文苑英華》卷九九七第五頁、清編《全唐文》卷七八一第八頁、《樊南文集詳注》卷五。〔徐注〕《靈川縣志》：白石湫在縣南三十五里，李商隱詩『龍移白石湫』即此。亦曰白石潭、白石潦。灕江自白石而下，深潭廣浸，與湘江埒。潭上有白石鎮。《明一統志》：白石湫在府城北七里。〔馮注〕《寰宇記》：靈川縣，銀江水出西山下，東流合灕水。按：《名勝志》：白石潭與銀江接。白石神事蹟，詳《詩集》桂林五律『龍移白石湫』句。

〔按〕繫時同《賽舜廟文》，詳該篇注〔一〕按語。

〔二〕〔徐注〕《莊子》：黄帝遊于赤水之北，登於崑崙之丘而南望，還歸，遺其玄珠于赤水。

〔三〕儻，徐注本作『尚』，誤。〔馮曰〕儻，猶豈也。或作『尚』，因『倘』字而訛。〔徐曰〕瑶，疑作『璿』。

〔按〕瑶水，即瑶池。《文選·王融〈三月三日曲水詩序〉》：『至如夏后兩龍，載驪璿臺之上；穆滿八駿，如舞瑶水之陰。』劉良注：『瑶水，瑶池也。』徐云瑶疑作『璿』，非。

〔四〕見《爲尚書渤海公舉人自代狀》『前件官荆岑挺價』注。

〔五〕〔徐注〕《山海經》：玉山是西王母所居。注：山多玉石。〔馮按〕白石神是女子，故用瑶池、玉山比之。

〔六〕昨者，《英華》作『一昨』。

〔七〕〔補注〕《詩·小雅·大田》：『大田多稼，既種既戒，既備乃事。』鄭玄箋：『大田，謂地肥美可墾耕，多爲稼，可以授民者也。』

〔八〕晛，馮云『一作皢』。

〔九〕雪，《英華》作『祈』，誤。注：集作『雪』。徐注本作『折』，亦誤。〔馮注〕《漢書·于定國傳》：定國，東海郯人也。父于公，爲縣獄史，郡決曹，決獄平。郡中爲之立生祠。東海有孝婦，少寡，亡子，養姑甚謹。姑欲嫁之，終不肯。姑曰：『我老，久累丁壯，奈何？』其後，姑自經死，姑女告吏：『婦殺我母。』孝婦自誣服。于公以爲此婦以孝聞，必不殺也。太守竟論殺孝婦，郡中枯旱三年。後太守至，于公曰：『孝婦不當死，前太守强斷之，咎儻在是乎？』太守祭孝婦冢，因表其墓，天立大雨。

〔一〇〕〔徐注〕《長沙耆舊傳》：祝良，字召卿，爲洛陽令。時亢旱，天子祈雨不得，良乃曝身階庭，告誠引罪。自晨至午，紫雲沓起，甘雨大降。人爲歌曰：『天久不雨，烝人失所。天王自出，祝令特苦。精符感應，滂沱下雨。』〔馮注〕按《水經注》一作『石卿』，《北堂書鈔》作『名卿』，《太平御覽》作『邵卿』，召、邵同也。

〔一一〕濟，《英華》注：集作『流』。
〔一二〕〔徐注〕《詩》：我心匪石，不可轉也。
〔一三〕〔徐注〕《周禮》：黍稷非馨，明德惟馨。
〔一四〕《英華》、馮注本無『尚饗』二字。

賽龍蟠山神文〔一〕

年月日，賽於龍蟠山之神。惟神降治山川，流恩縣道〔二〕。龍蟠鳳蓋〔三〕，克懋於靈司；蟻穴鸖巢〔四〕，式揚於利澤〔五〕。至誠有達，昭報無虧。神其叱咤飛廉〔六〕，鞭驅屏翳〔七〕，尚令吾土〔八〕，屢有豐年〔九〕，不無行潦之羞〔一〇〕，以謝油雲之惠〔一一〕。

校注

〔一〕本篇原載《文苑英華》卷九九七第五頁、清編《全唐文》卷七八一第八頁、《樊南文集詳注》卷五。題内『蟠』字，《英華》作『幡』。〔馮校〕（首句）《文載》無『山』字。又曰：《英華》（題及首句）皆作『幡』，或誤，至下文（指『龍蟠鳳蓋』）則必當作『蟠』矣。〔馮注〕《太平御覽》乳穴魚一條引《嶺表録異》曰：全義嶺之西南有盤龍山，山有乳洞，又有一溪，號爲靈水溪，溪内有魚，皆修尾四足，丹其腹，游泳自若，魚人不敢捕之。原注云：今桂州靈川縣也。《寰宇記》：龍蟠山，在桂州東北，屬興安縣。本名盤龍山，天寶六載敕改。山有石洞，洞門數重，人秉燭遊，常見龍跡，其大如盌。洞中之水有魚，四足有角，人不敢傷，恐致風雨。〔徐注〕《明一統志》：龍蟠山在興安縣東十五里。〔按〕《英華》作『龍幡山』，當即因文中『龍幡鳳蓋』而致誤。繫時同《賽舜廟文》，見該篇注〔一〕按語。

〔二〕流恩，《英華》作『濟思』，誤。注：（濟）集作『流』。〔補注〕《史記·司馬相如列傳》：『檄到，亟下縣道，使咸知陛下之意。』裴駰集解：《漢書·百官表》曰：『縣有蠻夷曰道。』

〔三〕蟠，徐注本作『蟠』，誤。

〔四〕鸛，《英華》作『鵲』，誤。〔徐注〕《詩》：鸛鳴于垤。〔馮注〕《詩》傳曰：垤，螘冢也。將陰雨則穴處先知之。鸛好水，長鳴而喜也。箋曰：鸛，水鳥，將陰雨則鳴。《毛詩義疏》：鸛泥其巢，一旁爲池，含水滿之，取魚置池中食。

〔五〕〔補注〕《莊子·天運》：『利澤施於萬世，天下莫知也。』成玄英疏：『有利益恩澤，惠潤羣生。』

〔六〕其，《英華》作『威』，非。注：集作『其』。叱咤，《英華》作『叱叱』，非。〔徐注〕《呂氏春秋》：風師曰飛廉。〔馮注〕《史記·淮陰侯傳》：項王喑噁叱咤，千人皆廢。

〔七〕〔馮注〕《廣雅》：雨師謂之屏翳。按：《文選·洛神賦》：屏翳收風。注云：王逸云：雨師。韋昭云：雷師。然説屏翳者雖多，並無明據。曹植《詰咎文》：『河伯典澤，屏翳司風。』植既皆爲風師，不可引他説以非之。《選》注詳慎如此。而此作雨師也。〔按〕除雨師、雷師、風師諸説外，尚有雲神説。《楚辭·九歌·雲中君》王逸注：『雲神，豐隆也，一曰屏翳。』

〔八〕尚，《英華》作『向』，誤。吾，《英華》作『五』，誤。注：（向令）集作『尚是』，亦誤。〔按〕尚，疑當作『倘』。

〔九〕〔徐注〕《詩》：綏萬邦，屢豐年。

〔一〇〕見《賽越王神文》『敢陳沼澗之毛』注。〔補注〕行潦，溝中流水。此指祭祀之酒食。羞，進獻食物。

〔一一〕謝，《英華》作『請』。惠，《全文》作『會』，據《英華》改。〔馮注〕《史記·司馬相如傳》：《封禪書頌》曰：自我天覆，雲之油油。甘露時雨，厥壤可游。滋液滲漉，何生不育？《西京雜記》：雨雲曰油雲。

賽陽朔縣名山文〔一〕

年月日，賽於陽朔縣名山之神。惟神受命上玄〔二〕，奠茲南服。雲臺、日觀〔三〕，遠讓於高標〔四〕；蓬島、崑丘〔五〕，遐通於爽氣〔六〕。峻若藏刀之嶺〔七〕，崇如倚劍之門〔八〕。是宜銓管陰司，拘囚異物〔九〕，爲神仙之下府，開龍虎之殊庭〔一〇〕。屬歲不寧〔一一〕，旱既太甚。馳誠疊嶂，託意通波〔一二〕。果聞雷出地中〔一三〕，電流巖下〔一四〕。既茲霑足，敢薦香芬〔一五〕。願終如響之靈〔一六〕，無怠孔明之鑒〔一七〕。尚饗。

校注

〔一〕本篇原載《文苑英華》卷九九七第五頁、清編《全唐文》卷七八一第八頁、《樊南文集詳注》卷五。〔徐注〕《元和郡縣志》：陽朔縣，北至桂州一百四十里，開皇十年置，取陽朔山爲名。山今在縣北門外，本名陽海山，亦名零陵山。相近有龍頭山、白鶴山、西人山、威南山、畫山，蓋皆陽朔之支峰也。〔馮注〕《水經注》：陽海山即陽朔山也。應劭曰：湘（水）出零陵山。蓋山之殊名也，山在始安縣北。《元和郡縣志》：桂州陽朔縣，本漢始安縣地，開皇十年分置，取山爲名。吴武陵《陽朔縣廳壁題名》：羣山發海嶠而北，又發衡、巫而南，咸會於陽朔。孤崖絶巘，森聳駢植，凡數百里，灕江、荔水羅織其下。縣界山間，東制邕、容、交、廣之衝，南扼賓、巒、巖、象之隘。《寰宇記》：陽朔山自永州零陵縣西南，迤邐岡巒，連亘不絶。〔按〕繫時同《賽舜廟文》，見該篇注〔一〕按語。

〔二〕〔補注〕揚雄《甘泉賦》：『惟漢十世，將郊上玄。』上玄，天也。

〔三〕〔徐注〕《華山記》：嶽東北有雲臺峰，其山兩峰峥嶸，四面懸絶，上冠景雲，下通地脈，嶷然獨秀，有若雲臺。下有穴，昔有人入此穴，出東方山行，云經黄河底，上聞流水聲。日觀，見前《爲安平公兖州謝上表》『高尋日觀』注。

〔四〕〔徐注〕左思《蜀都賦》：陽烏迴翼乎高標。

〔五〕〔徐注〕《史記》：蓬萊、方丈、瀛洲，此三神山，諸仙人及不死藥在焉。《水經注》：三成爲崑崙丘。《崑崙説》曰：崑崙之山三級，下曰樊桐，一名板松；二曰玄圃，一名閬風；上曰層城，一名天庭，是謂天帝之居。〔馮注〕《山海經》：崑崙之丘，是實惟帝之下都。

〔六〕〔徐注〕《世説》：王子猷作桓車騎參軍。……王以手板拄頰云：『西山朝來，致有爽氣。』

〔七〕〔徐注〕《水經注》：涞水又南逕藏刀山下，層巖壁立，直長干霄。遠望崖側，有若積刀，鐶鐶相比，咸悉西首。

〔八〕〔馮注〕《舊書·志》：劍州劍門，縣界大劍山，即梁山也。北三十里有小劍山。大劍山有劍閣道，三十里至劍處，張載刻銘。桂林山皆峻峭，所謂『山如碧玉簪』也，故云。又宋玉《大言賦》：長劍耿介倚天外。

〔九〕〔補注〕《史記·屈原賈生列傳》：『化爲異物兮，又何足患！』司馬貞索隱：『謂死而形化爲鬼，是爲異物。』

〔一〇〕殊，《英華》作『神』，非。〔徐注〕《漢書·郊祀志》：將以望祀蓬萊之屬，幾至殊庭焉。師古曰：蓬萊中仙人庭也。

〔一一〕『歲』字下《英華》有『之』字，注：集無『之』字。〔馮注〕《書》：山川鬼神，亦莫不寧。

〔一二〕〔徐注〕曹植《洛神賦》：託微波而通辭。

〔一三〕〔徐注〕《易》：雷出地奮，豫。

〔一四〕流，《英華》作『濟』，非。注：集作『流』。〔馮注〕《晉書·王戎傳》：戎幼而穎悟，神彩秀徹，視日不眩。裴楷見而目之曰：『戎眼爛爛如巖下電。』

〔一五〕香，《英華》注：集作『聲』（當是『馨』之誤）。馮注本作『馨』。

〔一六〕〔徐注〕《易》：其受命也如響。〔補注〕謂神之靈應如響之應聲，狀其迅疾。

〔一七〕息，《英華》注：集作『大』。誤。〔徐注〕《詩》：祀事孔明。〔補注〕《文選·張衡〈思玄賦〉》：『彼天監之孔明兮，用棐忱而祐仁。』吕向注：『言天監視甚明，用輔佑誠信仁德矣。』王維《冬筍記》：『天高聽卑，神鑒孔明。』此謂神鑒甚明，徐注引《詩》『祀事孔明』，係潔淨鮮明之義，非此句所用。

賽海陽神文〔一〕

年月日，賽於海陽之神。頃傷多稼，將困驕陽。未逢玉女之披衣〔二〕，空見土龍之矯首〔三〕。式祈嘉霔〔四〕，果降明輝。神其享彼蘭羞，挹兹桂酒〔五〕。輔成於多黍多稌〔六〕，助施於好風好雨〔七〕。庶厲業官〔八〕，以酬玄澤。

校注

〔一〕本篇原載《文苑英華》卷九九七第六頁、清編《全唐文》卷七八一第九頁、《樊南文集詳注》卷五。〔徐注〕海陽，即陽海。《太平寰宇記》：陽海山在郡北一百七十里，屬興安縣。其山自零陵縣西南迤邐岡巒，連亘不絶。《明一統志》：海陽山在興安縣南九十里，舊名陽海山，湘、灕二水所自出。山下有巖幽深，行數百丈至水泉處，闊不盈尺，其深叵測。〔按〕繫時同《賽舜廟文》，見該篇注〔一〕按語。

〔二〕逢，徐注本作『聞』，非。玉女披衣，見《爲濮陽公涇原謝冬衣狀》『非玉女裁成』注。

〔三〕〔徐注〕魏應璩《與廣川長岑文瑜書》：土龍矯首於玄寺。〔馮注〕《淮南子》：土龍致雨。許慎注曰：湯遭旱，作土龍以象雲從龍也。〔補注〕土龍，以土製成之龍，古代用以乞雨。《淮南子·説山訓》：『聖人用物，若用朱絲約芻狗，若爲土龍以求雨。』

〔四〕〔補注〕嘉霔，及時好雨。

〔五〕〔徐注〕屈原《九歌》：奠桂酒兮椒漿。

〔六〕〔徐注〕《詩》：豐年多黍多稌。〔補注〕稌，粳稻。

〔七〕施，《英華》注：集作『調』。好風好雨，《英華》作『好雨好風』。〔馮注〕《書》：星有好風，星有好雨。傳曰：箕星好風，畢星好雨。按：『稌』有平、上二音，而《詩》注、疏則音『杜』，故從《英華》本（按：馮注本作『好雨好風』）。

〔八〕〔馮校〕業，《文載》作『漢』，誤。〔補注〕業官，職事之官。

賽堯山廟文〔一〕

年月日，賽於堯山之廟。伏以帝巡遐徼〔二〕，天作高山〔三〕。既比敬於軒臺〔四〕，亦分功於農井〔五〕。是留遺廟，以慰斯民。昨者時雨忽愆，秋陽稍亢。永言嘉霔〔六〕，實自玄恩。大驅蟠澤之龍〔七〕，盡發潛泉之螈〔八〕。倉箱興詠，將慶於農夫〔九〕；灌浸呈功，不愆於豎子〔一〇〕。敢兹昭報，冀降明靈〔一一〕。

校注

〔一〕本篇原載《文苑英華》卷九九七第六頁、清編《全唐文》卷七八一第六頁、《樊南文集詳注》卷五。〔馮注〕莫休符《桂林風土記》：堯山在府東北，隔大江與舜祠相望，遂名堯山。山有廟絶靈，公私饗奠不絶，相傳爲秦時建。北接湖山，連亘千餘里。《寰宇記》：桂州靈川縣堯山，在州城北四十四里。按：《山海經·中山經》：堯山在洞庭之山東南，又共三百三十九里。似與桂林地勢不符，豈亦連亘耶？《水經》：匯水過含洭縣南，出洭浦關爲桂水。注曰：洭水又東南，左合陶水，東出堯山。山盤紆數百里，山下有平陵，有大堂基，耆舊云堯行宫所。王韶之《始興記》云：堯山長嶺，望如陣雲。陵上有大堂基十餘處，謂曰堯故亭，即其行宫。《郡國志》云：廣州堯山，高四千丈，自番禺、交阯見之。含洭縣，漢、晉時屬桂州，唐貞觀初始屬廣州。皆此堯山之盤亘也。明人張羽王《桂勝》云：高亦爲桂諸山之冠。上有平田，曰天子田。〔徐注〕《輿地紀勝》引《寰宇記》：堯山在静江府城東北四十里。《圖經》云：堯山在水東。《明一統志》：按史傳，堯封履不到蒼梧。以西與舜山相對，人慕堯、舜之風，因名堯祠。宋張拭重修，有記刻於石。又龍池在堯山，鄉民禱雨屢應，歲久湮塞，宋經略張維重浚，以石甃之。〔按〕此堯山當以莫休符《桂林風土記》《寰宇記》所記爲準，與他書所記連亘數百里之堯山非一事。本篇作時同《賽舜廟文》，見該篇注〔一〕按語。

〔二〕〔馮注〕《淮南子》：堯巡狩行教，勤勞天下，周流五嶽。勤，一作『勤』。賈誼《新書》：堯教化及雕題、蜀、越，撫交阯，身涉流沙，西見王母，北中幽都。按：堯巡於此可考。《寰宇記》云：堯封履不到蒼梧，以其西與舜祠相對，遂名堯山。此論拘矣。《竹書紀年》：帝堯五年，初巡狩四岳。《後漢書·朱穆傳》：唐帝崇山。注曰：《尚書》：放驩兜于崇山。孔安國注曰：崇山，南裔也。《山海經》曰：有驩頭之國，帝堯葬焉。郭璞注曰：驩頭，驩兜也。按《山海經》諸篇中云：帝堯、帝嚳、帝舜葬于岳山。又曰：狄山，帝堯葬于陽，帝嚳葬于陰。又曰：蒼梧之山，帝舜葬于陽，帝丹朱葬于陰。又曰：蒼梧之野，舜與叔均之所葬也。注曰：岳山即狄山，蒼梧之山即九疑山。皆祇可依文引用耳。

〔三〕〔徐注〕《詩》：天作高山，大王荒之。

〔四〕敬，馮云『一作敞，誤』。〔馮注〕《山海經》：西王母之山，有軒轅臺，射者不敢西向，畏軒轅之臺。

〔五〕功，馮云『一作光，誤』。〔馮注〕《荆州記》：隨郡北界有厲鄉村，村南有重山，山下一穴，相傳云神農所生。周圍一頃二十畝，有九井。神農既育，九井自穿。《水經注》：汲一井則衆水自動。《漢書》注：厲鄉，故厲國也。厲讀曰賴。

〔六〕霆，《英華》作『霑』，誤。

〔七〕〔馮注〕《文選·蜀都賦》：潛龍蟠於沮澤，應鳴鼓而興雨。注曰：巴東有澤水，謂有神龍，不可鳴鼓，鼓鳴其旁即雨。

〔八〕蜧，《英華》作『介』，注：集作『蜧』。〔馮注〕《淮南子》：黑蜧致雨。注曰：神蛇也，潛於神淵，能興雲雨。又：黑蜧神虯，潛泉而居，將雨則躍。按：行雨皆鱗介之屬，作『介』亦通。莫休符《風土記》：天將降雨，則雲霧四起，風雨立至。每歲農耕候雨，輒以堯山雲卜期。《一統志》：堯山有龍池。

〔九〕〔徐注〕《詩》：農夫之慶。〔補注〕《詩·小雅·甫田》：『乃求千斯倉，乃求萬斯箱。』

〔一〇〕豎，《英華》注：集作『壯』。馮云『《文載》作監』。均誤。〔徐注〕《史記》：龐涓曰：遂成豎子之名。〔馮注〕『灌浸呈功』，似言井利，故上曰『分功農井』也。豎子，似爲井事，檢之未得。《御覽》引《白澤圖》，曰井神，曰吹簫女子，亦無豎子事。今俗稱井泉童子，不知何所據始。或謂尊帝堯，故自稱豎子，亦未然。俟再考。〔按〕上云『分功於農井』，蓋謂堯山興雲作雨，其功可分井泉灌漑之效；此言『灌浸呈功，不愆於豎子』，則謂時雨普降，霑惠衆人，雖豎子亦無差失也，未必用事。

〔一一〕冀，徐注本作『奠』，誤。

賽古欖神文〔一〕

年月日〔二〕，賽於古欖之神。惟神爰因碩果〔三〕，遂啓靈祠。瓜美邵平，且傳舊志〔四〕；李標朱仲，亦茂前經〔五〕。昨者瘴暑爲灾〔六〕，油雲不起，式存心禱，慮作神羞。神能感氣蜈泉〔七〕，傳祥鸛垤〔八〕，使宋生抒賦，始悦於雄風〔九〕；高氏讀書，忽驚於暴雨〔一〇〕。化太甚旱，爲大有年〔一一〕。將見助於歡康，敢忘懷於昭賽！

校注

〔一〕本篇原載《文苑英華》卷九九七第六頁、清編《全唐文》卷七八一第九頁、《樊南文集詳注》卷五。〔徐

注〕古欖，蓋橄欖之最大者。王存《九域志》：静江府理定縣，有橄欖山。《嶺表録異》云：橄欖，樹身聳拔，皆高數丈。其子深秋方熟。有野生者，子繁樹峻，不可梯緣，但刻其根下方寸許，納鹽於其中，一夕子皆自落。按：趙璘《因話録》：南人長林中大樹，謂之有神。豈以古欖歷年既久，神所憑依，故賽之邪？〔馮注〕《舊唐・志》：桂州理定縣，本漢始安縣。《寰宇記》：橄欖山在理定邑界。〔按〕本篇作時同《賽舜廟文》，見該篇注〔一〕按語。

〔二〕年，《英華》作『某』。

〔三〕〔徐注〕《易》：碩果不食。

〔四〕〔徐注〕《漢書・蕭何傳》：召平，秦故東陵侯。秦破，爲布衣，種瓜長安城東，瓜美，故世謂東陵瓜，自召平始也。

〔五〕〔徐注〕《文選・潘岳〈閑居賦〉》：房陵朱仲之李。善曰：王逸《荔支賦》云：房陵縹李。傅玄《李賦》：乃有河沂黄建，房陵縹青，一樹三色，異味殊名。任昉《述異記》：房陵定山有朱仲李園三十六所。李尤《果賦》『三十六園朱李』是也。〔馮注〕《荆州記》：房陵縣有朱仲者，家有縹李，代所希有。

〔六〕瘴，《英華》作『瘴』，誤。〔馮注〕《漢書・嚴助傳》：南方暑濕，近夏瘴熱。〔補注〕瘴，厚、盛。《國語・周語》：『古者，太史順時頋土，陽癉憤盈，土氣震發。』韋昭注：『癉，厚也。』

〔七〕見《賽堯山廟文》『盡發潛泉之蜧』注。

〔八〕見《賽龍蟠山神文》『蟻穴鸛巢』注。

〔九〕〔補注〕宋玉《風賦》：『楚襄王游於蘭臺之宫，宋玉、景差侍，有風颯然而至，王迺披襟而當之，曰：「快哉此風！寡人所與庶人共者邪？」宋玉對曰：「……此所謂大王之雄風也。」』

〔一〇〕〔馮注〕《後漢書・逸民傳》：高鳳字文通。妻常之田，曝麥於庭，令鳳護雞。時天暴雨，而鳳持竿誦經，不覺潦水流麥。妻還怪問，鳳方悟之。

〔一一〕〔徐注〕《春秋》：宣公十有六年，冬，大有年。

〔蔣士銓曰〕此義山在鄭滎陽幕中作也。杜牧之亦有《池州祭木瓜神文》，中云：『禱神之際，甘雨隨至，槁然凶歲，化爲豐年。』可見當時長吏留心民事，猶有偏走群望遺意。（《評選四六法海》卷八）

爲中丞滎陽公祭全義縣伏波神文〔一〕

年月日，觀察處置使、兼御史中丞鄭某，謹遣全義縣令韋必復，以酒牢之奠，昭賽於漢伏波將軍新息侯馬公。越城舊疆〔二〕，漢將遺廟，一派湘水，萬重楚山。比潁川袁氏之臺，悲同異日〔三〕；方汝水周公之渡，感極當時〔四〕。

嗚呼！昔也投隙建功〔五〕，因時立志〔六〕。隗將軍坐談西伯，棄去無歸〔七〕；梁伯孫自降王姬，雖來不起〔八〕。以若畫之眉宇〔九〕，開聚米之山川〔一〇〕。扶風里中，詎守錢而爲虜〔一一〕；德陽殿下，寧相馬以推工〔一三〕？悵望關西，趨馳隴右〔一四〕。事嫂冠戴〔一五〕，誡姪書成〔一六〕。龍伯高之故人，出言有所〔一七〕；公孫述之刺客，相待何輕〔一八〕！鳶泊啓行〔一九〕，蠻溪請往〔二〇〕。銅留鑄柱〔二一〕，革誓裹尸〔二二〕。男兒自立邊功〔二三〕，壯士猶羞病死〔二四〕。

灘、湘之滸，祠宇依然。豈獨文宣之陵，不生刺草〔二五〕；更若武侯之壠，仍有深松〔二六〕。向我來思，停車展敬，一樽有奠〔二七〕，五馬忘歸〔二八〕。及申望歲之祈，又辱有秋之澤〔二九〕。雲興柱礎〔三〇〕，電繞墻藩〔三一〕。何煩玉女之投壺，方聞天笑〔三二〕；不待樵人之取箭，已見風迴〔三三〕。敢忘黍稷之馨，用報京坻之賜〔三四〕？

屬以時非行縣〔三五〕，不獲躬詣靈壇〔三六〕。詞託煙波，意傳天壤。既謝三時之降〔三七〕，兼論千載之交。勿負至誠，以孤玄契〔三八〕。

校注

〔一〕本篇原載《文苑英華》卷九九八第六頁、清編《全唐文》卷七八一第二頁、《樊南文集詳注》卷五。題首『爲中丞滎陽公』六字，《英華》無；神，《英華》作『廟』，馮注本從之。〔徐注〕《新書·地理志》：桂州全義縣，本臨源，武德四年析始安置，大曆三年更名。〔馮注〕《元和郡縣志》：全義縣本漢始安縣地。武德四年，分置臨源縣，大曆三年改全義。《後漢書·馬援傳》：援字文淵，扶風茂陵人。建武十七年，交阯女子徵側、徵貳反，攻没其郡，九真、日南、合浦蠻夷皆應之，寇略嶺外六十餘城。璽書拜援伏波將軍，南擊交阯。援緣海而進，隨山刊道千餘里。十八年春，軍至浪泊上，與賊戰，破之，追徵側等，數敗之。明年正月，斬徵側、徵貳。封援爲新息侯。擊九真賊餘黨，嶠南悉平。援所過輒爲郡縣治城郭，穿渠灌溉，以利其民。與越人申明舊制以約束之，自後駱越奉行馬將軍故事。按《郡國志》：南海、蒼梧、鬱林、合浦、交阯、九真、日南郡七，屬交州刺史部，朱勃訟其『斬滅徵側，克平一州』是也。《環濟要略》：伏波，船涉江海，欲波浪伏息也。〔按〕文云『向我來思，停車展敬。一樽有奠，五馬忘歸。及申望歲之祈，又辱有秋之澤……屬以時非行縣，不獲躬詣靈壇。詞託煙波，意傳天壤』，當是大中元年六月初鄭亞赴桂途經全義縣（即今之興安縣）時，曾停車謁伏波廟。此次則因『及申望歲之祈，又辱有秋之澤』，爲報伏波神之賜雨，而遣全義縣令代爲致祭。徐注別引《明一統志》『伏波山又名伏波巖，突起千尺，與獨秀山相望，下有伏波廟，祀漢馬援』云云，乃桂林之伏波廟，與全義縣伏波廟顯屬二事，今删之。作時同《賽舜廟文》，見該文注〔一〕按語。

〔二〕見《賽越王神文》『常教威著越城』注。

〔三〕〔馮注〕《水經注》：潁水東側，有公路城，袁術所作也。又：潁水又東南，汝水枝津注之。水上承汝水別瀆，東南逕召陵縣故城南。又東逕公路臺，臨水方百步，袁術所築也。枝汝歷汝陰縣故城西北，東入潁水。

〔四〕〔徐注〕《水經注》：汝水逕成安縣故城北。又東爲周公渡，藉承休之徽號，而有周公之嘉稱也。《漢書·恩澤侯表》：武帝元鼎四年，封姬嘉爲周子南君。再傳以罪棄市，其弟延年紹封。初元五年，更封爲周承休侯。〔補注〕方，比；極，抵也。

〔五〕〔徐注〕《後漢書·公孫述傳論》曰：不能因隙立功，以會時變。〔補注〕投隙，伺機。

〔六〕〔徐注〕《馬援傳》：援嘗謂賓客曰：『丈夫爲志，窮當益堅，老當益壯。』

〔七〕伯，《英華》作『北』，誤。〔馮注〕《後漢書·隗囂傳》：隗囂，天水成紀人也。季父崔，聞更始立而莽兵連敗，謀起兵應漢。咸謂囂素有名，好經書，遂共推爲上將軍。論曰：若囂命會符運，敵非天力，雖坐論西伯，豈多嗤乎？注曰：言不遇光武爲敵，則不讓西伯也。按：『坐談』，猶坐論，非郭嘉謂『劉表坐談客耳』之義。《馬援傳》：援避地涼州，因留西州，隗囂甚敬重之。建武四年，囂遣援奉書洛陽，援歸隴右，囂雅信援，故遣長子恂入質，援因將家屬隨恂歸洛陽。〔按〕後隗囂發兵拒漢，馬援曾爲漢陳滅囂之術。此言『棄去無歸』，謂棄隗囂而去不復歸隴西也。

〔八〕梁伯孫，《英華》作『忍指松』，誤。注：（松）集作『孫』。梁松，字伯孫。〔徐注〕《馬援傳》：援嘗有疾，梁松來候之，獨拜牀下，援不答。諸子問曰：『梁伯孫帝婿，大人奈何獨不爲禮？』援曰：『我乃松父友也，雖貴，何得失其序乎？』

〔九〕〔馮注〕《馬援傳》：援爲人明須髮，眉目如畫。

〔一〇〕〔馮注〕《馬援傳》：建武八年，帝西征囂。援於帝前聚米爲山谷，指畫形勢，開示衆軍所從道徑往來，分析曲折，昭然可曉。帝曰：『虜在吾目中矣。』〔徐注〕又：帝自西征囂至漆，援因説囂有必破之狀。

〔一一〕〔徐注〕《馬援傳》：轉游隴、漢間，因處田牧，至有牛馬羊數千頭，穀數萬斛。既而歎曰：『凡殖貨財產，貴其能施賑也，否則守錢虜耳。』乃盡散以班昆弟故舊。按：援，扶風茂陵人。

〔一二〕德陽，《英華》注：本傳作『宣陽』。〔馮注〕（德陽殿）漢宫殿名，北宫中有德陽殿。《漢官典職》：德陽殿周旋容萬人，激洛水於殿下。

〔一三〕〔徐注〕《馬援傳》：援善别名馬，於交阯得駱越銅鼓，乃鑄爲馬式，還上之。馬高三尺五寸，圍四尺四寸。有詔置於宣德殿下。按：『《藝文類聚》引《東觀漢記》云：詔置馬德陽殿下。』義山本此，不可謂誤。〔馮按〕文以『宣德』爲『德陽』，《英華辨證》已疑之。愚考援於二十四年征五溪蠻，明年病卒。而《鍾離意傳》：永平三年，大起北宫，意上疏諫，後出爲魯相。德陽殿成，百官大會。帝思意言，謂公卿曰：『鍾離尚書若在，此殿不立。』然則置馬德陽，誠已有誤，義山又踵其誤耳。

〔一四〕闕，《全文》作『闕』，據《英華》改。趨，《英華》作『超』；右，《英華》作『首』，誤。〔徐注〕《馬援傳》：來歙奏言：隴西侵殘，非馬援莫能定。十一年夏，璽書拜援隴西太守，使太中大夫來歙送援西歸。〔馮注〕援家本關西，久留隴右。二句遡其來歸光武之先，非指建武十一年拜援隴西太守。〔按〕馮解是。

〔一五〕戴，《英華》作『帶』，誤。〔徐注〕《馬援傳》：敬事寡嫂，不冠不入廬。〔馮注〕《東觀漢記》：雖在閫内，必幘而後見。

〔一六〕〔徐注〕《馬援傳》：兄子嚴、敦並喜譏議，而通輕俠客。援在交阯，還書誡之。

〔一七〕出，《英華》作『其』。〔徐注〕《誡兄子書》曰：龍伯高敦厚周慎，口無擇言，謙約節儉，廉公有威，吾愛之重之，願汝曹效之。

〔一八〕〔徐注〕《馬援傳》：（建武四年冬）囂使援奉書洛陽，引見於宣德殿。援曰：『臣與公孫述同縣，少相善。臣前至蜀，述陛戟而後進臣。臣今遠來，陛下何知非刺客奸人，而簡易若是？』〔馮曰〕『述』字舊作『淵』，集作『弘』，俱誤，《英華辨證》已改定矣。

〔一九〕泊，《英華》作『跕』。〔馮注〕《馬援傳》：援勞饗軍士，從容謂官屬曰：『當吾在浪泊、西里間，下潦上霧，毒氣重蒸，仰視飛鳶，跕跕墮水中。』〔補注〕《詩·大雅·公劉》：『弓矢斯張，干戈戚揚，爰方啓行。』

〔二〇〕〔徐注〕《馬援傳》：武威將軍劉尚擊武陵五溪蠻夷，深入軍没，援因復請行，遂征五溪。〔馮注〕《南史·蠻傳》：居武陵者有雄溪、樠溪、辰溪、西溪、武溪，謂之五溪蠻。《十道志》：楚文王滅巴，巴子兄弟五人，流入黔中，各爲一溪之長，故號『五溪』。

〔二一〕〔徐注〕《廣州記》：馬援討平交阯，於嶠南立銅柱以表漢之極界。〔馮注〕《水經注》俞益期箋曰：馬文淵立兩銅柱於林邑，岸北有遺兵十餘家，不返，居壽泠岸南而對銅柱。悉姓馬，自婚姻，交州以其流寓，號曰『馬流』。《林邑記》曰：馬援樹兩銅柱於象林南界，與西屠國分漢之南疆也。

〔二二〕〔徐注〕《馬援傳》：援謂孟冀曰：『男兒要當死於邊野，以馬革裹屍還葬耳，何能卧牀上在兒女子手中邪！』冀曰：『諒爲烈士當如此矣。』

〔二三〕自，《英華》作『已』。

〔二四〕〔馮注〕《馬援傳》：進營壺頭。賊乘高守隘，船不得上。會暑甚，士卒多疫死，援亦中病，遂困。賊每升險鼓譟，援輒曳履以觀之，左右哀其壯志，莫不爲之流涕。《武陵記》：壺頭山邊有石窟，即援所穿室也。室内有蛇如百斛船大，云是援之餘靈也。

〔二五〕刺，馮云『一作棘』。〔徐注〕《水經注》：魯縣泗水南有夫子冢。《皇覽》曰：弟子各以四方奇木來植，故多諸異樹，不生棘木刺草。〔馮注〕《舊書·禮儀志》：開元二十七年制：夫子既稱先聖，可追謚爲文宣王。《孔叢子》：夫子墓在魯城北泗水上。

〔二六〕〔徐注〕《蜀志·諸葛亮傳》：亮遺命葬漢中定軍山，因山爲墳，冢足容棺。景耀六年，魏征西將軍鍾會征蜀，至漢川，令軍士不得於亮墓所左右芻牧樵採。《水經注》：沔陽故城，南臨漢水，對定軍山。諸葛亮之死也，遺令葬於其山。因即地勢，不起墳壟。唯深松茂柏，攢蔚川阜，莫知墓塋所在。

〔二七〕奠，《英華》作『典』，注：集作『奠』。

〔二八〕五馬，見《爲懷州李中丞謝上表》『更屯五馬』注。

〔二九〕〔徐注〕《書》：若農服田力穡，乃亦有秋。

〔三〇〕〔徐注〕《淮南子》：山雲蒸，柱礎潤。

〔三一〕〔徐注〕揚雄《甘泉賦》：電倐忽於墻藩。

〔三二〕方聞，馮云『一作乍開，非』。〔徐注〕《神異經》：東王公與玉女投壺，梟而脱誤不接者，天爲之笑，開口流光，今電是也。

〔三三〕〔馮注〕孔靈符《會稽記》：會稽山有石室，云是仙人射堂，東高巖有射的石如射侯。南有白鶴山，此鶴爲仙人取箭。漢太尉鄭弘，嘗采薪，得一遺箭。頃有人覓弘還之，問何所欲？弘識其神人也，曰：『常患若耶溪載薪爲難，願旦南風，暮北風。』後果然。故若耶溪風，至今猶然，呼爲『鄭公風』也。按：『風迴』，兼用《書·金縢》『天乃雨，返風，禾則盡起』。

〔三四〕見《賽越王神文》『用報京坻之積』注。

〔三五〕〔馮注〕行縣，刺史巡行屬縣，如《漢書·雋不疑傳》：『爲京兆尹，行縣録囚。』亦曰行部，如《後漢書·光武帝紀》：考察黜陟，如州牧行部事。〔按〕行縣多在春季進行，故云『時非行縣』，亦稱『行春』。

〔三六〕〔徐注〕應璩《與岑文瑜書》：躬自暴露，拜起靈壇。

〔三七〕降，《英華》作『澤』，與上文複，非。三時，見《賽永福縣城隍神文》『扶佑三時』注。

〔三八〕玄契：猶默契、神合。

〔孫梅曰〕義山之祭伏波，功除旱魃。此弔古者所爲一往而情深也。……魏晋哀章，尤尊潘令；晚唐奠醊，最重樊南。（《四六叢話》卷二九《叙祭誄》）

爲中丞滎陽公賽理定縣城隍神文〔一〕

都防禦觀察處置等使兼御史中丞鄭某〔二〕，謹差理定縣令某〔三〕，具酒肴昭賽於縣城隍之神。日者穴蟻不封〔四〕，商羊未舞〔五〕，爰憂即日，將害有秋〔六〕。我告於神，神能感我。雲纔作葉〔七〕，雨已垂絲〔八〕。既開豐稔之祥，敢怠馨香之報〔九〕？神其無羞小邑，勿替玄功〔一〇〕，永作蔭於城郭溝池〔一一〕，長想報於禾麻菽麥〔一二〕。守臣奉職〔一三〕，孰敢不虔！

校注

〔一〕本篇原載清編《全唐文》卷七八一第四頁、《樊南文集補編》卷一一。〔錢注〕《漢書·郊祀志》注：賽謂報其所祈也。《新唐書·地理志》：理定縣，中，屬桂州。箋：以下五篇（按：指本篇及《賽侯山神文》《賽建山神文》《賽莫神文》《賽石明府神文》），並酬雨之文，本集《爲中丞滎陽公桂州賽城隍神文》以下十七篇，皆同時所作。〔按〕《爲中丞滎陽公賽理定縣城隍神文》等五篇，蓋與《賽舜廟文》等十五篇同時作。《爲中丞滎陽公桂州賽城隍神文》作于大中元年六月十四日。《祭桂州城隍神祝文》作于大中元年八月二十七日，《賽舜廟文》等二十篇則八月二十七日稍前作。詳見《賽舜廟文》注〔一〕按語。

〔二〕見《爲中丞滎陽公赴桂州至湖南敕書慰諭表》注〔一〕。

〔三〕〔錢注〕《新唐書·百官志》：中縣，令一人，正七品上。

〔四〕〔錢注〕《東觀漢記》：沛獻王輔善《京氏易》。永平五年秋，京師少雨，上自爲卦，以《周易林》卜之，其繇曰：『蟻封穴户，大雨將集。』明日大雨。上問輔，輔曰：『《蹇》，《艮》下《坎》上。《艮》爲山，《坎》爲水，山出雲爲雨，蟻穴居而知雨，將雲雨，蟻封穴，故以蟻爲興文。』〔補注〕封，指蟻穴外隆起之小土堆。

〔五〕〔錢注〕《家語》：天將大雨，商羊鼓舞。〔補注〕《論衡·變動》：『商羊者，知雨之物也。天且雨，屈其一足起舞矣。』商羊，傳説中鳥名。

〔六〕〔補注〕有秋，有收成。《書·盤庚上》：『若農服田力穡，乃亦有秋。』

〔七〕〔錢注〕崔豹《古今注》：黄帝與蚩尤戰於涿鹿之野，常有五色雲氣，金枝玉葉，止於帝上，有花葩之象，因而作華蓋。〔按〕雲葉，指雲片，雲朵，語習見，如陸機《雲賦》：『金柯分，玉葉散。』雲纔作葉，謂雲方成朵、成片。

〔八〕〔錢注〕張協《雜詩》：密雨如散絲。

〔九〕〔補注〕《書·酒誥》：『弗惟德馨香，祀登聞于天。』《左傳·僖公五年》：『若晉取虞，而明德以薦馨香，神其吐之乎？』馨香，此指用作祭品之黍稷。

〔一〇〕〔補注〕替，廢棄。玄功，神功，謂宇宙自然之功。

〔一一〕〔補注〕《禮記·禮運》：『城郭溝池以爲固。』溝池，護城河。

〔一二〕〔補注〕《詩·豳風·七月》：『黍稷重穋，禾麻菽麥。』

〔一三〕〔補注〕《禮記·玉藻》：『凡自稱：天子曰予一人，伯曰天子之力臣，諸侯之於天子，曰某土之守臣某。』

賽蘭麻神文〔一〕

年月日，賽於蘭麻之神。頃者杲日揚威，融風扇暴〔二〕，禾乃盡偃〔三〕，人何以堪〔四〕！神能倏忽應時〔五〕，逡巡布潤〔六〕。雲旗直集〔七〕，不資秦地之決渠〔八〕；雨陣斜飛，更甚成都之救火〔九〕。永懷靈祐，敢薦嘉肴。神其與蕙同芳〔一〇〕，爲蓬扶直〔一一〕。勿虚嘉號〔一二〕，以累豐年。

校注

〔一〕本篇原載《文苑英華》卷九九七第六頁、清編《全唐文》卷七八一第一一頁、《樊南文集詳注》卷五。題内「賽」字，《全文》作「祭」，篇首「賽於蘭麻之神」，「賽」字《全文》亦作「祭」。〔按〕商隱桂幕所作酬雨文共二十篇，其餘十九篇，《英華》《全文》均作「賽××神文」，此篇不應例外，故據《英華》改定。〔馮注〕《寰宇記》：蘭麻山屬理定縣界，在府城西南。從府至柳州，路經此山。過溪，山中有毒，峭絶險隘，更無别路。其山自衡嶽南亘到此，入柳州、象州。按：柳子厚詩：「桂州西南又千里，灕水鬬石麻蘭高。」麻蘭即蘭麻。《舊書·志》：「柳州在桂州西四百七里。」千里之言，不必泥也。〔徐注〕《廣西舊通志》：蘭麻山在桂林府永福縣西南四十里，唐桂帥遇旱禱此。其流爲下漏水，又有木皮江遶山入大江。〔按〕作時同《賽舜廟文》，見該篇注〔一〕按語。

〔二〕〔馮注〕《左傳》：梓慎曰：是謂融風，火之始也。注曰：東北風曰融風。〔按〕此猶言熱風。

〔三〕〔徐注〕《書》：天大雷電以風，禾盡偃。

〔四〕〔徐注〕《晋書·桓温傳》：樹猶如此，人何以堪！〔馮注〕《左傳》：民不堪命矣！

〔五〕〔徐注〕屈原《九歌》：儵而來兮忽而逝。

〔六〕〔補注〕逡巡，頃刻。

〔七〕〔徐注〕《九歌》：乘迴風兮載雲旗。

〔八〕〔馮校〕一無兩『之』字。〔馮注〕《漢書·溝洫志》：趙中大夫白公奏穿渠。引涇水，首起谷口，尾入櫟陽，注渭中，袤二百里，溉田四千五百餘頃，名曰白渠。民歌曰：田於何所？池陽、谷口。鄭國在前，白渠起後。舉臿爲雲，決渠爲雨。

〔九〕〔馮注〕《後漢書·方術傳》：樊英隱壺山之陽，暴風從西方起，英曰：『成都市火甚盛。』因含水西向漱之。乃記其日時。客後有從蜀來，云：『是日大火，黑雲卒從東起，大雨，火滅。』餘又見《賽荔浦縣城隍神文》『不待欒巴之噀』注。

〔一〇〕〔徐注〕宋玉《九辯》：以爲君獨服此蕙兮，羌無以異於衆芳。〔補注〕屈原《離騷》：『余既滋蘭之九畹兮，又樹蕙之百畝。』

〔一一〕〔徐注〕《荀子》：蓬生麻中，不扶自直。〔馮注〕《大戴禮記》：孔子曰：『蓬生麻中，不扶自直。』

〔一二〕勿，《英華》作『苟』，誤。注：集作『勿』。

賽侯山神文〔一〕

惟神越嶠分雄〔二〕，魯岩學峻〔三〕。慰農夫之望歲〔四〕，揚少女之微風〔五〕。變彼枯荄〔六〕，化爲嘉穀〔七〕。

將期大稔〔八〕，敢薦惟馨〔九〕。神其貺我秋成〔一〇〕，羨余民食。無俾董生之説，空閉陽門〔一一〕；勿令夷水之風，屢鞭陰石〔一二〕。苟歲既登矣，則神永歆焉〔一三〕。

校注

〔一〕本篇原載清編《全唐文》卷七八一第九頁、《樊南文集補編》卷一一。〔錢注〕《新唐書·地理志》：桂州臨桂縣有侯山。〔按〕與《賽舜廟文》同時作，見該篇注〔一〕按語。本篇及以下三篇亦均代鄭亞作，題首省去『爲滎陽公』字。

〔二〕越嶠，即越城嶠，見《爲尚書濮陽公涇原讓加兵部尚書表》注〔二七〕。

〔三〕〔補注〕《詩·魯頌·閟宫》：『泰山巖巖，魯邦所詹。』

〔四〕〔補注〕《左傳·昭公三十二年》：『閔閔焉如農夫之望歲，懼以待時。』歲，指豐收。

〔五〕〔錢注〕《魏志·管輅傳》：輅過清河倪太守，時天旱，倪問輅雨期，輅曰：『今夕當雨。』注：《輅别傳》曰：輅既刻雨期，至日向暮，了無雲氣，衆人並嗤輅。輅言：『樹上已有少女微風，又少男風起，其應至矣。』須臾，果有艮風。日未入，有山雲樓起，到鼓一中，大雨河傾。

〔六〕彼，《全文》作『俾』，據錢校改。〔錢注〕《説文》：荄，草根也。潘岳《悼亡詩》：枯荄帶墳隅。

〔七〕〔補注〕《書·吕刑》：『稷降播種，農殖嘉穀。』

〔八〕〔錢注〕《後漢書·許楊傳》：累歲大稔。

〔九〕見《爲中丞滎陽公賽理定縣城隍神文》注〔九〕。

〔一〇〕〔錢注〕《管子》：秋成，五槳之所會，此之謂秋之秋。

〔一一〕〔錢注〕《漢書·董仲舒傳》：仲舒以春秋災異之變，推陰陽所以錯行，故求雨閉諸陽縱諸陰，止雨反是。注：謂若閉南門禁舉火，及開北門水灑人之類是也。

〔一二〕〔錢注〕《水經注》：夷水自沙渠入縣，水流淺狹，東逕難留城南，城即山也。西面上里餘，得石穴，二大石磧並立穴中，俗名陰陽石。旱則鞭陰石，多雨則鞭陽石。

〔一三〕〔補注〕歆，饗，謂祭祀時神靈享用祭品之香氣。永歆，猶永享馨香之祭。

賽建山神文〔一〕

夫神必依人〔二〕，山惟鎮地〔三〕。式融靈命〔四〕，必建玄司〔五〕。前者憂切蘊隆〔六〕，念深流鑠〔七〕。詎言膏澤，忽致有秋〔八〕！敢備杯盤，粗陳肴蔌〔九〕。神其留歡屏翳，通意馮夷〔一〇〕。叶時雨於東皋〔一一〕，卷陽雲於南裔〔一二〕。我民奉事，無或不虔。

校注

〔一〕本篇原載清編《全唐文》卷七八一第一〇頁、《樊南文集補編》卷一一。〔錢注〕《元和郡縣志》：建水出桂州建陵縣北建山。〔按〕與《賽舜廟文》同時作，見該篇注〔一〕按語。

〔二〕〔補注〕《左傳·僖公五年》：（晉獻公）曰：『吾享祀豐絜，神必據我。』（宮之奇）對曰：『臣聞之，鬼神非人實親，惟德是依。……神所馮依，將在德矣。』

〔三〕〔錢注〕《樂府·登名山行》：名山本鎮地。

〔四〕靈，錢注本作『景』，未知何據。〔補注〕靈命，神靈之意志。鮑照《從過舊宫》：『靈命藴川瀆，帝寶伏篇圖。』

〔五〕〔錢注〕陶弘景《真靈位業圖序》：懼貽謫玄府，絡咎冥司。〔按〕玄司，猶神司，神靈之司。

〔六〕〔補注〕《詩·大雅·雲漢》：『旱既大甚，藴隆蟲蟲。』藴隆，指暑氣鬱結隆盛。

〔七〕〔錢注〕《楚辭·招魂》：十日代出，流金鑠石些。

〔八〕〔補注〕曹植《贈徐幹》：『良田無晚歲，膏澤多豐年。』有秋，屢見。

〔九〕備，錢注本作『薦』，未出校。〔補注〕《詩·大雅·韓奕》：『其肴維何？炰鼈鮮魚。其蔌維何？維筍及蒲。』肴，魚肉；蔌，蔬菜。

〔一〇〕〔錢注〕干寶《搜神記》：雨師曰屏翳。又：宋時弘農馮夷，華陰潼鄉隄首人也。以八月上庚日渡河溺死，天帝署爲河伯。

〔一一〕〔錢注〕潘岳《秋興賦》：耕東皋之沃壤兮。

〔一二〕〔錢注〕《漢書·司馬相如傳》：《子虚賦》：於是楚王乃登陽雲之臺。張華《博物志》：南越之國，與楚爲鄰，五嶺已前，至于南海，負海之邦，交阯之土，謂之南裔。〔補注〕陽雲，此指炎熱之暑雲。

賽石明府神文〔一〕

惟神化洽虙琴〔二〕，享存欒社〔三〕。銅章墨綬〔四〕，應非百里之才〔五〕；嘯虎吟龍〔六〕，猶續三時之雨〔七〕。余也謬當廉部，未及行春〔八〕。飛鳧懷葉令之庭〔九〕，沸井想延陵之廟〔一〇〕。神其論交異代〔一一〕，降福斯民〔一二〕。常俾旗雲〔一三〕，庇我嘉穀〔一四〕。聊茲薦報，庶或感通。

校注

〔一〕本篇原載清編《全唐文》卷七八一第一〇頁、《樊南文集補編》卷一一。〔錢注〕趙與旹《賓退録》：明府，漢人以稱太守，唐人以稱縣令。〔按〕石明府，錢、張均不詳。據篇首『惟神化洽虙琴，享存欒社』之語，當是石姓縣令有惠政，民衆立祠祭祀，奉之爲神者。詳不可考。又據『未及行春』語，石明府所宰之縣當爲桂州屬縣。本篇作時同《賽舜廟文》，見該篇注〔一〕按語。

〔二〕〔錢注〕《吕氏春秋》：宓子賤治單父，彈鳴琴，身不下堂，而單父治。〔補注〕宓子賤，春秋魯人，名不齊，孔子弟子。《論語·公冶長》：『子謂子賤，「君子哉若人！魯無君子者，斯焉取斯？」』彈琴而治單父事，見《吕氏春秋·察賢》。虙，同『宓』。

〔三〕〔錢注〕《史記·欒布傳》：燕、齊之間，皆爲欒布立社，號曰欒公社。

〔四〕〔錢注〕應劭《漢官儀》：邑宰銅章墨綬。

〔五〕〔錢注〕《蜀志·龐統傳》：統字士元，守耒陽令，在縣不治，免官。吴將魯肅遺先主書曰：『龐士元非百里才也，使處治中、别駕之任，始當展其驥足耳。』按：又見《蔣琬傳》，詳《爲滎陽公桂州署防禦判官等牒·李克勤》『蔣琬沈醉』注。〔按〕古時一縣所轄之地約方百里，見《漢書·百官公卿表上》。

〔六〕〔錢注〕王褒《聖主得賢臣頌》：虎嘯而谷風冽，龍興而致雲氣。

〔七〕〔錢注〕《荆楚歲時記》：六月必有三時雨，田家以爲甘澤。〔補注〕三時，指夏至後半個月。庾信《奉和夏日應令》詩：『五月炎蒸氣，三時刻漏長。』明周之璵《農圃六書·占侯·五月占》：『夏至後半月爲三時。頭時三日，中時五日，三時七日。』時已八月，故云『猶續三時之雨』。

〔八〕〔錢注〕《後漢書·鄭弘傳》：弘少爲鄉嗇夫，太守第五倫行春，見而深奇之。〔補注〕廉部，觀察使之别稱。行春，官吏春日出巡屬部。《後漢書·鄭弘傳》李賢注：『太守常以春行所主縣，勸人農桑，振救乏絶。』

〔九〕葉，《全文》作『鄴』，據錢校改。〔錢注〕《後漢書·王喬傳》：喬爲葉令，常自縣詣臺，臨至，輒有雙鳧從東南飛來，舉羅張之，但得一隻舄焉。

〔一〇〕〔錢注〕劉敬叔《異苑》：句容縣有延陵季子廟，廟前井及瀆，恒自涌沸，故曰『沸井』。

〔一一〕〔錢注〕《陳書·蕭允傳》：鄱陽王出鎮會稽，允爲長史，帶會稽郡丞，行經延陵季子廟，設蘋藻之薦，託異代之交，爲詩以叙意。

〔一二〕〔補注〕《左傳·襄公二年》：『降福孔偕。』斯民，指老百姓。

〔一三〕〔錢注〕《楚辭·九歌》：乘迴風兮載雲旗。

〔一四〕〔錢注〕《國語》：玉足以庇廕嘉穀。

賽莫神文〔一〕

惟神克扇明靈〔二〕，居余屬邑。能作殷臣之雨〔三〕，欲豐唐叔之禾〔四〕。輒以良時，爰陳薄奠〔五〕。神其俯臨上席〔六〕，少解靈衣〔七〕，舞朱鳳於南方〔八〕，召玄龍於北極〔九〕。永調和氣，無易至誠。

校注

〔一〕本篇原載清編《全唐文》卷七八一第一〇頁、《樊南文集補編》卷一一。錢、張於『莫神』均未詳。〔按〕瑶族隋、唐時稱莫徭，聚居於今廣西。《隋書·地理志下》：『長沙郡又雜有夷蜒，名曰莫徭，自云其先祖有功，常免徭役，故以爲名。』莫神，疑是當地少數民族莫徭所奉之神。本篇作時同《賽舜廟文》。

〔二〕〔錢注〕揚雄《趙充國頌》：明靈惟宣。〔補注〕扇，顯揚；明靈，聖明之神靈。

〔三〕〔補注〕殷臣，指傅説。《書·説命上》：『（傅）説築傅巖之野……爰立作相，命之曰：「朝夕納誨，以輔台德。若金，用汝作礪；若濟巨川，用汝作舟楫；若歲大旱，用汝作霖雨。」』

〔四〕〔錢注〕《書序》：唐叔得禾，異畝同潁。

〔五〕〔錢注〕《後漢書·橋玄傳》：裁致薄奠。

〔六〕〔錢注〕郭緣生《述征記》：周靈王二十三年，起昆明之臺，時有萇弘能招致神異。王登臺，忽見二人乘空而至，乘游飛之輦，駕以青螭，其衣皆縫緝毛羽。王即迎之上席。

〔七〕〔錢注〕《楚辭·九歌》：靈衣兮披披，玉佩兮陸離。

〔八〕〔錢注〕干寶《搜神記》：漢代十月十五日，以豚酒入靈女廟，擊筑奏曲，連臂蹋地爲節，歌《赤鳳來》，巫俗也。〔補注〕朱鳳，即朱雀，古代傳説中之祥瑞動物，四靈之一。杜甫《朱鳳行》：『君不見瀟湘之山衡山高，山巔朱鳳聲嗷嗷。』

〔九〕〔錢注〕陸雲《爲顧彦先贈婦詩》：棄置北辰星，問此玄龍焕。〔補注〕玄龍，猶黑龍。《淮南子·覽冥訓》：『於是女媧鍊五色石以補蒼天，斷鼇足以立四極，殺黑龍以濟冀州。』高誘注：『黑龍，水精也。』

爲中丞滎陽公祭桂州城隍神祝文〔一〕

維大中元年，歲次丁卯，八月甲午朔，二十七日庚申，桂州管内都防禦觀察處置等使、正議大夫、使持節桂州諸軍事〔二〕、守桂州刺史、兼御史中丞、上柱國〔三〕、賜紫金魚袋鄭某〔四〕，謹遣直官攝功曹參軍、文林郎、守陽朔縣令莊敬質，謹以旨酒庶羞之奠，敬祭於城隍之神〔五〕。濬洫崇墉〔六〕，所以固吾圉〔七〕；春祈秋報〔八〕，所以輔農功〔九〕。今露白雷收，蟲坏水涸〔一〇〕。念時暘而時雨〔一一〕，將乃積而乃倉〔一二〕。敢以吉辰，式陳常典。神其保兹正直〔一三〕，歆彼馨香〔一四〕。聿念前修，勿虧明鑒。昔房豹變樂陵之井味〔一五〕，任延易九真之土風〔一六〕。豈獨人謀，抑由冥助〔一七〕。今猶古也，神實聽之。

校注

〔一〕本篇原載《文苑英華》卷九九五第五頁、清編《全唐文》卷七八一第四頁、《樊南文集詳注》卷五。《英華》題首無『爲中丞滎陽公』六字。〔徐注〕何孟春《餘冬序録》：城隍之祀，莫詳其始。先儒謂既有社不應復有城隍。唐李陽冰《縉雲城隍神記》謂祀典無，吴越有爾。然成都城隍祠，大和中李德裕所建，張説有《祭荆州城隍文》，杜牧有《祭黄州城隍文》，則不獨吴越爲然。又，蕪湖城隍建於吴赤烏二年，高齊慕容燕、梁武陵王祝城隍神，皆書於史，又不獨唐而已。宋以來其祀徧天下，或賜廟額，或頒封爵，或遷就傅會，各指一人爲神之姓名。如鎮江、慶元、寧國、太平、華亭、蕪湖等郡邑，皆以爲紀信；隆興、贛、袁、江、吉、建昌、臨江、南康皆以爲灌嬰是也。陸游云：唐以來郡縣皆祭城隍，今世尤謹，守、令謁見，儀在他神祠上。社稷雖尊，特以令式從事，至祈禳報賽，獨城隍而已。〔按〕據篇首所紀時日，文作於大中元年八月二十七日。六月十四日，鄭亞抵達桂林後數日，商隱有《爲中丞滎陽公桂州賽城隍神文》。此祝文係報神豐收而作。文中未提及祈雨事，故知此文與《賽舜廟文》等二十篇非一時之作。『念時暘而時雨，將乃積而乃倉』係泛言風調雨順，五穀豐登，與祈雨得應有别。

〔二〕〔馮注〕《新書·百官志》：武德初，邊要之地，置總管以統軍，加號使持節。《通典》：加號爲使持節，而實無節，但頒銅魚符而已。

〔三〕〔馮注〕按《職官志》：正議大夫正四品上，上柱國正第二品，御史中丞正四品下。桂州爲中州刺史，正四品上。階、職之不齊如此。至觀察、防禦，與節度使相等，外官之最尊者，各帶本官以出也。

〔四〕〔馮注〕《舊書·輿服志》：高祖改銀菟符爲銀魚符。高宗時，京官文武職事四品、五品，並給隨身魚。賜新魚袋，飾以銀。垂拱二年，諸州都督刺史，並准京官帶魚袋。天授元年，改内外所佩魚並作龜。久視元年，三品以上袋用金飾，四品用銀，五品用銅。神龍初，依舊佩魚袋。又曰：開元以後，恩制賜賞緋紫，例兼魚袋章服，因之佩者衆矣。

〔五〕敬，《英華》無此字。

〔六〕〔徐注〕左思《魏都賦》：崇墉濬洫，嬰堞帶涘。〔補注〕崇墉，高城；濬洫，深池。

〔七〕〔徐注〕《左傳》：鄭莊公曰：『寡人之使吾子處此，不惟許國之爲，亦聊以固吾圉也。』〔補注〕圉，邊境、疆域。

〔八〕『徐注』《詩序》：《噫嘻》，春夏祈穀於上帝也。《豐年》，秋冬報也。

〔九〕〔徐注〕《周語》：無有求利於其官，以干農功。

〔一〇〕露白，《英華》作『白露』，非。雷，徐注本作『電』，非。〔徐注〕《禮記》：孟秋之月，凉風至，白露降。仲秋之月，雷始收聲，蟄蟲坏户，殺氣浸盛，陽氣日衰，水始涸。〔補注〕坏，通『培』『坯』。坏户，謂昆蟲在地裏封塞巢穴。

〔一一〕〔徐注〕《書》：曰肅，時雨若；曰乂，時暘若。〔補注〕時雨，應時之雨；時暘，應時之陽光。

〔一二〕〔徐注〕《詩》：迺積迺倉。

〔一三〕〔徐注〕《左傳》：内史過曰：『神，聰明正直而壹者也。』

〔一四〕〔徐注〕《左傳》：季梁曰：『所謂馨香，無讒慝也。』〔補注〕馨香，指用作祭品之黍稷。

〔一五〕〔徐注〕《北史》：房豹字仲幹。河清中，遷樂陵太守。郡瀕海，水味多鹹苦。豹命鑿一井，遂得甘泉，遐邇以爲政化所致。

〔一六〕〔馮注〕《後漢書·循吏傳》：任延字長孫，南陽宛人。詔徵爲九真太守。九真不知牛耕，延乃令鑄田器，教之墾闢。又駱越之民無嫁娶禮法，各因淫好，不識父子之性、夫婦之道。延乃使男女皆以年齒相配。同時相娶者二千餘人。是歲風雨順節，穀稼豐衍。〔徐注〕又：初，平帝時漢中錫光爲交阯太守，化聲侔于延，嶺南華風始於二守焉。

〔一七〕抑，《英華》作『仰』，誤。

爲滎陽公奏請不叙録將士狀〔一〕

使當道將士及管内昭、賀等州軍士共二千一百二十六人〔二〕，準去年五月五日制，叙勳階使司去，今年四月二十五日具將士姓名及甲授年月日申省訖。右臣當道將士等，遠當戎寄，式控遐陬，乘解愠之和〔三〕，寧親矢石〔四〕；望拱辰之列〔五〕，實隔煙波。近者朝廷奄靖北方〔六〕，惟荒東道〔七〕，當陰山之哭虜〔八〕，靡效纖埃〔九〕；及天井之摧凶〔一〇〕，不横寸草〔一一〕。徒以皇帝陛下非煙結彩〔一二〕，瀼露流光〔一三〕，向明纔及於鳳樓，布澤遠霑於蠻徼〔一四〕。固合同承國慶〔一五〕，共禀朝榮。伏以當管近無豐年，亦經小水，海上有分屯之卒〔一六〕，邕南有未返之師〔一七〕。歉冗食於居人〔一八〕，困裹糧於戍士〔一九〕。臣初叨廉問，方切拊循〔二〇〕，雖拾級升階〔二一〕，各思受寵；而濡毫執簡〔二二〕，無以爲資〔二三〕。仰慮後期，敢忘積懼？伏見比者諸道有物力未足者，聖恩弘貸〔二四〕，許且權未叙録〔二五〕。竊緣往例〔二六〕，冒此上陳。伏冀天慈，曲垂矜許〔二七〕。臣與將士等無任感激冒昧戰越之至。

校注

〔一〕本篇原載《文苑英華》卷六四四第六頁、清編《全唐文》卷七七二第二四頁、《樊南文集詳注》卷二。題内『滎陽公』下，馮云：一有『桂州』字。馮譜、張箋均繫大中元年。馮譜置《爲滎陽公進賀正銀狀》《爲滎陽公謝賜冬衣狀》之後；張箋置《爲滎陽公進賀壽昌節銀零陵香麖靴竹靴狀》《爲滎陽公與度支周侍郎狀》之後。〔按〕據狀内『伏以當管近無豐年，亦經小水』及下狀『況近年不甚登穰，亦經水潦』等語，與大中元年桂管湖湘一帶先水後旱情況頗合，似是秋收後所上。蓋因連年收成不佳，物力不足，故進狀請求暫停叙録將士。酌編大中元年秋。叙録，按功勞大小授官奬勵。

〔二〕軍士，《英華》誤作『軍事將士』。〔徐注〕《新書·方鎮表》：桂管，開耀後置經略使，領桂、梧、賀、連、柳、富、昭、蒙、嚴、環、融、古、思唐、龔十四州，治桂州。

〔三〕〔馮注〕《禮記》：舜作五絃之琴以歌《南風》。《家語》曰：南風之薰兮，可以解吾民之愠兮；南風之時兮，可以阜吾民之財兮。

〔四〕見《爲王侍御瓘謝宣弔並賻贈表》『皆冒矢石』注。

〔五〕〔補注〕《論語·爲政》：『爲政以德，譬如北辰，居其所，而衆星共（拱）之。』拱辰之列，指朝廷百官拱衛君主之班列。

〔六〕〔馮注〕北謂回鶻。〔按〕視下文『當陰山之哭虜』語，馮注是。

〔七〕〔徐注〕《左傳》：燭之武見秦伯曰：『若舍鄭以爲東道主，行李之往來，共其困乏。』〔馮注〕『東道』字屢見《左傳》，此則謂澤潞。〔補注〕荒，據有。《詩·魯頌·閟宮》：『奄有龜蒙，遂荒大東。』毛傳：『荒，有也。』

上句『奄』，此句『荒』均本《詩》語。

〔八〕〔馮注〕《漢書·匈奴傳》：侯應曰：陰山東西千餘里，單于依阻其中，治作弓矢，是其苑囿也。孝武出師斥奪此地，攘之於幕（漠）北，邊境得用少安。邊長老言匈奴失陰山之後，過之未嘗不哭也。〔徐注〕謂回鶻。〔按〕指會昌三年破回鶻事。

〔九〕〔徐注〕《魏都賦》：風無纖埃。〔馮注〕此言無一塵之效。《文選·曹子建表》：塵露之微，補益山海。註引謝承《後漢書》：楊喬曰：『猶塵附泰山，露集滄海，雖無補益，款誠至情，猶不敢默。』〔按〕即杜詩『未有涓埃答聖朝』之意。

〔一〇〕〔徐注〕謂劉稹。《漢書·地理志》：上黨郡有天井關，今在山西澤州東南。〔馮注〕《後漢書·紀》注曰：今太行山上關南有天井泉三所。〔按〕天井摧凶，謂討滅劉稹之叛。

〔一一〕〔徐注〕《漢書·終軍傳》：軍無橫草之功。〔馮注〕師古曰：言行草中，使草偃卧，故云『横草』。〔補注〕喻功勞之輕微。

〔一二〕彩，《英華》注：集作『蔭』。非煙，見《爲河南盧尹賀上尊號表》『非煙浪井』注。

〔一三〕〔徐注〕《詩》：零露瀼瀼。〔補注〕瀼瀼，露濃貌。瀼露，喻皇帝之恩澤。

〔一四〕〔馮注〕按戰功皆在會昌時，而宣宗初立，猶以此爲詞，普行慶賞也。

〔一五〕承《全文》作『成』，徐本同，誤。據《英華》改。

〔一六〕〔徐注〕《新書·南蠻傳》：安南桃林人者，居林西原七綰洞，首領李由獨主之，歲歲戍邊。李琢之在安南也，奏罷防冬兵六千人，謂由獨可當一隊，遏蠻之入。〔按〕徐注非，詳下句馮注。

〔一七〕〔徐注〕《新書·地理志》：邕州朗寧郡，屬嶺南道。《南蠻傳》：大中時李琢爲安南經略使，苛墨自私，以斗鹽易一牛，夷人不堪，結南詔將段酋遷陷安南都護府，號白衣没命軍。南詔發朱弩佉苴三千助守。〔馮注〕按邕管之南當指南蠻邊事，即《爲滎陽公桂州謝上表》云『控西原而遏寇』，《爲中丞滎陽公桂州賽城隍神文》云『既禦寇於西原』是也。屯邊本有兵甲，或小小蠢動，史文所不必詳耳。徐氏以李涿在安南事證之，然《新書·南蠻傳》年月不甚明晰，而《通鑑》載於大中十二年，雖有『初，安南都護李涿』之文，然《考異》中詳辨擅罷林西原防冬戍卒爲大中八年事，則必非此時事矣。〔按〕二句似指管内正常戍守之外的分兵。『海上有分屯之卒』，蓋即《論安南將士月糧狀》『使當道先准詔發遣行安南行營將士五百人』，此五百人之月糧錢米，均由桂管負擔。『邕南有未返之師』，似即同狀所云『三百人扭在邕管行營』者。馮氏未見此狀，故有上述推測。時安南經略使爲裴元裕，已見《月糧狀》。

〔一八〕〔馮注〕《説文》：歉，食不滿。《漢書·成帝紀》：避水它郡國，在所冗食之。註：冗，散也。散廩食使生活。食讀若飤。《谷永傳》：流散冗食，餧死於道。頂上『小水』。《周禮》：地官之屬，稾人，掌共外内朝冗食者之食。注：冗食者，謂留治文書，若今尚書之屬諸直上者。疏：冗，散也。散吏以上直不歸家食，稾人供之，因名冗食者。〔補注〕冗食，謂由公家供給廪食。居人，即居民。此謂因遭水灾需由公家供給糧食者。

〔一九〕〔徐注〕《左傳》：裹糧坐甲，固敵是求。〔馮注〕頂上『分屯』。〔補注〕裹糧，謂携帶熟食乾糧，以備出征。

〔二〇〕〔徐注〕《漢書·淮南王傳》：拊循百姓。〔補注〕拊循，安撫。《荀子·富國》：『垂事養民，拊循之，唲嘔之。』

〔二一〕級，《全文》誤作『綴』，據《英華》改。〔徐注〕《禮記》：主人與客讓登，主人先登，客從之，拾級聚足，連步而上。〔補注〕此『級』『階』指勳官之品級。

〔二二〕〔徐注〕《左傳》：南史氏執簡以往。〔補注〕簡，簡策，句指書勳於簡策。

〔二三〕〔馮注〕謂無以叙其功也。〔補注〕謂因財力不足，無以叙官酬功也。

〔二四〕弘，《全文》作『洪』，當是諱改。〔徐注〕《晋書·徐邈傳》：邈言於帝曰：『會稽王奉上純一，宜加弘貸。』〔補注〕弘貸，寬貸。

〔二五〕〔徐注〕《晋書·劉聰傳》：或有勳舊功臣，而弗見敘録。

〔二六〕〔徐注〕《隋書》：觀德王雄襄表曰：『臣實面墻，敢緣往例。』〔補注〕往例，即上文『比者諸道有物力未足者……許且權未叙録』之前例。

〔二七〕〔徐注〕《晋書·慕容翰傳》：天慈曲愍。《梁書》：邵陵王啓：伏願天慈，曲垂矜許。

爲滎陽公請不叙將士上中書狀〔一〕

右某當管將士，本一千五百人〔二〕。有北境兩度行營〔三〕，有西原十鎮防戍〔四〕。既部伍皆更招收數額〔五〕，則轉增加糧料，不經申破〔六〕，留州自備〔七〕，累政相成〔八〕。況近年不甚登穰〔九〕，亦經水潦〔一〇〕。挐舟負弩〔一一〕，尚歎于征途；穭穀神蠶〔一二〕，未豐于下舍〔一三〕。今縱仰承渥澤，合進勳階〔一四〕，將徵簡禮之資〔一五〕，盡有囊裝之許〔一六〕。雖祁寒暑雨，小民不識于天時〔一七〕；而露冕褰帷〔一八〕，長吏合宜其人願〔一九〕。輒以具狀奏聞訖。伏乞相公俯推近例〔二〇〕。許且權停。干冒尊嚴，無任戰灼之至。

校注

〔一〕本篇原載清編《全唐文》卷七七三第二一頁、《樊南文集補編》卷三。〔錢箋〕本集有《爲滎陽公奏請不叙録將士狀》。〔按〕當與《爲滎陽公奏請不叙録將士狀》同時所作，約大中元年秋。參上篇注〔一〕按語。

〔二〕〔錢曰〕見《爲滎陽公論安南行營將士月糧狀》。〔按〕此即《月糧狀》所云『當道繫敕額兵，數止一千五百人』。上篇云『使當道將士及管内昭、賀等州軍士共二千一百二十六人』，與此所云相差六百二十六人，其增加之數額，即《月糧狀》所云『至於堅守城池，備禦倉庫，供承職掌，並是當使方圓衣糧，招收驅使。』亦即本篇下文所謂『既部伍皆更招收數額』者。定額之外，一切供應皆由地方籌措，故下言『不經申破』。

〔三〕〔錢注〕按『兩度行營』，似指邕管、容管，然皆在桂管西南，其北境則荆南也，未知何指。〔按〕北境，當指桂管之北境。『兩度行營』具體所指不詳。

〔四〕原，《全文》作『京』，據錢校改。西原十鎮防戍，見《爲滎陽公論安南將士月糧狀》注〔四〕。

〔五〕〔補注〕指在敕定一千五百人數額外，增招之兵士六百二十六人。

〔六〕〔錢注〕《唐會要》：貞元二年，敕左右金吾及十六衛將軍，並宜加給料錢及隨身幹力糧課等。〔補注〕申破，申報。

〔七〕見《爲滎陽公論安南行營將士月糧狀》。〔按〕即《月糧狀》所謂『並是當使方圓衣糧，招收驅使』。

〔八〕〔錢注〕《魏書·竇瑗傳》：前後累政，咸見告訟。

〔九〕〔錢注〕《爾雅》：登，成也。《博雅》：穰，豐也。

〔一〇〕〔錢注〕《廣韻》：澇，淹也。〔按〕上篇亦言『伏以當管近無豐年，亦經小水』。

〔一一〕〔錢注〕《莊子》：方將杖拏而引其船。《史記·司馬相如傳》：拜相如爲中郎將，因巴蜀吏幣物以賂西夷。至蜀，縣令負弩矢先驅。〔補注〕拏，船槳。拏舟，撑船。負弩，背負弓箭。此『拏舟負弩』指以舟船運送糧草與身帶武器戍守。

〔一二〕〔錢注〕《後漢書·光武紀》：初，王莽末，天下旱蝗，黄金一斤，易粟一斛。至是野穀旅生，麻尗尤盛，野蠶成繭，被於山阜，人收其利焉。注：旅，寄也。不因播種而生，故曰旅。今字書作『穭』。

〔一三〕〔錢注〕《晉書·華表傳》：頻稱疾，歸下舍。〔補注〕下舍，私宅。

〔一四〕〔錢注〕《新唐書·百官志》：其辨貴賤，叙勞品，則有品、有爵、有勳、有階。

〔一五〕〔錢注〕《春秋》注：遇者草次之期，二國各簡其禮，若道路相逢遇也。

〔一六〕〔錢注〕《陳書·徐陵傳》：由來宴賜，凡厥囊裝。〔按〕『將徵』二句，承上謂叙録將士勳階後，即應徵收簡單禮儀所需之資費（指增加俸給），增發相應之財物。

〔一七〕〔補注〕《書·君牙》：『冬祁寒，小民亦惟曰怨咨。』蔡沈集傳：『祁，大也。』

〔一八〕〔錢注〕《藝文類聚》：《華陽國志》：郭賀爲荆州刺史，明帝到南陽巡狩，賜三公服，敕行部去襜露冕，使百姓見之，以彰有德。《後漢書·賈琮傳》：琮爲冀州刺史。舊典：傳車驂駕，垂赤帷裳，迎於州界。及琮之部，升車言曰：『刺史當遠視廣聽，糾察美惡，何有反垂帷裳以自掩塞乎？』乃命御者褰之。

〔一九〕〔錢注〕《漢書·景帝紀》：吏六百石以上皆長吏也。《荀子》：一足以爲人願。〔補注〕長吏，此指地方長官。人願，猶民願。

〔二〇〕〔補注〕即《爲滎陽公奏請不叙録將士狀》所謂『伏見比者諸道有物力未足者，聖恩洪貸，許且權未叙録』之『往例』。

爲滎陽公賀老人星見表〔一〕

臣某言〔二〕，臣得本道進奏院狀報，司天監李景亮奏八月六日寅時老人星見于南極，其色黄明潤大者〔三〕。聖惟合德〔四〕，神實效祥，必垂有爛之文〔五〕，以表無疆之祚〔六〕。臣某中賀。臣聞玄象示人〔七〕，昊穹凝命〔八〕。曜爲經而宿爲紀〔九〕，則有常名〔一〇〕；斗挹酒而牛服箱〔一一〕，或標虚號〔一二〕。未若候時而出，有道則彰。居五福之先〔一三〕，在三辰之列〔一四〕。伏惟皇帝陛下，昭明《老》契，游泳《莊》環〔一五〕，式是中秋〔一六〕，呈兹上瑞。況見於午位〔一七〕，又屬寅時，仰考玄符〔一八〕，乃有深意。自南耀彩，將弘解愠之風〔一九〕；近曉流光，欲助無私之日〔二〇〕。皇心載裕〔二一〕，靈鑒孔昭〔二二〕。凡居率土之濱〔二三〕，皆慶後天之壽〔二四〕。臣誤蒙重寄，實遠清光〔二五〕。送玄燕於梁間〔二六〕，傷時自切；望白榆於天上〔二七〕，厥路無由。賀聖戀恩，無任蹈舞屏營之至。

校注

〔一〕本篇原載《文苑英華》卷五六一第四頁、清編《全唐文》卷七七二第一頁、《樊南文集詳注》卷一。《英華》原注：宣宗。〔徐箋〕《舊書·百官志》：凡景星慶雲爲大瑞，其名物六十有四。大瑞則百官詣闕奉賀，餘瑞歲終員外郎以聞，有司告廟。張《箋》大中元年編年文將本篇置於《爲滎陽公祭桂州城隍神祝文》之後。〔按〕司天監奏八月六日老人星見，消息傳至桂林，當在八月底九月初，表上於其時。老人星見注〔三〕。

〔二〕言，《英華》作『官』，誤。

〔三〕〔徐注〕《史記·天官書》：狼比地有大星曰南極老人。老人見，治安；不見，兵起。常以秋分時候之南郊。《晉書·天文志》：老人星見則治平，主壽昌。《唐會要》：開元間敕有司置壽星壇，以千秋節日修祠，祭老人星，著之常式。《玉海》：開元七年八月，老人星見，色黄。又：二十四年八月庚戌，老人星見。太史奏《孫氏瑞應圖》云：『王者承天，則老人星見，臨其國。』《黄帝占》云：『老人星一名壽星，色黄明大，則主壽昌，天下多賢士。』陛下以千秋節日祀於星壇，而祭期將臨，美應先至，請付史官。

〔四〕〔補注〕合德，猶同德。《論衡·譴告》：『天人同道，大人與天合德。』

〔五〕〔徐注〕《詩》：明星有爛。

〔六〕〔徐注〕《書》：無疆惟休。

〔七〕〔補注〕玄象，天象。謂日月星辰在天所成之象。《後漢書·郅惲傳》：『惲乃仰占玄象。』

〔八〕〔徐注〕《易》：君子以正位凝命。〔補注〕《易·鼎》王弼注：『凝者，嚴整之貌也……凝命者，以成教命之嚴也。』

〔九〕紀，《全文》作『緯』，據《英華》改。〔徐曰〕《英華》作『紀』，此傳寫之誤。當作『宿爲經而曜爲緯』。《穀梁傳》：列星爲恒星，亦曰經星。《禮記》：宿離不貸，無失經紀。注：二十八宿爲經，七曜爲紀。案：紀爲緯。《西京賦》：五緯相汁，以旅於東井。薛綜注云：五緯，五星也。〔馮曰〕按徐説似是而非。其所引《禮記》注，見《太平御覽》，而漢鄭氏注『經紀』，謂天文進退度數。《穀梁傳》：七曜爲之盈縮。注曰：日月五星。《左傳》：天以七紀。注曰：二十八宿而七。《漢書·志》：凡天文，經星常宿中外官云云。張衡《靈憲》：文曜麗乎天，其動者有七，日月五星是也。《晉書》於天文經星二十八舍、十二次度數、七曜，分而志之。蓋列曜皆經星，而七曜尤其大者，東方角、亢，北方斗、牛等二十八星，以星體謂之星，以日月會於其星即名宿，亦名辰，亦名次，亦名房，又名舍。度數進退遲速於此考驗，所謂無失經紀也。文初未有誤，本作『紀』，不作『緯』。徐氏乃作『緯』而疑之，辨之，斯誠誤會矣。

〔一〇〕有，《英華》作『曰』。〔補注〕《老子》：『名，可名，非常名。』常名，永恒之名。

〔一一〕〔徐注〕《詩》：維北有斗，不可以挹酒漿。又：睆彼牽牛，不以服箱。

〔一二〕號，《英華》作『稱』。

〔一三〕〔徐注〕《書》：五福，一曰壽，二曰富，三曰康寧，四曰攸好德，五曰考終命。

〔一四〕〔徐注〕《左傳》：三辰旂旗。注：三辰，日月星也。

〔一五〕環，《英華》作『寰』，注：集作『環』。〔徐注〕《晉書·阮籍等傳論》：『馳騁莊門，排登李室。』二語本此。〔馮注〕按《老子》有『任契篇』，曰：『聖人執左契。』《莊子》有『道樞……得其環中，以應無窮』之語，故曰『《老》契』『《莊》環』。〔按〕馮注是。

〔一六〕式，《英華》作『戒』，誤。注：集作『式』。〔馮校〕（式）一作『屆』。

〔一七〕午位，見《爲京兆公陝州賀南郊赦表》『定午位』注。〔補注〕老人星見於南極，故云『見於午位』。

〔一八〕〔徐注〕《北史·崔宏傳》：斯乃利見之玄符。〔補注〕玄符，謂上天顯示之瑞徵。《文選·揚雄〈劇秦美新〉》：『玄符靈契，黄瑞湧出。』李善注：『玄符，天符也。』

〔一九〕風，《全文》作『心』，據《英華》改。〔徐注〕《家語》：舜彈五絃之琴，造《南風》之詩曰：『南風之薰兮，可以解吾民之愠兮；南風之時兮，可以阜吾民之財兮。』

〔二〇〕〔徐注〕《禮記》：天無私覆，地無私載，日月無私照。

〔二一〕〔徐注〕謝靈運詩：皇心美陽澤。

〔二二〕〔徐注〕《晋書·袁宏傳贊》曰：靈鑒洞照。

〔二三〕凡，《全文》作『況』，據《英華》改。〔補注〕《詩·小雅·北山》：『溥天之下，莫非王土；率土之濱，莫非王臣。』

〔二四〕〔徐注〕《莊子》：後天地終而不爲老。《藝文類聚》：韓終《采藥詩》曰：闇河之桂，實大如棗，得而食之，後天而老。

〔二五〕〔徐注〕《漢書·鼂錯傳》：然莫能望陛下清光。

〔二六〕〔徐注〕《禮記》：仲秋之月，玄鳥歸。注：玄鳥，鷰也，謂去蟄也。

〔二七〕望，《英華》注：集作『數』。〔徐注〕古樂府：天上何所有，歷歷種白榆。《初學記》引此句，以白榆爲星。

〔蔣士銓曰〕聲調匀適，清婉而和。佳處在此，短處亦在此。（《評選四六法海》卷二）

爲滎陽公上僕射崔相公狀二〔一〕

得進奏院狀報〔二〕，伏承尋違上京〔三〕。賢相還朝，元侯入覲〔四〕。皇闈曉闢〔五〕，朱旗將金印同歸〔六〕；碧落宵清〔七〕，台座與將星俱耀〔八〕。事光聞聽，道合休明〔九〕。況相公瑞玉揚輝，貞金抱質。冠明舜日，袖舉堯風〔一〇〕。挺山立之奇姿〔一一〕，鬱鼎角之殊相〔一二〕。固已表儀朝列，傾注宸襟。鳳澡刷其前池〔一三〕，鸞翱翔于故闕〔一四〕。淺深魏、丙，陟降蕭、曹〔一五〕。凡在含靈〔一六〕，莫不增抃。況某忝當寵寄，曾奉恩光。伏想嚴道來儀〔一七〕，方明展事〔一八〕。漢營前箸，張子房不讓成功〔一九〕；齊井新柴，管敬仲豈辭殊禮〔二〇〕。限縶廉察，闕備班行。且未卜於登門〔二一〕，徒有賀於華國〔二二〕。抃躍攀戀，伏深下情。

校注

〔一〕本篇原載清編《全唐文》卷七七三第二四頁、《樊南文集補編》卷三。題内『僕射』二字，《全文》作『弘文』，依錢校改。〔錢箋〕（崔相公）崔鄲也。『弘文』當作『僕射』。按此編（指《樊南文集補編》）上崔相公凡三人：弘文，元式也；河中，鉉也；僕射，鄲也。因姓氏爵位相同，故各冠二字别之。《舊唐書·元式傳》略甚，《新唐書·傳》，載其觀察湖南，與前第一狀合。而此狀語意多不相類。惟《新唐書·崔鄲傳》言文宗末，擢同中書門下平章事，罷爲劍南西川節度使。宣宗初，檢校尚書僕射。《舊唐書·紀》會昌六年文同。又《新唐書·宰相表》，大中元年八月，李回爲劍南西川節度使。是李回鎮蜀之前，崔鄲當有還朝之事。《僕射崔相公第一狀》，定爲崔鄲。職是之由，合之此狀『嚴道來儀』語，尤得確證。其爲同時之作無疑，必標題誤也。再按《僕射崔相公第二狀》云：『過潭州日，得與輿人詠我台座。』正與元式觀察湖南事合，是彼處『僕射』亦當爲『弘文』之誤。傳寫互易，古書恒有，不經分析，索解苦難。今故仍其原題，而詳列其説如右。〔按〕錢説是。文云『賢相還朝，元侯入覲』，又云『限縈廉察』，當爲鄭亞已在桂管任賀崔鄲由西川還朝而作。《爲滎陽公上僕射崔相公狀一》爲在桂見崔鄲内召之除書時所上，約作於大中元年八月末（見該篇注〔一〕）。此篇則計其還朝路程及時日『尋達上京』時所上。成都至長安二千一十里，故本篇作時當已九月。

〔二〕進奏院，見《爲濮陽公奉慰皇太子薨表》注〔二〕。

〔三〕〔錢注〕班固《幽通賦》：有羽儀於上京。〔補注〕上京，指西京長安。

〔四〕〔補注〕《左傳·襄公四年》：『三《夏》，天子所以享元侯也，使臣弗敢與聞。』元侯，諸侯之長。《詩·大雅·韓奕》：『韓侯入覲，以其介圭，入覲于王。』鄭玄注：『諸侯秋見天子曰覲。』崔鄲内召正值秋季。

〔五〕〔錢注〕傅咸《贈何劭王濟詩》：明明闢皇闈。

〔六〕〔錢注〕班固《封燕然山銘》：玄甲耀日，朱旗絳天。《漢書·百官公卿表》：丞相相國金印紫綬。〔補注〕將，與也。

〔七〕〔補注〕碧落，指青天。

〔八〕〔錢注〕《宋書·顔延之傳》：此三台之坐，豈可使刑餘居之？《史記·天官書》：中宫斗魁戴匡六星，曰文昌宫：一曰上將，二曰次將，三曰貴相，四曰司命，五曰司中，六曰司禄。又：南宫五帝坐後傍一大星，將位也。〔補注〕台座，指鄲曾爲相，將星，指鄲爲節度使。

〔九〕〔補注〕《左傳·宣公三年》：『楚子問鼎之大小輕重焉。對曰：「在德不在鼎……德之休明，雖小，重也；其姦回昏亂，雖大，輕也。」』

〔一〇〕〔錢注〕似『堯日』『舜風』之互文。〔補注〕堯日，見《史記·五帝本紀》：『帝堯者，放勛。其仁如天，其知如神，就之如日，望之如雲。』舜風，見《爲滎陽公進賀壽昌節銀零陵香麖靴竹靴狀》注〔一四〕。然舜日堯風亦可泛稱太平盛世。

〔一一〕〔補注〕《禮記·玉藻》：『立容，辨卑毋諂，頭頸必中，山立時行。』孔穎達疏：『山立者，若住立則嶷如山之固，不揺動也。』

〔一二〕〔錢注〕《後漢書·李固傳》：固貌狀有奇表，鼎角匿犀。注：鼎角者，頂有骨如鼎足也。匿犀，伏犀也。

〔一三〕〔錢注〕鳳池，屢見。《齊書·卞彬傳》：澡刷不謹。〔補注〕鳳澡前池，喻崔鄲以丞相身分還朝，下句義同。

〔一四〕〔錢注〕宋孝武帝《擬漢武帝李夫人賦》：想金聲於鸞闕。

〔一五〕〔錢注〕《漢書·魏相丙吉傳贊》：近觀漢相，高祖開基，蕭、曹爲冠；孝宣中興，丙、魏有聲。〔補注〕蕭、曹，蕭何、曹參；丙、魏，丙吉、魏相。《漢書》卷三九有《蕭何曹參列傳》，卷七四有《魏相丙吉列傳》。

〔一六〕〔錢注〕《春秋元命苞》：含靈盛壯。

〔一七〕〔錢注〕《漢書·地理志》：蜀郡領嚴道縣。

〔一八〕方明展事，見《爲濮陽公上淮南李相公狀二》『佇見方明展事』注。

〔一九〕見《爲濮陽公附送官告中使回狀》『漢祖何妨於銷印』注。

〔二〇〕〔錢注〕《管子》：桓公將與管仲飲，十日齋戒，掘新井而柴焉。注：新井而柴蓋覆之，取其清潔示敬也。《漢書·匈奴傳》：漢寵以殊禮。

〔二一〕〔補注〕《後漢書·李膺傳》：『膺獨持風裁，以聲名自高，士有被其容接者，名爲登龍門。』

〔二二〕〔補注〕《周禮·春官·典路》：『凡會同軍旅，弔於四方，以路從。』鄭玄注：『王出於事無常，王乘一路，典路以其餘路從行，亦以華國。』華國，光耀國家。

爲滎陽公祭呂商州文〔一〕

惟靈族光釣渭〔二〕，慶顯歌齊〔三〕，竹分東箭〔四〕，玉奪南珪〔五〕。委蛇霄路〔六〕，睥睨雲梯〔七〕。淺牙洞鼠〔八〕，短刃分犀〔九〕。古聖堂奥〔一〇〕，前賢町畦〔一一〕。湔腸效藥〔一二〕，刮膜留篦〔一三〕。彈琴而放臣見釋〔一四〕，買賦而妬后還閨〔一五〕。

既步京國〔一六〕，亦薦鄉里〔一七〕。與田蘇游〔一八〕，有太叔美〔一九〕。鄴都才運〔二〇〕，洛陽年齒〔二一〕。何晏神仙〔二二〕，張良女子〔二三〕。禮闈之擅譽也如彼〔二四〕，册府之傳名兮若此〔二五〕。囊成内殿之帷〔二六〕，書貴皇都之紙〔二七〕。中臺南省〔二八〕，諫署戎藩，才難價重〔二九〕，政舉人存。

蓮池易曉〔三〇〕，蘭圃多暄〔三一〕。涵波獨躍，弄影孤翻。王粲樓中，常經暇日〔三二〕；揚雄宅裏，幾弔遺魂〔三三〕。參差覯閔〔三四〕，萋菲成寃〔三五〕。漢庭毁誼〔三六〕，楚國讒原〔三七〕。建禮門内，明光殿外〔三八〕，直金既肆於猜疑〔三九〕，魏被竟從於沙汰〔四〇〕。蒙犯霜露〔四一〕，支離埃壒〔四二〕。厲山遥鬱於朝嵐〔四三〕，溠水傍奔其素瀨〔四四〕。猶懷毒草，過農井以低窺〔四五〕；尚憶神珠，向隨臺而獨酹〔四六〕。渚宫貳尹〔四七〕，相府中郎〔四八〕。將申蠖屈〔四九〕，欲復鴽行〔五〇〕。朱轓意氣，皂蓋輝光〔五一〕。訓説則馬季長之居南郡〔五二〕，風流則殷仲文之守東陽〔五三〕。

劉寵一錢〔五四〕，鄧攸五鼓〔五五〕。遂解郡符，來登書府〔五六〕。儒林文囿〔五七〕，瑶山瓊圃。鉛槧朝閲〔五八〕，芸籤夜數〔五九〕。瓜當鄭灼之心〔六〇〕，錐在蘇秦之股〔六一〕。是從佐理，於彼東周〔六二〕。雷喧洛派，雹掣嵩丘〔六三〕。玉泉嘉月〔六四〕，金谷清秋〔六五〕。陳思王之羅韈〔六六〕，郭有道之仙舟〔六七〕。不無賦詠，聊以優游〔六八〕。

漢入嶢關〔六九〕，晋分陰地〔七〇〕。藉賢太守之政，有古諸侯之貴〔七一〕。載揚筆陣〔七二〕，復清劍氣〔七三〕。長卿消渴〔七四〕，士安風痺〔七五〕。逝川幾歎於不迴〔七六〕，朝露俄聞於溘至〔七七〕。

嗚呼！昔也風塵投分，平生少年。雕龍競巧〔七八〕，倚馬争妍〔七九〕。開襟隨岸〔八〇〕，促膝伊川〔八一〕。月中乃共誇科桂〔八二〕，池裏亦相矜幕蓮〔八三〕。劉樗屢擲〔八四〕，畢甕多眠〔八五〕。中以世務紛綸〔八六〕，物情推斥〔八七〕，撫事傷年，減歡加戚〔八八〕。路泣楊朱〔八九〕，絲悲墨翟〔九〇〕。縱風至而音來，竟月同而地隔〔九一〕。

逮予廉部〔九二〕，及子頒條〔九三〕。華樽旨酒，綺席嘉肴〔九四〕。各懸章綬，俱失簞瓢〔九五〕。雖論金而契在〔九六〕，終照玉而顔凋〔九七〕。子牟之思魏闕〔九八〕，望之之憶漢朝〔九九〕。誠知舌在〔一〇〇〕，不覺魂消〔一〇一〕。書斷三湘〔一〇二〕，哀聞五嶺〔一〇三〕。天涯地末〔一〇四〕，高秋落景。重疊憂端〔一〇五〕，縱横淚綆〔一〇六〕。漏虬夜促〔一〇七〕，隙駒朝騁〔一〇八〕。恐藻績之無睢〔一〇九〕，惜《陽春》之亂郢〔一一〇〕。言念令季〔一一一〕，託余屬城〔一一二〕。鴒原雁序〔一一三〕，昔日懽情；鑾圻瘴嶠，今朝哭聲。愍支體遽亡於手足〔一一四〕，況弟兄不如其友生〔一一五〕！

嗚呼！厚夜依臺〔一一六〕，窮泉訪路〔一一七〕。已已金骨〔一一八〕，嗟嗟玉樹〔一一九〕。莫和哀挽〔一二〇〕，空陳薄具〔一二一〕。銜萬里之遐誠，託千辭之寄喻。異時松楸枯朽〔一二二〕，羊虎傾頽〔一二三〕。草宿苔厚〔一二四〕，門平闕摧〔一二五〕。尚期越禮〔一二六〕，用寫餘哀〔一二七〕。靈今不昧，儻或來哉！

校注

〔一〕本篇原載《文苑英華》卷九九〇第三頁、清編《全唐文》卷七八二第九頁、《樊南文集詳注》卷六。題首「爲滎陽公」四字，《英華》《全文》并無，據徐、馮箋校補。〔徐箋〕《新書·地理志》：關内道，商州上洛郡，領縣六：上洛、豐陽、洛南、商洛、上津、乾元。詳文意，似代鄭亞作，故有「三湘」「五嶺」之語。〔馮箋〕《舊書·志》：山南西道，商州上洛郡。按：《新書·藝文志》：呂述《黠戛斯朝貢圖傳》一卷。注曰：「字修業，會昌秘書少監，商州刺史。」必即此人也。玩「隋岸」「伊川」數聯，是呂與鄭少年同在汴州、洛陽，以文章相切劘，似未第而已在人幕也。鄭亞元和十五年擢進士第，呂與之同年。後又同在幕中，鄭爲文饒賞識。而文中所叙，詞意深摯，則呂必亦爲文饒所賞。中間「參差」「萋菲」「紛綸」「推斥」，謂黨局之翻覆。亞爲文饒浙西從事，而文中不之及，其所叙者似荆南、西蜀。未知其中果有爲文饒出鎮時否，無可追尋核實矣。《會箋》編大中元年，置《太尉衛公會昌一品集序》之後。〔按〕據「昔也風塵投分」一段及「逮予廉部，及子頒條」，「言念令季，託余屬城」等句，此文顯係代鄭亞作，兹從徐、馮説於題首補「爲滎陽公」四字。呂述長慶元年又登賢良方正、直言極諫科，除祕書省校書郎，改右拾遺。開成三年七月，自鹽鐵推官、祠部郎中拜睦州刺史，《唐文拾遺》卷二九存其在睦州所作文二篇。另據本文，述曾先後在荆南、西川幕，以郎官出貶隨州，遷江陵少尹。入爲祕書少監。會昌四年，任河南少尹。其與鄭亞同幕，當在荆南、西川幕。本文據「高秋落景」語，當作於大中元年秋。

〔二〕見後《賀相國汝南公啓》「周事呂尚，則命爲太公」注。

〔三〕〔徐注〕《左傳》：吴公子札請觀於周樂。爲之歌《齊》，曰：「美哉！泱泱乎，大風也哉！表東海者，其太公乎？」

〔四〕見《爲滎陽公桂州舉人自代狀》『東箭含筠』注。

〔五〕〔馮注〕按《開山圖》：禹開宛委山，得赤珪如日，碧珪如月，長尺二寸。『南珪』似用此。猶言『東箭』『南金』也。非僅《周禮》（當爲《儀禮·覲禮》）六玉，南方曰璋之義。

〔六〕〔徐注〕《詩》：退食自公，委蛇委蛇。〔補注〕委蛇，雍容自得貌。

〔七〕〔徐注〕《漢書·田蚡傳》：辟睨兩宫間。師古曰：辟睨，傍視也。『辟』本作『睥』，與『睥』同。謝靈運詩：共登青雲梯。〔馮注〕《玉篇》：睨，魚計切。《説文》云：衺視也。睥，普計切。左睥右睨。

〔八〕〔徐注〕牙，弩牙也。〔馮注〕《魏志·杜襲傳》：『臣聞千鈞之弩，不爲鼷鼠發機。』《釋名》：弩柄，曰臂，鉤弦者曰牙。

〔九〕〔馮注〕王褒《聖主得賢臣頌》：干將，水斷蛟龍，陸剸犀革。

〔一〇〕〔徐注〕《後漢書·班固傳》：窮先聖之壼奥。

〔一一〕〔徐注〕《莊子》：彼且爲無町畦，亦與之爲無町畦。〔補注〕町畦，此指界域。

〔一二〕〔馮注〕《史記·扁鵲傳》：虢中庶子曰：上古時，醫有俞跗，湔浣腸胃，漱滌五藏。

〔一三〕〔徐注〕《涅槃經》：有盲人請良醫，醫即以金篦刮其眼膜。

〔一四〕〔徐注〕《左傳》：晉侯觀于軍府，見鐘儀，問曰：『南冠而縶者誰也？』有司對曰：『鄭人所獻楚囚也。』使税之。問其族，對曰：『伶人也。』使與之琴，操南音。公使歸求成。

〔一五〕〔徐注〕《長門賦序》：武帝陳皇后得幸，頗妬，别居長門宫，愁悶悲思。聞司馬相如工爲文，奉黄金百斤，爲相如、文君取酒。相如爲文以悟主上，皇后復得幸。〔馮曰〕前輩謂此文爲後人擬作。

〔一六〕〔徐注〕曹植《王仲宣誄》：我公實嘉，表揚京國。

〔一七〕〔徐注〕《晉書·沈充傳》：頗以雄豪聞於鄉里。〔補注〕二句謂爲州縣薦舉赴京參加進士試。

〔一八〕〔徐注〕《左傳》：晉韓獻子告老，公族穆子有廢疾，將立之。辭曰：『無忌不才，請立起也。與田蘇游，而曰好仁，立之可乎？』

〔一九〕〔徐注〕《左傳》：北宫文子言於衛侯曰：『子太叔美秀而文。』

〔二〇〕見後《爲柳珪上京兆公謝辟啓》『望鄴中之七子』注。

〔二二〕見《爲絳郡公祭宣武王尚書文》『賈生草疏』注。

〔二三〕〔徐注〕《世説》：何晏七歲，明惠若神，魏武帝奇愛之。〔馮注〕《魏志》：何晏少以才秀知名。《初學記》：《何晏别傳》曰：晏年七八歲，慧心天悟，形貌絶美，出遊行，觀者盈路，咸謂神仙之類。

〔二三〕〔馮注〕《史記·留侯贊》：余以爲其人計魁梧奇偉，至見其圖，狀貌如婦人好女。

〔二四〕〔補注〕禮闈，禮部舉行之科舉考試。禮闈擅譽，謂其登進士第而擅譽於應舉士子間。事在元和十五年。

〔二五〕〔馮注〕按《册府元龜》：長慶元年，賢良制科吕述及第。文中『册府傳名』，指此。

〔二六〕〔徐注〕《漢書·東方朔傳》：孝文皇帝集上書皂囊爲殿帷。

〔二七〕〔馮注〕《晋書·文苑傳》：左思《三都賦》成，豪貴之家競相傳寫，洛陽爲之紙貴。〔徐注〕曹植詩：肅承明詔，應會皇都。

〔二八〕〔補注〕中臺，指尚書省。秦、漢時尚書稱中臺。南省，亦指尚書省。唐中書、門下、尚書三省均在大内之南，而尚書省更在門下、中書二省之南，故稱。屢見不具引。

〔二九〕〔補注〕《論語·泰伯》：『才難，不其然乎？』

〔三〇〕用蓮幕事，屢見。

〔三一〕〔馮注〕嵇康《琴賦》：三春之初，乃携友生。涉蘭圃，登重基。以蘭比朋友，謂同在幕僚。〔補注〕《易·繫辭上》：『二人同心，其利斷金；同心之言，其臭如蘭。』故有『蘭交』之稱。馮謂以蘭比朋友，以此。此句疑用屈原《離騷》：『余既滋蘭之九畹兮，又樹蕙之百畝。』以蘭圃喻幕府。

〔三二〕常，《英華》作『嘗』，字通。事見《爲裴懿無私祭薛郎中衮文》『王粲之憂不堪』注。

〔三三〕〔徐注〕左思《詠史詩》：宛宛揚子宅，門無卿相輿。《漢書·揚雄傳》：又怪屈原文過相如，至不容，作《離騷》，自投江而死。乃作書，往往摭《離騷》文而反之，自岷山投諸江流以弔屈原，名曰《反離騷》。〔馮注〕《成都記》：縣有嚴君平、司馬相如、揚雄宅，草玄亭遺跡尚存。按：『遺魂』即指揚雄。徐氏引雄作《反離騷》以弔屈原爲證，與文意左矣。以上歷言其成進士，官秘省，洊爲御史、郎官，出居使府也。似在荆南、西蜀。〔按〕馮注是。『王粲』四句，蓋言其在荆南、西蜀幕期間，閒遊訪古之事。段文昌大和四至六年爲荆南節度使，六至九年爲西川節度使，吕述可能在荆南、西川幕，鄭亞亦當此時與之同幕。

〔三四〕覯閔，《英華》作『遘憫』，誤。〔徐注〕《詩》：覯閔既多，受侮不少。〔補注〕覯閔，遭憂。

〔三五〕〔徐注〕《詩》：萋兮斐兮，成是貝錦。〔補注〕萋斐，花紋錯雜貌。喻讒言。

〔三六〕〔馮注〕《漢書·賈誼傳》：乃毁誼曰。餘已見《爲絳郡公祭宣武王尚書文》『賈生草疏』注。又按王氏《困學紀聞》曰：宋景文云：『賈生思周鬼神，不能救鄧通之譖。』考之漢史，無之，蓋誤，乃近人閻百詩引《風俗通義》：『誼與鄧通俱侍中同位，惡通爲人，數廷譏之，由是遷長沙王太傅，渡湘水，弔屈原，亦自傷爲鄧通所愬也。』今愚檢《史》《漢》，孝文帝在位先後共二十三年，賈誼死於文帝十二年，年三十三。其先被召爲博士，年二十餘也。誼至長沙三年，乃爲《鵩賦》，首云『單閼之歲』，係文帝六年。則其由京出傅長沙，乃文帝三、四年也。鄧通雖未詳其年，然文帝初數年，斷無遽幸鄧通之理。閻所引者誣僞，不可信也。因附辨之。

〔三七〕〔馮注〕《史記·屈原列傳》：上官大夫心害其能，讒之。王怒而疏屈平。又曰：令尹子蘭聞之大怒，卒使上官大夫短屈原於頃襄王。遷之江濱。

〔三八〕〔徐注〕《三秦記》：桂宫中有明光殿，皆金玉珠璣爲簾箔，金戺玉階，晝夜光明。〔補注〕建禮門，漢宫門名，爲尚書郎值勤之處。《文選·沈約〈和謝宣城〉詩》：『晨趨朝建禮，晚沐卧郊園。』李善注引《漢官典職》：『尚書郎晝夜更直於建禮門内。』明光殿係漢桂宫殿名。

〔三九〕見《爲裴懿無私祭薛郎中衮文》『亦償金而類直』注。

〔四〇〕見《爲安平公謝除衮海觀察使表》『常襆被而待行』注。〔按〕二句分用直不疑、魏舒典，二人均爲尚書郎官，切吕述以郎官而出貶。

〔四一〕〔徐注〕《左傳》：子太叔曰：『跋涉山川，蒙犯霜露。』

〔四二〕〔徐注〕《莊子》：支離其形者，猶足以養其身，終其天年，又況支離其德者乎？《魏都賦》：越埃壒而資始。翰曰：埃壒，塵昏之氣。〔馮注〕班固《西都賦》：軼埃溘之混濁。〔補注〕支離，流離，流浪。

〔四三〕〔徐注〕《帝王世紀》：神農本起烈山，故曰烈山氏，一曰厲山氏。《春秋》：僖公十有五年，齊師、曹師伐厲。注：厲，楚與國。義陽隨縣北有厲鄉。《太平御覽》：《荆州圖記》曰：永陽縣西北二百三十里厲鄉山東有石穴，昔神農生於厲鄉，《禮》所謂烈山氏也。春秋時爲厲國。穴高三十丈，長二百丈，謂之神農穴。《韻府》：嵐，山氣也。〔馮注〕《三皇本紀》：神農本起烈山，故《左傳》稱烈山氏。亦曰厲山氏。《禮》曰：厲山氏之有天下。註曰：厲山，今隨之厲鄉也。《廣韻》：嵐，山氣也。

〔四四〕〔徐注〕《左傳》：除道梁溠，營軍臨隨。注：溠水在義陽厥縣西，東南入溳水。任昉行狀：素瀨交輝。《説文》：瀨，水流沙上也。〔馮注〕嵇康《酒會詩》：朝翔素瀨，夕棲靈洲。

〔四五〕〔徐注〕《淮南子》：神農嘗百草之滋味，一日而七十毒。《荆州記》：隨郡重山有一穴，傳云神農所生，地有九井。神農既育，九井自穿。

〔四六〕獨，《英華》作『猶』。注：集作『獨』。〔馮注〕《淮南子》：隋侯之珠。高誘曰：隋侯見大蛇傷斷，以藥傅而塗之。後蛇於江中銜大珠以報之，蓋明月珠也。《後漢書·志》：南陽郡隨縣西，有斷蛇丘。《搜神記》：蛇銜珠徑盈寸，純白而夜光，可以燭堂。《寰宇記》：隨縣有隨侯堂。按：『堂』與『臺』同。〔徐曰〕『厲山』至此，謂吕自省郎謫官隨州。〔馮曰〕即切其地，兼寓排擯愛護之意，蓋指黨局。

〔四七〕〔徐注〕《左傳》：王在渚宫。《明一統志》：在江陵故城東南，梁元帝即位渚宫即此。按：『渚宫貳尹』，謂自隨遷江陵府少尹也。〔馮注〕《通典》：（渚宫）在今荆州江陵縣。《新書·志》：江陵府，尹一人，少尹二人，掌貳府州之事。

〔四八〕〔馮注〕《南史·朱修之傳》：宋元嘉中，累遷司徒從事中郎。文帝謂曰：『卿曾祖昔爲王導丞相中郎，卿今又爲王弘中郎，可謂不忝爾祖矣。』按：『少尹』詳《爲賀拔員外上李相公啓》『亞尹諸府』注矣。此以故相鎮江陵，而呂爲之貳，兼幕職，故曰『相府中郎』也。《舊書·李程傳》：元和中爲西川節度行軍司馬。《新書·傳》：『李夷簡鎮西川，辟成都少尹。』則少尹以行軍司馬爲之，可以類證。〔按〕故相出鎮江陵者，大和四年至六年有段文昌，開成三年至會昌三年有李石。前已推測大和四至六年、六至九年呂述與鄭亞同在荆南、西川幕，則此處由郎官出貶隨州，復遷江陵少尹之時，當在文昌鎮荆南期間。會昌初呂述已任祕書少監，撰《黠戛斯朝貢圖傳》，李德裕爲之序（事在會昌三年）。會昌四年，述任河南少尹。據述《移城隍廟記》，述之任睦州刺史，在開成三至五年。其由睦州刺史入爲祕書少監，在會昌初年。然則述任江陵少尹必在開成三年以前。在開成三年以前鎮荆南之故相而又辟鄭亞、呂述二人同爲幕僚者，唯段文昌有較大可能。故呂述之任江陵府少尹當在大和四至六年間。開成三年七月任睦州刺史前，呂述任鹽鐵推官、祠部郎中，見《嚴州圖經》。

〔四九〕〔徐注〕《易》：尺蠖之屈，以求信（伸）也。

〔五〇〕〔徐注〕杜甫詩：五更三點入鵷行。〔補注〕鴛行，朝官之班行。

〔五一〕〔徐注〕《白頭吟》：男兒重意氣，何用錢刀爲？朱轓、皂蓋，並見《爲懷州李中丞謝上表》『皂蓋朱轓』注。〔補注〕二句蓋謂其又外任刺史。參注〔五六〕。

〔五二〕〔徐注〕《後漢書，馬融傳》：融字季長，桓帝時爲南郡太守。嘗欲訓《左氏春秋》，及見賈逵、鄭衆注，但著《三傳異同説》。〔馮注〕《後漢書·馬融傳》：注《孝經》《論語》《詩》《易》、三《禮》《尚書》。〔按〕此句切呂述爲江陵少尹，似謂其在江陵任上曾有訓説經典之著述。

〔五三〕〔徐注〕庾信《枯樹賦》：殷仲文風流儒雅，海内知名。代異時移，出爲東陽太守。〔馮注〕《晋書·殷仲文傳》：仲文素有名望，自謂必當朝政。怏怏不得志，忽遷爲東陽太守。〔按〕此切吕述外任刺史，謂其風流儒雅如殷仲文。參注〔五六〕。

〔五四〕見《爲裴懿無私祭薛郎中文》『劉錢贈行』注。

〔五五〕〔徐注〕《晋書·鄧攸傳》：攸爲吴郡守，俸禄無所受，惟飲吴水而已。後稱疾去職，數千人留牽攸船，不得進。攸乃小停，夜中發去。吴人歌曰：『紞如打五鼓，鷄鳴天欲曙。鄧侯挽不留，謝令推不去。』

〔五六〕〔徐注〕孔安國《尚書序》：藏之書府，以待能者。〔馮注〕當入爲秘書省監或少監。〔按〕解郡符，疑指解睦州刺史任。據《嚴州圖經》：『吕述，開成三年七月二十三日自鹽鐵推官、祠部郎中拜。』又據吕述《移城隍廟記》，可證其開成五年六月一日猶在睦州刺史任。則其由睦州刺史内召應在此後。《李文饒文集》卷二《黠戛斯朝貢圖序》云：『今乃詔太子詹事韋宗卿、祕書少監吕述往菹賓館，以展私覿，稽合同異。』則述入朝當爲祕書少監。

〔五七〕〔徐注〕《漢書·成帝紀》：詔曰：儒林之官，四海淵源。《文選序》：歷覽文囿，泛覽辭林。

〔五八〕見《爲絳郡公祭宣武王尚書文》『出記懷鉛』注。

〔五九〕見《爲安平公謝除兗海觀察使表》『芸閣讎書』注。

〔六〇〕〔馮注〕《南史》：鄭灼字茂昭，勵志儒學。少時，嘗夢與皇侃遇，侃謂曰：『鄭郎開口。』侃因唾灼口中，自後義理益進。常蔬食，講授多苦心熱。若瓜時，輒偃卧以瓜鎮心，起便讀誦。

〔六一〕〔徐注〕《戰國策》：蘇秦讀書欲睡，引錐自刺其股，血流至足。

〔六二〕〔馮注〕當還東都少尹。〔補注〕《新唐書·牛僧孺傳》：『劉稹誅，而石雄軍吏得從諫與僧孺、李宗閔交結狀。又河南少尹吕述言：「僧孺聞稹誅，恨歎之。」武宗怒，黜爲太子少保，分司東都。』劉稹誅在會昌四年八月。可證其時吕述已爲河南少尹。

〔六三〕電掣，《英華》注：集作『雲納』，馮注本從之。〔徐注〕潘岳《懷舊賦》：前瞻太室，傍眺嵩丘。良曰：太室、嵩丘，皆中嶽名。

〔六四〕〔徐曰〕玉泉未詳。按：玉泉當在河南縣界。《懷慶府志》：濟源縣瀧水北有玉泉。唐盧仝嘗汲此泉烹茶，亦名玉川井，則在河北，恐非。又《明一統志》：宜陽縣東南有噴玉泉。地亦回遠。《新書·王綝傳》：武后幸玉泉祠。疑即其地。〔馮按〕王綝即王方慶。《舊·傳》云則天嘗幸萬安山玉泉寺，方慶以山徑危懸，諫止之。《新書·志》：河南府壽安縣西南四十里萬安山。則玉泉即在其地，蓋即噴玉泉也。徐氏未細考，而又疑非噴玉，疏矣。

〔六五〕〔徐注〕石崇《金谷詩序》：余有別廬在河南縣界金谷澗中，或高或下，有清泉、茂林、衆果、竹柏，藥草之屬，莫不畢備。《水經注》：穀水又東，左會金谷水。水出大白原，東南流歷金谷，又東南逕晋衛尉石崇之故居也。《明一統志》：金谷園在河南府城西十三里。

〔六六〕〔徐注〕《洛神賦》：凌波微步，羅韈生塵。

〔六七〕見《爲山南薛從事謝辟啓》『豈望便上仙舟』注。

〔六八〕〔補注〕《詩·大雅·卷阿》：『伴奂爾游矣，優游爾休矣。』又《左傳·襄公二十一年》：『《詩》曰：「優哉游哉，聊以卒歲。」』

〔六九〕〔馮注〕《漢書·高祖紀》：沛公攻武關入秦。秦子嬰遣將將兵拒嶢關。沛公引兵繞嶢關，踰蕢山，大破之，遂至藍田。《太康地理志》：嶢關在武關之西。〔徐注〕應劭曰：嶢音堯，嶢山之關。李奇曰：藍田南，武關之西。

〔七〇〕〔馮注〕《左傳》：晋趙盾自陰地侵鄭。又：蠻子赤奔晋陰地，楚司馬眅起豐、析與狄、戎，以臨上洛。使謂陰地之命大夫士蔑曰：『將通于少習以聽命。』注曰：陰地，河南、山北，自上洛以東至陸渾。又曰：少習，商縣武關也。將大開武關道以伐晋。《水經注》：丹水自商縣東南流，歷少習出武關。京相璠曰：楚通上洛，阸道也。按：嶢關、陰地皆商州境。嶢山之關在上洛北，藍田南也。三晋時，陰地屬韓。蘇秦説韓宣惠王曰：『西有宜陽，商阪之塞。』

〔七一〕守，《全文》誤作『府』，據《英華》改。〔徐曰〕謂呂自東都遷商州刺史。

〔七二〕〔徐注〕《太平御覽》：王右軍《題衛夫人筆陣圖後》：紙者，陣也；筆者，刀稍也；墨者，鍪甲也；硯者，城池也；本領者，將軍也；心意者，將副也。

〔七三〕〔徐注〕任昉《宣德皇后令》：劍氣凌雲，而屈跡於萬夫之下。〔補注〕《晉書·張華傳》載，張華望豐城有劍氣，乃以雷煥爲豐城令，煥掘得雙劍，一與華，一自佩。華、煥死後，煥子持劍經延平津，劍從腰間躍出墮水，化爲二龍而没。

〔七四〕〔馮注〕《史記》：相如善著書，常有消渴疾。

〔七五〕〔馮注〕《晉書·皇甫謐傳》：年二十，始就鄉人席坦受書。帶經而農，博綜百家，以著述爲務。後得風痹疾，猶手不輟卷。

〔七六〕〔徐注〕鮑照詩：東海迸逝川，西山道落暉。〔補注〕《論語·子罕》：『子在川上曰：逝者如斯夫，不舍晝夜！』此以『逝川』喻逝世。商隱《安平公詩》：『五月至止六月病，遽頽泰山驚逝波。』

〔七七〕〔徐注〕江淹《恨賦》：朝露溘至，握手何言。注：李陵謂蘇武曰：『人生如朝露，何久自苦如此！』

〔七八〕〔馮注〕《史記》：談天衍，雕龍奭。《後漢書·崔駰傳贊》曰：崔爲文宗，世擅雕龍。《北史》：魏劉勰撰《文心雕龍》。〔補注〕雕龍，喻善於修飾文辭。

〔七九〕見《代彭陽公遺表》『時惟倚馬』注。

〔八〇〕〔徐注〕王粲《登樓賦》：向北風而開襟。〔馮注〕按《地理志》：汴州有浚儀縣，本春秋衛地。汴河，隋所增濬，故云隋岸。謂汴州也。

〔八一〕〔徐注〕杜甫詩：夜如何其初促膝。《左傳》：辛有適伊川。注：周地伊水也。〔馮注〕《南史·王瞻傳》：嘗詣劉彦節，直登榻曰：『君侯是公孫，僕是公子，引滿促膝，惟余二人。』

〔八二〕〔徐注〕虞喜《安天論》：俗傳月中有仙人桂樹，今視其初生，見仙人之足，漸以成形，桂樹復生。《酉陽雜俎》：月中有桂樹，高五百丈，下有一人常斫之，樹創隨合。人姓吴名剛，西河人，學仙有過，謫令伐樹。《晋書》：郤詵對武帝曰：『臣舉賢良對策，爲天下第一，猶桂林之一枝，崑山之片玉。』

〔八三〕〔馮曰〕（幕蓮）屢見。（二句）謂同登第，同在幕。

〔八四〕〔馮注〕《晉書·劉毅傳》：後於東府聚樗蒲大擲，一判應至數百萬。又《何無忌傳》：劉毅家無儋石之儲，樗蒲一擲百萬。〔補注〕樗蒲，古之博戲。漢馬融有《樗蒲賦》。

〔八五〕〔徐注〕《晉書》：畢卓爲吏部郎，比舍郎酒熟，卓夜至其甕間盜飲之，醉卧其下，爲掌酒者所縛。

〔八六〕中，《英華》作『終』。務，《英華》作『路』。〔徐注〕《後漢書·井丹傳》：京師爲之語曰：五經紛綸井大春。〔補注〕紛綸，雜亂繁多。

〔八七〕〔補注〕推斥，推移，變易。劉楨《贈五官中郎將》其三：『四節相推斥，歲月忽欲殫。』

〔八八〕〔徐注〕《南史·齊武帝諸子傳》：嶷上表曰：撫事未往，載傷心目。〔馮曰〕鄭亞爲李相從事之後，人多嫉忌，久之不調。會昌初始入朝。呂商州當亦被黨局之累，可以互會。

〔八九〕〔徐注〕《淮南子》：楊朱見歧路而哭之，爲其可以南，可以北。

〔九〇〕〔徐注〕《淮南子》：墨子見練絲而泣之，爲其可以黄，可以黑也。

〔九一〕〔徐注〕謝莊《月賦》：美人邁兮音塵闕，隔千里兮共明月。

〔九二〕〔補注〕廉部，觀察使之别稱。此指任桂管觀察使。

〔九三〕〔馮曰〕吕君當亦於大中元年至商州。〔補注〕頒條，頒布律條，指任州刺史。

〔九四〕〔徐注〕《文選·陸倕〈石闕銘〉》：焚其綺席。善曰：《六韜》：紂時婦人，以文綺爲席，衣以綾紈者三千人。《詩》：雖無嘉殺，式食庶幾。

〔九五〕瓢，《英華》作『飄』，誤。〔補注〕《論語·雍也》：『一簞食，一瓢飲，在陋巷，人不堪其憂，回也不改其樂。賢哉回也！』

〔九六〕〔徐注〕《易》：二人同心，其利斷金。

〔九七〕〔徐注〕陸機詩：玉顔侔瓊蕤。〔馮注〕玉貌、玉顔，習用語。

〔九八〕見《爲懷州李中丞謝上表》『子牟江海之思』注。

〔九九〕見《爲汝南公華州賀南郊赦表》『蕭望之願立本朝』注。

〔一〇〇〕〔徐注〕《史記·張儀傳》：楚相亡璧，門下意張儀，掠笞數百，其妻曰：『子毋讀書游説，安得此辱乎？』張儀謂其妻曰：『視吾舌尚在否？』妻笑曰：『舌在也。』曰：『足矣。』

〔一〇一〕〔徐注〕江淹《别賦》：黯然銷魂者，惟别而已矣。

〔一〇二〕〔徐注〕《梁書》：天監中寶誌道人爲符書云：『起自汝、蔡，訖于三湘。』後侯景果起於懸瓠汝水之南，而敗於巴陵三湘之浦。《元和郡縣志》：侯景浦在巴陵縣東北十二里，本名三湘浦。《岳州府志》：三湘浦在臨湘縣南四十五里城陵磯下。以湘水合瀟水曰瀟湘，合蒸水曰蒸湘，合沅水曰沅湘，故曰三湘也。〔馮注〕《湘中記》：湖、嶺之間，湘水貫之，無出湘之右者，凡水皆會焉。與瀟水合，則曰瀟湘；與蒸水合，則曰蒸湘；與沅水合，則曰沅湘。

〔一〇三〕見《爲濮陽公陳情表》『豈意復踰五嶺』注。

〔一〇四〕〔徐注〕《古詩》：各在天一涯。〔按〕此『天涯地末』即指桂管邊遠之地。

〔一〇五〕〔徐注〕杜甫詩：憂端齊終南。〔馮曰〕似寓李相失勢之懼。

〔一〇六〕〔徐注〕王粲詩：涕下如綆縻。

〔一〇七〕〔徐注〕孫綽《漏刻銘》：靈虯吐注，陰蟲承瀉。

〔一〇八〕見《代僕射濮陽公遺表》『隙無留影之駒』注。

〔一〇九〕繢，《英華》作『繪』，非。無，《英華》作『亡』。〔馮注〕《文選·陳琳〈爲曹洪與魏文帝書〉》：遊睢、涣者，學藻繢之綵。善曰：《陳留記》：襄邑，涣水出其南，睢水經其北。傳云：睢、涣之間出文章，故其黼黻絺繡，日月華蟲，以奉于宗廟御服焉。

〔一一〇〕見《獻侍郎鉅鹿公啓》『聞郢中之《白雪》』注。

〔一一一〕〔補注〕令季，指吕述之弟吕佋，參《爲滎陽公桂州署防禦等官牒·吕佋》。

〔一一二〕〔徐注〕陸機《吴趨行》：屬城咸有士。

〔一一三〕〔補注〕《詩·小雅·常棣》：『脊令在原，兄弟急難。』。鴒原，喻兄弟友愛。《禮記·王制》：『父之齒隨行，兄之齒雁行，朋友不相踰。』雁序，喻兄弟。

〔一一四〕〔馮注〕《儀禮》：昆弟，四體也。《漢書·武五子傳》：昭帝賜燕王璽書：『王骨肉至親，敵吾一體。』《後漢書·袁譚傳》：王修曰：『兄弟者，左右手也。』

〔一一五〕其，《英華》注：集作『於』。〔徐注〕《詩》：雖有兄弟，不如友生。

〔一一六〕〔徐注〕《左傳》：從先君於窀穸。注：窀，厚也；穸，夜也。〔補注〕厚夜，喻人死永埋地下，處黑暗中，如同長夜。夜臺，指墳墓、陰間。

〔一一七〕〔徐注〕潘岳《哀永逝文》：襲窮泉兮朽壤。〔馮曰〕夜臺、泉路，哀輓習語。

〔一一八〕〔徐注〕《十洲記》：東海之西岸有扶桑，人食其椹，體骨皆作金色，高飛翔空。〔馮注〕按《文選·鮑明遠〈代君子有所思〉》：蟻壤漏山阿，絲淚毁金骨。『山阿』，李善作『山河』，注引傅休奕《口銘》曰：蟻孔潰河，溜穴傾山。而金骨之堅，喻親之篤者。又引鄒陽上書曰：『衆口鑠金，積毁銷骨。』今玩本詩，只言貴人身死之事，非指讒言，必當作『山阿』方合。金骨，道家常語，如李白《感興》詩『西山玉童子，使我鍊金骨』之類。至《十洲記》『仙人食扶桑之椹，一體皆作金光色』，意亦同，而無『骨』字，徐氏引之，而改『一體』爲『體骨』，謬也。

〔一一九〕玉樹，見《代李玄爲崔京兆祭蕭侍郎文》『顧埋玉之難追』注。

〔一二〇〕〔徐注〕《隋書·煬三子傳》：虞世基《哀册文》曰：聽哀挽之淒楚。

〔一二一〕薄，徐注本一作『奠』。

〔一二二二〕〔徐注〕謝朓《哀册文》：映輿鋄於松楸。鋄，馬亡反。注：馬冠也。〔補注〕墓地多植松楸，代指墳墓。

〔一二二三〕〔馮注〕《水經注》潁水條下曰：汝水别瀆又東逕蔡岡北，岡上有平陽侯相蔡昭冢。冢有石闕，闕前有二碑，碑字淪碎，不可復識，羊虎傾低，殆存而已。又睢水條下曰：睢陽縣漢太守喬公墓。冢東有廟，廟南立二柱，有二石羊，二石虎；廟東北有石駝，有二石馬。又瓠子水條下曰：成陽縣有仲山甫冢。冢西有石廟，羊虎傾低，破碎略盡。〔徐注〕姚旅露書：今人墓前有石羊石虎。按：石羊，天禄也，似鹿非鹿，名曰挑拔。石虎，辟邪也，似虎非虎，而能食虎。《輯柳編》謂石麟、辟邪乃帝王陵寢所用，故改用羊、虎。然漢宗資非帝王，墓前已用天鹿、辟邪矣。

〔一二二四〕〔徐注〕《禮記》：朋友之墓，有宿草而不哭焉。

〔一二二五〕闕，《英華》注：集作『闕』。非。〔徐注〕門謂墓門，闕謂碑闕。《詩》：墓門有梅。《水經注》：汝水東南流，逕弘農太守張伯雅墓。塋四周壘石爲垣表，二石闕，夾對石獸於闕下。又：蔡昭冢有石闕，闕前有二碑，碑字淪碎不可復識。宋樂府：三更書石闕，憶子夜啼碑。又：石闕生口中，銜碑不得語。〔馮注〕山謙之《丹陽記》：大興中，議者言『漢司徒許或墓闕，可徙施之』，王茂弘弗欲。按：『或』字疑。『墓闕』，漢碑中習見。

〔一二二六〕〔徐注〕顔延之《五君詠》：越禮自驚衆。

〔一二二七〕〔徐注〕《晋書·袁石虔傳》：況在餘哀，豈得辭事？按：此言他日過墓時，雖久而猶哀，違宿草不哭之義，故曰『越禮』也。

爲滎陽公祭長安楊郎中文〔一〕

年月日，謹以云云之奠，祭於宗尹郎中之靈。昔莊南華之言物故，則曰若巨室之偃歸人〔二〕；陶貞白之語玄機，則曰雖頑仙不如才鬼〔三〕。邈矣高論〔四〕，皭然深旨〔五〕。有感斯文〔六〕，屬在之子。黄河九曲〔七〕，泰華三峰〔八〕。潼亭之右〔九〕，陰晋之東〔一〇〕。泱莽佳氣〔一一〕，肹蠁孤風〔一二〕。生民之秀，惟子之宗〔一三〕。既懼四知，亦畏三惑〔一四〕。昔佐《赤符》〔一五〕，實毗皇極〔一六〕。坦蕩王道，昭宣帝則〔一七〕。丹青不朽，琬琰是刻〔一八〕。狀日昇東〔一九〕，侔辰在北〔二〇〕。

子之伯仲，不忝前人。粉飾賢路〔二一〕，抑揚薦紳〔二二〕。雲間日下，國華席珍。排龍掩陸，突鶴摧荀〔二三〕。卓爾風標〔二四〕，朗然流品〔二五〕。妍若春輝，烈如冬凛。燕石知媿〔二六〕，齊竽自審〔二七〕。咸指路以光銷〔二八〕，盡登門而聲寢〔二九〕。難售者價重，難知者聲清。披沙揀金〔三〇〕，由是不媿；鳥散花落〔三一〕，於今有情〔三二〕。劉儒十行〔三三〕，孫弘三道〔三四〕。直路猶弦〔三五〕，蠹政如埽〔三六〕。筆海驚波，詞園鞠草〔三七〕。文場不寫於中心，册苑空留於秘寶〔三八〕。晋千里國，漢第一功〔三九〕。建幢油碧〔四〇〕，啓幕蓮紅〔四一〕。賓高主擇〔四二〕，韻合人同〔四三〕。固不能加減陳掾〔四四〕，亦可以喜怒桓公〔四五〕。衣繡含香〔四六〕，省蘭臺柏〔四七〕。赤管朝操〔四八〕，青縑夜襞〔四九〕。佐計相則生聚有經〔五〇〕，贊地官而孤終協籍〔五一〕。

于惟荔浦〔五二〕，言念金昆〔五三〕。毁冠裂帶〔五四〕，雪泣星奔〔五五〕。宅裏之荆枝半謝〔五六〕，嶺頭之梅萼空繁〔五七〕。陟岡望兄，詞客之情何極〔五八〕；歸縣見姊，騷人之恨猶存〔五九〕。乃擢戎曹，遂荒京令〔六〇〕。將换清切〔六一〕，以扶明聖。不知者壽〔六二〕，難言者命〔六三〕。未謁季良之醫〔六四〕，已革曾參之病〔六五〕。

嗚呼！平生世路〔六六〕，繾綣交期〔六七〕。孫金盧米〔六八〕，百賦千詩〔六九〕。桂林崑嶠〔七〇〕，一片一枝。終以浮沉〔七一〕，因兼險夷〔七二〕。對皐壤之摇落，成老大之傷悲〔七三〕。尚冀他年，或陶良夜，酒筵琴席，燈闈月榭〔七四〕，俱開怨别之襟〔七五〕，並息分歧之駕。短願未果〔七六〕，良辰不借〔七七〕。竟鬱結於深衷〔七八〕，倏淹淪於大化。況南康解榻〔七九〕，早降清光；會稽繼組〔八〇〕，昨辱餘芳〔八一〕。情分逾極〔八二〕，銜哀更長〔八三〕。三十年之間，難追往事；五千里之外〔八四〕，正恨殊鄉。地闊山深，川寒樹古，杳杳玄夜，荒荒宿莽〔八五〕。生金認石〔八六〕，埋玉恨土〔八七〕。寄奠緘辭，呼風泣雨〔八八〕。噫嘻噫嘻〔八九〕，宗尹之魂來否？

校注

〔一〕本篇原載《文苑英華》卷九九〇第四頁、清編《全唐文》卷七八二第一一頁、《樊南文集詳注》卷六。題首『爲滎陽公』四字《英華》《全文》均無，據馮箋校增。〔徐箋〕《舊書·楊虞卿傳》：虞卿，號州弘農人。從兄汝士。汝士弟魯士，字宗尹，本名殷士，長慶元年進士擢第。其年詔翰林覆試，殷士與鄭朗等俱覆落，因改名魯士。後登制科，位不達而卒。初，汝士中第，有時名，遂歷清貫。其後諸子皆至正卿，鬱爲昌族。所居靖恭里，知温兄弟並列門戟。咸通中，昆仲子孫在朝行方鎮尚十餘人。〔馮箋〕《新書·宰相世系表》：魯士，長安令。《舊書·職官志》：諸司郎中從五品，上階。長安縣令正五品，上階。《文苑英華》有《授兵部郎中楊魯士長安縣令制》。按：此亦代鄭亞作。楊漢公移鎮浙東，亞代之鎮桂管，見狀文，此云『繼組餘芳』是也。鄭亞與楊氏，黨不同而交情故不相礙。〔按〕據《唐會要》卷七六：寶曆元年四月，賢良方正直言極諫科楊魯士及第。《舊唐書·敬宗紀》：寶曆元年四月，中書舍人鄭涵等考定制舉人，勅下後數日，上謂宰相：『楊魯士等皆涉物議，宜與外官。』乃授城固尉。宰臣請其罪名，不報。又，白居易有《開成二年三月三日禊洛濱留守裴令公召檢校禮部員外郎楊魯士等一十五人合宴舟中詩》。馮譜、張箋均繫本篇於大中元年，次《爲滎陽公祭呂商州文》後。文有『川寒』字，當是深秋時，作於大中元年九月。

〔二〕〔徐注〕《舊書·玄宗紀》：（天寶元年）莊子號曰南華真人，所著書改爲真經。劉熙《釋名》：漢已來，謂死爲物故，言其諸物皆就朽故也。《莊子》：莊子妻死，方箕踞鼓盆而歌曰：『人且偃然寢於巨室，而我噭噭然隨而哭之，自以爲不通乎命，故止也。』〔補注〕《列子·天瑞》：『古者謂死人爲歸人。』

〔三〕〔徐注〕《南史》：陶弘景，字通明，十歲得葛洪《神仙傳》，便有養生之志。終身不娶，止於句容之句曲山，自號華陽陶隱居。大同二年卒，謚貞白先生。晏殊《類要》引《法書要録》：陶隱居《與梁武帝書》云：每以爲得作才鬼，亦當勝於頑仙。〔馮曰〕此隱居與梁武帝論王右軍書蹟之啓。

〔四〕〔徐注〕蔡邕《袁揚碑》：邈矣高蹤，孰能克兹。〔補注〕葛洪《抱朴子·嘉遯》：『聖化之盛，誠如高論。』高論指莊子、陶弘景之論。

〔五〕〔徐注〕《史記·屈原傳》：皭然泥而不滓者也。

〔六〕〔徐注〕王羲之《蘭亭序》：亦將有感於斯文。

〔七〕〔徐注〕《藝文類聚》：《物理論》曰：河色黄赤，衆川之流，蓋濁之也。百里一小曲，千里一大曲，九曲以達於海。

〔八〕〔馮注〕《初學記》：《華山記》云：山頂上方七里，其上有三峯直上，晴霽可睹。

〔九〕潼，《英華》作『陽』，注：集作『潼』。〔徐注〕《後漢書·楊震傳》：改葬於華陰潼亭。注：墓在潼關西大道之北，其碑尚存。

〔一〇〕〔徐注〕《漢書·地理志》：京兆尹華陰縣，故陰晋，秦惠文王五年更名寧秦，高帝八年更名華陰。太華山在南。

〔一一〕〔徐注〕謝朓詩：晨光復泱漭。〔補注〕泱漭，瀰漫貌。

〔一二〕〔馮注〕司馬相如《上林賦》：郁郁菲菲，衆香發越。肸蠁布寫，晻薆咇茀。司馬彪曰：肸，過也。芬芳之過，若蠁之布寫也。郭璞曰：香氣盛馝馞也。〔補注〕肸蠁，散布瀰漫貌。肸，同『肸』。孤風，猶高風。

〔一三〕〔馮注〕李肇《國史補》：楊氏震自號爲關西孔子，至今七百年子孫猶在閿鄉故宅，天下一家而已。《新書·表》，魯士爲越公房楊氏，漢太尉震之裔。

〔一四〕〔馮注〕《後漢書·楊震傳》：故所舉荆州茂才王密，夜懷金十斤以遺震曰：『暮夜無知者。』震曰：『天知神知我知子知，何謂無知？』密愧而出。震中子秉，性不飲酒，早喪夫人，遂不復娶，所在以淳白稱。嘗從容言曰：『我有三不惑：酒、色、財也。』贊曰：震畏四知，秉去三惑。

〔一五〕〔徐注〕《後漢書·光武紀》：同舍生彊華奉《赤伏符》至曰：『劉秀發兵捕不道。』

〔一六〕〔徐注〕《詩》：天子是毗。《書·洪範》曰：五皇極。〔補注〕毗，輔佐。皇極，此指皇室。

〔一七〕〔徐注〕楊修箋：遠近觀者，徒謂能宣昭懿德。《詩》：不識不知，順帝之則。

〔一八〕琰，《全文》諱改爲『玉』，據《英華》改。琬琰，見後《上兵部相公啓》『終斑琬琰』注。

〔一九〕昇，《英華》作『其』。〔徐注〕《詩》：如日之升。

〔二〇〕〔補注〕《爾雅·釋天》：『北極謂之北辰。』

〔二一〕〔徐注〕《吴志·周瑜傳》：諸葛瑾、步隲連名上疏曰：故將軍周瑜子胤，昔蒙粉飾，受封爲將。〔馮注〕《史記·滑稽傳》：共粉飾之。按：凡言賞譽恩顧之事，每借云修飾、粉飾。

〔二二〕〔馮箋〕按《新書·楊虞卿傳》：虞卿善柔，倚權幸爲奸利。歲舉選者，皆走門下，升沉在牙頰間。當時有蘇景胤、張元夫，而虞卿兄弟汝士、漢公爲人所奔向，故語曰：『欲趨舉場，問蘇、張；蘇、張猶可，三楊殺我。』魯士爲三楊兄弟，必亦參與其事。此叙其操文場進退之柄也。

〔二三〕〔馮注〕《晉書》：陸雲字士龍。雲與荀隱素未相識，嘗會張華坐，華曰：『今日相遇，可勿爲常談。』雲因抗手曰：『雲間陸士龍。』隱曰：『日下荀鳴鶴。』鳴鶴，隱字也。雲又曰：『既開青雲睹白雉，何不張爾弓，挾爾矢？』隱曰：『本謂是雲龍騤騤，乃是山鹿野麋。獸微弩强，是以發遲。』華撫手大笑。

〔二四〕〔馮注〕《漢書·景十三王傳贊》：夫惟大雅，卓爾不羣。河間獻王近之矣。沈約《安陸昭王碑》：風標秀舉，清暉映世。

〔二五〕〔徐注〕王儉碑：外康流品。

〔二六〕燕石，見後《爲同州任侍御上崔相國啓》『寶同燕石』注。

〔二七〕齊竽，見《爲張周封上楊相公啓》『竽將濫吹』注。

〔二八〕〔徐注〕《論衡》：火滅光銷而獨在。

〔二九〕見後《爲舉人上翰林蕭侍郎啓》『醜同王粲』注。

〔三〇〕〔馮注〕《世説》：孫興公云：『陸文若披沙揀金，往往見寶。』

〔三一〕〔徐注〕謝朓詩：鳥散餘花落。

〔三二〕〔馮箋〕《舊書·穆宗紀》：長慶元年四月，詔：『國家本求才實，浮薄之徒，扇爲朋黨，謂之關節。干擾主司，每歲策名，無不先定。昨令重試，意在精覈，不於異常之中，固求深僻題目。孤竹管是祭天之樂，出於《周禮》正經，呈試之文，都不知其本事。宣示錢徽，宜其懷愧。』《錢徽傳》：段文昌託楊憑之子渾之於徽，李紳亦託舉子周漢賓。及榜發，皆不中選。而李宗閔婿蘇巢及楊汝士季弟殷士俱及第。故文昌、紳大怒，内殿面奏。上令王起、白居易於子亭重試，内出題目《孤竹管賦》《鳥散餘花落詩》。孔温業、趙存約、竇洵直所試粗通，與及第；裴譔特賜及第；鄭朗等十人並落下。貶錢徽爲江州刺史，中書舍人李宗閔劍州刺史，補闕楊汝士開江令。只舉『鳥散花落』者，美其詩而諱其賦也。

〔三三〕〔馮注〕《後漢書·劉儒傳》：桓帝時，下策博求直言，儒上封事十條，極言得失，辭甚忠切。

〔三四〕〔徐注〕《漢書·公孫弘傳》：元光五年，復徵賢良文學。菑川國復推上弘。太常奏弘第居下。策奏，天子擢弘對爲第一。〔馮注〕《漢書》，『弘對曰』，『弘復上疏曰』，『弘對曰』，合之則爲三道。

〔三五〕〔徐注〕《後漢書·五行志》：順帝末，京都童謡曰：直如弦，死道邊。

〔三六〕〔徐注〕《史記》：韓非作《五蠹》。索隱曰：五蠹，蠹政之事有五也。《禮記》：埽而更之。

〔三七〕〔徐注〕《新書·藝文志》：王義方《筆海》十卷，張仲素《詞圃》十卷。即此『筆海』『詞園』之義。《詩》：踧踧周道，鞠爲茂草。〔按〕筆海、詞園，泛指文苑。鞠草，謂雜草塞道，形容衰敗荒蕪景象。

〔三八〕〔徐注〕班固《典引》：御東序之秘寶。〔馮箋〕《舊書·敬宗紀》：寶曆元年三月，御試制舉人。考定，敕下後數日，上謂宰臣曰：『韋端符、楊魯士皆涉物議，宜與外官。』乃授端符白水尉，魯士城固尉。此『劉儒』以下所叙也。『文場』二句，惜其外授而不得以清選起家。按：寶曆元年，御試賢良方正直言極諫科也。魯士之名見《御覽》所列科舉制中。

〔三九〕〔馮注〕《漢書·蕭何傳》：位爲相國，功第一，爲一代宗臣。按：裴度封晉國公，史稱爲中興宗臣。《舊書·傳》：大和四年爲山南東道節度。八年，留守東都，當時名士，皆從之游。開成二年，復爲北都留守、河東節度。此數年中，宗尹必曾在其幕，故特舉以美之。考開成二年，白居易《祓禊洛濱詩序》，留守裴令公召一十五人合宴，中有檢校禮部員外郎楊魯士，可參悟也。

〔四〇〕〔馮注〕《晉書·輿服志》：皂輪車，上加青油幢，朱絲繩絡，諸王三公有勳德者特加之。

〔四一〕用『蓮幕』事，屢見。

〔四二〕〔徐注〕《左傳》：周諺有之曰：山有木，工則度之；賓有禮，主則擇之。

〔四三〕〔徐注〕袁宏《三國名臣叙贊》：景山恢誕，韻與道合。

〔四四〕〔徐注〕未詳。按《典略》：魏太祖嘗使阮瑀作書與韓遂，時太祖適近出，瑀隨從，因與馬上具草，書成呈之。太祖擥筆欲有所定，而竟不能增損。非陳琳事也。此恐是一時之誤。〔馮曰〕琳、瑀並稱，恐是偶誤。

〔四五〕見《爲張周封上楊相公啓》『髯參短簿』注。

〔四六〕〔補注〕衣繡，指侍御史。漢時繡衣直指由侍御史充任，故亦稱『繡衣御史』。含香，指尚書郎。應劭

《漢官儀》卷上：『尚書郎含雞舌香伏其下奏事。』

〔四七〕〔補注〕省蘭，即蘭省，指尚書省。臺柏，漢御史臺中列植柏樹。此指御史臺。

〔四八〕〔補注〕赤管，杆身漆朱之筆。漢代尚書丞、尚書郎每月賜赤管大筆一雙。《漢官儀》：尚書令、僕、丞、郎，月給赤管大筆一雙。

〔四九〕〔馮注〕蔡質《漢官典職》：尚書郎入值臺中，官供新青縑白綾被，或錦被，晝夜更宿。

〔五〇〕〔徐注〕《漢書》：張蒼居相府，主郡國上計者，號計相。《左傳》：伍員曰：越十年生聚，十年教訓。〔馮注〕《漢書·張蒼傳》『遷爲計相』注曰：專主計籍，故號計相。《索隱》曰：主天下書計及計吏。《玉海》：漢以計相經國用。此句蓋謂度支、轉運之屬官。故曰『生聚』。

〔五一〕地，《英華》作『一』，非。注：集作『地』，是。而，《英華》注：集作『則』。孤終，見《爲濮陽公陳許舉人自代狀》『孤官靡失』注。地官，亦見同狀『以副地官』注。

〔五二〕〔徐注〕《新書·地理志》：桂州始安郡領荔浦縣。

〔五三〕〔徐注〕謂其兄汝士。《詩》：言念君子。〔馮注〕《南史》：王銓、王錫，孝行齊焉，時人以爲金昆玉友。

〔按〕金昆非汝士，見注〔五五〕。

〔五四〕裂，《英華》注：集作『褫』。〔馮注〕《左傳》：裂冠毁冕。《後漢書·逸民傳》：漢室中微，士藴藉義憤，裂冠毁冕，相携持而去之。《易》：或錫之鞶帶，終朝三褫之（按：馮本『裂』作『褫』）。

〔五五〕〔徐注〕庾信詩：雪泣悲去魯。《吴志·陸抗傳》：疏曰：星奔電邁，俄然行至。箋：《舊書》：魯士兄汝士，字慕巢，元和四年進士擢第，又登博學宏辭科。累辟使府，長慶元年爲右補闕。坐弟殷士貢舉覆落，貶開江令，入爲户部員外，再遷職方郎中。大和三年，以本官知制誥，九年爲户部侍郎，位至吏部尚書卒。《新書》：富州開江郡龍平縣，武德四年析博勞、歸化、安樂、開江四縣，尋以蒼梧、豪静、開江隸梧州。〔馮注〕宗尹之兄死於荔浦，宗尹往奔其喪而歸也。於史無可考。〔按〕據《唐故朝議大夫守國子祭酒致仕上騎都尉賜紫金魚袋贈左散騎常侍楊府君（寧）墓誌銘并序》，寧『有子四人：汝士、虞卿、漢公，咸著名實；幼曰殷士（即魯士），已階造秀。』其中汝士會昌元年遷刑部尚書，卒於會昌中，史未言其晚年有貶官事；漢公大中元年秋正在浙東觀察使任，咸通三年左右方卒。惟虞卿大和九年貶虔州司馬，再貶虔州司户卒。證以下文『嶺頭之梅萼空繁』之句，此數句乃指虞卿之卒於虔州，而魯士自荔浦『雪泣星奔』，前往虔州奔喪也。大庾嶺在虔州南，故有『嶺頭』句。『于惟荔浦』，乃魯士爲官之地，非其兄之卒地也。馮注誤解，則所謂『宗尹之兄死於荔浦』者，殆不知所指。徐謂指汝士貶開江，亦誤。

〔五六〕見《爲濮陽公陳許謝上表》『荆枝協慶』注。

〔五七〕萼，《英華》注：集作『蘂』。〔徐注〕《白帖》：大庾嶺上梅，南枝落，北枝開。〔補箋〕《新唐書·楊虞卿傳》：『大和九年……貶虔州司户參軍，死。』《新唐書·地理志》：虔州南康郡，縣七。南康，有大庾山。虔化，有梅嶺山。

〔五八〕詞，《英華》作『詩』。〔徐注〕《詩》：陟彼岡兮，瞻望兄兮。

〔五九〕〔徐注〕《水經注》：江水東過秭歸縣南。袁崧曰：屈原有賢姊，聞原放逐，亦來歸，喻令自寬全。鄉人冀其見從，因名曰秭歸，即《離騷》所謂『女嬃嬋媛以詈余』也。《漢書·地理志》：南郡有秭歸縣。注：孟康曰：秭音姊。

〔六〇〕〔馮注〕按：所叙則宗尹自幕府入爲秘書、御史，又爲户部度支官屬，然後以兵部郎中出令長安。〔按〕漏書『于惟荔浦』爲官一節。荒，據有，指擔任。

〔六一〕〔馮注〕劉楨《贈徐幹詩》：拘限清切禁。此以中書、翰院言之。〔補注〕清切，指清貴而接近君主之官職。白居易《夏日獨直寄蕭侍御》：『憲臺文法地，翰林清切司。』

〔六二〕〔徐注〕《史記》：蔡澤曰：『富貴，吾所自有；所不知者，壽也。』

〔六三〕〔補注〕《論語·子罕》：『子罕言利，與命，與仁。』

〔六四〕良，《英華》注：集作『梁』。〔馮曰〕即季梁。良、梁古通，如王良，《荀子》作『王梁』。事見《爲賀拔員外上李相公啓》『三醫畢訪』注。

〔六五〕〔徐注〕《禮記》：曾子寢疾，病，曾元曰：『夫子之病革矣。』革，紀力反。〔補注〕革，亟，危急。

〔六六〕〔徐注〕劉峻《廣絶交論》：世路險巇，一至於此。

〔六七〕〔徐注〕《左傳》：繾綣從公。

〔六八〕孫金，見《爲侍郎汝南公華州謝加階狀》『文非擲地』注。盧米，見《獻侍郎鉅鹿公啓》『慚非八米』注。

〔六九〕〔徐注〕《漢書·藝文志》：枚皐賦百二十篇。杜甫《贈李白》詩：敏捷詩千首。

〔七〇〕見《祭呂商州文》注〔八二〕。

〔七一〕〔徐注〕《漢書·袁盎傳》：盎病免家居，與閭里浮湛相隨行。師古曰：湛讀曰沉。

〔七二〕〔徐注〕盧諶《贈劉琨詩序》：委身之日，夷險以之。銑曰：夷，平也。

〔七三〕見《爲張周封上楊相公啓》『皐壤摇落，老大傷悲』注。

〔七四〕〔徐注〕嵇康《絶交書》：時與親舊叙闊，陳説平生，濁酒一杯，彈琴一曲，志願畢矣。謝莊《月賦》：去燭房，即月殿，芳酒登，鳴琴薦。庾信《哀江南賦》：月榭風臺，池平樹古。

〔七五〕怨，《英華》作『愁』。

〔七六〕願，《英華》《全文》均作『景』。《英華》注：集作『短願來果』。〔按〕作『願』是，兹據改。

〔七七〕〔徐注〕左思詩：逍遥撰良辰。

〔七八〕〔徐注〕顔延之《五君詠》：深衷自此見。

〔七九〕南康解榻，見後《爲崔從事寄尚書彭城公啓》『必也華榻長懸』注。〔馮注〕《地理志》：虔州南康郡。楊虞卿貶虔州司户卒，故云。〔按〕此益可證『嶺頭之梅萼空繁』係指虞卿卒於虔州貶所，而非馮氏所謂『宗尹有兄卒於荔浦』。

〔八〇〕〔徐注〕《漢書》：嚴助，會稽吴人。上問所欲，對曰：『願爲會稽太守。』於是拜爲太守。朱買臣，字翁子，吴人也。會邑子嚴助貴幸，薦買臣，上拜會稽太守。上謂買臣曰：『富貴不歸故鄉，如衣繡夜行。今子何如？』買臣衣故衣，懷其印綬，步歸郡邸。〔馮注〕《地理志》：越州會稽郡。《楊漢公傳》：擢桂管、浙東觀察使。

漢公宦跡，《舊書》甚略，今據《新書》，正與文合。漢公坐虞卿，下除舒州刺史，徙湖、亳、蘇三州。擢桂管、浙東觀察。後數歷藩鎮。〔按〕馮注是。商隱《爲滎陽公與浙東楊大夫啓》亦云『方知繼組之難，不止頒條之事』。繼組，猶繼官、繼任。此謂已爲漢公之繼任。

〔八一〕〔徐注〕《晋書·儒林傳論》曰：餘芳遺烈，焕乎可紀。〔馮曰〕（況南康二句）言早被虞卿之知，近繼漢公之政，故尤哀宗尹也。

〔八二〕情，《英華》注：集作『積』。馮本從之。

〔八三〕〔徐注〕《晋書·王敦傳》：詔曰：銜哀從役，朕甚愍之。

〔八四〕〔馮注〕《舊書·志》：桂州至京師，水、陸路四千七百六十里。

〔八五〕荒荒，《英華》注：集作『茫茫』。〔徐注〕《離騷》：夕攬洲之宿莽。

〔八六〕〔徐注〕王隱《晋書》：永嘉初，陳國項縣賈逵石碑之中生金，人鑿取賣，賣已復生。此江東之瑞。

〔八七〕見《代李玄爲崔京兆祭蕭侍郎文》『顧埋玉之難追』注。

〔八八〕泣，《英華》作『涕』，馮本從之。

〔八九〕二『嘻』字，《英華》均作『戲』。〔徐注〕《詩》：噫嘻成王。

〔蔣士銓曰〕筆庸詞懦。（《評選四六法海》卷八）

爲滎陽公與魏博何相公啓〔一〕

不審近日尊體如何？伏計不失調護。鄴都奧壤〔二〕，漢相威名〔三〕。出則主諸侯之名〔四〕，以除叛亂；入則峻將軍之令〔五〕，以養疲羸。作大君之膂腸〔六〕，樹列國之標表〔七〕。名光圖史，勳溢旂常〔八〕。凡在小藩，永佩高義〔九〕。屬封疆僻左〔一〇〕，民落凋殊〔一一〕，奇貨難求〔一二〕，使材莫稱。相公曲垂記獎，先降尊嚴。李押衙侍御〔一三〕，右職名家〔一四〕，多聞好禮〔一五〕，遠持書幣〔一六〕，遥冒風波。受賜逾涯，傳情曲盡。載思復命〔一七〕，未得其人，輒託還裝〔一八〕，用申微獻〔一九〕。路遥漳水〔二〇〕，夢隔頓丘〔二一〕，未期胥命於蒲〔二二〕，但仰餘波及晋〔二三〕。勤拳夙夜，師慕忠貞。伏惟仁恩，亦賜知察。

校注

〔一〕本篇原載清編《全唐文》卷七七六第八頁、《樊南文集補編》卷七。〔錢箋〕（魏博何相公）何弘敬也。《舊唐書·何進滔傳》：大和三年，據魏博等州節度使，爲魏帥十餘年卒。子弘敬襲其位，朝廷遣使勸令歸闕，别俟朝旨，不從，竟就加節制。《新唐書·何進滔傳》：進滔，開成五年死，子重順襲，武宗賜名弘敬，討劉稹，加東面招討使。澤潞平，加同中書門下平章事。《舊唐書·地理志》：魏博節度使治魏州，管魏、貝、博、相、澶、衛六州。張《箋》編大中元年，次《爲滎陽公賀老人星見表》後，《爲滎陽公上浙西鄭尚書》前。〔按〕據啓，係弘敬先遣使持書幣至桂林，亞則『輒託還裝，用申微獻』。按常理，弘敬當得知鄭亞已抵桂林之消息後方遣使持書幣前往，則其遣使之時間當已在七、八月間。使者抵桂林之時間則更晚。故此啓寫作之時間或在大中元年仲秋至深秋。

〔二〕〔錢注〕《水經注》：魏因漢祚，後都洛陽，以譙爲先人本國，許昌爲漢之所居，長安爲西京之遺迹，鄴爲王業之本基，故號五都也。〔按〕魏之鄴都，在唐爲相州屬縣，爲魏博鎮所管領。

〔三〕見《爲滎陽公與度支周侍郎狀》『尠廷識貌』注。

〔四〕〔補注〕主名，確定名稱、名分。《禮記·大傳》：『同姓從宗，合族屬；異姓主名，治際會。』下句『除叛亂』，指討滅劉稹。

〔五〕峻將軍之令，見《爲滎陽公與度支周侍郎狀》『盡將軍之威令』注。

〔六〕〔補注〕膂，脊骨。《書·君牙》：『今命爾予翼，作股肱心膂。』

〔七〕〔錢注〕郭璞《江賦》李善注：標，表也。

〔八〕〔補注〕《周禮·春官·司常》：『日月爲常，交龍爲旂……王建大常，諸侯建旂。』旂常，王侯之旗幟。

〔九〕〔錢注〕《戰國策》：夫救趙，高義也。

〔一〇〕〔錢注〕魏文帝《與朝歌令吴質書》：足下所治僻左。

〔一一〕〔錢校〕殊，疑當作『殘』。《博雅》：落，居也。

〔一二〕〔錢注〕《史記·吕不韋傳》：此奇貨可居。

〔一三〕『押』字下《全文》脱『衙』字，據錢校補。〔錢注〕《通鑑·玄宗紀》注：押牙者，盡管節度使牙内之事。《新唐書·百官志》：至德後，諸道使府參佐，皆以御史爲之。謂之外臺。〔補注〕唐代稱殿中侍御史、監察御史爲侍御，詳趙璘《因話録》卷五。

〔一四〕〔錢注〕《漢書·貢禹傳》注：右職，高職也。

〔一五〕〔補注〕《禮記·曲禮上》：『博聞彊識而讓，敦善行而不怠，謂之君子。』

〔一六〕〔錢注〕《戰國策》：吾所使趙國者，小大皆聽吾言，則受書幣。

〔一七〕〔補注〕《左傳·成公九年》：『夏，季文子如宋致女，復命，公享之。』

〔一八〕〔錢注〕《南史·王珍國傳》：見珍國還裝輕素。

〔一九〕微，《全文》作『徵』，錢校據胡本改，兹從之。

〔二〇〕〔錢注〕《水經》：漳水過鄴縣西。

〔二一〕〔補注〕《詩·衛風·氓》：『送子涉淇，至于頓丘。』頓丘，春秋衛邑，唐屬魏州。

〔二二〕〔補注〕《春秋·桓公三年》：『夏，齊侯、衛侯胥命于蒲。』杜預注：『胥命者，諸侯相見，約言而不歃血。』此指諸侯（方鎮）相約見面。

〔二三〕〔補注〕《左傳·僖公二十三年》：『其波及晉國者，君之餘也，其何以報？』

爲滎陽公上李太尉狀〔一〕

伏奉別紙榮示，伏承以所撰武宗一朝册書誥命并奏議等一十五軸，編次已成，爰命庸虚〔二〕，俾之序引〔三〕。捧緘汗下，揣己魂飛。久自安排，方見髣髴。作《春秋》而救亂〔四〕，由有素臣〔五〕；删《風》《雅》以刺時〔六〕，寧遺《小序》〔七〕？式蒙善誘〔八〕，安敢固辭〔九〕！

伏惟武宗皇帝，英斷無疑，睿姿不測〔一〇〕。緑疇緝美〔一一〕，瑞鼎刊規〔一二〕。太尉妙簡宸襟〔一三〕，式光洪祚〔一四〕。有大手筆〔一五〕，居第一功〔一六〕。在古有夙搆之疑〔一七〕，食時之敏〔一八〕。片辭相炫〔一九〕，小道可嗤〔二〇〕，將以擬人〔二一〕，固不同日〔二二〕。榮示中所引國朝文士〔二三〕，實炳儒林。然其間有行實非優〔二四〕，附會成累〔二五〕，終衰鳳德〔二六〕，或露圭瑕。豈若世顯華宗，代光相座〔二七〕，潔隨武之家事〔二八〕，纂鄧傅之門風[二九]。廟戰之權[三〇]，風行於萬里；國儉之禮[三一]，日聞於四方。言不失誣[三二]，事皆傳信[三三]。固合藏於中禁[三四]，付在有司[三五]，居《微誥》《説命》之間[三六]，爲帝《典》皇《墳》之式[三七]。某更祈旬月，庶立紀綱。先深鄙陋之慚[三八]，已望優容之德。甘瓜苦蒂，必興歎於墨子[三九]；羔裘豹袖，足貽刺於詩人[四〇]。荷戴之餘[四一]，兢惕又積，伏惟特賜照察。

校注

〔一〕本篇原載清編《全唐文》卷七七五第三頁、《樊南文集補編》卷五，題首『爲滎陽公』四字，《全文》無，據錢箋補。〔錢箋〕（李太尉）李德裕也。題首當有『爲滎陽公』字。《舊唐書·李德裕傳》：自開成五年冬回紇至天德，至會昌四年八月平澤潞，其籌度機宜，選用將帥，起草指蹤，皆獨決於德裕。以功兼守太尉，進封衛國公。《舊唐書·職官志》：太尉、司徒、司空各一員，謂之三公，並正一品。本集有《太尉衛公會昌一品集序》。張氏《會箋》編大中元年，置《太尉衛公會昌一品集序》後。〔按〕《樊南文集詳注》卷七附録鄭亞改定之《太尉衛國公李德裕會昌一品制集序》（又見清編《全唐文》卷七三〇）云：『歲在丁卯，亞自左掖出爲桂林。九月，公書至自洛，以典誥制命示於幽鄙，且使爲序，以集成書。』商隱代擬此序之初稿。此狀係德裕來書到桂林後所上。狀云『更祈旬月，庶立紀綱』，謂望稍寬旬月，以撰成此序之綱要，則當在撰序之前十天半月。商隱九月末十月初奉使江陵，此狀約九月上旬作，序則約九月中旬撰。張箋稍疏。

〔二〕〔補注〕庸虚，平庸空疏。謙辭。

〔三〕〔錢注〕《會昌一品别集·與桂州鄭中丞書》：某當先聖御極，再參樞務，兩度册文，及《宣懿太后祔廟制》《聖容贊》《幽州紀聖功碑》《討回鶻制》《討劉稹制》、五度《黠戛斯書》、兩度用兵詔敕，及先聖《改名制》《告昊天上帝文》，并奏議等，勒成十五卷。貞觀初，有顔、岑二中書；代宗朝，常相；元和初，某先太師忠公。一代盛事，皆所潤色。小子詞業淺近，獲繼家聲。武宗一朝，册命典誥，軍機羽檄，皆受命撰述，偶副聖情。伏恐製序之時，要知此意。伏惟詳悉，謹狀。《史記·孔子世家》：編次其事。《文心雕龍》：詮文則與序引共紀。〔補注〕引，文體名，大略如序而稍短，唐以來始有此體。序引，指作序。

〔四〕〔錢注〕《史記·太史公自序》：撥亂世，反之正，莫近於《春秋》。

〔五〕〔錢注〕杜預《春秋左氏傳序》：仲尼自衛反魯，修《春秋》，立素王，丘明爲素臣。

〔六〕〔錢注〕《後漢書·明帝紀》注：故詠《關雎》，説淑女正容儀以刺時。〔補注〕删《風》《雅》，指孔子删《詩》。《史記·孔子世家》：『古者詩三千餘篇，及至孔子，去其重，取可施于禮義，上采契、后稷，中述殷、周之盛，至幽、厲之缺，始于衽席，故曰：《關雎》之亂以爲《風》始，《鹿鳴》爲《小雅》始，《文王》爲《大雅》始，《清廟》爲《頌》始。三百五篇，孔子皆弦歌之，以求合《韶》《武》《雅》《頌》之音。禮樂自此可得而述，以備王道，成六藝。』删《風》《雅》以刺時，蓋謂孔子删存之《風》詩、《雅》詩多刺時之作。

〔七〕〔錢注〕《詩·關雎》疏：沈重云：案鄭（玄）《詩譜》意，《大序》是子夏作，《小序》是子夏、毛公合作。卜商意有不盡，毛更足成之。或云：《小序》是東海衛敬仲所作。〔按〕『作《春秋》』數句，以杜預注《左傳》及子夏、毛公作《詩小序》爲喻，以明爲《會昌一品集》作序之必要。

〔八〕〔補注〕《論語·子罕》：『夫子循循然善誘人。』

〔九〕〔補注〕《書·大禹謨》：『禹拜稽首固辭。』

〔一〇〕〔錢注〕《舊唐書·武宗紀》：史臣曰：昭肅雄謀勇斷，振已去之威權；運策勵精，拔非常之俊傑。屬天驕失國，潞孽阻兵，不惑盈廷之言，獨納大臣之計。戎車既駕，亂略底寧。紀律再張，聲名復振。足以蹈章武出師之迹，繼元和戡亂之功。《晉書·謝玄傳》：實由陛下文武英斷，無思不服。又《劉殷傳》：今殿下以神武睿姿，除殘反政。

〔一一〕〔錢注〕《淮南子》：洛出《丹書》，河出《緑圖》。本集馮氏曰：圖、疇義同。〔補注〕緑圖，即籙圖，頗似漢之讖緯之書，蓋預言人世禍福之書。《墨子·非攻下》：『河出緑圖，地出乘黄。』《北堂書鈔·地部》引《隨巢子》云：『姬氏之興，河出緑圖。』

〔一二〕〔錢注〕《揚子》：次五鼎，大可觴。注：五爲天子，故稱大鼎。古者天子世孝，天瑞之鼎，諸侯世孝，天子鑄鼎以錫之。

〔一三〕〔錢注〕《魏志·高貴鄉公紀》：宜妙簡德行，以充其選。

〔一四〕〔錢注〕《後漢書·黄瓊傳》：興復洪祚。〔補注〕洪祚，隆盛之國運。

〔一五〕〔錢注〕《晉書·王珣傳》：珣夢人以大筆如椽與之，既覺，語人云：『此當有大手筆事。』俄而帝崩，哀册謚議，皆珣所草。

〔一六〕〔錢注〕《史記·蕭相國世家》：漢定天下，論功行封，位次蕭何第一。

〔一七〕〔錢注〕《魏志·王粲傳》：粲善屬文，舉筆便成，無所改定，時人常以爲宿搆。

〔一八〕〔錢注〕《漢書·淮南王安傳》：安入朝，上使爲《離騷》傳，旦受詔，日食時上。

〔一九〕〔補注〕《後漢書·獨行傳序》：『片辭特趣，不足區别。』片辭，簡短之言辭。

〔二〇〕〔補注〕《論語·子罕》：『雖小道，必有可觀者焉。』

〔二一〕〔補注〕《禮記·曲禮下》：『儗人必於其倫。』儗，通『擬』。

〔二二〕〔錢注〕《戰國策》：夫破人之與破於人也，臣人之與臣於人也，豈可同日而言之哉！《新唐書·李德裕傳》：元和後，數用兵，宰相不休沐，或繼火乃得罷。德裕在位，雖遽書警奏，皆從容裁決，率午漏下還第，休沐輒如令，沛然若無事時。其處報機急，帝一切令德裕作詔。

〔二三〕士，《全文》作『字』，從錢校據胡本改正。〔按〕『榮示中所引國朝文士』，指李德裕《與桂州鄭中丞書》中所稱舉之『貞觀初，有顔、岑二中書；代宗朝，常相；元和初，某先太師忠懿公。』參《會昌一品集序》。

〔二四〕〔錢注〕《晉書·顔含傳》：其雅重行實，抑絶浮僞如此。〔補注〕行實，生平事蹟。《新唐書·儒學·顔師古傳》：『俄拜祕書少監，專刊正事……然多引後生與讎校，抑素流，先貴勢，雖商賈富室子，亦竄選中，由是素議薄之，斥爲郴州刺史。未行，帝惜其才，讓曰：「卿之學，信可稱者，而事親居官，朕無聞焉。今日之行，自誰取之？」』《新唐書·常衮傳》：『懲元載敗，窒賣官之路。然一切以公議格之，非文詞者皆擯不用，故世謂之「黯伯」，以其黯黯無賢不肖之辨云。』此或即所謂『行實非優』云者。

〔二五〕〔補注〕附會，依附。

〔二六〕〔補注〕《論語·微子》：『楚狂接輿歌而過孔子曰：「鳳兮，鳳兮，何德之衰！」』鳳德，指德行名望。

〔二七〕詳《爲濮陽公上淮南李相公狀三》『某竊思章武皇帝之朝』至『漢相家聲，復有急徵之詔』一節及注。

〔二八〕隨，疑當作『范』。〔補注〕《左傳·襄公二十七年》：『子木問於趙孟曰：「范武子之德何如？」對曰：「夫子之家事治，言於晉國無隱情，其祝史陳信於鬼神無愧辭。」』隨武子，未見其有家事治之事，或商隱一時誤記。

〔二九〕〔錢注〕《後漢書·鄧禹傳》：禹篤行淳備，事母至孝。有子十三人，各使守一藝。修整閨門，教養子孫，皆可以爲後世法。資用國邑，不修産利。顯宗即位，拜爲太傅。

〔三〇〕〔錢注〕《淮南子》：廟戰者帝，神化者王。所謂廟戰者，法天道也；神化者，法四時也。〔補注〕廟戰，朝廷對戰争之籌劃決策。《淮南子·兵略訓》：『凡用兵者，必先自廟戰……故運籌於廟堂之上，而決勝乎千里之外矣。』

〔三一〕〔補注〕《禮記·檀弓下》：『國奢則示之以儉，國儉則示之以禮。』

〔三二〕〔補注〕《禮記·表記》：『是故君有責於其臣，臣有死於其言，故其受禄不誣。』

〔三三〕〔錢注〕《史記·三代世表》：信以傳信，疑以傳疑。

〔三四〕〔錢注〕《魏書·高閭傳》：閭昔在中禁，有定禮正樂之勳。

〔三五〕〔錢注〕《漢書·高惠高后文功臣表》：臧諸宗廟，副在有司。

〔三六〕〔補注〕《書》有《微子》《微子之命》及《説命》篇。

〔三七〕〔錢注〕孔安國《尚書序》：伏羲、神農、皇帝之書，謂之《三墳》，言大道也；少昊、顓頊、高辛、唐、虞之書，謂之《五典》，言常道也。

〔三八〕〔錢注〕司馬遷《報任少卿書》：恨私心有所未盡鄙陋。

〔三九〕〔錢注〕馬總《意林》：《墨子》：甘瓜苦蒂，天下物無全美。

〔四〇〕〔補注〕《詩·鄭風·羔裘》：『羔裘豹飾，孔武有力，彼其之子，邦之司直。』《小序》云：『《羔裘》，刺朝也，言古之君子以風其朝焉。』羔裘，紫羔製之皮衣，古爲諸侯、卿、大夫朝服。豹飾，緣以豹皮。

〔四一〕〔錢注〕任昉《到大司馬記室箋》：不勝荷戴屏營之情。

太尉衛公會昌一品集序〔一〕

唐葉十五，帝謚昭肅，始以太弟〔二〕，茂對天休〔三〕。遂臨西宫〔四〕，入高廟〔五〕，將以準則九土，指麾三靈〔六〕。乃顧左右曰：『我祖宗並建豪英〔七〕，範圍古昔〔八〕。史卜宵夢，震嗟不寧〔九〕。是用能文，惟睿掌武〔一〇〕，以永大業。今朕奉承天命，顯登乃辟〔一一〕，庸不知帝賚朕者，其誰氏子焉？』〔一二〕。左右惕兢威靈，迷撓章指〔一三〕，周訥揚吃〔一四〕，不能仰酬。既三四日，乃詔曰：『淮海伯父〔一五〕，汝來輔予。』霞披霧消，六合快望〔一六〕。四月某日入覲，是月某日登庸〔一七〕。淵角奇姿，山庭異表〔一八〕。爲九流之華蓋〔一九〕，作百度之司南〔二〇〕。帝由是盡付玄機〔二一〕，允厭神度〔二二〕。左右者咸不知其夢耶卜耶〔二三〕。金門朝罷〔二四〕，玉殿宴餘，獨銜日光〔二五〕，静與天語。帝亦幽闡〔二六〕，徵《召誥》《説命》之旨〔二七〕，定元首股肱之契〔二八〕，曰：『我將俾爾以大手筆〔二九〕，居第一功〔三〇〕。麒麟閣中〔三一〕，霍光且圖於勳伐〔三二〕；玄洲苑上，魏收别議於文章〔三三〕。光映前修，允兼具美。我意屬此，爾無讓焉。』公拜稽首曰：『臣某何敢以當之。在昔太宗有臣，曰師古曰文本〔三四〕；高宗有臣，曰嶠曰融〔三五〕；玄宗有臣，曰説曰瓌〔三六〕；代宗有臣，曰衮〔三七〕；至於憲祖，則有臣禰廟曰忠公〔三八〕。並稟太白以傳精神〔三九〕，納非煙而敷藻思〔四〇〕。才可以淺深魏、邴〔四一〕，道可以升降伊、皐〔四二〕。而又富僧孺之新事〔四三〕，識庾持之奇字〔四四〕。清風濯熱〔四五〕，白雪生春〔四六〕。淮南王食時之工〔四七〕，裴子野昧爽之獻〔四八〕。疑王粲之夙構〔四九〕，無禰衡之加點〔五〇〕。然後可以弘宣王略，輝潤天文〔五一〕。豈伊乏賢，可纂舊服〔五二〕？』帝又曰：『舜何人也，回何人也〔五三〕！朕思丕承〔五四〕，汝勉善繼，無忝乎爾之先〔五五〕。』公復拜稽首曰：『《易》曰「中心願也」，《詩》曰「何日忘之」〔五六〕，臣敢不夙夜在公〔五七〕，以揚鴻烈〔五八〕！』

校注

〔一〕本篇原載《文苑英華》卷七〇六第五頁、清編《全唐文》卷七七九第一〇頁、《樊南文集詳注》卷七。《英華》題内『品』字下有『制』字，題下有原注：代桂府滎陽公。〔徐箋〕《新書·李德裕傳》：澤潞平，策功拜太尉，進封趙國公。德裕固讓，言：唐興太尉凡七人，尚父子儀乃不敢拜。近王智興、李載義皆超拜保、傅，蓋重惜此官。裴度爲司徒十年，亦不遷。臣願守舊秩足矣。帝曰：吾恨無官酬公，毋固辭。德裕又陳：先臣封于趙，冢孫寬中始生，字曰三趙，意將傳嫡，不及支庶。臣前益封，已改中山。臣先世皆嘗居汲，願得封衛。從之，遂改衛國公。〔馮箋〕《舊書·李德裕傳》：自開成五年冬回紇至天德，至會昌四年八月平澤潞，其籌度機宜，選用將帥，起草指蹤，皆獨决於德裕，以功兼守太尉，進封衛國公。按《英華》會昌二年四月《上尊號玉册文》，德裕已攝太尉，至四年乃即真也。《李文饒别集·與桂州鄭中丞書》曰：『某當先聖御極，再參樞務，兩度册文及《宣懿太后祔廟制》《聖容贊》《幽州紀聖功碑》《討回鶻制》《討劉稹制》、五度《黠戛斯書》、兩度用兵詔敕及先聖《改名制》《告昊天上帝文》并奏議等，勒成十五卷。貞觀初，有顔、岑二中書；代宗朝，常相；元和初，某先太師忠懿公。一代盛事，皆所潤色。小子詞業淺近，獲繼家聲，武宗一朝，册命、典誥、軍機、羽檄，皆受命撰述，偶副聖情。伏恐製序之時，要知此意。』此序規模，全遵來示也。唐賢掌制誥者，每勒爲制集，以彰榮遇。常衮、楊炎、元稹、權德輿皆有制集。此則原本（編著者按：指商隱代鄭亞所擬原稿，即本篇）無『制』字，而改本（指鄭亞修改之定稿，亦載《英華》卷七〇六，在本篇前；又見《李文饒文集》卷首）有之，則題中當分别書也。〔按〕馮譜、張箋均編大中元年，次《樊南甲集序》前。鄭亞改本《太尉衛國公李德裕會昌一品制集序》云：『歲在丁卯，亞自左掖，出爲桂林。九月，公書至自洛，以典誥制命示於幽鄙，且使爲序，以集成書。』《爲滎陽公上李太尉狀》云：『伏奉别紙榮示，伏承以所撰武宗一朝册書誥命并奏議等一十五軸，編次已成，爰命庸虚，俾之序引。』狀上於德裕《與桂州鄭中丞書》到桂以後，時尚未撰序，故狀末又云：『某更祈旬月，庶立紀綱，先深鄙陋之慚，已望優容之德。』祈其稍假旬月。如德裕書九月上旬抵桂，則序之撰成，約當九月中旬。據《樊南甲集序》，大中元年十月十二日，商隱已在奉使江陵途次之衡湘一帶，則九月下旬已將自桂林出發。

〔一二〕〔徐箋〕《新書·武帝紀》：武宗至道昭肅孝皇帝，諱炎，穆宗第五子也。文宗疾大漸，神策軍護軍中尉仇士良、魚弘志矯詔廢皇太子成美復爲陳王，立潁王爲皇太弟，即皇帝位於柩前。〔馮箋〕《舊》《新書·紀》：文宗暴疾，宰相李珏、知樞密劉弘逸奉密旨，以皇太子監國。神策軍中尉仇士良、魚弘志矯詔廢皇太子成美，迎潁王於十六宅爲皇太弟。文宗崩，宣遺詔，即皇帝位於柩前。

〔三〕〔徐注〕《易》：先王以茂對時育萬物。《左傳》：用能協於上下，以承天休。〔馮注〕《書》：以承天休。〔補注〕茂，勉也；天休，天賜福祐。

〔四〕臨，《英華》注：去聲。〔馮注〕臨，音力鴆反。《左傳》：鄭人卜臨於大宮。注：臨，哭也。此將即位而哭文宗。哭、臨字，史文常見。《舊書·劉栖楚傳》：諫敬宗曰：『西宮密邇，未過山陵。』而《紀》書迎文宗於江邸，赴西宮成服。蓋靈駕在西宮，制皆如此。

〔五〕〔補注〕高廟，指宗廟。《後漢書·光武帝紀上》：『壬子，起高廟，建社稷於洛陽。』李賢注：『光武都洛陽，乃合高祖以下至平帝爲一廟，藏十一帝主於其中。』

〔六〕〔徐注〕《漢書·陳平傳》：天下指麾即定矣。〔馮注〕《揚雄傳》：方將上獵三靈之流。〔補注〕三靈，此指日、月、星。《漢書·揚雄傳》顏師古注引如淳曰：『三靈，日、月、星垂象之應也。』《南史·宋紀上》：『三靈垂象，山川告祥。』

〔七〕〔馮注〕《漢書·鼂錯傳》：大禹得咎繇而爲三王祖，今陛下講於大禹及高皇帝之建豪英也。

〔八〕〔徐注〕《易》：範圍天地之化而不過。《曲禮》：必則古昔稱先王。〔補注〕範圍，效法。

〔九〕〔徐注〕史卜，用文王事，見《爲某先輩獻集賢相公啓》『于畋問卜，始載磻谿』注：宵夢，用武丁事，見下文。〔馮注〕又史卜亦可用《尚書》『枚卜功臣』，後人每用爲擇相之典，不拘禹受命事也。宵夢亦可用黄帝得風、力事。皆見《爲某先輩獻集賢相公啓》『因夢吹塵，方求風后』注、《爲崔從事福寄尚書彭城公啓》『旋登殷夢，俄奉周畋』注。〔按〕『枚卜功臣』出《書·大禹謨》：『枚卜功臣，惟吉之從。』枚卜，一一占卜。古以占卜選官。史卜、宵夢，謂武宗選求宰輔。

〔一〇〕〔徐曰〕『掌武』當作『常武』，見《賀相國汝南公啓》『運推常武』注。〔馮注〕按《漢書》，太尉掌武事，故後世稱太尉爲『掌武』。此句似能文惟睿之掌武，以點明太尉，後人固以『掌武』稱衛公也。然於義未安，俟再考。〔按〕掌武固可指稱太尉，如孫光憲《北夢瑣言》卷四：『唐吴融侍郎策名後，曾依相國太尉韋公昭度，以文筆求知。每起草先呈，皆不稱旨，吴乃祈掌武親密俾達其誠。』洪邁《容齋四筆·官稱别名》亦云：『唐人好以它名標牓官稱……太尉爲掌武。』然此處承上文似謂須尋求能文且掌武者爲宰輔，以永固大業，非直以『掌武』指太尉也。

〔一一〕〔補注〕辟，天子，君主。《書·泰誓下》：『爾衆士其尚迪果毅，以登乃辟。』孔傳：『登，成也；成汝君之功。』

〔一二〕〔徐注〕《書》：夢帝賚予良弼，其代予言。《楚語》：白公子張曰：昔殷武丁能聳其德，至於神明，以入於河，自河徂亳。於是乎三年默以思道，又使以象旁求四方之賢，得傅説以來，升以爲公，而使朝夕規諫。

〔一三〕〔補注〕迷撓，迷亂；章指，此指皇帝之意旨。

〔一四〕〔徐注〕《漢書·周昌傳》：昌爲人吃，又盛怒，曰：『臣口不能言，然臣期期知其不可。』《揚雄傳》：雄口吃，不能劇談。

〔一五〕〔徐注〕《儀禮·覲禮》曰：同姓大國則曰伯父，小邦則曰叔父。《漢書·賈誼傳》：《疏》曰：今日王侯三公之貴，天子之所改容而禮之也，古天子之所謂伯父伯舅也。注：師古曰：天子呼諸侯長者同姓，則曰伯父；異姓，則言伯舅也。伯，長也。按：德裕雖出趙郡，而姓則同爲李氏，亦可稱伯父。時爲淮海軍節度使，故曰『淮海伯父』也。

〔一六〕怏，徐本作『快』，校云：《英華》作『怏』，是。或云當作『觖望』。然『觖望』者，謂不滿所望而怨也，與上下文義不協，恐非。〔馮按〕《英華》本作『快』，徐刊本乃作『怏』，而有此疑也。『觖望』亦有止作冀望解者，見《後漢書·臧洪傳》。而古帖、古書中『快然』『快抃』亦頗有作『怏』者，疑古人偶誤通耳。〔按〕《全文》正作『快望』。又，《爲滎陽公賀崔相公轉户部尚書啓》亦云『華夷快望』。

〔一七〕〔徐注〕《書》：疇咨若時登庸。《舊書》：開成五年九月，以德裕爲吏部尚書、同中書門下平章事。〔馮箋〕按《舊書·傳》，武宗即位之年七月，召德裕於淮南，九月爲相。此云『四月』『是月』，兼玩上文『既三四日』

之語，與史大異，豈史之紀、傳、表皆誤耶？抑此文舛耶？〔張箋〕開成五年：四月，召淮南節度使檢校尚書左僕射李德裕，既至，以爲吏部尚書、同中書門下平章事。並附考云：考《會昌一品集》有《宣懿太后祔廟制》云：『朕因載誕之日，展承顔之敬。』又有《宣懿皇后祔陵狀》云：『臣等伏以園寢已安，神道貴静。光陵因山久固，僅二十年；福陵近又修崇，足彰嚴奉。今若再因合祔，須啓二陵，或慮聖靈不安。又以陰陽避忌，亦有所疑。臣等商量祔太廟，不移福陵，實爲允便。』宣懿祔廟事在六月。《舊書·武宗紀》云：『五月中書奏，六月十二日皇帝載誕之辰，請以其日爲慶陽節，祔宣懿太后於太廟。』又云：『初，武宗欲啓穆宗陵祔葬，中書門下奏曰』云云，其文即節録《會昌一品集》此篇，則其時德裕已登台席矣。若使七月内召，九月登庸，祔廟大禮，非所躬遇，安得有此等制、狀哉？然則紀、傳時月，洵不足信也。今據本集酌定之。〔岑曰〕余按張氏所恃最强之據，爲李商隱《（會昌一品）集序》，但考《通鑑》二四六：『召淮南節度使李德裕入朝。九月甲戌朔，至京師；丁丑，以德裕爲門下侍郎、同平章事；庚辰，德裕入謝，言於上曰……』，到京，入謝，各有的日，他書未之見。又下叙進言一段，與《新書·德裕傳》互有詳略。宋及司馬當日尚見德裕自著之《文武兩朝獻替記》（《考異》曾引之），上所云云，必本自此記，其爲强證，遠勝於商隱之《序》也。張引《舊·記》『初武宗欲啓穆陵』一節，今《會要》二一叙於開成五年二月追謚宣懿之下，可見各書紀載有異。《舊·紀》自武宗以後，失次者甚多，安見『紀、傳時月洵不足信』之不可適用於此節耶？抑《懿后祔廟制》，《會要》一六又書在會昌元年六月，《舊·紀》之紀年，亦難專信。『展承顔之敬』係針對下文太皇太后言；載誕之節，歷年皆有，尤不限於開成五年。合此以觀，所稱四月入相，殊非敢信。德裕入相先後，於牛黨之造謡排擠，極有關係，不可不詳審也。（見《平質》乙承訛《李德裕入相》條）〔傅璇琮《李德裕年譜》曰〕按岑氏之説通達可信，《宣懿太后祔廟制》確應在會昌元年（詳見後譜），未能據此以定德裕入相之時月。日本僧人圓仁於開成五年八月二十日由五台山步行抵長安，逐日記載在京師之見聞。《入唐求法巡禮行記》卷三，開成五年九月五日記云：『夜，繫念毗沙門，誓願乞示知法人。聞揚州節度使李德裕有敕令入京，九月三日，入内，任宰相。』圓仁時在長安，以當時人記當時事，當屬可信。圓仁前在揚州時，曾謁見德裕，在其《行記》中有詳細叙述。若德裕本年四月已任相，圓仁當不可能於九月尚有如此之記述。且圓仁於九月五日記『聞』德裕有敕令入京，九月初三入内，任宰相，與《舊·紀》記德裕於九月初一日召入、拜相亦大致相合。據此，則德裕拜相仍應定爲九月，其敕令入京則可能在七月，辦理移交，稽延時日，至京當已是八月底矣。〔按〕李德裕之實際入相時月，洵在九月，岑、傅説辨甚詳審，當從。兹更補一證。商隱《爲濮陽公上淮南李相公狀二》云：『況今者時逼藏弓，禮當輔主。元侯功大，獨申攀送之哀；伯父位尊，使率駿奔之列……竊計軒車，已臻伊、洛。』文宗葬章陵在開成五年八月十七日，此云『時逼藏弓』，即指文宗葬期迫近，則狀之作當距此不遠，約七月底八月初，而此時德裕尚在赴召途中之伊、洛一帶。如是年四月已内召爲相，必無此等語。此亦可證敕令入京在七月，到京爲八月底，九月方拜相。然商隱此序之『四月某日入覲，是月某日登庸』，『四』字容或爲『九』字之誤，而上文之『既三四日』似不可能再誤。意者，當日武宗即位之初，或即有詔徵德裕入相之意，而其時牛黨之李珏、楊嗣復正居相位，必有阻撓之圖，故正式下詔徵德裕入京，乃延至七月。而《序》爲强調武宗對德裕之倚賴，故將武宗即位之初選相之言亦皆記録。然則，『四月某日入覲』雖誤，上文『顧左右』『既三四日』等語則未必皆誤也。

〔一八〕〔馮注〕《文選·任彦昇〈王文憲集序〉》：淵角殊祥，山庭異表。注曰：『《論語讖考讖》曰：顔回有角額，似月形。』淵，水也。月是水精，故名淵。《摘輔象》曰：子貢山庭斗繞口。謂面有三庭，言山在中，鼻高有異相也。

〔一九〕〔馮注〕張衡《西京賦》：華蓋承辰。薛綜注：華蓋星覆北斗，王者法而作之。〔補注〕華蓋，此猶冠冕之意。九流，見《爲滎陽公上西川李相公狀》『九流萬國』注。此猶九流人物之意。

〔二〇〕〔徐注〕左思《吴都賦》：指南司方。注：指南車上有木人，手常指南，故曰司方。〔馮注〕〔司南〕已見《爲李貽孫上李相公啓》『羣生指南』注。又《晋書·志》：司南車，一名指南車，刻木爲仙人，衣羽衣立車上，車雖回運，而手常指南。〔補注〕百度，百事，各種制度。《書·旅獒》：『不役耳目，百度惟貞。』

〔二一〕玄機，見《爲河南盧尹賀上尊號表》『玄機獨運』注。

〔二二二〕厭，《英華》注：入聲。〔徐注〕《詩》：神之格思，不可度思。〔補注〕厭，滿足。玄機、神度，猶所謂神機妙算。

〔二二三〕夢耶卜耶，見注〔九〕。

〔二二四〕〔補注〕金門，金明門，唐時宫門名。金明門内爲翰林院所在。《舊唐書·職官志二》：「翰林院。天子在大明宫，其院在右銀臺門内。在興慶宫，院在金明門内。若在西内，院在顯福門。」亦可指金馬門，漢代宫門名，學士待詔之處。

〔二二五〕衔，《英華》注：集作「含」。

〔二二六〕〔徐注〕《易》：微顯闡幽。〔補注〕幽闡，闡明幽深之理。

〔二二七〕〔補注〕《召誥》，《尚書》篇名。成王在豐，欲宅洛邑，使召公先相宅，作《召誥》。見《書序》。《説命》，《尚書》篇名。高宗夢得説，使百工營求諸野，得諸傅巖，作《説命》三篇。見《書序》。

〔二二八〕〔徐注〕《書》：乃賡載歌曰：元首明哉，股肱良哉。〔補注〕此謂武宗、德裕君明臣賢，相互契合。

〔二二九〕大手筆，見《爲滎陽公上李太尉狀》「有大手筆」注。〔馮按〕古人有謂事非吉祥，不當用者，然歷代史傳，皆已習用，故不必忌也。

〔二三〇〕見《爲滎陽公上李太尉狀》「居第一功」注。

〔二三一〕麒麟，《英華》原作「凌煙」，彭叔夏《辨證》已改正。參下注。

〔二三二〕見《爲懷州刺史舉人自代狀》「麟閣舊圖」注。

〔二三三〕收，《英華》誤作「牧」，注：集作「收」。〔馮注〕《北史·魏收傳》：齊武成帝於華林别起玄洲苑，備山水臺觀之麗。詔於閣上畫收，其見重如此。自武定二年以後，國家大事詔命、軍國文詞，皆收所作。每有警急，受詔立成。或時中使催促，收筆下有同宿構。《文苑傳》：齊天保中及河清、天統之辰，自李愔以下，在省惟撰述除官詔旨，其關涉軍國文翰，多是魏收作之。〔補注〕二句蓋謂霍光惟有勳伐，魏收惟善文章，而德裕則既功高而有文章，故云『且圖』，『別議』，以明霍、魏之不足，而德裕則『允兼具美』也。

〔三四〕〔徐注〕《舊書》：顔籀，字師古。博覽羣書，善屬文。高祖朝，遷中書舍人，專掌機密。于時軍國多務，凡有制誥，皆成其手。師古達于政理，册奏之工，時無及者。太宗踐阼，擢拜中書侍郎。岑文本，字景仁，博考經史，善屬文。貞觀元年，擢拜中書舍人，漸蒙親顧。初，武德中詔誥及軍國大事文皆出於顔師古。至是文本所草詔誥，或衆務繁湊，即命書僮六七人隨口並寫，須臾悉成，亦殆盡其妙。〔馮注〕《新書·儒學傳》：顔師古字籀。按：師古似以字行，則以字爲名可也。以原名爲字，唐初尚有一字字乎？

〔三五〕〔徐注〕《舊書》：李嶠，趙州贊皇人。爲兒童時夢有神人遺之雙筆，自是漸有學業。高宗時爲鳳閣舍人，朝廷每有大手筆，皆特令嶠爲之。崔融，齊州全節人，爲文典麗，當時罕有其比。朝廷所須《洛出寶圖頌》《則天哀册文》及諸大手筆，並手敕付融。

〔三六〕〔徐注〕《舊書》：張説字道濟。前後三秉大政，掌文學之任凡三十年。爲文俊麗，用思精密。朝廷大手筆，皆特承中旨譔述，天下詞人，咸諷誦之。按：蘇瓌景雲中卒，不及事玄宗。『瓌』當作『頲』。《舊書》：瓌子頲，少有俊才。玄宗時與李乂對掌文誥。上謂頲曰：『前朝有李嶠、蘇味道，謂之蘇李；今有卿及李乂，亦不讓之。卿所製文誥，可録一本封進，題曰臣某撰，朕要留中披覽。』其禮遇如此。〔馮注〕《舊書》：張説，開元時爲尚書左丞相、集賢院學士，封燕國公。又：蘇瓌，字昌容，中宗景龍三年轉尚書右僕射、同中書門下三品，進封許國公。睿宗景雲元年十一月薨。又：瓌子頲，少有俊才。神龍中，拜中書舍人，父子同掌機密。瓌薨，襲爵許國公。玄宗以爲中書侍郎，掌文誥……開元四年，遷紫薇侍郎、同紫薇黄門平章事。〔按〕徐謂『瓌』當作『頲』，是。燕國公張説、許國公蘇頲玄宗時均以文章顯世，時號『燕許大手筆』，見《新唐書·蘇頲傳》。此義山一時誤記。

〔三七〕〔徐注〕《舊書》：常袞，京兆人，寶應二年選爲翰林學士、知制誥。永泰元年，遷中書舍人。袞文章俊拔，當時推重，與楊炎同爲舍人，時稱爲『常楊』。按：鄭亞改本云『常、楊繼美於代宗之世』，謂常袞、楊炎也，疑此脱『曰炎』二字。〔馮注〕《舊書》：常袞，大曆時，拜門下侍郎、同平章事。按：李（德裕）之來書止云『常相』，乃改本增之耳。〔按〕馮説是。

〔三八〕〔徐注〕《左傳》：楚子告大夫曰：『所以從先君於禰廟者。』《舊書》：李吉甫，字弘憲，趙郡人。父栖筠，代宗朝爲御史大夫，名重於時。吉甫少好學，能屬文，年二十七爲太常博士，該洽多聞，尤精國朝故實，沿革折衷，時多稱之。憲宗嗣位，以考功郎中知制誥，旋召入翰林爲學士，轉中書舍人。二年，擢吉甫爲中書侍郎、平章事。九年卒，贈司空，謚曰忠懿。〔馮注〕《舊書・傳》：（元和）三年九月，充淮南節度使，六年正月再入相。〔補注〕父死，神主入廟後稱『禰』。《公羊傳・隱公元年》『惠公者何？隱之考也』何休注：『生稱父，死稱考，入廟稱禰。』

〔三九〕傳，《全文》作『傳』，《英華》同。《英華》注：集作『傳』。兹據改。〔馮注〕《史記・天官書》：察日行以處位太白。《索隱》曰：『太白晨出東方曰啓明，故察日行以處太白之位。』《東方朔别傳》：朔遊鴻濛，忽遇母採桑於白海之濱，有黄眉翁指母以語朔曰：『昔爲我妻，託形爲太白之精，今汝亦此星之精也。』《風俗通》：東方朔太白星精，黄帝時爲風后，堯爲務成子，周爲老子，越爲范蠡，齊爲鴟夷，變化無常也。〔徐注〕《舊書・文藝傳》：李白字太白，白之生，母夢長庚星，因以命之。

〔四〇〕非煙，見《爲河南盧尹賀上尊號表》『非煙浪井』注。

〔四一〕〔馮注〕《漢書》：魏相字弱翁，宣帝時爲丞相，封高平侯。丙吉字少卿。宣帝詔：朕微眇時，御史大夫吉與朕有舊恩，其封吉爲博陽侯。後五歲，代魏相爲丞相。《西都賦》：蕭、曹、魏、丙，謀謨乎其上。〔徐注〕潘岳《西征賦》：懷夫蕭、曹、魏、邴之相。

〔四二〕〔補注〕伊、皋，伊尹、皋陶。劉向《九歎・愍命》：『三苗之徒以放逐兮，伊、皋之倫以充廬。』

〔四三〕〔馮注〕《南史》：王僧孺聚書至萬餘卷，多異本，無所不睹。其文麗逸，多用新事，人所未見者，時重其富博。

〔四四〕見《爲李貽孫上李相公啓》『庚持奇字』注。

〔四五〕〔補注〕《詩·大雅·烝民》：『吉甫作誦，穆如清風。』

〔四六〕白雪，見《獻侍郎鉅鹿公啓》『聞郢中之《白雪》』注。

〔四七〕見《爲滎陽公上李太尉狀》『食時之敏』注。

〔四八〕〔徐注〕《南史·裴子野傳》：梁武帝敕爲書喻魏相元乂，其夜受旨，及五鼓，敕催令速上。子野徐起操筆，昧爽便就。及奏，武帝深嘉焉。

〔四九〕見《爲滎陽公上李太尉狀》『在古有夙構之疑』注。

〔五〇〕〔徐注〕禰衡《鸚鵡賦序》：衡因爲賦，筆不停綴，文不加點。

〔五一〕〔補注〕天文，此指皇帝之詔諭。

〔五二〕纂，《英華》注：集作『纘』。〔補注〕伊，語助詞。纂，繼承。舊服，前人之事業。《書·仲虺之誥》：『天乃錫王勇智，表正萬邦，纘禹舊服。』纘，通『纂』。

〔五三〕下『也』字，《英華》作『哉』。〔補注〕《孟子·滕文公上》：『舜何人也，予何人也，有爲者亦若是。』

〔五四〕〔徐注〕《書》：『丕顯哉！文王謨；丕承哉！武王烈。』〔補注〕丕承，謂帝王承天受命。

〔五五〕『忝』下《英華》有『辱』字。

〔五六〕曰，《英華》注：集作『云』。〔補注〕《易·泰》：『不戒以孚，中心願也。』《詩·小雅·隰桑》：『中心藏之，何日忘之。』

〔五七〕〔補注〕《詩·召南·采蘩》：『于以用之，公侯之宫，夙夜在公。』『夙夜在公』語本此。而意則兼用《詩·大雅·烝民》：『夙夜匪解，以事一人。』又《禮記·祭統》：『其勤公家，夙夜不解。』

〔五八〕鴻，《全文》作『宏』，徐本作『弘』，此從《英華》。〔補注〕鴻烈，大功業。《漢書·揚雄傳下》：『典謨之篇，雅頌之聲，不温純深潤，則不足以揚鴻烈而章緝熙。』

會一日，上明發於法宮之中〔五九〕，念兆人之衆，顧九州之廣，永懷不待之痛〔六〇〕，式重如存之敬〔六一〕。公伏奏曰：『惟先后懋守丕基，允資内助〔六二〕，秀南頓嘉禾之瑞〔六三〕，開烈山神井之祥〔六四〕。德駕河洲〔六五〕，淑肩沙麓〔六六〕。將顯降嬀之配〔六七〕，未弘褒紀之恩〔六八〕。淪美椒塗〔六九〕，掩華蘭掖〔七〇〕。緣山破礿，夙聞齊主之悲〔七一〕；採石傳形，早降漢皇之慟〔七二〕。今繞樞有慶〔七三〕，鳴社承輝〔七四〕，而懿號未彰，貞魂莫祔〔七五〕，恐無以懋遵聖緒，光慰孝思。』公於是承命，有宣懿祔廟之制〔七六〕。

〔五九〕法，《英華》注：集作『清』。非。〔徐注〕《詩》：明發不寐。《漢書・鼂錯傳》：處於法宮之中，明堂之上。〔補注〕法宮，宮室正殿，帝王處理政事之處。

〔六〇〕〔馮注〕《家語》：孔子適齊，中路聞哭者甚哀，丘吾子也，曰：『夫樹欲静而風不停，子欲養而親不待。往而不來者，年也；不可再見者，親也。』遂投水而死。孔子曰：『小子識之，斯足爲戒矣。』《韓詩外傳》（丘吾子也）作『臯魚也』，（遂投水而死）作『立槁而死』，餘同。

〔六一〕〔補注〕《詩・秦風・渭陽序》：『《渭陽》，康公念母也……我見舅氏，如母存焉。』《論語・八佾》：『祭如在，祭神如神在。』

〔六二〕允，《英華》注：集作『永』。非。〔徐注〕《魏志・后妃傳》：棧潛疏曰：『在昔帝王之治天下，不惟外輔，亦有内助。』〔補注〕先后，先帝，指穆宗。武宗爲穆宗子。懋，勤勉。丕基，大業。允，確實。

〔六三〕頓，《英華》注：集作『潁』。非。〔徐注〕《後漢書・光武紀》：南頓令欽生光武。論曰：是歲縣界有嘉禾生，一莖九穗，因名光武曰秀。〔補注〕秀，結實。

〔六四〕見《賽堯山廟文》『亦分功於農井』注、《祭吕商州文》『厲山遥鬱於朝嵐』注。〔補注〕句意謂誕生帝王之祥，指誕生武宗。

〔六五〕〔徐注〕《詩序》：《關雎》，后妃之德也。其詩曰：關關雎鳩，在河之洲。

〔六六〕見《爲懷州刺史舉人自代狀》『沙麓遺芳』注。〔補注〕肩，比肩。謂賢淑可與漢之元后（漢成帝后）比肩。

〔六七〕〔徐注〕《書》：釐降二女於嬀汭，嬪于虞。《水經注》：蒲坂縣南有歷山，舜所耕處也。有舜井，嬀、汭二水出焉。南曰嬀水，北曰汭水，《尚書》所謂『釐降二女于嬀汭』也。孔安國曰：居嬀水之内焉。季長曰：水所出曰汭。然則『汭』似非水名，而今見有二水，異源同歸，西注於河。嬀音居危反。

〔六八〕〔徐注〕《春秋·桓公九年》：春，紀季姜歸于京師。《漢書·外戚恩澤侯表》：薄昭、竇嬰、上官、衛、霍之徒，以功受爵；其餘后父據《春秋》褒紀之義，帝舅緣《大雅》申伯之意，寖廣博矣。應劭曰：《春秋》，天子將納后於紀，紀本子爵也，故先褒爲侯，言王者不取於小國。〔馮注〕《春秋·桓公二年》：秋七月，紀侯來朝。《公羊傳》註曰：稱侯者，天子將娶于紀，與奉宗廟，重莫大焉，故封之百里。《穀梁傳》註曰：隱二年稱子，今稱侯，蓋時王所進。又：九年春，紀季姜歸于京師。〔補注〕謂宣懿嫁穆宗，尚未受到褒揚之恩。

〔六九〕淪，《全文》《英華》均作『渝』。《英華》注：集作『論』。〔馮校〕舊作『渝』，集作『論』，皆非。今改定（作『淪』）。〔按〕馮校是，兹據改。淪美，與下句『掩華』，均言宣懿之去世。渝、論均『淪』之形訛。〔徐注〕顔延之《元皇后哀策》：蘭殿長陰，椒塗弛衛。〔馮注〕《漢官儀》：皇后稱椒房，取其實蔓衍盈升。以椒塗壁，取温煖，祛惡氣也。

〔七〇〕〔馮注〕《漢武故事》：武帝生猗蘭殿。〔補注〕蘭掖，掖庭之美稱，后宫嬪妃所居。

〔七一〕〔徐注〕《列子》：趙襄子狩于中山，藉芿燔林，扇赫百里。《樂苑》：南齊時朱碩仙善歌吴聲《讀曲》。武帝出遊鍾山，幸何美人墓，碩仙歌曰：『一憶所歡時，緣山破芿荏。山神感儂意，磐石鋭鋒動。』帝神色不悦曰：『小人不遜弄我。』時朱子尚亦善歌，復爲一曲曰：『曖曖日欲冥，歡騎立踟蹰。太陽猶尚可，且願停須臾。』於是俱被賞賚。〔馮注〕《説文》：『芿，草也。從艸，乃聲。』如乘切。《玉篇》：芿音仍。《説文》曰：『草不芟，新草又生曰芿。』又：芿，而證切。草芟陳者，又生新者。按：『荏』『動』不同韻，晋宣武舞曲《軍鎮篇》『鎮』『動』二字爲韻，與此（指朱碩仙所歌）同例。

〔七二〕〔馮注〕《拾遺記》：『漢武帝思李夫人。李少君曰：闇海有潛英之石，其色青，刻之爲人像，神悟不異真人。使此石像往，則夫人至矣。』乃遣人至闇海，十年而還，得此石。命工人刻作夫人形，置於輕紗幕裏，宛若生時。事亦見《漢書·外戚傳》。

〔七三〕今，《英華》脱此字。〔馮注〕《帝王世紀》：神農氏之末，少典氏娶附寶，見大電光繞北斗樞星照郊，感附寶，孕十二月，生黄帝於壽丘。

〔七四〕〔徐注〕《藝文類聚》：《春秋潛潭巴》曰；里社鳴，此里有聖人，其呴則百姓歸之。宋均注云：社里之君也，鳴則教令行，惟聖人能之。呴，鳴之怒也。

〔七五〕〔徐注〕《後漢書·趙咨傳》：敕子胤曰：『亡者元氣去體，貞魂游散。』〔馮注〕妃不祔廟，故云。

〔七六〕〔徐箋〕《新書》：穆宗宣懿皇后韋氏，失其先世。穆宗爲太子，后得侍，生武宗。長慶時册爲妃。武宗立，妃已亡，追册爲皇太后，上尊謚。有司奏太后陵宜别制號，帝乃名所葬園曰福陵。既又問宰相：『葬從光陵，與但祔廟，孰安？』奏言：『神道安于静。光陵因山爲固，且二十年，不可更穿。福陵崇築，已有所，當遂就臣等請，奉主祔穆宗廟便。』由是合食穆宗室。〔馮曰〕『於是有』句法，仿《左傳》『吕相絶秦』體格。

初，文宗皇帝思宗社之靈，祧祖之重，傳於夏啓，既不克終[七七]；歸於與夷[七八]，又未能立[七九]。乃推帝堯敦叙九族之道[八〇]。弘魏文棠棣諸弟之志[八一]。常曰：『潁邸，吾寧忘邪[八二]？』及武宗讓踰三四[八三]，位當九五[八四]，出潛離隱[八五]，躍泉在天[八六]，揚八彩於堯眉[八七]，挺二肘於湯臂[八八]。故外則上公列辟[八九]，内則常侍貴人[九〇]，咸願擬議形容[九一]，依稀彩飾。公搢圭歸美[九二]，吮墨摛詞，詠日月之光華[九三]，知天者之務也[九四]；贊乾坤之易簡，作《易》者之事乎[九五]！公於是有聖容之贊[九六]。

〔七七〕〔徐箋〕《新書》：文宗莊恪太子永，大和六年立，開成三年廢之。是年暴薨。帝悔之曰：『朕有天下，反不能全一兒乎？』〔補注〕用夏禹傳位子啓喻傳位太子。不克終，指太子永被廢及暴薨。

〔七八〕與，《英華》作『余』，注：《左傳》作『與』。見下注。

〔七九〕又，《英華》注：集作『亦』。〔徐注〕《左傳》：宋穆公疾，召大司馬孔父而屬殤公焉，曰：『先君舍與夷而立寡人，寡人弗敢忘，請子奉之以主社稷。』宋穆公卒，殤公即位。箋：《新書》：陳王成美，敬宗第五子也。開成四年，帝乃立成美爲皇太子。典册未具而帝崩。〔按〕與夷爲宋穆公姪，成美爲唐文宗姪，故以穆公立與夷喻文宗立成美爲皇太子。文宗崩，仇士良立武宗，賜成美死，故云『又未能立』。

〔八〇〕〔徐注〕《書·堯典》：克明俊德，以親九族。〔馮注〕《臯陶謨》：惇叙九族。〔補注〕敦叙九族，謂使九族親厚而有序。惇，同『敦』。

〔八一〕志，《英華》注：集作『意』。〔徐注〕魏文帝《典論》：年壽有時而盡，榮樂止乎其身。按：子桓爲嗣之後，猜忌諸弟，携隙日深，故曹植《求通親親表》曰：『恩紀之違，甚於路人；隔閡之異，殊于胡越。』而此云『弘魏文榮樂諸弟之志』，真不可解。豈謂南皮之游，西園之宴，少小追逐時與？〔馮按〕《典論·論文》，並不涉兄弟事，而《舊書·穆宗五子傳》：《贈懷懿太子湊制》亦云：『念周宣好愛之分，長慟莫追；覽魏文榮樂之旨，軫懷無已。』則唐人習用之也。本集《爲鹽州刺史奏舉李孚判官狀》（推魏文榮樂之旨）亦用之爲敦族之義矣。魏文有《玄武陂詩》曰：『兄弟共行遊，驅車出西城。忘憂共容與，暢此千秋情。』稍見友于之誼，而亦無『榮樂』字。《魏志》，文帝惟於趙王幹，親待隆於諸弟，以文帝爲嗣，幹母有力，且太祖遺令故也。其他則傳評所云『骨肉之恩乖，《常棣》之義廢』矣。又北魏高祖孝文帝，篤愛諸弟，其《紀》文曰：『撫念諸弟，始終曾無纖介，惇睦九族，禮敬俱深。』《彭城王勰傳》曰：勰以寵受頻煩，乃曰：『臣聞兼親疏而兩，並異同而建，此既成文於昔，臣願誦之於後。陳思求而不允，愚臣不請而得，非獨曹植遠羨於臣，是亦陛下踐魏文而不顧。』高祖大笑，執勰手曰：『二曹才名相忌，吾與汝以道德相親，緣此而言，無慚前烈。』味其語，實引曹魏事爲比例。然則『榮樂諸弟』必別有所據，未及偏考羣書，或古籍已逸耳。『榮樂』字既不見《魏書》，且北魏孝文不得直稱魏文，説者謂直用北魏事，非矣。按：《典論·論文》云：『至若引氣不齊，巧拙有素，雖在父兄，不能以移子弟。蓋文章經國之大業，不朽之盛事，年壽有時而盡，榮樂止乎其身。』是謂富貴榮樂，身亡則止，不如文章不朽。於諸弟何干？此句且闕疑可耳。

〔八二〕常，《英華》作『嘗』，通。〔徐箋〕《舊書·文宗紀》：開成二年五月戊申，上幸十六宅，與諸王宴樂。決十六宅内官范文喜等三人，以供諸王食物不精故也。十月庚子慶成節，上幸十六宅，與諸王宴樂。四年六月庚申，上幸十六宅安王、潁王院宴樂，賜與頗厚。〔馮箋〕文宗屢幸十六宅，與諸王宴樂，皆見《舊·紀》。但武宗之立，由於宦官矯詔，彌縫反啓嫌疑矣。改本删之爲是。

〔八三〕〔徐注〕《漢書·文帝紀》：代王西鄉讓者三，南鄉讓者再。

〔八四〕〔徐注〕《易》：九五，飛龍在天，利見大人。又：飛龍在天，乃位乎天德。

〔八五〕〔馮注〕《易·乾》：初九，潛龍勿用。《文言》曰：潛之爲言也，隱而未見。九二，見龍在田。註曰：出潛離隱，故曰見龍。

〔八六〕〔馮注〕《易·乾》：『九四，或躍在淵。』諱『淵』爲『泉』。〔徐箋〕《舊書·武宗紀》：開成五年正月二日，文宗暴疾。宰相李珏、知樞密劉弘逸奉密旨，以皇太子監國。兩軍中尉仇士良、魚弘志矯詔迎潁王于十六宅。四日，文宗崩，宣遺詔：皇太弟宜於柩前即位。〔補注〕此謂武宗即帝位。

〔八七〕〔馮注〕《春秋元命苞》：堯眉八彩，是謂通明。曆象日月，璇璣玉衡。《尚書大傳》：堯八眉者，如『八』字者也。〔補注〕《孔叢子·居衛》：『昔堯身修十尺，眉分八采。』

〔八八〕〔徐校〕『二』當作『四』。《帝王世紀》：湯臂四肘。〔馮注〕按《春秋元命苞》：湯臂四肘，是謂神剛，象月推移，以綏四方。又，《白虎通》：湯臂三肘，是謂柳翼，攘去不義，萬民蕃息。則作『三肘』，尤諧聲矣。

〔八九〕〔徐注〕《書·微子之命》：庸建爾于上公。〔補注〕班固《典引》：『德臣列辟，功君百王。』列辟，公卿諸官。

〔九〇〕則，《英華》脱。〔徐注〕《後漢書·宦者傳》：論曰：漢興，仍襲秦制，置中常侍官。至於孝武，數宴後庭，故潛游離館，請奏機事，多以宦人主之。《漢書·李廣傳》：上使中貴人從廣。服虔曰：内臣之貴幸者。〔馮注〕《後漢書·宦者傳》：論曰：中興之初，内宫悉用閹人，不復離調它士。按：兼及閹人，語殊贅設。改本專從求仙引起，乃爲善於立言。

〔九一〕〔徐注〕《易》：擬議以成其變化。又：擬諸其形容。〔補注〕擬議形容，謂摹擬其容顔。下句『依稀』亦擬寫、摹畫意。

〔九二〕〔徐注〕《晉書·傅咸傳》：致書曰：至於論功，當歸美於上。〔補注〕搢圭，猶插笏。

〔九三〕〔徐注〕《吕氏春秋》：虞帝《卿雲歌》曰：日月光華，旦復旦兮。

〔九四〕務，《全文》作『事』，據《英華》改。

〔九五〕〔徐注〕《易》：乾以易知，坤以簡能。又：易簡之善，配至德。〔補注〕易簡，平易簡約。

〔九六〕〔徐箋〕按鄭亞《序》云：『公乃範真金，模聖表。』當是鑄金爲像也。史無其事，不可得而詳。今本《一品集》有《仁聖文武至神大孝皇帝真容贊序》云：『於是圖輕素，寫良金，擬鑑形於止水，若凝視於清鏡。五彩既彰，穆穆皇皇。居列仙之館，近玄祖之光。蓋以昭燕翼之謀，顯丕承之德矣。』觀此，則又似繪素之後更鑄金也。

天寶季年，物豐時泰。骨鯁者慕周偃武〔九七〕，肉食者效晉清談〔九八〕。豕不豶牙〔九九〕，蠆因摇尾〔一〇〇〕。氛興燕、易〔一〇一〕，駕狩巴、梁〔一〇二〕。九十年鑾輅不東〔一〇三〕，三千里華戎遂隔〔一〇四〕。日者上玄降鑒，元聖恢奇〔一〇五〕，遂於首亂之邦，先有納忠之帥〔一〇六〕。復我疆理，平我讎仇〔一〇七〕。負羽蒙輪〔一〇八〕，已聞於深入〔一〇九〕；赤芾邪幅〔一一〇〕，將事於駿奔〔一一一〕。陳萬賄以展儀〔一一二〕，備四旂而告捷〔一一三〕。仍願於箕星之分〔一一四〕，巫閭之旁〔一一五〕，追琢貞珉〔一一六〕，彰灼來葉，以文上請，屬意宗臣〔一一七〕。公乃更夢江毫〔一一八〕，重呑羅鳥〔一一九〕，町畦河、濟〔一二〇〕，呼嘯神祇〔一二一〕。述烈聖之英猷〔一二二〕，答藩維之深懇〔一二三〕。既事包理構思而亂〔一二四〕，思屬安危，不惟嵩岳降神〔一二五〕，固亦文星助彩〔一二六〕。螭蟠龜戴〔一二七〕，蟲篆鳥章〔一二八〕。君苗硯焚〔一二九〕，灑翰而元常筆閣〔一三〇〕。公於是有《幽州紀聖功》之碑〔一三一〕。

〔九七〕骾。《英華》作『鯁』。〔徐注〕《漢書·陳平傳》：平謂漢王曰：『彼項王骨鯁之臣，亞父、鍾離眛、龍且、周殷之屬，不過數人耳。』《鮑宣傳》：上書曰：朝臣亡有大儒骨鯁白首耆艾魁壘之士。《書》：乃偃武修文。

〔九八〕〔徐注〕《左傳》：曹劌曰：『肉食者鄙，未能遠謀。』〔馮注〕晋人多尚清談，如《晋書·王衍傳》：惟談《老》《莊》爲事，矜高浮誕，遂成風俗。後爲石勒所殺。將死，顧而言曰：『嗚呼！吾曹雖不如古人，向若不祖尚浮虚，戮力以匡天下，猶可不至今日。』

〔九九〕〔徐注〕《易》：豶豕之牙，吉。程傳：豕之有牙，百方制之，終不能使改。惟豶其勢，則性自調伏，雖有牙，亦不能爲害。《韻會》：豶，牡豬去勢也。〔馮注〕《易》註曰：豕牙横猾剛暴，難制之物。豶牙，禁暴抑盛。疏曰：褚氏曰：豶，除也。

〔一〇〇〕〔徐注〕《左傳》：鄭子産作丘賦，國人謗之曰：『其父死于路，已爲蠆尾，以令於國，國將若之何？』〔馮注〕《詩》：卷髮如蠆。箋曰：蠆，螫蟲也。尾末揵然。疏曰：《左傳》：『已爲蠆尾。』言其尾有毒也。《左傳》：臧文仲曰：『君無謂邾小，蜂蠆有毒，而況國乎？』〔補注〕蠆，蝎子一類毒蟲。《左傳》孔疏引《通俗文》云：蠆長尾謂之蠍。

〔一〇一〕〔徐注〕謂安禄山叛范陽。

〔一〇二〕〔徐注〕謂玄宗幸蜀。

〔一〇三〕〔徐注〕《西都賦》：大輅鳴鑾。善曰：《白虎通》：天子大輅。《新書·儒學傳》：敬播謂人曰：『鑾輿不復東矣。』〔馮注〕《禮記》：鸞車，有虞氏之路也。《周禮·夏官》：大馭，掌馭玉路。凡馭路儀，以鸞和爲節。應劭《漢官鹵簿》：乘輿大駕御鳳凰車，以金根爲副，建龍旗，駕四馬，施八鸞，猶周金輅也。謂安、史亂後，車駕不復至東都。〔補注〕張衡《東京賦》：『乘鑾輅而駕蒼龍。』鑾輅，猶鑾駕。

〔一〇四〕〔徐注〕《西京賦》：隔閡華戎。〔馮注〕謂隴右諸郡陷吐蕃者。

〔一〇五〕〔馮注〕上玄，謂天；元聖，謂老子，非《湯誥》之『聿求元聖』。枚乘《七發》：馳騁恢奇。〔按〕元聖，大聖人，此指武宗，視下文『遂於首亂之邦，先有納忠之帥』可見。白居易《叙德抒情四十韵上宣歙崔中丞》：『元聖生乘運，忠賢出應期。』元聖亦指聖君。恢奇，弘揚奇偉。

〔一〇六〕〔馮注〕首亂之邦，謂范陽；納忠之帥，謂張仲武。〔按〕詳見注〔一三一〕。

〔一〇七〕二句《英華》作：疆理我邊鄙，臧獲我仇讎。〔補注〕復我疆理，指盧龍軍亂，雄武軍使張仲武克幽州；平我讎仇，指張仲武破回鶻事。詳注〔一三二〕。

〔一〇八〕〔馮注〕《國語》：晋獻公伐翟柤，郤叔虎被羽先升，遂克之。揚雄《羽獵賦》：賁、育之倫，蒙盾負羽，杖鏌邪而羅者以萬計。《後漢書·賈復傳》：被羽先登。注：被，猶負也，析羽爲旌旗，將軍所執。又《漢制考》：被羽先升。注曰：繫鳥羽於背，若今軍將負眊矣。〔徐注〕《左傳》：晋伐偪陽，圍之，狄虒彌建大車之輪，而蒙之以甲，以爲櫓，左執之，右拔戟，以成一隊。孟獻子曰：《詩》所謂『有力如虎』者是也。〔補注〕負羽，背負羽旗。非背負羽箭。

〔一〇九〕〔徐注〕《漢書·霍去病傳》：去病出北地，遂深入。

〔一一〇〕〔徐校〕『茀』當作『芾』。《詩》：赤芾在股，邪幅在下。〔馮曰〕『茀』可通『芾』。〔補注〕赤芾，赤色蔽膝，大夫以上所服。《詩·曹風·候人》：『彼其之子，三百赤芾。』鄭箋：『芾，冕服之韠也……大夫以上，赤芾乘軒。』邪幅，纏裹足背至膝之布，即今所謂綁腿。《詩·小雅·采菽》毛傳：『諸侯赤芾邪幅。幅，偪也，所以自偪束也。』鄭箋：『偪束其脛，自足至膝，故曰在下。』《左傳·桓公二年》『帶裳幅舄』孔疏：『邪纏束之，故名邪幅。』

〔一一一〕〔補注〕《書·武成》：『邦甸侯衛，駿奔走，執豆籩。』《詩·周頌·清廟》：『對越在天，駿奔走在廟。』駿奔，疾速奔走。

〔一一二〕萬，《英華》注：集作『方』。〔補注〕《逸周書·明堂》：『頒度量而天下大服，萬國各致其方賄。』方賄，土産。萬賄，猶多種財物。

〔一一三〕四斿，《英華》注：集作『駟介』。〔徐校〕『斿』當作『旗』。四旗，謂四方之旗。《周禮·考工記》曰旅：龍斿九斿，以象大火也；鳥旟七斿，以象鶉火也；熊旂六斿，以象伐也；龜蛇四斿，以象營室也。《左傳》：晋侯獻楚俘于王，駟介百乘，徒兵千。〔馮注〕『旗』本作『斿』，小誤。集作『駟介』。《左傳》『晋侯獻楚俘于王，駟介百乘，徒兵千』，然非所用。《隋書·禮儀志》：『有繼旗四以施軍旅：一曰麾，以供軍將；二曰旞，以供師帥；三曰旐，以供旅帥；四曰旆，以供倅長。』必用此也。

〔一一四〕顧，《英華》無此字。〔馮注〕《史記·天官書》：尾、箕幽州。〔補注〕箕星之分野爲幽州。

〔一一五〕〔徐注〕《周禮·夏官·職方氏》：東北曰幽州，其山鎮曰醫無閭。

〔一一六〕〔徐注〕《詩》：追琢其章。《頭陀寺碑》：貞石南刊。〔補注〕謂刻石立碑。

〔一一七〕〔徐注〕《漢書·蕭曹傳》：爲一代之宗臣。〔按〕宗臣有二義，一爲世所敬仰之名臣，《漢書·蕭曹傳》之『宗臣』即此義；一爲與君主同宗之臣，《國語·魯語下》『男女之饗，不及宗臣』即此義。此處似取後義，即前所謂『淮海伯父』也。

〔一一八〕見《爲山南薛從事謝辟啓》『曾無綵筆』注。

〔一一九〕見《爲舉人獻韓郎中啓》『未呑瑞鳥』注。

〔一二〇〕畦，《全文》《英華》作『疃』。《英華》注：集作『畦』。是，兹據改。〔馮注〕《莊子》：彼且爲町畦，亦與之爲無町畦。若《詩》『町疃鹿場』，傳曰：『鹿跡也。』非所用也。〔補注〕町畦，本田界之義，此處用作動詞『規劃』之義。河、濟，黄河、濟水。

〔一二一〕〔徐注〕宋玉《招魂》：招具該備，永嘯呼些。

〔一二二〕烈，《全文》《英華》作『列』。《英華》注：集作『烈』。是，兹據改。〔補注〕烈聖，有功業之聖主，此指武宗。

〔一二三〕藩維，《英華》注：集作『大藩』。

〔一二四〕包，《英華》作『苞』。

〔一二五〕〔補注〕《詩・大雅・崧高》：『崧高維岳，駿極於天。維岳降神，生甫及申。』崧，通『嵩』。

〔一二六〕見《爲李貽孫上李相公啓》『文星留伏於筆間』注。

〔一二七〕戴，《英華》注：集作『載』。〔徐注〕《隋書・禮儀志》：五品以上立碑，螭首龜趺。

〔一二八〕〔徐注〕《漢書・藝文志》：六體者，古文、奇字、篆書、隸書、繆篆、蟲書也。師古曰：蟲書，謂爲蟲鳥之形，所以書幡信也。許慎《説文序》：黄帝之史倉頡見鳥獸蹏迒之迹，初造書契。衛恒《四體書勢》：蟲跂跂以若動，鳥似飛而未揚。《拾遺記》：蟲章鳥篆之書。〔馮注〕《魏略》：邯鄲淳善《蒼雅》蟲篆、許氏字指。《晉書・衛恒傳》：《四體書勢》曰：黄帝之史沮誦、倉頡，眺彼鳥跡，始作書契。又曰：秦有八體，四曰蟲書。王莽時改定六書，六曰鳥書。

〔一二九〕〔馮注〕《晉書・陸機傳》：弟雲嘗與書曰：『君苗見兄文，輒欲燒其筆硯。』

〔一三〇〕〔馮注〕《魏志》：鍾繇字元常。《王粲傳》注：粲才既高，辯論應機。鍾繇、王朗等雖爲卿相，至於朝廷議奏，皆閣筆不能措手。〔徐注〕《書斷》：梁武帝論書云：鍾繇書如雲鵠游天，羣鴻戲海。

〔一三一〕〔徐箋〕《新書・藩鎮傳》：張仲武，范陽人。會昌初爲雄武軍使。是時回鶻爲黠戛斯所破，烏介可汗託天德塞上，而仲武遣其屬吴仲舒入朝，請以本軍討回鶻，即拜仲武副大使。會回鶻特勤那頡啜擁赤心部七千帳逼漁陽，仲武使其弟仲至與别將游奉寰等率鋭兵三萬破之，獲馬牛槖駝旗纛不勝計，遣吏獻狀。由是不敢犯五原塞。烏介失勢，往依康居，盡徙餘種寄黑車子部，回鶻遂衰。名王貴種，相繼降捕幾千人。仲武表請立石以紀聖功，帝詔德裕爲銘，揭碑盧龍，以告後世。〔馮箋〕《舊書・張仲武傳》：會昌時，爲盧龍節度使。時回鶻侵邊，有將特勤那頡啜擁赤心宰相一族七千帳，東逼漁陽。仲武遣其弟仲至與別將遊奉寰等，率鋭兵三萬人，大破之，獲馬牛槖駝旗纛不可勝計，仲武表請於薊北立《紀聖功銘》，帝詔德裕爲之銘。餘互詳《爲李貽孫上李相公啓》『毳幕天驕，行遺其種落』注。碑文載《舊書·仲武傳》。按《幽州紀聖功》之銘，專爲破那頡啜，蓋此功專在幽州，爲仲武所獨也。其後遂烏介，迎公主，則劉沔、石雄之功居多，而其地在振武軍也。那頡啜走，爲烏介所殺。

天街之北，獯鬻攸居〔一三二〕。結以闕氏〔一三三〕，降我皇女〔一三四〕。奉春君婁敬，嘗爲遠使〔一三五〕；下杜人楊望，長作畫工〔一三六〕。乘以無年，遂忘舊好〔一三七〕。分偵邏於甌脱〔一三八〕，遣祭酹於蹛林〔一三九〕。俾我刁斗晨驚，兜零夜設〔一四〇〕。公乃上資宸斷，旁耀軍謀〔一四一〕，心作靈臺〔一四二〕，手爲天馬〔一四三〕。充國四夷之學，此日方知〔一四四〕；薛公三策之徵，他時未爽〔一四五〕。既而鬼《箝》飛辨〔一四六〕，邳石降籌〔一四七〕，不使郭閔仍讒於段熲〔一四八〕，寧教李邑更毀於班超〔一四九〕。勢協聲同，火熠水灌〔一五〇〕。遂得朝還貴主，暮遁名王〔一五一〕。轄柳塞之歸車〔一五二〕，復梅妝而向闕〔一五三〕。及晉城赤狄〔一五四〕，喪帥歸珪〔一五五〕，有闕伯之弟兄〔一五六〕，誕景升之兒子〔一五七〕。將憑蜀閣〔一五八〕，欲恃吴錢〔一五九〕，姑務連雞〔一六〇〕，靡思縛虎〔一六一〕。既垂文誥〔一六二〕，尚有羣疑〔一六三〕。公乃挺身而進曰：『重耳在喪，不聞利父〔一六四〕；衛朔受貶，祇以拒君〔一六五〕。今天井雄藩〔一六六〕，金橋故地〔一六七〕，跨摇河北，脅倚山東〔一六八〕。豈可使明皇舊宫〔一六九〕，坐爲汙俗〔一七〇〕；文宗外相〔一七一〕，行有匪人〔一七二〕？』忠謀既陳，上意旋定。俄又埃昏晉水，霧塞唐郊〔一七三〕。殊懿公之東徙渡河〔一七四〕，若紀侯之大去其國〔一七五〕。稽於時議，憚在宿兵〔一七六〕。公又揚笏而言曰：『彼地則義師〔一七七〕，帥惟宗室〔一七八〕，乃玄王勤商之邑〔一七九〕，后稷造周之邦〔一八〇〕。瓜瓞具存〔一八一〕，堂構斯在〔一八二〕。苟虧策畫，不襲仇讎〔一八三〕。則是獎夙沙縛主之風〔一八四〕，長冒頓射親之俗〔一八五〕。昔武安君用鉞〔一八六〕，坑卒四十一萬〔一八七〕；齊桓公受胙，立功一十二國〔一八八〕。今真將軍爲時而出〔一八九〕，賢諸侯代不乏人〔一九〇〕。況其俗産代地之名駒〔一九一〕，富管涔之良璞〔一九二〕，有抱樹辭榮之節〔一九三〕，有漆身報德之風邪〔一九四〕！』躡足以謀〔一九五〕，屈指而定〔一九六〕。謝安之圍碁尚劫〔一九七〕，曹參之飲酒正酣〔一九八〕。適有軍書〔一九九〕，果聞戎捷〔二〇〇〕。邯午謝衆〔二〇一〕，丕豹出奔〔二〇二〕。樂毅不歸〔二〇三〕，鄒陽已去〔二〇四〕。砥磨周鉞〔二〇五〕，水淬鄭刀〔二〇六〕，萬里來袁尚之頭顱〔二〇七〕，二冢葬蚩尤之肩髀〔二〇八〕。何其纂立大效〔二〇九〕，樹建嘉績，若是之速與〔二一〇〕？宗英可汗〔二一一〕，既畏王威〔二一二〕，遂聞請吏〔二一三〕。留犁徑路〔二一四〕，對湩酪以知羞〔二一五〕；毳幕氈裘〔二一六〕，望衣冠而有慕〔二一七〕。大畢、伯士之胤〔二一八〕，呼韓單于之師〔二一九〕，或執玉而朝靈囿〔二二〇〕，或解辮而拜甘泉〔二二一〕。並垂於册書，光彼明命〔二二二〕。百王共貫〔二二三〕，三代同規。公於是奉命有討北狄之詔、伐上黨之制、諭回鶻之命五，慰堅昆之書四〔二二四〕。

〔一三二〕〔徐注〕《史記·天官書》：（太史公曰）自河山以南者中國。中國於四海内則在東南，爲陽。陽則日、歲星、熒惑、填星；占於街南，畢主之。其西北則胡、貉、月氏諸衣旃裘引弓之民，爲陰。陰則月，太白、辰星；占於街北，昴主之。《晋書·天文志》：昴爲旄頭，胡星也。昴、畢間爲天街。《漢書·匈奴傳》：唐、虞以上有山戎、獫狁、獯鬻，居於北邊。師古曰：皆匈奴别號。《舊書·回鶻傳》：其先匈奴之裔也。在後魏時號鐵勒部落，臣屬突厥，又謂之特勒，後稱迴紇焉。在薛延陀北境，居娑陵水側，去長安六千九百里。〔馮注〕《史記正義》曰：街南爲華夏之國，街北爲夷狄之國。

〔一三三〕氏，《英華》注：集作『支』。〔徐注〕《漢書·韓王信傳》：上乃使人厚遺閼氏。師古曰：匈奴單于之妻也。閼音於連反。氏音支。

〔一三四〕〔補注〕漢以皇女嫁匈奴君主爲閼氏。此指唐以公主下嫁回紇，詳注〔一三六〕。

〔一三五〕嘗，徐注本、馮注本作『常』，通。〔徐注〕《漢書·婁敬傳》：賜姓『劉』，號曰『奉春君』。上使敬復往使匈奴。還言：『匈奴不可擊。』上怒，遂往平城，匈奴果出奇兵，圍高帝白登，七日然後得解。《匈奴傳》：劉敬奉宗室女翁主爲單于閼氏。

〔一三六〕〔徐注〕《漢書·匈奴傳》：元帝以後宮良家子王嬙字昭君賜單于。〔馮注〕《西京雜記》：元帝使畫工圖形，案圖召幸。諸宮人多賂畫工，獨王嬙不肯。匈奴求美人，上按圖以昭君行，及去，召見，貌爲後宮第一。乃窮按其事。畫工有杜陵毛延壽，安陵陳敞，新豐劉白、龔寬，下杜楊望、樊育，同日棄市。〔徐箋〕按《舊書·迴紇傳》，肅宗乾元元年，始以幼女封爲寧國公主，出降迴紇可汗。德宗貞元四年，復以咸安公主降迴紇。至穆宗長慶二年，以憲宗嘗許其繼好，因封第十妹爲太和公主出降。唐與迴鶻凡和親者三，故有是語。

〔一三七〕見《爲李貽孫上李相公啓》『屢緣喪荒，亟致携貳』注。〔補注〕無年，饑荒之年。《周禮·地官·均人》：『凡均力政，以歲上下：豐年則公旬用三日焉；中年則公旬用二日焉；無年則公旬用一日焉。』

〔一三八〕〔徐注〕《漢書·蘇武傳》：李陵復至海上，語武區脱捕得雲中生口。注：區脱，匈奴邊境爲侯望之室也。區，讀與『甌』同。《匈奴傳》：東胡與匈奴中間有棄地莫居千餘里，各居其邊爲甌脱。注：甌脱，作土室以伺也。偵邏，見《爲滎陽公桂州謝上表》『絶戎人偵邏之姦』注。

〔一三九〕遺，《全文》作『遣』，據《英華》改。祭酹，《英華》注：集作『酹祭』。〔馮注〕《史記·匈奴傳》：五月，大會蘢城，祭其先、天地、鬼神。秋，馬肥，大會蹛林。《漢書音義》曰：匈奴秋社，八月中，皆會祭處。蹛音帶。鄭氏云：蹛林，地名。顏師古曰：蹛者，遶林木而祭也。按：遺，餘也。又去聲，餽也。《周禮》『遺人』注：以物餽贈也。《左傳》：請以遺之。此『遺』字似此解。秋時馬肥，每利入寇。〔徐注〕師古曰：鮮卑之俗，自古相傳，秋天之祭，無林木者尚豎柳枝，衆騎馳遶三周迺止。此其遺法。

〔一四〇〕刁斗，見《爲濮陽公祭太常崔丞文》『塞迥而晨嚴刁斗』注。兜零，見《爲中丞滎陽公桂州賽城隍神文》『合烽櫓以保民』注。

〔一四一〕耀，《英華》作『輝』，注：集作『耀』。

〔一四二〕見《爲裴懿無私祭薛郎中衮文》『靈臺委鑒』注。

〔一四三〕〔馮注〕《真誥》：手爲天馬，鼻爲仙源。《集仙録》：楚莊王時，有乞食翁歌曰：清晨案天馬，來請太真家。乞食翁者，西城真人馬延壽，周宣王時人也。天馬，手也。以手按鼻下，杜絶百邪。〔按〕此借狀起草文誥時下筆如飛，氣勢騰疾。

〔一四四〕見《爲李貽孫上李相公啓》『充國爲學，盡通四夷』注。

〔一四五〕見《爲李貽孫上李相公啓》『薛公料敵，先陳三策』注。

〔一四六〕〔徐注〕《風俗通義》：鬼谷先生，六國時從横家。《鬼谷子》飛箝之辭，可引而南，可引而北。〔馮注〕《史記》：蘇秦、張儀師事鬼谷先生。《隋書·志》：《鬼谷子》三卷。《周禮·春官·典同》疏：《鬼谷子》有《飛鉗》《揣》《摩》之篇。飛箝者，言察是非語飛而鉗持之。鉗、箝同。

〔一四七〕〔徐注〕《漢書·張良傳》：良遊下邳圯上，有一老父衣褐，至良所，出一編書曰：『讀是則爲王者師。後十年興。十三年，孺子見我濟北，穀城山下黄石，即我已。』其書乃《太公兵法》。〔按〕事始見於《史記·留侯世家》。籌，用前籌事，屢見前注。

〔一四八〕〔馮注〕《後漢書·段熲傳》：熲遷護羌校尉。延熹四年，諸種羌共寇并、凉二州。熲將湟中義從討之。凉州刺史郭閎貪共其功，稽固熲軍，使不得進。義從役久，戀鄉舊，皆悉反叛。郭閎歸罪於熲，熲坐徵下獄，輸作左校。羌遂陸梁，覆没營塢。於是吏人守闕訟熲以千數。朝廷知爲所誣，起復爲護羌校尉，遷并州刺史。

〔一四九〕〔馮注〕《後漢書·班超傳》：李邑始到于寘，而值龜兹攻疏勒，恐懼不敢前，因上書陳西域之功不可成，又盛毁超擁愛妻，抱愛子，安樂外國，無内顧心。帝知超忠，乃切責邑。此數語，言其力破羣議。

〔一五〇〕〔徐注〕《左傳》：聲子曰：『王夷師熸。』注：吴、楚之間謂火滅爲熸。熸，子潛反。〔馮注〕《史記·趙世家》：知伯率韓、魏攻晋陽，歲餘，引汾水灌其城，城不浸者三版。《魏世家》：秦引河溝灌大梁，城壞，遂滅魏。

〔一五一〕〔徐注〕《後漢書·竇憲傳》：今貴主尚見枉奪，何況小人哉！《漢書·匈奴傳》：虜名王貴人以百數。師古曰：名王，謂有大名，以別諸小王也。

〔一五二〕〔馮注〕《山海經》：雁門山。註曰：即北陵、西隃，雁之所出。在高柳北。〔徐注〕《漢書·地理志》：代郡高柳縣，西部都尉治。《後漢書·盧芳傳》：芳復入居高柳。注：縣名。故城在今雲州定襄縣。王融《迴文詩》：枝分柳塞北。《白帖》：榆關柳塞。

〔一五三〕〔馮注〕《太平御覽》引《宋書》：武帝女壽陽公主人日卧含章簷下，梅花落公主額上，成五出之花，拂之不去，皇后留之，自後有梅花妝。按：敗回紇，平澤潞、太原，皆詳《爲河南盧尹賀上尊號表》《爲李貽孫上李相公啓》，不更箋。此段謂逐烏介迎太和公主還朝也。

〔一五四〕〔徐注〕《漢書·匈奴傳》：晋文公攘戎翟，居於西河、圁、洛之間，號曰赤翟、白翟。師古曰：《春秋》所書晋滅赤狄潞氏、郤缺獲白狄子者。〔馮注〕赤翟即潞州，屢見。〔按〕春秋時狄之一支赤狄，大體上分佈於今山西長治一帶（即唐之潞州）。

〔一五五〕帥，《英華》作『師』，誤。〔徐注〕《白虎通》：諸侯薨，使臣歸瑞珪于天子者何？嗣子諒闇，歸之者，讓之義也。〔補注〕喪帥，此指澤潞節度使劉從諫卒。

〔一五六〕〔徐注〕《左傳》：子産曰：『高辛氏有二子，伯曰閼伯，季曰實沈，居於曠林，不相能也，日尋干戈，以相征討。』

〔一五七〕〔徐注〕《後漢書·劉表傳》：表字景升，二子琦、琮。表病甚，以琮爲嗣。會曹操軍至，琦走江南，琮舉州請降。箋：劉從諫卒，詔潞府令稹護從諫之喪歸洛陽，稹拒朝旨。稹，從諫之姪也。〔馮注〕《吴志·孫權傳》注：《吴歷》曰：曹公出濡須，權數挑戰，公堅守不出。權乃自乘輕船，從濡須口入公軍，行五六里，迴還作鼓吹。公見其舟船器仗軍伍整肅，歎曰：『生子當如孫仲謀。劉景升兒子，若豚犬耳。』按：稹爲從諫之姪，故有此二語。然未顯豁，宜改本删之也。《新書·傳》《通鑑》：稹父從素，爲右驍衛將軍，武宗召見，令以書諭稹，稹不從。然此事殊不足信。

〔一五八〕見後《爲柳珪上京兆公謝衣絹啓》「未刊劍閣之銘」注。

〔一五九〕見《爲李貽孫上李相公啓》「曾微吴國之錢」注。

〔一六〇〕見《爲李貽孫上李相公啓》「勢將冀於連雞」注。

〔一六一〕靡，《英華》注：集作「不」。〔馮注〕《後漢書·吕布傳》：布降曹操，顧謂玄德曰：「卿爲坐上客，我爲降虜，繩縛我急，獨不可一言耶？」操笑曰：「縛虎不得不急。」二句謂河朔三鎮欲爲輔車之勢，未肯恭行征討也。不如改本寫得鄭重。〔按〕「將憑蜀閣，欲恃吴錢」，謂劉稹憑藉太行之險與澤潞之經濟實力，以與朝廷對抗；「姑務連雞，靡思縛虎」，則謂稹企圖連結河北三鎮，不思將來兵敗被縛之結果。均就劉稹一邊立論。

〔一六二〕垂，《英華》作「乘」，注：集作「垂」，是。〔馮注〕《周語》：祭公謀父曰：「有文告之辭。」〔補注〕此指德裕於會昌三年四月代武宗撰《賜何重順詔》《賜張仲武詔》，爲討劉稹預作準備，非指下詔討劉稹。

〔一六三〕〔徐注〕《易》：遇雨之吉，羣疑亡也。〔馮箋〕《通鑑》：他宰相皆以爲國力不支，且劉悟有功，不可絶其嗣。從諫養精兵十萬，糧支十年，如何可取？請以稹權知軍事。諫官及羣臣上言者亦然。〔補箋〕《會昌一品集》卷十五《論昭義三軍請劉稹勾當軍務狀》云：「從諫……爰自近歲，頗聚甲兵，招致亡命之徒，遂成逋逃之藪。怵于邪説，自謂雄豪。及寢疾彌留，罔思臣節，又令紀綱舊校，誘動軍情，樹置騃童，再圖兵柄……此而可容，孰不可忍。固須廣詢廷議，以盡羣情。臣等商量，望令兩省、御史台并文官四品以上，武官三品以上，于尚書省集議奏，未審可否。」狀末注：會昌三年五月二日。《舊唐書·武宗紀》於會昌三年五月載朝臣集議情況云：「宰臣百僚進議狀，以「昆戎未殄，塞上用兵，不宜中原生事。潞府請以親王遥領，令稹權知兵馬事，以俟邊上罷兵。」獨李德裕以爲澤潞内地，前時從諫許襲，已是失斷。自後跋扈難制，規脅朝廷。以稹豎小，不可復踐前車，討之必殄。武宗性雄俊，曰：「吾與德裕同之，保無後悔。」自是諫官上疏言不可用兵相繼。」《舊唐書·李德裕傳》：「初議出兵，朝官上疏相繼，請依從諫例，許之繼襲，而宰臣四人，亦有以出師非便者。」德裕奏曰：「如師出無功，臣請自當罪戾。請不累李紳、讓夷等。』據傅璇琮《李德裕年譜》考證，會昌三年五月，宰相爲李德裕、李讓夷、李紳三人。

〔一六四〕〔徐注〕《禮記》：晉獻公之喪，秦穆公使人弔公子重耳，且曰：『亡國恒於斯，得國恒於斯。』舅犯曰：『父死之謂何？又因以爲利！孺子其辭焉。』

〔一六五〕見《爲李貽孫上李相公啓》『衛朔拒大君之詔』注。

〔一六六〕見《爲滎陽公奏請不叙録將士狀》『及天井之摧凶』注。

〔一六七〕見《爲河南盧尹賀上尊號表》『復金橋之故地』注。

〔一六八〕見《爲濮陽公與劉稹書》『恃河北而河北無儲，倚山東而山東不守』注。

〔一六九〕見《爲河南盧尹賀上尊號表》『清明皇之舊宫』注。

〔一七〇〕〔補注〕《書·胤征》：『舊染汙俗，咸與維新。』

〔一七一〕〔徐注〕徐陵《爲貞陽侯重與王太尉書》：外相内相終當相屈。〔馮箋〕唐之使相，則外相也。從諫，大和時加同平章事。

〔一七二〕有，《英華》注：集作『宥』。〔馮注〕《易》：比之匪人。

〔一七三〕〔徐曰〕謂太原楊弁之亂。

〔一七四〕從，《英華》作『涉』，注：集作『從』。〔馮注〕《左傳》：狄人伐衛，衛懿公戰于熒澤，衛師敗績，狄入衛，遂從之。又敗諸河，宵濟，立戴公以廬于曹。

〔一七五〕見《爲白從事上陳許李尚書啓》『紀侯去國』注。〔馮曰〕二句謂李石出奔汾州。〔補箋〕《通鑑·會昌四年》：『春，正月，乙酉朔，楊弁帥其衆剽掠城市，殺都頭梁季叶，李石（自太原）奔汾州。弁據軍府，釋賈羣之囚，使其姪與之俱詣劉稹，約爲兄弟。稹大喜。石會關守將楊珍聞太原亂，復以關降於稹。』

〔一七六〕見《爲絳郡公上李相公啓》『原野有宿兵之餽』注。〔馮箋〕《通鑑》：楊弁請稹約爲兄弟。朝議諠然，或言兩地皆應罷兵。

〔一七七〕見《爲李貽孫上李相公啓》『遂使起義堂邊』注。

〔一七八〕〔徐曰〕謂李石。〔馮注〕《新書·宗室宰相傳》：李石，襄邑恭王神符五世孫。

〔一七九〕玄，《英華》注：集作『文』，非。〔徐注〕《詩·商頌》：玄王桓撥。傳：玄王，契也。〔馮注〕《國語》：玄王勤商，十有四世而興。后稷勤周，十有五世而興。《水經注》：契始封商，上洛商縣也。

〔一八〇〕〔徐注〕《詩》：即有邰家室。傳曰：邰，姜嫄之國也。堯見天因邰而生后稷，故國后稷於邰。《漢書·地理志》：右扶風斄縣，周后稷所封。師古曰：讀與『邰』同，音胎。〔馮注〕《左傳》：《周書》曰：文王所以造周。〔按〕唐高祖李淵以太原爲基地開創唐王朝，此以『玄王（商代祖先）勤商之邑，后稷（周代祖先）造周之邦』，喻指唐高祖興起之地太原。

〔一八一〕〔徐注〕《詩》：緜緜瓜瓞。

〔一八二〕見《爲懷州李中丞謝上表》『瞻父堂而益懼』注。餘詳《爲河南盧尹賀上尊號表》『清明皇之舊宫』注。

〔一八三〕襲，《英華》作『習』，誤。〔馮注〕《左傳》：楚文夫人曰：『令尹不尋諸仇讎。』子元曰：『婦人不忘襲讎，我反忘之。』〔補注〕襲，掩其不備而攻。《通鑑·會昌四年》正月載李德裕語，有『昔韓信破田榮（横），李靖擒頡利，皆因其請降，潛兵掩襲……望即遣供奉官至行營，督其進兵，掩其無備』之語。

〔一八四〕見《爲李貽孫上李相公啓》『夙沙自縛其主』注。

〔一八五〕見《爲李貽孫上李相公啓》『冒頓忍射其親』注。

〔一八六〕鉞，《英華》作『戕』，非。

〔一八七〕〔徐校〕一，疑作『五』。〔徐注〕《史記·白起傳》：趙括軍敗，卒四十萬人降。武安君乃挾詐而盡坑殺之，前後斬首虜四十五萬人，趙人大震。〔馮按〕《史記·趙奢傳》云：數十萬之衆降，秦悉坑之。趙前後所亡凡四十五萬。而《國策》與《史記》，又有言坑趙降卒四十二萬，數皆小異。

〔一八八〕〔徐注〕《左傳》：會于葵丘，王使宰孔賜齊侯胙，曰：『天子有事于文、武，使孔賜伯舅胙。』《史記》：譜十二諸侯，自共和訖孔子。按：《年表》所列，周、魯、齊、晉、秦、楚、宋、衛、陳、蔡、曹、鄭、燕、吴，凡十四國。而云『十二諸侯』者，尊周而内魯，故其數止於十二也。〔馮注〕《史記》索隱曰：篇言十二，實叙十三者，賤夷狄不數吴，又霸在後故也。不數吴而叙之者，闔閭霸盟上國也。按：《史記年表》，首冠以周，末則吴也。凡十四國，周爲天王，故索隱專以吴爲言耳。桓公葵丘之會，王人與諸侯爲八。而《國語》云：一戰帥服三十一國，遂南征伐楚。皆與此不合。此汎指中國諸侯，如《史記》所表耳。〔按〕《史記·十二諸侯年表》中記共和元年至周敬王四十三年間周、吴與魯、齊、晉、秦、楚、宋、衛、陳、蔡、曹、鄭、燕十二諸侯國之紀年及大事，因周爲天子，吴至春秋後期方興，故周、吴不在十二諸侯之列。

〔一八九〕〔馮注〕（真將軍）周亞夫事，見《爲濮陽公陳許謝上表》『貞師而不爲兒戲』注。又《史記·趙世家》：姑布子卿相無卹曰：『此真將軍矣。』

〔一九〇〕〔補注〕代，世。此指討伐劉稹諸節度使。

〔一九一〕〔徐注〕《西京雜記》：文帝自代還，有良馬九匹，皆天下駿也。《初學記》：何承天《纂文》曰：馬一歲爲羿，二歲爲駒，八歲爲馴，〔馮注〕《戰國策》：蘇秦説秦惠王曰：『大王之國，北有胡貉代馬之用。』按：古詩每言『代馬』，注謂代郡之邑。《典略》曰：代馬，陰之精。

〔一九二〕〔徐注〕《水經注》：汾水出太原汾陽縣北管涔山。王褒《聖主得賢臣頌》：及至巧冶，鑄干將之樸。〔馮注〕按《爾雅》：西方之美者，有霍山之多珠玉焉。《山海經》北次二經之首，『在河之東，其首枕汾，其名曰管涔之山，其下多玉。』句所用也。徐氏……引管涔王使二童子獻劉曜神劍一口，誤矣（按：已删）。《史記》：蘇厲《遺趙王書》：『代馬胡犬不東下，昆山之玉不出，此三寶者，亦非王有。』即此二句之用意也。

〔一九三〕〔徐注〕《水經注》：王肅《喪服要記》曰：昔魯哀公祖載其父，孔子曰：『寧設《桂樹》乎？』哀公曰：『不也。《桂樹》者，起于介子推。子推，晋人也。文公有内難，出國之狄，子推隨其行，割肉以續軍糧。後文公復國，忽忘子推，子推奉唱而歌，文公始悟，當受爵禄。子推奔介山，抱木而燒死，國人葬之，恐其神魂霣於地，故作《桂樹》焉。吾父生於宫殿，死於枕席，何用《桂樹》爲？』《琴操》：介子綏作龍蛇之歌而隱，文公求之，不肯出，乃燔左右木，子綏抱木而死。子綏即子推。〔補注〕《左傳·僖公二十四年》：晋侯賞從亡者，介之推不言禄，禄亦弗及。推曰：『獻公之子九人，唯君在矣。惠、懷無親，外内弃之。天未絶晋，必將有主。主晋祀者，非君而誰？天實置之，而二三子以爲己力，不亦誣乎？竊人之財，猶謂之盜。況貪天之功以爲己力乎？下義其罪，上賞其姦，上下相蒙，難與處矣。』其母曰：『盍亦求之，以死，誰懟？』對曰：『尤而效之，罪又甚焉。且出怨言，不食其食。』其母曰：『亦使知之，若何？』對曰：『言，身之文也，身將隱，焉用文之？是求顯也。』其母曰：『能如是乎？與女偕隱。』遂隱而死。晋侯求之不獲，以緜上爲之田，曰：『以志吾過，且旌善人。』《史記·晋世家》本《左傳》，均未載抱木而燔死事。事蓋後出。

〔一九四〕邪，《英華》作『耶』。〔馮注〕《戰國策》：豫讓刃其扞曰，欲爲智伯報讎，漆身爲厲，滅鬚去眉，自刑以變其容，又吞炭爲啞變其音。趙襄子面數豫讓曰：『子獨何爲報讎之深也？』豫讓曰：『智伯以國士遇臣，臣故國士報之。』

〔一九五〕〔徐注〕《漢書·陳平傳》：淮陰侯信破齊，自立爲假齊王，使使言之。漢王怒而罵。平躡漢王，漢王寤，乃厚遇齊使。孟康曰：躡，謂躡漢王足。〔按〕事始見《史記·陳丞相世家》。

〔一九六〕見《爲滎陽公賀幽州破奚寇表》『爰馳吉語』注。

〔一九七〕〔馮注〕《晋書·謝安傳》：玄等既破堅，有驛書至。安方對客圍棋，看書既竟，便躡放牀上，了無喜色，棋如故。客問之，徐答云：『小兒輩遂已破賊。』圍棋有『劫』，習見之事。

〔一九八〕見《爲張周封上楊相公啓》『上國醉曹參之酒』注。

〔一九九〕〔徐注〕樂府《木蘭詩》：軍書十二卷，卷卷有爺名。〔按〕『適有軍書』之『軍書』指軍中告捷之文書，徐注引非。

〔二〇〇〕〔徐注〕《春秋》：莊公三十有一年，齊侯來獻戎捷。

〔二〇一〕邯午，《全文》作『牛邯』，《英華》作『邯牛』，均誤，從徐、馮本改。〔徐注〕《左傳》：晉趙鞅謂邯鄲午曰：『歸我衛貢五百家，吾舍諸晉陽。』午許諾。歸告其父兄，父兄皆曰：『不可。衛是以爲邯鄲，而置諸晉陽，絶衛之道也，不如侵齊而謀之。』乃如之，而歸之於晉陽。趙孟怒，遂殺午。〔馮注〕《左傳》：初，衛侯伐邯鄲午於寒氏，城其西北而守之，宵熸。注曰：午衆宵散。此曰『謝衆』，當用『午衆宵散』。抑豈以殺午比殺薛茂卿耶？〔按〕邯鄲本衛邑，後屬晉，午爲宰。詳下注〔二〇四〕引馮箋。

〔二〇二〕〔徐注〕《左傳》：丕鄭之如秦也，言於秦伯曰：『呂甥、郤稱、冀芮，實爲不從。若重問以召之，臣出晉君，君納重耳，蔑不濟矣。』秦伯使泠至報問，且召三子。郤芮曰：『幣重而言甘，誘我也。』遂殺丕鄭，祁舉及七輿大夫，皆里、丕之黨也。丕豹奔秦。〔馮注〕又：丕豹奔秦，言於秦伯曰：『晉侯背大主而忌小怨，民弗與也，伐之必出。』《史記》：丕鄭子豹奔秦，説繆公曰：『晉君無道，百姓不親，可伐也。』繆公陰用豹。晉興兵將攻秦，繆公發兵使丕豹將，自往擊之，戰於韓，虜晉君歸。〔按〕馮引爲句意所用。

〔二〇三〕〔馮注〕《戰國策》：昌國君樂毅爲燕昭王攻齊，下七十餘城。昭王死，惠王即位，用齊人反間，疑樂毅而使騎劫代之將。樂毅奔趙，趙封以爲望諸君。齊田單詐騎劫，卒敗燕軍復齊。燕王悔懼，乃使人讓樂毅且謝之。望諸君乃獻書報燕王。《史記》：樂毅卒於趙。

〔二〇四〕陽，《英華》作『衍』，誤。〔馮按〕舊作『鄒衍』。今考《漢書·傳》：鄒陽仕吴，吴王濞陰有邪謀，陽奏書諫，吴王不納其言，於是鄒陽、枚乘、嚴忌皆去之梁。若鄒衍，則自齊適梁，適趙、適燕，皆見尊禮，無所爲『已去』之事，且與下文複矣。《爲濮陽公與劉稹書》亦用此二事，故改定（編著者按：《全文》正作『鄒陽』）。《新書·傳》有劉稹將薛茂卿事，已詳《爲裴懿無私祭薛郎中文》矣（按：詳該文註〔一〕引馮箋）。又有李佐之者，爲從諫觀察支使，娶其從祖妹。後其奴告佐之漏軍中虛實，稹殺之。李師晦見從諫恣横，假言求長生不與事，請居涉。及稹敗，帝擢爲伊闕令。李丕爲昭義大將，軍中疾其才，丕懼，乞爲游奕深入，遂歸朝，帝擢爲刺史，詳《詩集·行至昭應縣道上送户部李郎中充昭義攻討》。而從諫妻弟裴問爲賊守邢州，與刺史崔嘏自歸成德軍，洺州王釗歸魏博。《通鑑》有稹再從兄匡周爲中軍使兼押牙，郭誼患之，言於稹，稹使匡周稱疾不入。匡周怒曰：『我出，家必滅矣！』文先叙昭義事未竟，插入太原事，至『果聞戎捷』句，則謂太原已定矣。此四句（按：指『邯午謝衆』四句）又指昭義諸人之携落而歸正者，然未可確爲分指，以下（按：指『砥磨周鉞』四句）則謂誅劉稹也，數語殊添支節，（鄭亞）改本删之而作分叙，方爲明暢。又按：《新書·傳》：弁與稹連和，稹諸將言我求承襲，彼叛卒也，乃械其使送京師。使康良佺屯鼓腰嶺，敗太原兵，生禽卒七百，帝猶不赦稹。而《通鑑》只書弁遣其姪與賈羣俱詣稹，約爲兄弟，稹大喜。及吕義忠擒弁後，王逢擊昭義將康良佺，敗之，良佺退屯鼓腰嶺。無曾敗太原兵事。竊意昭義焉肯加兵太原，《新書》採唐末雜史説部，所謂『事增於前』者，要未一一皆實也。附標於此，餘可類推。〔按〕『邯午』四句，謂劉稹部衆紛紛叛離。

〔二〇五〕〔徐注〕《書·牧誓》：王左杖黄鉞，右秉白旄以麾。

〔二〇六〕〔徐注〕《史記·天官書》：火與水合爲淬。《漢書·王褒傳》：清水淬其鋒。師古曰：淬謂燒而内水中以堅之也。《周禮·考工記》曰：鄭之刀。

〔二〇七〕尚，《英華》作『紹』，誤。見《爲滎陽公賀幽州破奚寇表》『遂分袁尚之頭顱』注。

〔二〇八〕見《爲滎陽公賀幽州破奚寇表》『仍裂蚩尤之肩髀』注。

〔二〇九〕效，《英華》注：集作『功』。

〔二一〇〕〔徐箋〕以上言平劉稹、楊弁之亂。

〔二一一〕〔徐注〕謂黠戛斯之君長。〔馮注〕《漢書·叙傳》：河間賢明，爲漢宗英。〔補注〕《通鑑·會昌五年》：『詔册黠戛斯可汗爲宗英雄武誠明可汗。』馮注引『爲漢宗英』指漢皇室中才能傑出者。

〔二一二〕王，《英華》作『皇』。

〔二一三〕〔馮注〕《史記·司馬相如傳》：邛、筰之君長，聞南夷與漢通，得賞賜，欲願爲内臣妾，請吏比南夷。《西南夷傳》：冉駹皆振恐，請臣置吏，滇王舉國降，請置吏入朝。〔補注〕請吏，請求爲臣，謂願臣服。《文選·沈約〈齊故安陸昭王碑文〉》『迴首請吏』李周翰注：『謂願歸帝命以爲臣也。』

〔二一四〕〔徐注〕《漢書·匈奴傳》：韓昌、張猛與呼韓邪單于及大臣俱登匈奴諸水東山，刑白馬。單于以徑路刀金留犂撓酒，以老上單于所破月氏王頭爲飲器者，共飲血盟。應劭曰：徑路，匈奴寶刀。金，契金也。留犂，飯匕也。撓，和也。契金著酒中，撓攪飲之。契，刻也。

〔二一五〕湩，《全文》作『潼』，誤，據《英華》改。〔馮注〕《漢書·匈奴傳》：中行説曰：得漢食物皆去之，以視不如重酪之便美也。師古曰：重，乳汁也。音竹用反，本作『湩』。酪，乳汁所作。

〔二一六〕〔徐注〕李陵《答蘇武書》：韋韝毳幕，以禦風雨；羶肉酪漿，以充飢渴。《漢書·司馬相如傳》：旃裘之君長咸震怖。〔補注〕毳幕，游牧民族所居氈帳。旃裘，以獸毛製成之衣裘。

〔二一七〕〔馮注〕《漢書·終軍傳》：白麟、奇木對曰：『殆將有解編髮、削左衽、襲冠帶、要衣裳而蒙化者焉。』師古曰：編讀若辮。

〔二一八〕大，《英華》作『文』，注：集作『大異』。均誤。胤，《英華》作『範』，誤。〔徐曰〕當作『大畢』『伯仕』。《周禮》：穆王將征犬戎，祭公謀父諫曰：『今自大畢、伯仕之終也，犬戎氏以其職來王。』注：大畢、伯仕，犬戎之二君。按：此喻堅昆。

〔二一九〕〔徐注〕今《會昌一品集序》本作『呼韓谷蠡之師』。《漢書·匈奴傳》：匈奴共立稽侯狦爲呼韓邪單于。發兵西擊握衍朐鞮單于。單于敗走，恚自殺。呼韓邪單于歸庭，乃收其兄呼屠吾斯在民間者立爲左谷蠡王。師古曰：谷音鹿。蠡音盧奚反。按：此喻回鶻。上大畢、伯仕二人，此呼韓、谷蠡亦二人，後改『谷蠡』爲『單于』，妄也。〔馮注〕改本作『呼韓谷蠡之師』，此『單于』二字誤。《漢書·匈奴傳》：謂天爲『撐犁』，謂子爲『孤塗』。單于者，廣大之貌，言其象天單于然也。置左右賢王、左右谷蠡。又：乃立其兄爲左谷蠡王。其冬，共立日逐王薄胥堂爲屠耆單于，發兵東襲呼韓邪單于，呼韓邪敗走。屠耆單于以其長子爲左谷蠡王，少子爲右谷蠡王。〔按〕『呼韓單于』當依鄭亞改本作『呼韓谷蠡』，徐、馮説是。然或義山原文之誤。

〔二二〇〕〔徐曰〕『囿』當作『臺』。《後漢書·明帝紀》：永平二年，宗祀光武皇帝于明堂。禮畢，登靈臺，使尚書令持節詔驃騎將軍，三公曰：『烏桓、濊貊咸來助祭，單于侍子亦皆陪位。』按：靈臺改曰靈囿，避聲病故也。然臺、囿同在一處，義亦無甚害。

〔二二一〕〔徐注〕《隋書·突厥傳》：大業二年，詔曰：『襲冠解辮，同彼臣民。』《漢書·匈奴傳》：呼韓邪單于正月朝天子於甘泉宫，漢寵以殊禮，賜以冠帶衣裳。

〔二二二〕明，《英華》注：集作『名』。〔馮曰〕按：『彼』，改本作『被』，或謂以賜姓名，用名以命之，似非也。〔補注〕明命，聖明之命令。《禮記·大學》：『《太甲》：顧諟天之明命。』

〔二二三〕〔徐注〕《漢書·武帝紀》：制曰：帝王之道，豈不同條共貫。

〔二二四〕〔徐箋〕《新書·黠戛斯傳》：古堅昆國也，或曰結骨。在伊吾之西，焉耆之北，白山之旁。人赤髮緑瞳，未始通中國。貞觀二十二年，聞鐵勒入臣，即遣使獻方物。其酋長入朝，太宗勞饗之，酒酣，奏願持笏，以其地爲堅昆府，隸燕然都護。高宗世，再來朝。景龍中，獻方物。玄宗世，四朝。乾元中，爲回鶻所破。其後回紇衰。會昌中，其酋長阿熱破殺回紇可汗，焚其牙及金帳，遂徙牙牢山之南，使使者衛送太和公主還朝，爲烏介可汗邀取。阿熱無以通於朝，復遣注吾合素上書言狀。行三歲，至京師。而武宗大悦，命太僕卿趙蕃持節臨慰其國，詔宰相即鴻臚寺見使者，使譯者考山川國風。宰相李德裕上言：『貞觀時，遠國皆來。顔師古請如《周官》集四夷朝事爲《王會篇》。今黠戛斯大通中國，宜爲《王會圖》以示後世。』詔以鴻臚所得繢著之，又詔阿熱著宗正屬籍。按：鄭亞改本於烏介事下結云：『公於是有北狄之詔。』於劉稹、楊弁事下結云：『公於是有謝回鶻之命五，慰堅昆之書四。』界限劃然，殊勝此總結。〔馮箋〕《通鑑》：黠戛斯，古之堅昆，唐初結骨也。其君長曰阿熱，攻回鶻，大破之，焚其牙帳蕩盡，得太和公主。自謂李陵之後，與唐同姓，遣人奉公主歸唐，爲回鶻烏介可汗所邀奪。會昌二年十月，遣將軍至天德軍，言今出兵求索公主。三年二月，遣使獻名馬，德裕奏：『黠戛斯已自稱可汗，今欲藉其力，不可吝此名。若慮其不臣，當與之約，必如回鶻稱臣，乃行册命。又當叙同姓以親之，使執子孫之禮。』上從之。命德裕草《賜黠戛斯可汗書》，中有云：『可汗受氏之源，與我同族。今回鶻殘兵，散投山谷，可汗既與爲怨，須盡殲夷。』六月入貢，又賜之書。四年三月，遣將軍入貢，請發兵之期，集會之地，上又賜之詔諭。文中『宗英可汗』以下，謂此事也。又其時回鶻之將嗢没斯帥衆内附，乃賜國姓，并賜其弟數人名，遂爲朝臣，故有『大畢、伯士』數語，言其或來朝貢，或遂臣附也。《會昌一品集》有《異域歸忠傳序》，謂嗢没斯；有《黠戛斯朝貢圖傳序》，謂堅昆；又其時賜回鶻可汗及劉沔笞回鶻宰相諸書，皆德裕所草，俱載集中。《通鑑》：自回鶻至塞上，及黠戛斯入貢，每有詔敕，上多命德裕草之。德裕請委翰林學士，上曰：『學士不能盡人意，須卿自爲之。』改本小結束處，殊勝原文。

每牙管既拔〔二二五〕，芝泥將乾〔二二六〕，上輒曰：『爾有獨斷，朕無疑謀〔二二七〕，固俟沃心〔二二八〕，不可假手〔二二九〕。』公亦分陰可就〔二三〇〕，落簡如飛。故每有急宣，關於密畫，内庭外制，皆不與聞〔二三一〕。此又豈可與美《洞簫》而諷於後庭〔二三二〕，聞《子虚》而嗟不同世者〔二三三〕，論功而校德邪〔二三四〕？其有勢切疾雷〔二三五〕，機難終日〔二三六〕，屬宣室未召〔二三七〕，武帳不開〔二三八〕，公莫暇昌言〔二三九〕，且陳密疏。賈太傅之憂國，固動深誠〔二四〇〕；山吏部之論兵，詎因夙習〔二四一〕？凡所奏御，罕或依違〔二四二〕。及武宗下武重光〔二四三〕，崇名再易〔二四四〕，公又觀圖東序〔二四五〕，按牒西崑〔二四六〕，率億兆同心〔二四七〕，列公卿定議，以一十四字〔二四八〕，垂百千萬年〔二四九〕。藻縟辭華，鋪舒名實。秦晋於玉檢瑶繩之内〔二五〇〕，平勃於緑疇讒鼎之間〔二五一〕。方將命禮官、召儒者，訪匡衡后土之儀〔二五二〕，採公玉《明堂》之圖〔二五三〕，考肆覲之禮於梁生〔二五四〕，取封禪之書於犬子〔二五五〕。盡皇王之盛事，極臣子之殊功。而軒鼎將成〔二五六〕，禹書就掩〔二五七〕，然猶進先嘗之藥〔二五八〕，獻高手之醫〔二五九〕，藏周旦請代之書〔二六〇〕，追漢宣易名之義〔二六一〕，作爲大誥〔二六二〕，祈於昊天〔二六三〕。始終一朝，紹續九德〔二六四〕。其功伐也既如彼〔二六五〕，其制作也又如此。故合詔誥奏議碑贊等，凡一帙一十五卷，輒署曰《會昌一品集》云。紀年，追聖德也；書位，旌官業也。不言制禁〔二六六〕，崇論道也〔二六七〕。

〔二二五〕〔補注〕牙管，象牙筆管。此指毛筆。

〔二二六〕乾，《英華》注：集作『熟』。〔徐注〕《春秋運斗樞》：黄龍五彩，負圖出，置舜前。圖以黄金爲匣，白玉檢，黄金繩，芝爲泥，封兩端。又曰：天皇帝符璽。

〔二二七〕朕，《英華》注：集作『我』。

〔二二八〕〔馮注〕《書》：啓乃心，沃朕心。〔補注〕孔穎達疏：『當開汝心所有，以灌沃我心，欲令以彼所見教己未知故也。』沃心，使内心受啓發。

〔二二九〕不可，《全文》作『可不』，據《英華》改。〔徐注〕《左傳》：鄭伯曰：『鬼神實不逞於許君，而假手於我寡人。』〔按〕此『假手』指請他人代筆。謂詔誥均由德裕起草。《隋書·儒林傳·劉炫》：『至於公私文翰，未嘗假手。』

〔二三〇〕〔馮注〕《晉書·陶侃傳》：侃曰：『大禹聖者，乃惜寸陰；至於衆人，當惜分陰。』

〔二三一〕〔補注〕内庭，即内制，指翰林學士所掌詔誥。外制，指中書舍人所掌詔誥。此謂無論内制外制，均由德裕起草，翰林學士、中書舍人均不參加。

〔二三二〕〔徐注〕《漢書·王褒傳》：元帝爲太子，喜褒所爲《洞簫頌》，令後宫貴人左右皆誦讀之。

〔二三三〕〔徐注〕《漢書·司馬相如傳》：蜀人楊得意爲狗監，侍上，上讀《子虛賦》而善之，曰：『朕獨不得與此人同時哉！』得意曰：『臣邑人司馬相如自言爲此賦。』

〔二三四〕邪，《英華》作『耶』。

〔二三五〕〔馮注〕《易》：動萬物者，莫疾乎雷。《六韜》：用兵之道，使如疾雷，不及掩耳。〔徐注〕《晋書·載記》：苻堅親送王猛於霸東，謂曰：『此捷濟之機，所謂疾雷不及掩耳。』

〔二三六〕〔馮注〕《易》：君子見幾而作，不俟終日。

〔二三七〕見《爲滎陽公賀幽州破奚寇表》『奇夢寐於宣室』注。

〔二三八〕〔馮注〕《史記》：上嘗坐武帳中。註：織成爲武士象。

〔二三九〕〔補注〕《書·皋陶謨》：『禹拜昌言曰：俞！』孔疏：『禹乃拜受其當理之言。』昌言，善言、正論。

〔二四〇〕固，《英華》作『故』。動，《英華》注：集作『洞』。非。〔馮曰〕用《治安策》論封建事。〔補注〕《漢書·賈誼傳》：誼數上疏陳政事，多所欲匡建。其大略曰：『臣竊惟事勢可爲痛哭者一，可爲流涕者二，可爲長太息者六。』此即所謂『動深誠』也。

〔二四一〕〔馮注〕《晋書·山濤傳》：吴平之後，帝詔州郡悉去兵。濤論用兵之本，不宜去州郡武備，其論甚精。于時咸以濤不學孫、吴，而暗與之合。餘見《爲濮陽公陳許奏充韓琮等充判官狀》『論兵』注。

〔二四二〕〔馮注〕《舊書·封敖傳》：敖草《封衛國公制》曰：『遏横議於風波，定奇謀於掌握。意皆我同，言不他惑。』德裕口誦此數句，撫敖曰：『陸生有言，所恨文不逮意。如卿此語，秉筆者不易措言。』解其所賜玉帶遺之。

以上二小段，乃來書中所云『并奏議』也。

〔二四三〕〔徐注〕《詩序》：《下武》，繼文也。武王有聖德，復受天命，能昭先人之功焉。《書》：昔君文王、武王，宣重光。〔補注〕《詩·大雅·下武》：『下武維周，世有哲王。』下武，謂有聖德能繼先王功業。此以武王繼文王之業喻指武宗繼文宗。重光，喻累世聖德，輝光相承。

〔二四四〕〔補注〕《通鑑·會昌二年》：四月，丁亥，羣臣上尊號曰『仁聖文武至神大孝皇帝。』又《會昌五年》：正月，己酉朔，羣臣上尊號曰『仁聖文武章天成功神德明道大孝皇帝』。此即所謂『崇名再易』。

〔二四五〕〔徐注〕《書》：天球、《河圖》，在東序。〔補注〕東序，古代宫室之東廂房，爲藏圖書、祕籍之所。《文心雕龍·正緯》：『昔康王《河圖》，陳於東序。』

〔二四六〕〔徐注〕《漢書·禮樂志》：宫童效異，披圖案諜。《穆天子傳》：天子西登崑崙，至於羣玉之山，先王之所謂册府。

〔二四七〕同，《全文》作『歸』，非，據《英華》改。〔補注〕《書·泰誓中》：『受有億兆夷人，離心離德；予有亂臣十人，同心同德。』此活用之。

〔二四八〕即注〔二四四〕會昌五年所上十四字尊號。

〔二四九〕百，《英華》注：集作『億』。

〔二五〇〕〔徐注〕《左傳》：懷嬴曰：『秦、晋，匹也。』《白虎通》：封禪，金泥銀繩。《漢書》：登封泰山。應劭曰：刻石紀號，有金泥玉檢之封。餘詳《爲滎陽公幽州破奚寇賀表》『玉檢金泥』注。

〔二五一〕〔徐注〕《魏略》：王朗《與許文休書》曰：游談於平、勃之間。《韓子》：齊伐魯，索讒鼎，以其贗往。按：『緑疇』未詳。黄帝所受，乃録圖，非緑疇也。或字之誤也。〔馮注〕《左傳》：讒鼎之銘。注曰：讒，鼎名也。正義曰：服虔云：疾讒之鼎，《明堂位》所謂『崇鼎』是也。一云：讒，地名，禹鑄九鼎於甘讒之地。二者並無案據。按：此爲叔向與晏子語也。而《韓子》『齊伐魯，索讒鼎，以其贗往』，則是古物而在魯者。餘見《爲汝南公賀元日御正殿受朝賀表》『光耀瑶圖』注與《爲滎陽公賀幽州破奚寇表》『録圖《洪範》』注。『圖』『疇』義同，當用《洪範》。《淮南子·俶真訓》：洛出丹書，河出緑圖。〔補注〕秦晋、平勃，本指地位相等，此用作動詞，有斟酌考校之意。緑疇，即籙圖，預言人世禍福之書，頗似漢之讖緯書。《墨子·非攻下》：『河出緑圖，地出乘黄。』

〔二五二〕〔徐注〕《漢書·郊祀志》：匡衡以甘泉、泰畤、河東后土之祠，宜可徙置長安，願與羣吏定議。

〔二五三〕〔徐注〕《漢書·郊祀志》：濟南人公玉帶上黄帝時《明堂圖》。明堂中有一殿，四面無壁，以茅蓋通水，水圜宫垣，爲復道，上有樓，從西南入，名曰昆侖。天子從之入，以拜祀上帝。

〔二五四〕〔徐注〕《書》：肆覲東后。〔馮注〕《後漢書·祭祀志》：建武三十年，羣臣言宜封禪泰山，不許。三十二年，上感《河圖會昌符》之文，乃詔梁松等復按索《河》《洛》讖文言九世封禪事者。松等列奏，乃許焉。《梁松傳》：松博通羣書，明習故事，與諸儒修明堂，辟雍、郊祀、封禪禮儀，常與論議。〔補注〕肆覲，語本《書·舜典》：『歲二月，東巡守，至于岱宗。柴，望秩于山川，肆覲東后。』原指以禮見東方諸侯之君，此指封禪泰山時見諸侯之禮。

〔二五五〕犬，《英華》誤作『天』。〔徐注〕《漢書·司馬相如傳》：少時好讀書，學擊劍，名犬子。既學，慕藺相如之爲人也，更名相如。後爲郎，病免，家居茂陵。天子使所忠往取其書，而相如已死，有遺札書言封禪事。所忠奏焉。天子異之，遂禮中岳，封于泰山，至梁甫，禪肅然。

〔二五六〕〔徐注〕《漢書·郊祀志》：黄帝采首山銅，鑄鼎於荆山下。鼎既成，有龍垂胡顟，下迎黄帝。黄帝上騎，羣臣後宫從上龍七十餘人。後世因名其處曰鼎湖。

〔二五七〕〔徐注〕《史記》：上會稽，探禹穴。張晏曰：禹巡狩至會稽而崩，因葬焉。上有孔穴，民間云禹入此穴。孔靈符《會稽記》：會稽山南有宛委山，其上有石，俗呼石匱，壁立干雲。昔禹治洪水，厥功未就，乃躋於此山，發石匱，得金簡玉字，以知山河體勢。於是疏導百川，各盡其宜。〔馮曰〕此兼用禹穴，非用《靈寶要略》與《吴地記》『吴王闔閭時，靈威丈人入包山洞，取《靈寶經》二卷，孔子云「禹之書也」』事（按：徐注引此，已删之）。〔補注〕『軒鼎』二句，謂武宗將逝。

〔二五八〕〔徐注〕《禮記》：君有疾，飲藥，臣先嘗之；親有疾，飲藥，子先嘗之。

〔二五九〕〔徐注〕《初學記》：司馬彪《續漢書》曰：東平王蒼到國，病，詔遣太醫丞將高手醫視病。《晉書·謝玄傳》：詔遣高手醫一人，令自消息。〔馮注〕《漢官儀》：丞相有疾，朝廷遣中使太醫高手。

〔二六〇〕〔徐注〕《書序》：武王有疾，周公作《金縢》。〔馮注〕《書·金縢》：王有疾，弗豫，周公告太王、王季、文王。史乃册祝曰：『以旦代某之身。』公歸，乃納册於金縢之匱中。

〔二六一〕〔徐注〕《漢書·宣帝紀》：初名病已。元康二年，詔曰：『聞古天子之名，難知而易諱也。今百姓多上書觸諱以犯罪者，朕甚憐之，其更諱詢。』箋：《武宗紀》：本名瀍。會昌六年三月，壬寅，上不豫，制改御名炎。《一品集·改名制》旨云：漢宣帝柔服北夷，弘宣祖業，功德之盛，侔於周宣。御曆十年，乃從美稱。朕遠惟大漢之事，近稟聖祖之謀，爰擇嘉名，式遵令典，宜改名爲炎。仍令所司，擇日分命宰臣，告天地宗廟。其舊名中外表章不得更有迴避。布告遐邇，咸使聞知。按：易名似謚，當云『更名』，此亦義山偶失檢點處也。

〔二六二〕〔徐注〕《書序》：武王崩，三監及淮夷叛。周公相成王，將黜殷，作《大誥》。〔按〕此『大誥』指朝廷之重要文告，詳下注。

〔二六三〕〔徐注〕《書·召誥》：惟恭奉幣用供王，能祈天永命。〔馮曰〕《一品集》有《武宗改名告天地文》。〔按〕此『祈於昊天』之文即《武宗改名告天地文》，亦即上句所謂『大誥』。文稱『臣近因微恙，已及二時……伏願舍臣咎愆，許臣改悔，永保宗廟，以安邦家。』祈天賜其永年。

〔二六四〕〔徐注〕《書》：九德咸事。〔馮曰〕紹續，即來書所云『獲繼家聲』也。〔補注〕九德，又見《書·皋陶謨》《左傳·昭公二十八年》，謂賢者所具多種優良品德。

〔二六五〕〔馮注〕《史記》：古者人臣功有五品，以德立宗廟定社稷曰勳，以言曰勞，用力曰功，明其等曰伐，積日曰閱。

〔二六六〕禁，《全文》作『集』，據《英華》改。〔補注〕禁，制也。制禁，指帝王之命令。《書·周官》：『司寇掌邦禁。』

〔二六七〕〔補注〕《書·周官》：『立太師、太傅、太保，兹惟三公，論道經邦，燮理陰陽。』此謂書名不稱制禁，係崇尚論道經邦之故。

惟公字文饒，姓李氏，趙郡人。蓋大昴中丘〔二六八〕，有風雨翕張之氣；叢臺高邑〔二六九〕，有山河隱軫之靈〔二七〇〕。萃於直躬〔二七一〕，慶是全德〔二七二〕。許靖廊廟之器〔二七三〕，黄憲師表之姿〔二七四〕。何晏神仙〔二七五〕，叔夜龍鳳〔二七六〕。宋玉閒麗〔二七七〕，王衍白皙〔二七八〕。馬援之眉宇〔二七九〕，盧植之音聲〔二八〇〕。此其妙水鏡而爲言〔二八一〕，託丹青而爲裕〔二八二〕。至於好禮不倦〔二八三〕，用和爲貴〔二八四〕，敬一人而取悦〔二八五〕，謙六位而無咎〔二八六〕。意以默識〔二八七〕，確乎寡辭〔二八八〕。車匠胡奴，罔迷於半面〔二八九〕；背碑覆局，無俟於專心〔二九〇〕。聿成儉訓〔二九一〕，不有長物〔二九二〕；昔猶卑官，端坐心齋〔二九三〕。江革分謝朓之舊襦，便爲卧具〔二九四〕；周正得袁憲之談柄，常在講筵〔二九五〕。五車自娱〔二九六〕，三篋能識〔二九七〕。麗則孔門之賦〔二九八〕，清新鄴下之詩〔二九九〕。重以多能〔三〇〇〕。推於小學〔三〇一〕。王子敬之隸法遒媚〔三〇二〕，皇休明之草勢沈著〔三〇三〕。異時相逼〔三〇四〕，當代罕儔〔三〇五〕。不妄過人〔三〇六〕，慎於取友。與李、杜齊名者少〔三〇七〕，顧僑、札交睨者稀〔三〇八〕。故能應是昌時，媚於天子〔三〇九〕。憲章皇極，燮理玄穹〔三一〇〕。燭燿家聲，粉飾國史〔三一一〕。侔帝典之灝灝噩噩〔三一二〕，尊王道之蕩蕩平平〔三一三〕。而又不節怨嗟〔三一四〕，知進憂亢〔三一五〕。張良竟稱多病〔三一六〕，王充方務頤神〔三一七〕。無潁陽之善田〔三一八〕，乏好畤之巨産〔三一九〕。何曾之食既去〔三二〇〕，虞悰之鮓方嘗〔三二一〕，憂其厚味〔三二二〕，有爽和氣。肴蔌無在〔三二三〕，琴鶴有餘〔三二四〕。成萬古之良相，爲一代之高士〔三二五〕。緊爾來者，景山仰之〔三二六〕。

〔二六八〕昴，《英華》作『鼎』，注：集作『昴』，是。〔徐注〕《漢書·地理志》：常山郡，領中丘縣。又：趙地，昴、畢之分野。《晉書·載記》：趙攬曰：昴者，趙之分也。

〔二六九〕〔徐注〕《地理志》：趙州，領高邑縣。叢臺，見後《上河東公啓》『叢臺妙妓』注。

〔二七〇〕有，《英華》作『名』，注：集作『有』。〔馮注〕《左傳》：表裏山河。註曰：晉國外河而内山。揚雄《蜀都賦》：方轅齊轂，隱軫幽輵。謝靈運詩：隱軫邑里密，緬邈江海遼。沈約詩：上瞻既隱軫，下睇亦溟濛。按：

『隱軫』自有據，不必引《甘泉賦》『振隱轔而軍裝』也。互見《祭張書記文》『隱軫原野』注。〔按〕隱軫，又作『隱賑』，衆盛富饒。

〔二七二〕〔補注〕《論語·子路》：『吾黨有直躬者，其父攘羊，而子證之。』直躬，以直道立身。

〔二七三〕〔補注〕《莊子·天地》：『天下之非譽，無益損焉，是謂全德之人哉！』

〔二七三〕〔徐注〕《蜀志·許靖傳》注：《萬機論》曰：許文休者，大較廊廟器也。

〔二七四〕表，《英華》作『長』。〔徐注〕《後漢書·黄憲傳》：憲年十四，荀淑竦然異之。謂憲曰：『子，吾之師表也。』〔馮曰〕以下改本全删，尤見大體。

〔二七五〕見《祭吕商州文》『何晏神仙』注。

〔二七六〕〔徐注〕《晉書》：嵇康美詞氣，有風儀。〔馮注〕《嵇康别傳》：康長七尺八寸，偉容色。雖土木形骸，不加自飾厲，而龍章鳳姿，天質自然。

〔二七七〕〔徐注〕宋玉《登徒子好色賦》：玉爲人，體貌閑麗，口多微辭。

〔二七八〕〔徐注〕《晉書》：王衍神情明秀，風姿詳雅。《世説》：王夷甫恒捉白玉柄麈尾，與手都無分别。《漢書》：霍光爲人白皙。〔馮注〕《左傳》：有君子白皙。

〔二七九〕見《祭全義縣伏波神文》『以若畫之眉宇』注。

〔二八〇〕〔徐注〕《後漢書》：盧植字子幹，音聲如鐘。

〔二八一〕〔徐曰〕蒙上『音聲』。〔馮注〕《蜀志·李嚴傳》注：習鑿齒曰：『夫水至平而邪者取法，鏡至明而醜者亡怒。水鏡之能窮物而無怨者，以其無私也。況大人君子，爵之而非私，誅之而不怒，天下有不服者乎？』《晉書·樂廣傳》：尚書令衛瓘見而奇之，命諸子造焉，曰：『此人之水鏡，見之瑩然，霍然若開霧而睹青天。』

〔二八二〕〔徐曰〕『裕』當作『格』，蒙上『眉宇』，即《東觀漢記》所謂『馬援眉目如畫』也。〔馮按〕《英華》作『裕』，徐氏疑當作『格』，今思衛公名裕，然生者不相避名，且二名不偏諱。『爲裕』，猶有餘裕也。『格』字必非。余疑其本作『譽』，音訛爲『裕』，細玩亦非也。桓寬《鹽鐵論》：公卿者，四海之表儀，神化之丹青也。〔補注〕丹青，疑指『丹青地』，即朝廷廟堂，丹墀、青瑣之合稱。裕，寬容。《易·繫辭下》：『益，德之裕也。』韓康伯注：『能益物者，其德寬大也。』

〔二八三〕〔馮注〕《禮·射義》：好學不倦，好禮不變。

〔二八四〕〔補注〕《論語·學而》：『有子曰：禮之用，和爲貴。』

〔二八五〕〔徐注〕《孝經》：敬一人而千萬人悦。

〔二八六〕六，《全文》《英華》作『三』。《英華》注：集作『六』。是，兹據改。徐本作『三』，馮本作『六』。〔徐注〕《易·謙》：九三曰：勞謙君子，有終言。〔馮曰〕徐氏引《謙》卦九三，以解『三位』，似未全也。作『六』字是。〔補注〕六位，即《易》卦之六爻。《易·乾》：『大明終始，六位時成。』《易·謙》：『謙，亨，君子有終。』

〔二八七〕意，《英華》注：集作『點』。〔馮曰〕似『黯』字之訛。〔徐注〕孔融《薦禰衡表》：弘羊潛計，安世默識。陳壽《益部耆舊傳》曰：趙閎字温柔，幼時讀《尚書》，默識其章句。

〔二八八〕〔徐注〕《易》：聖人之辭寡。

〔二八九〕〔徐注〕《後漢書·應奉傳》：奉少聰明，自爲童兒及長，凡所經履，莫不暗記。注：謝承《書》曰：奉少爲上計吏，許訓爲計掾，俱到京師。自發鄉里，在路晝頓夜宿，所見長吏、賓客、亭長、吏卒、奴僕，訓皆密疏姓名，欲試奉。還郡，出疏示奉，奉云：『前食潁川綸氏都亭，亭長胡奴名禄，以飲漿來，何不在疏？』坐中皆驚。又云：奉年二十時，嘗詣彭城相袁賀，賀時出行，閉門，造車匠於内，開扇出半面視奉，奉即委去。後數十年於路見車匠，識而呼之。

〔二九〇〕〔徐注〕《魏志·王粲傳》：粲與人共行，讀道邊碑，因使背而誦之，不失一字。觀人圍棋，局壞，粲爲覆之，不誤一道。《孟子》：今夫弈之爲數，小數也，不專心致志，則不得也。

〔二九一〕成，《英華》作『承』。

〔二九二〕〔徐注〕《晉書·王恭傳》：恭曰：吾平生無長物。

〔二九三〕〔馮注〕《莊子》：仲尼語顔回曰：『氣也者，虚而待物者也。唯道集虚。虚者，心齋也。』〔按〕《莊子·人間世》此節全文爲：『回曰：「敢問心齋。」仲尼曰：「若一志，無聽之以耳而聽之以心，無聽之以心而聽之以氣。耳止於聽，心止于符。氣也者，虚而待物者也。唯道集虚。虚者，心齋也。」』心齋，謂屏除雜念，使心境虚靜專一。

〔二九四〕〔徐注〕《南史》：謝朓大雪中，見江革敝絮單席，耽學不倦，乃脱襦并割氈與之。

〔二九五〕常，《英華》注：集作『嘗』。〔馮注〕《南史》：袁憲字德章，憲父君正遣門客與憲候博士周弘正。會弘正將升講坐，弟子畢集，乃延憲入室，授以麈尾，令憲豎義。時謝岐、何妥遞起義端，弘正亦起數難，終不能屈。按：句中『得』字似誤。〔按〕似是『袁憲得周正之談柄』之誤倒，『得』字不誤。清談時所執拂塵（即所謂『麈尾』）稱『談柄』。

〔二九六〕五車，見《爲安平公兗州奏杜勝等四人充判官狀》『三篋能知，五車盡究』注。

〔二九七〕同上。

〔二九八〕〔徐注〕揚子《法言》：詩人之賦麗以則，詞人之賦麗以淫。如孔門之用賦也，則賈誼登堂，相如入室矣。

〔二九九〕〔徐注〕任昉《薦士表》：辭賦清新，屬言玄遠。善曰：《陸機陸雲别傳》云：雲亦善屬文，清新不及機，而口辯持論過之。鍾嶸《詩品序》：降及建安，曹公父子，篤好詩文；平原兄弟，鬱爲文棟。劉楨、王粲爲其羽翼。次有攀龍附鳳，自致于屬車者，蓋將百計。彬彬之盛，大備於時矣。〔補注〕曹操爲魏王，定都於鄴，故址在今河北臨漳縣西南鄴鎮東。

〔三〇〇〕〔補注〕《論語·子罕》：『大宰問於子貢曰：「夫子聖者與？何其多能也！」子貢曰：「固天縱之將聖，又多能也。」』

〔三〇一〕〔徐注〕《漢書·藝文志》：凡小學家四十五篇。〔馮注〕又：古者八歲入小學。《周官》保氏掌養國子，教之六書。

〔三〇二〕〔馮注〕《晉書·王羲之傳》：子獻之工草隸。按：王僧虔謂獻之遠不及父，而媚趣過之。《晉書》采以入傳。《書斷》謂小真書筋骨緊密，不減於父。〔徐注〕竇蒙《述書賦注》：羊欣字敬元，泰山人，宋中散大夫，與丘道護同受獻之筆法。張懷瓘《書斷》：沈約云：敬元尤長於隸書，子敬之後，可以獨步。時人云：『買王得羊，不失所望。』

〔三〇三〕〔馮注〕《吴録》：皇象，字休明，廣陵江都人，工書，中國善書者不能及也。王僧虔《名書録》：吴人皇象能草，世稱沈著痛快。《宣和書譜》：皇象官至侍中，工八分篆草，初學章草，沈著痛快。論者以象書比龍蠖蟄啓，伸槃腹行，當時以爲章草入神。

〔三〇四〕時，《英華》作『代』，注：集作『時』。

〔三〇五〕代，《英華》作『世』，注：集作『代』。

〔三〇六〕過，《英華》作『遇』，注：集作『不忘過人』，非。〔馮注〕《後漢書》：第五倫不敢妄過人食。此則泛言交游耳。

〔三〇七〕〔徐注〕《後漢書·黨錮傳》：范滂詣其母，就與之訣，母曰：『汝今得與李、杜齊名，死亦何恨！』〔補注〕李、杜，指李膺、杜密。《後漢書·黨錮傳·杜密》：『黨事既起，免歸本郡，與李膺俱坐，而名行相次，故時人亦稱李、杜焉。』

〔三〇八〕願，《英華》注：集作『須』。非。見《爲滎陽公端午謝賜物狀》『常衣國、僑之紵』注。

〔三〇九〕〔徐注〕《詩》：百辟卿士，媚于天子。

〔三一〇〕〔補注〕《禮·中庸》：『憲章文、武。』《書·洪範》：『皇建有其極。』二句謂建立帝王統治之準則，調和陰陽。

〔三一一〕〔補注〕燭燿，猶光耀；粉飾，謂增彩。

〔三一二〕〔徐注〕揚子《法言》：虞夏之書渾渾爾，商書灝灝爾，周書噩噩爾。〔補注〕灝灝，廣大貌；噩噩，嚴肅正大貌。

〔三一三〕見《爲汝南公以妖星見賀德音表》『成陛下無偏之道』注。

〔三一四〕〔徐注〕《易》：不節若則嗟若。

〔三一五〕〔徐注〕《易》：亢之爲言也，知進而不知退。

〔三一六〕〔馮注〕《史記》：留侯從入關。留侯性多病，即道引不食穀。

〔三一七〕〔徐注〕《後漢書·王充傳》：肅宗特詔公車徵，病不行，年漸七十，造《養性書》十六篇，裁節嗜欲，頤神自守。〔馮曰〕時德裕已爲分司閑職，故云。〔按〕大中元年二月，以東都留守李德裕爲太子少保分司東都。見《舊唐書·宣宗紀》。

〔三一八〕〔徐注〕『穎』當作『頻』。《史記·王翦傳》：王翦言不用，因歸老于頻陽。李信敗，王翦將兵六十萬人。王翦行，請美田宅園池甚衆，大破荆軍。〔馮注〕《漢書·翟方進傳》：汝南舊有鴻隙大陂，郡以爲饒。成帝時，關東數水，陂溢爲害，方進遂奏罷之。及翟氏滅，鄉里歸惡，言方進請陂下良田不得而奏罷陂云。潁陽漢屬潁川郡，鴻隙陂正在其地，故曰『潁陽善田』，舊注引王翦事而疑當作『頻陽』，誤矣。〔按〕潁陽，潁水之北，傳説古高士巢父、許由隱居于此。故以『潁陽田』或『潁上田』借指歸隱之處或歸隱之資。《莊子·讓王》：『故許由娱於潁陽而共伯得乎共首。』《後漢書·逸民傳序》：『是以堯稱則天，不屈潁陽之高；武盡美矣，終全孤竹之絜。』無潁陽之善田，猶《上尚書范陽公啓》所謂『無文通半頃之田，乏元亮數間之屋』之意。馮、徐注均非。

〔三一九〕〔徐注〕《漢書·陸賈傳》：賈，楚人也。以好時田地善，往家焉。師古曰：好時，即今雍州好時縣。

〔三二〇〕去，《英華》作『疏』。注：〔既疏〕集作『疏去』。〔按〕《英華》注謂集作『疏去』，與下句『方嘗』不對，非。作『疏』亦不合平仄。或疑《英華》注係作『疏』而旁注『去』，後闌入爲『疏去』。〔馮注〕《晉書·何曾傳》：曾爲丞相，加侍中，拜太尉，進爵爲公，領司徒，進太傅。曾性奢豪，厨膳滋味，過於王者。每燕見，不食太官所設，帝輒命取其食。食日萬錢，猶曰無下箸處。

〔三二一〕〔馮注〕《南史·虞悰傳》：悰爲侍中，祠部尚書，武帝就悰求諸飲食方，悰秘不出。上醉後，體不快，悰乃獻醒酒鯖鮓一方而已。此二句，借食味以言罷相居東也。然何曾事，畢竟與上下句不倫，改本盡删之矣。〔補注〕鮓，腌、糟之魚類食品。

〔三二二〕〔徐注〕《周語》：單襄公曰：『厚味實腊毒。』嵇康《養生論》：識厚味之害性，故棄而弗顧。

〔三二三〕蔌，《英華》注：疑作『荻』。在，《英華》注：集作『任』。〔馮曰〕《英華》作『無在』，集作『無任』，皆不可通。此必作『佐』，謂肴蔌之外，無厚味佐之也，故改定。〔徐注〕《詩》：其肴維何？炰鼈鮮魚。其蔌維何？維筍及蒲。〔按〕《英華》《全文》均作『無在』，馮注本改『無佐』。然此言『肴蔌』，『肴』實已包舉『炰鼈鮮魚』一類厚味，似不得再言『無厚味以佐之』。『肴蔌無在』，當即上文『何曾之食既去』之義，馮改疑非。

〔三二四〕〔徐注〕伏知道《爲王寬與婦義安主書》：愁隨玉軫，琴鶴恒驚。〔補注〕琴鶴，高士之象徵。

〔三二五〕爲，《英華》注：集作『作』。〔馮注〕晉皇甫謐著《高士傳》。

〔三二六〕〔徐注〕《詩》：景山與京。傳：景山，大山也。〔馮注〕按《詩》：高山仰止，景行行止。毛傳：景，大也。鄭箋：景，明也。有明行者則而行之，有高德者則慕仰之。此與高山合爲景山，似兼用《詩傳》『景山，大山』之義，改本專曰『景行』。

某昔在左曹〔三二七〕，每事先帝〔三二八〕。雖詭詞望利〔三二九〕，不接於話言〔三三〇〕；而申義約文〔三三一〕，庶窺於風采〔三三二〕。代天之言既集〔三三三〕，蟠地之樂難忘〔三三四〕。蓋屬才華〔三三五〕，用爲序引。以鄒衍之迂怪〔三三六〕，將潁嚴之淺近〔三三七〕，忽焉承命，何所措辭。五嶺幽遐，八桂森爽〔三三八〕。莫逢博約〔三三九〕，寧遇切磋〔三四〇〕。處無價之場，率然占玉〔三四一〕；登不枯之岸，矗爾論珠〔三四二〕。雖常有意焉，亦不知量也。某叩頭再拜上〔三四三〕。

〔三二七〕〔馮注〕亞以給事中出，故曰『左曹』，即左掖也。見《爲滎陽公桂州謝上表》『備給事於左曹』注。

〔三二八〕每，《英華》注：集作『實』。〔補注〕先帝，指武宗。

〔三二九〕〔徐注〕《穀梁傳》：造辟而言，詭辭而出。注：辟，君也。詭辭而出，不以實告人也。傅亮表：造膝詭辭，莫見其際。〔馮注〕《禮記》：事君大言入則望大利，小言入則望小利。

〔三三〇〕話言，《英華》作『言話』，非。

〔三三一〕申，《全文》誤作『深』，據《英華》改。〔馮注〕孔安國《尚書序》：承詔作傳，約文申義，敷暢厥旨。

〔三三二〕窺，《全文》誤作『歸』，據《英華》改。〔徐注〕《漢書·王莽傳》：欲有所爲，微見風采。

〔三三三〕〔徐注〕《書·皋陶謨》：天工人其代之。〔補注〕代天之言，指德裕所作制誥册文等。

〔三三四〕〔徐注〕《禮記》：及夫禮樂之極夫天而蟠乎地。〔補注〕《莊子·刻意》：『精神四達並流，無所不極，上際於天，下蟠於地。』《管子·内業》：『一言之解，上察於天，下極於地，蟠滿九州。』尹知章注：『若能解道之一言，則能察天極地，而中滿於九州。蟠，委地也。』此似用《管子》。

〔三三五〕〔徐注〕《北史·崔瞻傳》：盧思道曰：『舉世重其風流，所以才華見没。』

〔三三六〕〔馮注〕《史記》：騶衍深觀陰陽消息而作怪迂之變，《終始》《大聖》之篇十餘萬言。其語閎大不經，必先驗小物，推而大之，以至無垠。〔徐注〕《史記·荀卿傳》：騶衍之術，迂大而閎辯。

〔三三七〕〔徐注〕杜預《春秋左傳序》：未有潁子嚴者，雖淺近亦復名家。〔馮注〕按《左傳》『西狩獲麟』疏：潁容字子嚴，陳郡人，與賈逵、服虔並舉，即此人。〔補注〕將，與也。

〔三三八〕〔補注〕《山海經·海内南經》：『桂林八樹，在番隅東。』此以『八桂』指桂林。

〔三三九〕〔補注〕《論語·雍也》：『君子博學於文，約之以禮。』

〔三四〇〕〔補注〕《詩·衛風·淇奥》：『有匪君子，如切如磋，如琢如磨。』

〔三四一〕〔馮注〕《尹文子》：魏田父耕於野，得玉徑尺，置於廡下，明照一室，大怖，棄之於遠野。鄰人取之，獻魏王，王召玉工望之相之。玉工望之，再拜賀曰：『天下之寶，此無價以當之。五都之城，僅可一觀。』

〔三四二〕登，《英華》注：集作『立』。見《爲李貽孫上李相公啓》『珠岸迴光，庶及不枯之草』注。〔馮注〕《梁書·顧協傳》：貢玉之士，歸之潤山；論珠之人，出於枯岸。

〔三四三〕《英華》注：集無此六字。〔按〕末段頗似序後爲鄭亞代擬之附言。

附録鄭亞改本

太尉衛公會昌一品制集序〔一〕

綸綍之興〔二〕，載籍之始，先王發號施令〔三〕，明罰敕法〔四〕，蓋本於此也。唐、虞之盛，二典存焉。夏、殷之隆，厥有訓誥。自《胤征》《甘誓》，乃有誓命之書。皆三代之文，一王之法也〔五〕。虞、夏之際，代祀綿遠，其代工掌制之名氏〔六〕，莫得而知。至於成湯、太甲，則有仲虺、伊尹，爲之訓誥。高宗得傅説，則有《説命》之篇；周公、召公相成王，則有《洛誥》《酒誥》《周官》《顧命》。秦始皇并一區宇，丞相李斯，實掌其言。漢興，當秦焚書之後，侍從之臣，皆不習文史，蕭、曹之輩，又乏儒、墨之用。每封功臣，建子弟，其辭多天子爲之。縱委於執翰者，亦非彰灼知名之士。武帝使司馬相如視草，率皆文章之流，以相如非將相器也〔七〕。厥後寖微寖長〔八〕，下於魏、晉，亦代有其人。我高祖革隋，文物大備。在貞觀中，則顔公師古、岑公文本興焉。在天后時，則李公嶠、崔公融出焉。燕、許角立於玄宗之朝〔九〕，常、楊繼美於代宗之世〔一〇〕。洎憲宗皇帝，英武啓運，雄圖赫張，中興之業，高映前古。其時則先太師忠公，翺翔内署，有密勿贊佐之績，平吴定蜀，實惟其功〔一一〕。及登樞衡，作霖雨，尊王室，卑諸侯，圖蔡料齊，外定内理〔一二〕，顯王言於典誥，彰帝範於圖籍，紀在徽册，播於無窮。特進、太子少保分司東都衛公，長慶中，事惠皇〔一三〕，爲翰林學士，訓誥之業彰於前聞〔一四〕。昭肅皇帝統握乾符，寤寐良弼，詔自淮海，復升台庭〔一五〕。盡付玄機，允厭神度。每彤墀奏罷〔一六〕，別承天睠。帝亦講《伊訓》《説命》之旨〔一七〕，定元首股肱之契，以太平之制度，上古之文教，咸屬於公焉。

會先太后懿號未立，帝明發有永懷之痛，公述沙麓神井之瑞，贊繞樞懷日之慶〔一八〕，懋遵聖緒，光慰孝思，於是承命有宣懿祔廟之制。及武宗郊昊天，拜清廟，文物胥備，朝廷有禮〔一九〕，華夷述職，河朔修貢〔二〇〕，乃顯神庥，薦徽號，奉揚一德，以示萬方，於是撰《仁聖文武至神大孝》之册〔二一〕。封域無虞〔二二〕，天子翛然有求玄之思〔二三〕，乃範貞金，模聖表，隆準日角〔二四〕，燭於宫庭，中外臣僚，咸欲以頌山河而褒日月也〔二五〕，公於是有聖容之贊。天街之北，獯鬻攸居，因饑憑陵，怙衆强禦。嚴之以刁斗，而勃爾無懼；申之以文告，而腆然不率〔二六〕。天子震怒，旋命征之。公獨運神機，上資宸斷〔二七〕，萬里勝負，決於帷中，雷霆既震〔二八〕，犬羊遂潰〔二九〕。疣贅披抉〔三〇〕，腥膻解離〔三一〕，遁其名王，復我貴主，公於是有《討北狄》之詔。天寶末，薊門爲首亂之地〔三二〕。瘡痏榛棘〔三三〕，襲世未平。至是漁陽帥仲武〔三四〕，掃除妖孽〔三五〕，臧獲仇讎〔三六〕，奉揚威神，乃底康靖。仍願勒石於盧龍之塞〔三七〕，以叙聖功〔三八〕。飛章上聞，帝用允若。公祗膺明命〔三九〕，舒展格言，呼嘯神祇，吐納嵩、華，當晝而文星見，不寐而白鳳來。成諸侯不朽之勳〔四〇〕，尊元后無私之化〔四一〕。公於是有《幽州紀聖功》之碑〔四二〕。潞帥劉從諫死，其子因關河之嶮，恃甲兵之衆，請爵争地，屢聞王庭〔四三〕。中外疑迷，互撓天聽。帝將耀神武〔四四〕，公累罄忠謀〔四五〕，且言曰：『重耳在喪，不聞利父；雄渠受戮，祇以拒君〔四六〕。況明皇舊宮，天井内地，跨連河北〔四七〕，脅倚山東，豈可行有匪人〔四八〕，坐爲汙俗？若是可忍〔四九〕，孰不可容！』沃心無疑，躡足乃定。又曰：『上黨居天下之脊，當河朔之喉，今漳水雄兵〔五〇〕，常山勁卒〔五一〕，是爲脣齒，實懼因依。不若乘其未萌〔五二〕，制其將動。』帝俞其奏，乃妙選使臣，以勞諭之；嚴立刑賞，以勸戒之。魏侯鎮侯〔五三〕，戮力從命〔五四〕，絶壺關之右臂，收泜水之上游〔五五〕。獲兹渠魁，在此成算。又轅門叛將，横水餘凶〔五六〕，竊上相之旌旗，盜晋陽之管鑰〔五七〕，帝怒斯赫，人心愈疑，咸以師老於郊，梟巢尚固，議罷兵者蚊聚，請宥過者雷同。公又揚笏而言曰：『彼地則義師，帥分宗室〔五八〕，是玄祖勤商之邑〔五九〕，后稷造周之邦，瓜瓞具存，堂構斯在。苟虧策畫，不襲仇讎，則是獎彌牟逐主之風〔六〇〕，長冒頓射親之俗。《詩》稱「築室于道」，《書》謂「疑謀勿成」。』由是洞啓宸衷，大破羣議。運籌制勝，舉無遺策；防微慮遠，必契神機。授鉞之臣，伏膺承命。謝安之圍棋尚劫，曹參之飲酒方酣。果有軍書，繼聞戎捷〔六一〕，砥磨周鉞，水淬鄭刀〔六二〕，萬里來袁尚之頭顱〔六三〕，二冢葬蚩尤之肩髀。歡聲雖震於朝市，喜氣不見於形容。何其纂立功勳，鎮定風俗，若是之重也〔六四〕。公於是有《伐上黨》之制，《平晋陽》之敕〔六五〕。宗英可汗〔六六〕，獻琛輸賮〔六七〕，越自絶漠〔六八〕，通於本朝，大畢、伯士之胤，呼韓谷蠡之師〔六九〕，或執玉而朝靈囿，或解辮而拜甘泉，並垂於册書〔七〇〕，光被明命。公於是有諭回鶻之命五，慰堅昆之書四〔七一〕。文章等於訓傳，機事出於神明，固將偃仰邳石之符，傲睨鬼《箵》之録，聞之者可以祛聾聵，得之者可以弼邦國〔七二〕。每牙管既拔，芝泥將熟〔七三〕，嘗於前席，親授筆札，公亦分陰可就，落簡如飛。時有急宣，關於密晝，内庭外制，皆不與聞。或勢切疾雷，機難終日，宣室未召，武帳莫開，公則手疏封章，達於旒扆〔七四〕。當乙夜觀書之際，未嘗不稱美再三。此又豈可與傳《洞簫》而諷於後庭〔七五〕，聞《子虚》而嗟不同世者論功校德邪？

歲在乙丑〔七六〕，羣公常伯〔七七〕，以天子之道，貫於神祇。一年而風雨攸序，灾沴不作；三年殲醜虜〔七八〕，興北伐之詩；四年誅狡童，詠東征之歌〔七九〕。而又移摩尼之風〔八〇〕，壞浮圖之俗〔八一〕，偃兵返樸，四海胥定，思欲增鴻名，光下武〔八二〕，公乃觀東序之圖，按西崑之諜，鋪舒名實，藻縟文采，類于上帝，爲唐神宗。公於是纂《章天成功神德明道》之册文。號位既畢，華夷會同，方將命禮官，召儒者，訪匡衡后土之儀，采公玉《明堂》之圖，考肆覲之禮於梁生，取封禪之書於犬子〔八三〕，盡皇王之盛事，極臣子之殊功。而軒鼎將成，禹書就掩，然猶進先嘗之藥，獻高手之醫，藏周旦請代之書，追漢宣易名之美，作爲《大誥》〔八四〕，祈于昊天。始終一朝，紹續九德〔八五〕。其功伐也既如彼〔八六〕，其制作也又如此。故合武宗一朝册命典誥奏議碑贊軍機羽檄，凡兩帙二十卷〔八七〕，輒署曰《會昌一品制集》。紀年，追聖德也；書位，旌官業也。

歲在丁卯〔八八〕，亞自左掖，出爲桂林。九月，公書至自洛〔八九〕，以典誥制命示於幽鄙，且使爲序，以集成書。尋玄珠不究於倪域〔九〇〕，聽希聲莫窮於高下〔九一〕。承命震恐〔九二〕，幾移朝夕，援筆而復止者三四。伏念江陸修盪〔九三〕，辭讓不及，因齋潔以序焉。夫全功難持〔九四〕，大名難兼〔九五〕，日赫於晝而乏清媚，月皎於夜而無温煦〔九六〕。冬之爲候也，則雪霜飄暴，凍入肌髮；夏之爲用也，則金流石爍，火走膚脈，如陽春高秋者稀焉。南則瘴風毒虺之爲厲也，北則獯戎黠虜之爲患也，如洛陽咸秦者幾焉〔九七〕。鵰鶚不傳之以馳騁，驊騮不授之以騫翥，如應龍者鮮焉〔九八〕。仲尼，聖賢之宗也，位止於司寇；老聃〔九九〕，道德之祖也，官不過柱史，如姬旦者幾焉〔一〇〇〕。是以保衡、傅説，佐佑殷宗〔一〇一〕；召公、畢公，寅亮周室。咸著大訓，克爲元龜。書契以來，未之多有。李斯以刻石紀號之文勝〔一〇二〕，而不在休明之運，又何足數哉〔一〇三〕！周勃、霍光，雖有勳伐，而不知儒術；枚皋、嚴忌，善爲文筆〔一〇四〕，而不至巖廊〔一〇五〕。自是以降，其類實繁。惟公蘊開物致君之才，居元弼上公之位，建靖難平戎之業，垂經天緯地之文，萃於厥躬〔一〇六〕，慶是全德，蓋四序之陽春，九州之咸、洛，品彙之應龍，人倫之姬旦〔一〇七〕。後之學者，其景行之云爾〔一〇八〕。

校注

〔一〕本篇原載《唐文粹》卷九一第五九七頁、《文苑英華》卷七〇六第一頁、清編《全唐文》卷七三〇第一六頁。又見《李文饒文集》卷首。《文苑英華》卷七〇六兼收鄭亞、李商隱之序，於卷末注云：『右李德裕集兩序，前篇鄭亞爲桂帥時所撰，今集用之，其後篇疑亞先委判官李商隱代作，亞復改定，故有異同。』《唐文粹》題作《唐丞相太尉衛國公李德裕會昌一品制集序》，此從《英華》及《全唐文》。〔徐箋〕今《一品集》用此，乃鄭亞改定義山作也。典嚴正大，真燕、許手筆，較原作更爲得體，故附録之。〔馮箋〕題從《文粹》，而首有『丞相』二字，唐無其名，故删之（按：馮本題作《太尉衛國公李德裕會昌一品制集序》）。《舊書·鄭畋傳》：父亞，字子佐，聰悟絶倫，文章秀發。李德裕在翰林，以文干謁，深知之。餘詳《爲滎陽公桂州謝上表》。按：原稿非不華贍莊重，然大有矜持之態，且未全得體，一經點竄，氣象迥殊矣。文章之工拙，匪徒學問所爲，亦有氣局福分主之。是説也，余驗之久而益信。起結兩段全改，中間詞藻，取諸原本，而别運以清機。讀者細爲體味，可以得文章進境矣。

〔二〕綍，《文粹》作『紼』。《英華》注：文集、蜀集並作『紼』。〔按〕綍、紼通。

〔三〕〔馮注〕《書·冏命》：發號施令，罔有不臧。

〔四〕〔馮注〕《易》：雷電噬嗑，先王以明罰敕法。

〔五〕〔馮注〕《史記·太史公自序》：孔子作《春秋》，垂空文以斷禮義，當一王之法。

〔六〕工，《英華》《全文》作『王』，此從《文粹》《一品集》。〔補注〕《書·皋陶謨》：『無曠庶官，天工人其代之。』孔疏：『天不自治，立君乃治之；君不自治，爲臣以佐之。』代工，謂人臣輔君，以代行天之使命。

〔七〕《英華》『相』下有『之』字。

〔八〕寖微寖長，《全文》《英華》作『寖以微長』，此從《文粹》。

〔九〕〔徐注〕《新書·蘇瓌傳》：瓌子頲，襲父爵許國公，後與張説以文章顯，稱望略等，故時號燕、許大手筆。按：張説封燕國公。餘詳上篇『玄宗有臣，曰説曰瓌』注。

〔一〇〕世，《英華》作『代』。〔馮曰〕避諱也。〔徐注〕《新書》：楊炎，字公南，鳳翔天興人，遷中書舍人，與常衮同時知制誥，長於除書，而炎善德音。自開元後，言制詔者稱常、楊云。

〔一一〕實，《全文》《英華》作『時』，此從《文粹》。

〔一二〕〔馮箋〕《舊書·李吉甫傳》：憲宗即位，劉闢反，帝命誅討之。計未決。吉甫密贊其謀，兼請廣徵江淮之師，由三峽路入，以分蜀寇之力。由是甚見親信。元和二年春，擢爲中書侍郎、平章事。至六年正月，自淮南節度授中書侍郎、平章事，封趙國公。至淮西節度吴少陽卒，子元濟請襲位，吉甫以爲淮西内地，不同河朔，且四境無黨援，國家常宿數十萬兵以守禦，宜因時而取之，始爲經度淮西之謀。九年冬，暴病卒。《新書·傳》：李錡在浙西請領鹽鐵，又求宣、歙，吉甫言：『錡不臣有萌，若益以鹽鐵之饒、采石之險，是趣其反也。』帝寤。劉闢拒命，高崇文圍鹿頭未下，吉甫言：『漢、晋、宋、梁凡五攻蜀，由江道者四。且宣、洪、蘄、鄂强弩，號天下精兵，請起其兵，擣三峽之虚，則賊勢首尾不救，崇文懼舟師成功，人有鬬志矣。』帝從之。劉闢平，吉甫功居多。又度李錡必反，曰：『錡，庸材，所畜乃亡命羣盗，非有鬬志，討之必克。徐州嘗敗吴兵，江南畏之，若起其衆爲先鋒，可以絶除後患。韓弘在汴州，多憚其威，詔弘子弟率兵爲犄角，則賊不戰而潰。』從之。錡衆聞徐、梁兵興，果斬錡降。以功封贊皇縣侯，徙趙國公。自蜀平，帝鋭意欲取淮西。及元濟擅立，吉甫與帝意合。又請自往招元濟，苟不悛，得指授羣帥俘賊以獻天子。不許，固請至流涕，帝慰勉之。會暴卒。按：李錡事，《舊書·傳》不載；《新書·傳》，平李錡在吉甫爲相後。今文皆作在内署時，則以阻其鹽鐵、宣歙之請也。元和十三年，討平淄青李師道，在吉甫卒後，所云『料齊』，二《書·傳》皆不載。《舊·傳》云：及爲相，患方鎮貪恣，乃上言使屬郡刺史得自爲政。《新·傳》云：姑息藩鎮，有終身不易地者。吉甫爲相歲餘，凡易三十六鎮，殿最分明。此所謂『卑諸侯』也。

〔一三〕〔馮注〕《舊書·紀》：穆宗睿聖文惠孝皇帝。

〔一四〕前，《英華》作『傳』，誤。〔馮注〕《檀弓》：我未之前聞也。《舊書·李德裕傳》：穆宗即位，召入翰林充學士。禁中書詔，大手筆多詔德裕草之。長慶元年，轉考功郎中、知制誥。二年，轉中書舍人，學士如故。

〔一五〕〔馮注〕《舊書·傳》：初，德裕父吉甫，年五十出鎮淮南，五十四自淮南復相。今德裕鎮淮南，復入相，一如父之年，亦爲異事。

〔一六〕墀，《英華》注：集作『庭』。

〔一七〕《伊訓》《説命》，《全文》《英華》作『伊尹、傳説』，此從《文粹》。

〔一八〕〔馮注〕《史記·外戚世家》：景帝王夫人夢日入其懷，此貴徵也。生男即武帝。

〔一九〕見《爲汝南公華州賀南郊赦表》『奉郊禋以定天位』注。

〔二〇〕〔馮曰〕唐自再失河朔，終不能復，故以河朔修貢爲撫馭之盛事。

〔二一〕〔馮注〕會昌二年四月上尊號，註見前。按：此段原稿所無。今先叙太后祔廟爲引，而以兩次尊號之册，挈武宗一朝之始終，包諸詔書碑贊在内，尤見森嚴。

〔二二〕〔馮注〕陸機《辨亡論》：烽燧罕警，封域寡虞。

〔二三〕〔馮箋〕《舊書·武宗紀》：帝在藩時，頗好道術修攝之事。即位之秋，召道士趙歸真等八十一人於三殿修金籙道場，帝親受法籙。餘見《爲河南盧尹賀上尊號表》「鳳書招黄、老之徒」注。

〔二四〕〔徐注〕《漢書》：高祖爲人，隆準而龍顔。《東觀漢記》：光武隆準日角。

〔二五〕以，徐本無此字。〔徐注〕《詩》：如山如河。《南史·江祐傳》：帝胛上有赤誌，晋壽太守王洪範罷任還，上袒示之，曰：「人皆謂此是日月相，卿幸無泄之。」

〔二六〕而，《文粹》作「又」。腆，《英華》注：集作「坦」。〔馮注〕腆然，疑「憮然」之訛。《漢書·韓信傳》：諸將憮然，陽應曰諾。〔按〕腆然，即腆顔，厚顔無恥貌。沈約《奏彈王源》：「明目腆顔，曾無愧畏。」率，順服。馮疑「憮然」之訛，非。

〔二七〕神，《一品集》作「沉」。宸，《一品集》作「神」。馮本從《一品集》。

〔二八〕〔馮注〕《爾雅》：疾雷爲霆。

〔二九〕遂，《英華》作「遽」。

〔三〇〕〔徐注〕《莊子》外篇：附贅懸疣，出乎形哉而移於性。《舊書》：俞文俊《上天后疏》：人氣不和而疣贅生。

〔三一〕〔馮注〕《禮記·月令》：春其臭羶，秋其臭腥。《國語》：子犯曰：「偃之肉腥臊。」《廣韻》：腥，豕臭肉；羶，羊臭。〔徐注〕《抱朴子》：誠欲遠彼腥膻，而即此清淨也。〔按〕腥膻，喻指西北邊異族。此謂回鶻分崩離析。

〔三二〕〔馮曰〕薊門，即范陽之地。

〔三三〕瘡痏，《一品集》作「長安並蒙」。

〔三四〕是，《全文》《英華》作「於」，據《文粹》改。「帥」字下《全文》《英華》有「師」字，據《文粹》删。《一品集》「帥」下有「張」字。

〔三五〕妖孽，《一品集》作「僭亂」。〔馮按〕《一品集》多訛字，今且並列之耳。

〔三六〕〔徐注〕《方言》：荆、淮、海岱，雜齊之間，駡奴曰臧，駡婢曰獲。齊之北鄙、燕之北郊，凡民男而聓婢謂之臧，女而婦奴謂之獲。亡奴謂之臧，亡婢謂之獲。皆異方駡奴婢之醜稱也。〔馮注〕《漢書·司馬遷傳》：臧獲婢妾。晋灼曰：臧獲，敗敵所被虜獲爲奴隸者。

〔三七〕盧龍，《一品集》作『陰山』，誤。〔徐注〕《魏志·田疇傳》：豈可賣盧龍之塞，以易爵賞？《魏書·地形志》：北平縣新昌縣有盧龍山。〔馮曰〕此叙破那頡啜，詳原稿。

〔三八〕叙，《一品集》作『顯』。

〔三九〕祇膺，《一品集》作『極涣汗』；膺，《文粹》作『應』，非。

〔四〇〕成，《一品集》作『彰』。

〔四一〕尊，《一品集》作『廣』。私，《一品集》作『爲』。

〔四二〕《英華》無『聖』字。

〔四三〕八字，《一品集》作『乃敢揚聲進討，拒命王庭』，誤。

〔四四〕將耀，《一品集》作『凝思奮』。

〔四五〕罄，《文粹》作『獻』。忠，《英華》注：集作『奇』。

〔四六〕雄渠，馮云：當作『鬻拳』。拒，徐本作『抵』，〔馮云〕當作『懼』。〔徐注〕《漢書·景帝紀》：吴王濞、膠西王卬、楚王戊、趙王遂、濟南王辟光、菑川王賢、膠東王雄渠皆舉兵反，諸將破七國，斬濞，卬及雄渠皆自殺。〔馮按〕舊本皆作『雄渠受戮』，徐氏引漢景帝時吴、楚七國反，中有膠東王雄渠以證之。今考《史》《漢》，皆止言雄渠與吴、楚反，漢擊破誅之，未嘗獨有他事也。《左傳》：鬻拳强諫楚子，楚子弗從，臨之以兵，懼而從之。鬻拳曰：『吾懼君以兵，罪莫大焉。』遂自刖也。文定用此事，言以兵懼君，由於忠愛，尚自納於刑，况稱兵作亂哉！《漢書·禮樂志》注：『抵，忤也，冒犯也。』亦可通。然若果用此事，則疑『懼』字之訛也。按：范寧《春秋穀梁傳序》，左氏以鬻拳兵諫爲愛君，譏其乖大義也。與此引用之意相合。〔按〕馮校於八字之中連改三字，且絶無版本證據，實不可從。且鬻拳事與劉稹反叛情事毫不相似，迂曲作解，亦乖文意。徐氏引膠東王雄渠反叛事以證，切合劉稹身份情事，實無可疑。『拒』者，拒絶、抵制。吴、楚七國之反，爲拒削藩；劉稹之叛，則意圖世襲而拒歸朝之旨，其情事亦相類，不必更『獨有他事』也。

〔四七〕連，《英華》作『摇』。

〔四八〕有，《英華》作『育』，誤。

〔四九〕徐本作『若可忍也』。

〔五〇〕〔馮注〕《史記·河渠書》：西門豹引漳水溉鄴，以富魏之河内。《水經注》：濁漳水出上黨長子縣西發鳩山，東過壺關縣北，故黎國也。有黎亭縣，有壺口關。清漳水出上黨沾縣西北少山大黽谷，至武安縣，南入於濁漳。

〔五一〕〔馮注〕《書》：太行，恒山至于碣石。《漢書·地理志》：常山郡。注曰：恒山在西。避文帝諱，改常山。漳水，謂魏博節度；常山，謂成德節度。

〔五二〕其，《文粹》作『於』。

〔五三〕〔馮注〕成德軍節度治恒州，元和十五年避穆宗名，改鎮州，故又稱鎮冀節度。

〔五四〕〔馮箋〕按：此述德裕奏請遣李回使諭魏帥何弘敬、鎮帥王元逵事。詳《爲李貽孫上李相公啓》『所謀者河朔故事』句下注。此實克平昭義之要策，時亞亦從李回行。故較原稿所叙，更中要害。時告魏、鎮二帥，以王師不欲輕出山東，請公等取邢、洺、磁三州以報天子。二將聽命，皆櫜鞬道左，讓制使先行。事具史書。

〔五五〕〔馮注〕《水經注》濁漳水條下，枝水，俗謂之祇，一作泜水。水承白渠於稾縣之烏子堰。昔在楚、漢，陳餘不納左車之計，悉衆西戰，韓信遣奇兵自間道出，立幟於其壘，師奔失據，遂死泜上。

〔五六〕横，《英華》作『潢』，誤。

〔五七〕詳《爲河南盧尹賀上尊號表》『舉陶唐之故俗』句下注、《爲李貽孫上李相公啓》『此廟戰之第二功也』

句下注。

〔五八〕分，《英華》作『介』，誤。注：集作『師分』，亦誤。

〔五九〕玄祖，《英華辨證》：《英華》作『文王』，恐非。

〔六〇〕〔馮注〕彌牟，衛將軍文子也。《左傳》：哀公二十五年五月，衛褚師比、公孫彌牟、公文要、司寇亥、司徒期，因三匠與拳彌以作亂，皆執利兵，譟以攻公。衛侯出奔宋。二十六年，叔孫舒帥師會越皐如納衛侯，公不敢入，師還，立悼公，南氏相之。注曰：南氏即彌牟。叙力主戰伐，以破羣疑，較原稿更詳重。

〔六一〕繼，《一品集》作『奏』。

〔六二〕水，《文粹》作『兵』，誤。

〔六三〕尚，《文粹》作『紹』，誤。

〔六四〕《文粹》無『也』字。

〔六五〕〔馮曰〕上黨謂稹，晋陽謂弁。

〔六六〕英，《英華》作『華』，誤。

〔六七〕輪，徐本作『貢』；賫，《一品集》作『寶』。

〔六八〕漠，《全文》作『域』，此從《英華》。

〔六九〕谷，《文粹》作『鹿』。

〔七〇〕册書，《英華》注：集作『史册』。

〔七一〕〔馮曰〕此叙黠戛斯事，而兼及回鶻嗢没斯内附，皆詳原稿及《代李貽孫上李相公書》『列在周廬』句下注。

〔七二〕得，馮云『一作傳』。

〔七三〕熟，《英華》注：一作『乾』。

〔七四〕扆，《文粹》與集本作『衮』。

〔七五〕傳，《英華》注：集作『賦』。《一品集》同。

〔七六〕〔馮注〕會昌五年。

〔七七〕〔馮注〕《書》：左右常伯在。傳曰：常所長事，常所委任，謂三公六卿。《舊書·職官志》：龍朔二年，改尚書爲太常伯，侍郎爲少常伯。

〔七八〕三，一品集作『二』。〔馮曰〕《英華》《文粹》皆作『二』，今從《一品集》作『三』。〔按〕《叢刊》影明本作『一』不作『三』，馮氏所據未知何本。然按之事實，則擊回鶻之事確在會昌三年，下『四年誅狡童，詠東征之歌』可證此處爲會昌之具體紀年。

〔七九〕〔徐注〕《詩序》：《六月》，宣王北伐也；《東山》，周公東征也。

〔八〇〕移，《文粹》集本作『伐』。〔徐注〕《圓覺經》：清淨摩尼寶珠映于五色，隨方各現。注：惟照圓明也。〔馮箋〕文以摩尼統言釋教也。又考《舊書·回鶻傳》，元和初，始以摩尼至。其法日晏食，飲水茹葷屏湩酪。《憲宗紀》：元和二年正月，回紇請於河南府、太原府置摩尼寺，許之。《武宗紀》：會昌三年，摩尼寺僧莊宅錢物，差官點檢抽收。蓋此寺僧皆回鶻人，始立於元和時，而會昌時亦毁之。《紀》文所謂大秦穆護祆僧，皆勒歸俗也。《通鑑》注曰：大秦穆護，又釋氏之外教，如回鶻摩尼之類。祆，胡神也。唐制，祠部歲祀磧西諸州火祆，官品令有祆正，蓋主祆僧也。《景教流行中國碑頌》，貞觀十二年，詔曰：大秦國阿羅本遠將經像來獻上京，濟物利人，宜行天下。所司於義興坊造大秦寺一所，度僧廿一人。《通鑑》：憲宗元和元年，回鶻入貢，始以摩尼偕來，於中國置寺處之。其法日晏乃食，食葷而不食湩酪。注：回鶻之摩尼，猶中國之僧也，其教與天竺又異。

〔八一〕〔徐注〕《後漢書·西域傳》：天竺國修浮屠道，不殺伐，遂以成俗。〔馮曰〕此謂拆寺之事，見《爲河南盧尹賀上尊號表》『鳳書招黄、老之徒』句下注。

〔八二〕下，馮云『一作神』，非。

〔八三〕書，徐本作『文』。

〔八四〕爲，《文粹》作『于』，誤。

〔八五〕〔馮曰〕此一段與宣懿祔廟一段爲首尾。

〔八六〕功，《全文》《文粹》誤作『攻』，據《英華》改。《英華》注：集作『攻閥』。《一品集》作『功閥』。均非。

〔八七〕〔馮曰〕與（李序）十五卷不同。

〔八八〕〔徐曰〕大中元年也。

〔八九〕〔馮曰〕宣宗即位，德裕罷相，屢貶。至大中元年七月，再貶潮州司馬。此書至之時，已貶潮州矣。〔按〕馮箋誤。德裕貶潮州，在大中元年十二月戊午。《唐大詔令集》卷五八載《李德裕潮州司馬制》，文末署『大中元年十二月』，可證《舊·紀》書德裕貶潮州司馬於大中元年七月之誤，而《新·紀》及《通鑑》則是。

〔九〇〕不究於，《英華》作『莫究其』。〔徐注〕《莊子》：黄帝游乎赤水之北，登於崑崙之丘，遺其玄珠，使知索之而不得，使離朱索之而不得，使喫詬索之而不得，乃使象罔，象罔得之。

〔九一〕〔馮注〕《老子》：大音希聲。

〔九二〕恐，《文粹》《一品集》作『惴』。

〔九三〕修，徐本作『盡』，誤。

〔九四〕持，《全文》作『恃』，據《英華》改。〔馮注〕《荀子》：天地無全功。按：此下全改，莊嚴團聚，大有東漢遺風。

〔九五〕兼，《英華》注：集作『堅』。誤。〔馮曰〕大名以人物言，字屢見。

〔九六〕温，徐本作『陽』，非。

〔九七〕洛陽，《文粹》作『雒邑』。

〔九八〕見《爲舍人絳郡公鄭州禱雨文》『伏以旱魃爲虐，應龍不興』注。

〔九九〕老，《文粹》、集本作『師』。

〔一〇〇〕〔馮曰〕以上以天地人物立論。

〔一〇一〕《英華》注：集本作『左右殷王』。

〔一〇二〕〔馮箋〕《史記·秦始皇本紀》：二十八年，上泰山，刻所立石，其辭曰云云。登之罘，立石頌德焉。登琅琊，立石刻頌秦德曰云云。二十九年，登之罘，刻石，其辭曰云云。三十二年，之碣石，刻碣石門，其辭曰云云。三十七年，上會稽，立石刻頌秦德，其文曰云云。

〔一〇三〕〔馮曰〕以上數語，應起段。

〔一〇四〕筆，《英華》作『華』。

〔一〇五〕巖廊，《文粹》作『巖廟』，《一品集》作『廊廟』。〔馮注〕《漢書·董仲舒傳》：虞舜之時，遊於巖廊之上。文穎曰：巖廊，殿下小屋。晉灼曰：堂邊廡。巖廊謂嚴峻之廊也。

〔一〇六〕厥，《英華》作『直』。《一品集》連下句作『粹乎厥躬，由是人仰德』。

〔一〇七〕《一品集》、集本『旦』下有『也』字。〔馮曰〕純是東京法度。

〔一〇八〕《文粹》、集本、《一品集》均無『云爾』二字。《文粹》『景』下脱『行』字。

〔愛新覺羅玄燁曰〕：本以讚德裕之製作，而益見國家功德之崇隆。品裁宏廓，筆墨皆靈。（《古文評論·鄭亞文》）

〔蔣士銓曰〕：《文苑英華》載《衛公集序》凡二：其一即是篇；其一爲李商隱代滎陽公作。中間十同七八，但首尾迥異。今《一品集》及《文粹》皆用此篇，當是商隱代作後或經鄭亞改定耳。二作相較，此篇似爲有體，故録之。李公集有《與鄭中丞書》，所謂『公書至自洛』者是也。今此序全本其意。別具一格，可襲取其模式而變通之，存此以備一格。（《評選四六法海》卷六）（『考肆覲之禮於梁生，取封禪之書於犬子』）唐人有此對法，使後人爲之必詫之矣。『犬子』二字對復不巧。（同上）

爲滎陽公謝賜冬衣狀〔一〕

右，中使某至，奉宣恩旨，賜臣冬衣一副、大將衣四副，兼賜臣手詔一通者。八行帝語〔二〕，宵降于重霄；一襲天衣〔三〕，俯迴于窮節〔四〕。臣當時準詔給散訖。臣叨蒙重寄，適控遐陬。地雖五鎮之衝〔五〕，氣得四時之正。每玄冥應律〔六〕，顓頊司辰〔七〕，當二日之鑿冰，則殊豳野〔八〕；及兩楹之飛雪，無異朔山〔九〕。重以賨布少温〔一〇〕，蠻緜乏暖〔一一〕，方求麗密〔一二〕，以禦嚴凝〔一三〕；豈望司服頒衣〔一四〕，貴臣傳詔。綾裁飛鵠〔一五〕，絮裹仙蠶〔一六〕，白分椒壁之光〔一七〕，紫奪蘭芽之色〔一八〕。已均下將，仍逮連營。晏子狐裘故弊，何彰于國儉〔一九〕；王恭鶴氅風流，不自于君恩〔二〇〕。被服有輝，負戴無力。謹當上宣殊渥，下拊多寒〔二一〕，均大袑于瑯琊〔二二〕，變無襦于蜀郡〔二三〕。驫令康泰，以塞貪叨〔二四〕。臣與大將等無任望闕感恩抃舞屏營之至。

校注

〔一〕本篇原載《文苑英華》卷六三三第五頁、清編《全唐文》卷七七三第一頁、《樊南文集詳註》卷二。〔馮校〕（滎陽公下）一有『桂州』字。馮譜、張箋均編大中元年，置於《爲滎陽公進賀冬銀乳白身狀》之後、《樊南甲集序》之前。〔按〕此狀正式上奏，固必待朝廷所賜冬衣到達桂林以後。然商隱是年十月十二日已在奉使江陵途中（《樊南甲集序》作于十月十二日，中有『削筆衡山，洗硯湘江』語，可證其時商隱已抵衡湘一帶），其自桂林啓程當在九月末或十月初。故此等例行公文當在啓程前即已草就備用。今訂本文作于大中元年九月末或十月初。

〔二〕見《爲安平公謝端午賜物狀》注〔二〇〕。

〔三〕〔馮注〕梁簡文帝《望同泰寺浮圖詩》：天衣盡六銖。字習見佛書、道書，而帝王之服每曰『天衣』。餘詳《爲安平公謝端午賜物狀》注〔一一〕。〔按〕此『天衣』猶仙衣，喻指皇帝所賜之衣，非帝王所服之衣。

〔四〕〔馮注〕《月令》：季冬，日窮于次，月窮于紀。〔徐注〕顔延之詩：徂生入窮節。〔按〕據此，朝廷冬衣當在季冬前到達。表爲預擬可知。

〔五〕〔徐注〕《新書·地理志》：永徽後，以廣、桂、容、邕、安南府皆隸廣府都督統攝，謂之五府節度使，名五管。〔馮注〕《舊書·志》：嶺南道五管，廣州刺史充嶺南五府經略使，統桂管、容管、安南、邕管四經略使。〔按〕此言桂林地當五府之衝要，蓋赴容管、邕管、安南必經之地。

〔六〕〔補注〕《禮記·月令》：『（孟冬、仲冬、季冬之月）其帝顓頊，其神玄冥。』玄冥，冬神。

〔七〕〔徐注〕《禮記》：孟冬之月，其帝顓頊。

〔八〕〔徐注〕《詩·豳風》：二之日，鑿冰沖沖。

〔九〕〔徐注〕鮑照詩：胡風吹朔雪，千里度龍山。集君瑶臺上，飛舞兩楹間。范成大《桂海虞衡志》：靈川、興安之間有嚴關，朔雪至此輒止，大盛則度關至桂州城下，不復南矣。北樓舊有樓曰『雪觀』，所以夸南州也。

〔一〇〕〔馮注〕《後漢書·南蠻傳》：秦置黔中郡，漢改武陵，歲令大人輸布一匹，小口二丈，是謂『賨布』。《晋書·食貨志》：夷人輸賨布户一匹，遠者或一丈。

〔一一〕〔徐注〕左思《吴都賦》：鄉貢八蠶之緜。善曰：劉欣期《交州記》云：一歲八蠶繭出日南也。〔馮注〕按：嶺南以木棉花爲布，《南史》『海南諸國出古貝木花，如鵝毳，紡之作布』是也。後乃俗呼爲吉貝。二句似兼可指此。

〔一二〕〔馮注〕《漢書·王褒傳》：夫荷旃被毳者，難與道純緜之密麗。

〔一三〕〔徐注〕《禮記》：天地嚴凝之氣，始於西南而盛於西北。

〔一四〕〔徐注〕《周禮·春官》：有司服。

〔一五〕〔馮注〕《晋書·盧志傳》：帝賜志鶴綾袍一領。鵠、鶴通。謝惠連詩：客從遠方來，贈我鶴文綾。《舊書·董晋傳》：在式朝官均是綾袍袄。按：唐制，袍三品以上服綾，鵠則袍上之紋。

〔一六〕絮，《英華》注：集作『素』。仙蠶，見《爲安平公謝端午賜物狀》注〔一三〕。

〔一七〕〔徐注〕《漢官儀》：以椒塗壁，取其温煖。《晋書·石崇傳》：崇塗屋以椒。《初學記》：漢省中皆胡粉塗壁。〔馮曰〕句意兼用之。

〔一八〕〔徐注〕鮑照《白紵歌》：桃含紅萼蘭紫芽。〔按〕此謂袍色紫，紫爲三品之服，見《新書·車服志》。

〔一九〕故弊，《英華》注：一作『舊飾』。何，《英華》注：一作『故』。〔徐注〕《禮記》：晏子一狐裘三十年。曾子曰：『國奢則示之以儉，國儉則示之以禮。』

〔二〇〕〔徐注〕《晋書》：王恭披鶴氅，涉雪而行。

〔二一〕〔徐注〕《左傳》：申公巫臣曰：『師人多寒。』王巡三軍，拊而勉之，三軍之士，皆如挾纊。

〔二二〕〔徐注〕《漢書·朱博傳》：遷瑯琊太守。齊部舒緩，勑：功曹官屬多褒衣大袑，不中節度，自今掾史衣皆去地三寸。袑音紹，大袴也。

〔二三〕見《爲濮陽公陳許舉人自代狀》注〔一〇〕。

〔二四〕〔徐注〕《後漢書·梁冀傳》：皆貪叨凶淫。

爲滎陽公進賀冬銀等狀〔一〕

右臣伏以黄鍾應候〔二〕，白琯舒和〔三〕。近訪晋儀，禮同元日〔四〕；遐觀魯史，事重朔朝〔五〕。伏惟皇帝陛下，與天同休，如日之盛。將融漢道〔六〕，兼舉周正〔七〕。臣方駕廉車，闕稱壽酒。心懸土炭，空循太史之書〔八〕；身遠江湖，徒積子牟之戀〔九〕。苟無納賮，曷慶履長〔一〇〕？前件銀等〔一一〕，稟和于天地之爐〔一二〕，擢粹于神仙之府〔一三〕，豈爲方賄〔一四〕，且自地征〔一五〕。對三品之金〔一六〕，庶陪白璧；厠一丸之藥〔一七〕，請暎玄霜〔一八〕。私白身等〔一九〕，雖長在遐鄉，而生知望闕，比從訓示，堪備指呼。冀因物以達誠，竊先時而效祝。七百年之卜，願過成周〔二〇〕；八千歲爲春，敢徵蒙叟〔二一〕。干冒陳進，兢越無任。

校注

〔一〕本篇原載《文苑英華》卷六四〇第六頁、清編《全唐文》卷七七三第四頁、《樊南文集詳注》卷二。題内

『銀等』二字，《英華》注：集作『銀乳白身』；『滎陽公』下，馮云：一有『桂州』字。馮譜、張箋均編大中元年，置《樊南甲集序》前。〔按〕賀冬銀須於冬至日前送達京師，是年冬至日在十一月初十。則賀冬銀之自桂林啓運當在十月上旬左右，商隱九月末或十月初奉使江陵前須將賀狀擬就備用。

〔二〕〔徐注〕《禮記》：仲冬之月，律中黄鍾。

〔三〕〔徐注〕《大戴禮》：舜以天德嗣堯，西王母來獻其白琯。《後漢書·律曆志》：候氣之法，殿中候玉律十二，惟二至乃候。《晋書·律曆志》：舜時西王母獻昭華之琯，以玉爲之。及漢章帝時，零陵文學史奚景於泠道舜祠下得白玉琯，度以爲尺，相傳謂之漢官尺。〔補注〕舒和，舒發陽和之氣。冬至後白天漸長，古人以爲陽氣初動，故稱冬至爲『一陽生』。《易·復》『后不省方』孔穎達疏：『冬至一陽生，是陽動而陰復於静也。』

〔四〕〔徐注〕《晋書·禮志》：魏、晋冬至日受方國及百僚稱賀，因小會，其儀亞於獻歲之日。

〔五〕〔徐注〕《左傳》：公既視朔，遂登觀臺以望而書，禮也。

〔六〕〔徐注〕謝莊《月賦》：淪精而漢道融。善曰：融，明也。

〔七〕〔馮注〕周正建子，冬至之月。

〔八〕循，《英華》注：集作『思』。〔馮注〕《史記·天官書》：冬至短極，縣土炭。孟康曰：先冬至三日，縣土炭于衡兩端，輕重適均。冬至日陽氣至則炭重，夏至日陰氣至則土重。晋灼曰：蔡邕《律曆記》：候鍾律權土炭，冬至陽氣應黄鍾通，土炭輕而衡仰；夏至陰氣應蕤賓通，土炭重而衡低。進退先後，五日之中。《漢書·天文志》同。《李尋傳》：致治感陰陽，猶鐵炭之低昂。孟康曰：以鐵易土耳。先冬、夏至，縣鐵炭于衡各一端，令適停。冬陽氣至，炭仰而鐵低；夏陰氣至，炭低而鐵仰。以此候二至也。《淮南子》：陽氣爲火，陰氣爲水，水勝故夏至濕，火勝故冬至燥，燥故灰輕，濕故灰重。按：今本《史》《漢》作『土炭』，而《後漢書·志》《晋書·志》作『土灰』，《淮南子》作『灰』，或作『炭』，而諸解不能合一。唐王起《懸土炭賦》已主『冬至炭重，夏至土重』爲定論矣。

〔九〕〔馮校〕積，一作『切』，誤。〔馮注〕《莊子》：中山公子牟身在江海之上，心居魏闕之下。注曰：魏之公子，封中山名牟。

〔一〇〕〔徐注〕《玉燭寶典》：冬至日南至，景極長，陰陽日月萬物之始，律當黄鍾，其管最長，故有履長之賀。曹植《冬至表》：亞歲獻祥，履長納慶。

〔一一〕等，馮注本作『乳』。

〔一二〕〔馮校〕稟和，《文載》作『和鎔』。〔徐注〕賈誼《鵩鳥賦》：天地爲爐兮造化爲工，陰陽爲炭兮萬物爲銅。

〔一三〕〔徐注〕《後漢書·竇章傳》注：蓬萊，海中神山，爲仙府，幽經祕録並皆在焉。案：此爲石鍾乳，觀下文『匭一丸之藥』可知。〔馮曰〕凡名山皆可謂神仙之府。

〔一四〕〔馮注〕《史記·孔子世家》：昔武王克商，通道九夷百蠻，使各以其方賄來貢。〔補注〕《逸周書·明堂》：『頒度量而天下大服，萬國各致其方賄。』方賄，土産，地方所産之財物。

〔一五〕〔徐注〕《周禮》：大司徒，制天下之地征。案《新書·地理志》，嶺南諸州，土貢銀。韶、連二州，貢鍾乳。〔馮注〕柳宗元《乳穴記》：楚越之山多産石鍾乳，於連於韶者獨名於世。〔按〕《桂海虞衡志》：桂林山中，洞穴最多，所産鍾乳。

〔一六〕〔徐注〕《書》：揚州，厥貢惟金三品。

〔一七〕匭，《英華》作『撰』，注：集作『匭』。〔馮注〕魏文帝詩：西山一何高，高高殊無極。上有兩仙童，不飲亦不食。與我一丸藥，光耀有五色。

〔一八〕〔馮注〕《御覽》引《漢武内傳》：西王母曰：『仙之上藥，有玄霜絳雪。』《太平御覽》：裴航至藍橋驛，見雲英。航曰：『願納厚禮，妻之可乎？』嫗乃使求玉杵、臼，杵刀圭藥，百日，以女妻之，超爲上仙。詩曰：『玄霜擣盡見雲英。』玄霜，藥名也。

〔一九〕〔徐校〕私，一作『乳』，非。〔徐注〕《舊書·敬宗紀》：寶曆二年，詔朝官及方鎮人家不得置私白身。

《王元逵傳》：段氏進食二千盤，并御衣戰馬、公主妝奩及私白身、女口等。《新書·宦者傳》：是時諸道歲進閹兒，號『私白』，閩、嶺最多。

〔二〇〕〔馮注〕《左傳》：成王定鼎于郟鄏，卜世三十，卜年七百。

〔二一〕〔徐注〕《莊子》：上古有大椿者，以八千歲爲春，八千歲爲秋。《史記》：莊子者，蒙人也，嘗爲蒙漆園吏。

爲滎陽公進賀正銀狀〔一〕

伏以運當聖日，節在王春〔二〕。近則入金門而排玉堂〔三〕，歡於上壽〔四〕；遠則梯重山而浮漲海〔五〕，務以獻琛〔六〕。臣受國恩深，守藩地阻。明珠大貝〔七〕，南異于百蠻〔八〕；翠羽犀皮〔九〕，北殊于三楚〔一〇〕。前件銀出非大冶〔一一〕，貨在中金〔一二〕，敢以元正，式陳方賄〔一三〕。望闕憶銀臺之峻，尚隔仙寮〔一四〕；瞻天仰銀漢之流，莫階霄路〔一五〕。馳心獻祝，因物達誠，干冒宸嚴，不任兢越。

校注

〔一〕本篇原載《文苑英華》卷六四〇第二頁、清編《全唐文》卷七七三第三頁、《樊南文集詳注》卷二。馮譜、張箋均繫大中元年。馮譜置《樊南甲集序》前，張箋置《樊南甲集序》後。〔按〕賀正銀最遲須在大中元年十二月初自桂林啓送，而此時商隱方奉使江陵。故此狀亦應爲奉使江陵前預擬，繫大中元年九月末或十月初。馮編《樊南甲集序》前，較得其實。

〔二〕〔徐注〕杜甫詩：王春度玉墀。〔補注〕《公羊傳·隱公元年》：『元年春，王正月……春者何？歲之始也；王者孰謂？謂文王也。』

〔三〕〔徐注〕揚雄《解嘲》：歷金門上玉堂有日矣。〔補注〕金門，即金馬門，漢宫門名，學士待詔之處，門旁有銅馬，故名。玉堂，漢宫殿名，在建章宫南。

〔四〕〔馮注〕《史記·表》：《大事記》：未央宫成，置酒前殿，太上皇輦上坐，帝奉玉卮上壽，殿上稱萬歲。又《叔孫通傳》：諸侯王以下至吏以次奉賀畢，復置法酒。諸侍坐殿上皆伏抑首，以尊卑次起上壽。觴九行，謁者言罷酒。

〔五〕〔徐注〕謝承《後漢書》：交阯七郡土獻皆從漲海出入。《南史》：扶南國東界即大漲海。韓愈《潮州謝上表》：州南近界漲海連天。〔馮注〕《初學記》：案南海，大海之别有漲海。《隋書·志》：龍川郡海豐縣有漲海。《舊書·志》循州海豐縣南五十里，即漲海，渺漫無際。宋顔延之序：棧山航海，踰沙軼漠之貢。梁王僧孺謝啓：航海梯山，獻琛奉貢。〔補注〕梯，登也。

〔六〕〔徐注〕《詩》：憬彼淮夷，來獻其琛。〔補注〕毛傳：『琛，寶也。』

〔七〕〔徐注〕《晉書·華譚傳》：譚曰：明珠文貝，生於江鬱之濱。《書》：大貝鼖鼓，在西房。〔馮注〕《禮斗威儀》：德至淵泉，則江海出明珠。《爾雅》：貝大者魧。注曰：大貝如車渠。車渠謂車輞，即魧屬，出日南。《南越志》：土産明珠大貝。

〔八〕〔徐注〕《詩》：因時百蠻。《隋書·南蠻傳序》：南蠻雜類，與華人錯居，曰蜒，曰獽，曰俚，曰獠，曰㐌。俱無君長，隨山洞而居，古先所謂百越是也。〔馮曰〕此謂不如廣州、安南多珠貝之産。

〔九〕〔馮注〕《周書》：湯使伊尹爲四方獻令，正南甌鄧、桂國、損子、産里、百濮、九菌，請令以珠璣、瑇瑁、象齒、文犀、翠羽、菌鶴、短狗爲獻。孔晁注：六者南蠻之别名。《左傳》：晋公子重耳對楚子曰：『羽毛齒革，則君地生焉。』

〔一〇〕〔徐注〕《文選·阮籍〈詠懷詩〉》：三楚多秀士。善曰：孟康《漢書注》：舊名江陵爲南楚，吴爲東楚，彭城爲西楚。翰曰：三楚謂楚文王都郢，昭王都鄀，考烈王都壽春。

〔一一〕〔徐注〕《莊子》：大冶鑄金，金踊躍曰：『我且必爲鏌鋣。』大冶必以爲不祥之金。〔馮注〕《莊子》：今以天地爲大鑪，以造化爲大冶，惡乎往而不可哉！

〔一二〕〔徐注〕《漢書·食貨志》：金有三等：黄金爲上，白金爲中，赤金爲下。孟康曰：白金，銀也；赤金，丹陽銅也。

〔一三〕方賄，見上篇注〔一四〕。〔補注〕《新唐書·地理志》：桂州：土貢：銀、銅器、麖皮韡、簟。

〔一四〕峻，《全文》作『嶠』，據《英華》改。隔，《英華》作『阻』。寮，《英華》作『僚』，誤。〔徐注〕《後漢書·張衡傳》：《思玄賦》曰：聘王母於銀臺兮，羞玉芝以療飢。注：銀臺，仙人所居也。郭璞《遊仙詩》：神仙排雲出，但見金銀臺。〔馮注〕此謂銀臺門内翰林學士院也。李肇《翰林志》：翰林院在銀臺門北，麟德殿西廂重廊之後。學士院在翰林之南，别户東向，引鈴門外，雖宣事不敢入。

〔一五〕銀，《英華》注：集作『河』。〔馮注〕《白帖》：天河謂之天漢、銀漢、銀河。

爲滎陽公上白相公杜相公崔相公韋相公鳳翔崔相公賀正啓〔一〕

伏以律中太蔟〔二〕，月貞孟陬〔三〕，迎祥既積於元正〔四〕，善祝方資於難老〔五〕。伏惟相公，金相轉瑩〔六〕，玉德踰貞〔七〕。小甘茂之十官〔八〕，倅叔敖之三相〔九〕。使巖廊之上〔一〇〕，永作吾家；埏埴之功〔一一〕，長爲己任。某方臨戎鎮〔一二〕，拜賀末由。攀戀禱祠，不任丹懇。伏惟鑒察。

校注

〔一〕本篇原載清編《全唐文》卷七七六第七頁、《樊南文集補編》卷七。題内『滎』字，《全文》作『濮』，從錢校改。〔錢箋〕考《新書·宰相表》：白敏中於會昌六年五月同平章事。杜悰於會昌四年閏七月同平章事，五年五月爲尚書右僕射。崔元式於大中元年三月同平章事。馬植於大中二年正月同平章事，而《舊唐書·紀》於會昌六年六月已書以户部侍郎本官同平章事。又《舊唐書·崔珙（備要本誤『琪』，今改正）傳》：會昌初同平章事，坐保護劉從諫，貶澧州、恩州。宣宗即位，召還爲太子賓客，出爲鳳翔節度使。是五相同時，當在大中初年，與鄭亞觀察桂管年正相及。若王茂元則會昌三（備要本誤『二』，今改正）年已卒，不可强通矣。〔張箋〕大中二年書：五月，户部侍郎鹽鐵轉運使馬植本官同平章事。附考云：馬植本年五月入相，李回貶湖南在二月，《補編》有《爲湖南座主隴西公賀馬相公登庸啓》可證，錢氏據《表》謂（馬登庸）在正月，誤矣，至《舊·紀》又錯出於會昌六年六月，則尤不足據。此『馬相公』（指本篇題内之『馬相公』）必有訛，否則係後來追稱。杜相公上亦應有『西川』字。（張箋繫本文於大中元年冬，置本年編年文之最後）〔岑曰〕鄭亞居桂管先後只一年，則賀正必二年之正。今據《新書·宰相表》，元、二年間之宰相，尚有韋琮，不應缺漏。馬植二年五月始相，相公雖可追稱，然試問啓中『伏惟相公……小甘茂之十官，倅叔敖之三相』，能通用於致植之箋乎？『馬』字直是『韋』字訛。崔相公則兼門下之元式及河中之鉉也。時（杜）悰方在東川，作西川亦誤。〔按〕岑説甚是。馬植大中二年五月始拜相，作此啓時植尚爲刑部侍郎（大中二年二月商隱有《爲滎陽公上馬侍郎啓》），何得與其他諸相並列？此『馬相公』必『韋相公』之訛。自大中元年三月起，商隱爲鄭亞代擬上韋琮之狀有《爲滎陽公謝集賢韋相公狀》《爲滎陽公上集賢韋相公狀一》《爲滎陽公上集賢韋相公狀二》《爲滎陽公上集賢韋相公狀三》，於離京、抵潭、到桂、賀加集賢殿學士等，均分别上狀，何獨此賀正啓獨遺正在宰相任之韋琮，此絶不可能之事。今從岑説，改題内『馬相公』爲『韋相公』。又，賀正啓須在大中二年正月初一前到達朝廷，自桂林發出至遲不得過元年十二月初，而彼時商隱正在江陵，故此啓亦爲大中元年九月末或十月初商隱奉使江陵前預擬，張置《樊南甲集序》後，小疏。

〔二〕〔補注〕《禮記·月令》：『孟春之月……律中太蔟，其數八。』注：律，候氣之管，以銅爲之。中，猶應也。孟春氣至，則太蔟之律應。應，謂吹灰也。按：古人將十二律與十二月相配，太蔟配正月，故以太蔟爲正月之别稱。《吕氏春秋·音律》：『太蔟之月，陽氣始生，草木繁動。』高誘注：『太蔟，正月。』

〔三〕〔錢注〕《爾雅》：正月爲陬。《楚辭·離騷》：攝提貞于孟陬兮。〔補注〕貞，正。

〔四〕〔錢注〕崔瑗《三珠釵箴》：元正上日，百福孔靈。

〔五〕〔補注〕《禮記·檀弓下》：『晋獻文子成室，晋大夫發焉。張老曰：「美哉輪焉，美哉奂焉，歌於斯，哭於斯，聚國族於斯。」文子曰：「武也，得歌於斯，哭於斯，聚國族於斯，是全要領以從先大夫於九京也。」北面再拜稽首。君子謂之善頌善禱。』《詩·魯頌·泮水》：『既飲旨酒，永錫難老。』難老，長壽。

〔六〕〔補注〕王逸《〈離騷〉序》：『所謂金相玉質，百世無匹，名垂罔極，永不刊滅者矣。』《詩·大雅·棫樸》：『追琢其章，金玉其相。』毛傳：『相，質也。』

〔七〕貞，《全文》作『資』，涉上文『資』字而誤。〔錢曰〕疑當作『貞』。〔按〕錢校是，兹據改。〔錢注〕《吴先賢傳》：上虞令史胄讚曰：猗猗上虞，金鎣玉貞。〔補注〕《禮記·聘義》：『君子比德於玉焉，温潤而澤，仁也。』《梁書·王僧辯傳》：『金相比映，玉德齊温。』

〔八〕〔錢注〕《戰國策》：楚王問於范環曰：『寡人欲置相於秦，甘茂可乎？』對曰：『惠王之明，武王之察，張儀之好譖，甘茂事之，取十官而無罪，茂誠賢者也。』

〔九〕〔錢注〕《史記·循吏傳》：孫叔敖三得相而不喜，知其材自得之也。《周禮·戎僕》注：倅，副也。〔補注〕倅，以之爲倅。

〔一〇〕〔錢注〕《漢書·董仲舒傳》：蓋聞虞舜之時，游於巖廊之上，垂拱無爲，而天下太平。〔補注〕巖廊，高峻之廊廡。此指朝廷。桓寬《鹽鐵論·憂邊》：『今九州同域，天下一統，陛下優游巖廊，覽羣臣極言。』

〔一一〕〔錢注〕《老子》：埏埴以爲器。〔補注〕埏埴，和泥製作陶器。喻宰相陶冶培植之功。

〔一二〕〔錢注〕《舊唐書·李叔明傳》：代宗以戎鎮重寄許之。

爲滎陽公上荆南鄭相公狀二〔一〕

不審近日尊體何如？道濟明時，德彰暗室〔二〕。固已神祇薦祉〔三〕，寒暑均和。竊料寢興〔四〕，常保休祐〔五〕。下情無任抃慰之誠。近者上臺〔六〕，出爲外相〔七〕。伏思元老〔八〕，已注宸心。況十叔相公師律克貞〔九〕，功成允懋〔一〇〕。運籌調鼎〔一一〕，已著於他年；反風起禾〔一二〕，更在於今日。不惟宗族，實係蒸黎。伏惟俯爲休明〔一三〕，善加頤養〔一四〕。某實無材術，叨處察廉。惟當規奉上游〔一五〕，因依下顧〔一六〕。庶將兢惕，以免悔尤。尋欲慎擇時才，式將好幣〔一七〕。屬楚南越北〔一八〕，苦異繁華；捆載橐裝〔一九〕，更無珍妙〔二〇〕。又虞菲廢〔二一〕，以辱藩條。靦冒之誠〔二二〕，陳喻無所。李支使商隱〔二三〕，雖非上介〔二四〕，曾受殊恩。常願拜叔子於荆州，更諂魯史〔二五〕；謁季長於南郡，重議《齊論》〔二六〕。抒其投迹之心〔二七〕，遂委行人之任〔二八〕。其他誠款，附以諮申。伏惟俯賜恩察。

校注

〔一〕本篇原載清編《全唐文》卷七七四第五頁、《樊南文集補編》卷三。〔張箋〕案《樊南甲集序》：『冬如南郡。』《乙集序》：『余爲桂林從事日，嘗使南郡。』集有《自桂林奉使江陵途中感懷寄獻尚書》詩，自注：『公與江陵相國韶叔姪。』『韶』當是『譜』誤。時鄭肅節度荆南，與鄭亞同宗，義山奉亞命往使。〔按〕《樊南甲集序》作于大中元年十月十二日，時商隱『削筆衡山，洗硯湘江』，舟行至衡湘一帶。此狀係自桂林啓程前商隱爲鄭亞代擬，於抵江陵時面呈鄭肅者。當作於九月末或十月初。張氏《會箋》置於《樊南甲集序》之前，是。

〔二〕〔錢注〕《宋書·阮長之傳》：一生不侮暗室。〔補注〕劉向《列女傳·衛靈夫人》：『靈公與夫人夜坐聞車聲轔轔，至闕而止，過闕復有聲……夫人曰：「此蘧伯玉也……衛之賢大夫也，仁而有智，敬以事上。此其人必不以闇昧廢禮，是以知之。」』駱賓王《螢火賦》：『類君子之有道，入暗室而不欺。』

〔三〕〔錢注〕《宋書·禮志》：百神薦祉。

〔四〕〔補注〕《詩·衛風·氓》：『夙興夜寐。』寢興，猶起居。

〔五〕〔錢注〕班固《西都賦》：究休祐之所用。〔補注〕休祐，吉慶。

〔六〕〔錢注〕《北史·孫紹傳》：主案舞筆於上臺。〔補注〕《晉書·天文志上》：『三台六星，兩兩而居……在人曰三公，在天曰三台，主開德宣符也。西近文昌二星曰上台。』此『上臺』即『三台』中之上台，喻指三公宰輔等重臣。

〔七〕〔錢注〕《晉書·羊祜傳論》：超居外相，宏總上流。〔補注〕《新唐書·鄭肅傳》：『（會昌）五年，以檢校尚書右僕射同中書門下平章事，與李德裕叶心輔政。宣宗即位，遷中書侍郎，罷爲荆南節度使。』出爲外相即指罷爲荆南節度使。蓋緣其與德裕叶心輔武宗之故。

〔八〕〔補注〕《詩·小雅·采芑》：『方叔元老，克壯其猶。』毛傳：『元，大也。五官之長，出於諸侯，曰天子之老。』

〔九〕〔補注〕《易·師》：『師貞，丈人，吉，無咎。』孔疏：『師，衆也；貞，正也。』師律克貞，謂軍隊紀律嚴正。

〔一〇〕〔補注〕懋，盛大。

〔一一〕〔補注〕《史記·高祖本紀》：『夫運籌策帷帳之中，決勝於千里之外，吾不如子房。』又《殷本紀》：『伊尹名阿衡。阿衡欲干湯而無由，乃爲有莘氏媵臣，負鼎俎，以滋味説湯，致于王道……湯舉任以國政。』《韓詩外傳》卷七：『伊尹……負鼎操俎調五味，而立爲相，其遇湯也。』運籌調鼎，指任宰相籌畫國事。

〔一二〕〔補注〕《書·金縢》：『王出郊，天乃雨，反風，禾則盡起。』《後漢書·和帝紀》：『成王出郊而反風。』李賢注：『成王疑周公，天乃大風，禾則盡偃，王乃出郊祭，天乃反風起禾。』此以周公見疑於成王，復釋疑而重新倚任喻鄭肅將重新被宣宗任用爲相。

〔一三〕惟，《全文》作『爲』，涉下『爲』字而誤。錢校據胡本改正，兹從之。〔補注〕《左傳·宣公三年》：『楚子問鼎之大小、輕重，對曰：在德不在鼎……德之休明，雖小，重也。』休明，此指美好清明之盛世。

〔一四〕〔錢注〕《漢書·食貨志》：酒者，天之美禄，帝王所以頤養天下。〔補注〕《後漢書·馬融傳》：『夫樂而不荒，憂而不困，先王所以平和府藏，頤養精神，致之無疆。』

〔一五〕上游，見《爲滎陽公上荆南鄭相公狀一》注〔一〇〕及本篇注〔七〕。

〔一六〕〔錢注〕《宋書·王僧達傳》：不能因依左右。

〔一七〕〔錢注〕《國語》：若諸侯之好幣具，而導之以訓辭，寡君其可以免罪於諸侯，而國民保焉。〔補注〕式將，敬持。

〔一八〕見《爲滎陽公上弘文崔相公狀三》注〔三〕。〔補注〕楚南，指荆南，即江陵；越北，指桂林。

〔一九〕〔錢注〕《管子》：垂橐而入，𢬵載而歸。《史記·陸賈傳》：尉佗賜陸賈橐中裝，直千金。

〔二〇〕〔錢注〕徐淑《答秦嘉書》：察天下之珍妙。

〔二一〕〔補注〕《禮記·坊記》：『故君子不以菲廢禮。』菲，微薄。

〔二二〕〔錢注〕《顔氏家訓》：靦冒人間，不敢墜失。〔補注〕靦冒，慚愧冒昧。

〔二三〕〔錢注〕本集《樊南甲集序》：大中元年，被奏入嶺，當表記。冬，如南郡。支使，見《爲尚書濮陽公涇原讓加兵部尚書表》注〔三〕引《舊唐書·百官志》。

〔二四〕〔補注〕《儀禮·聘禮》：『宰執書告備具于君，授使者，使者受書授上介。』上介，古代外交使團之副使或軍政長吏之高級助理。非上介，此切『支使』，其地位在副使之下。

〔二五〕荆，《全文》作『薊』。據錢校改。〔錢校〕薊當作『荆』。《晋書·羊祜傳》：祜字叔子，都督荆州諸軍事。按：合下二句觀之，乃用江陵故事，『薊』必『荆』之誤也。然注《左傳》者，乃杜預非羊祜，或義山偶誤憶耶？〔補注〕魯史，指《春秋》。

〔二六〕長，《全文》作『良』，據錢校改。〔錢校〕良當作『長』。《後漢書·馬融傳》：融字季長，桓帝時，爲南郡太守。才高學博，爲世通儒，注《孝經》《論語》《詩》《易》、三《禮》《尚書》。〔補注〕漢時《論語》有今文《齊論》《魯論》及古文《古論》三家。傳《魯論》者夏侯勝、蕭望之、韋賢及其子玄成。漢末，鄭玄就《魯論》篇章考之《齊論》《古論》作注，鄭注本獨傳，《齊論》《古論》皆亡。

〔二七〕〔錢注〕《莊子》：多物將往，投迹者衆。〔補注〕投迹，投身。

〔二八〕〔錢注〕劉劭《人物志》：辨給之材，行人之任也。〔補注〕《管子·侈靡》：『行人可不有私。』尹知章注：『行人，使人也。』

樊南甲集序〔一〕

樊南生十六能著《才論》《聖論》〔二〕，以古文出諸公間。後聯爲鄆相國〔三〕、華太守所憐〔四〕，居門下時，敕定奏記〔五〕，始通今體〔六〕。後又兩爲秘省房中官〔七〕，恣展古集〔八〕，往往咽噱於任、范、徐、庾之間〔九〕。有請作文，或時得好對切事〔一〇〕，聲勢物景，哀上浮壯〔一一〕，能感動人。十年京師寒且餓〔一二〕，人或目曰：韓文、杜詩、彭陽章檄〔一三〕，樊南窮凍人或知之〔一四〕。仲弟聖僕〔一五〕，特善古文，居會昌中進士爲第一二〔一六〕，常表以今體規我，而未焉能休〔一七〕。

大中元年，被奏入嶺當表記〔一八〕，所爲亦多。冬如南郡〔一九〕，舟中忽復括其所藏，火燹墨汙〔二〇〕，半有墜落。因削筆衡山，洗硯湘江〔二一〕，以類相等色〔二二〕，得四百三十三件，作二十卷，唤曰《樊南四六》〔二三〕。四六之名，六博、格五、四數、六甲之取也〔二四〕，未足矜。十月十二日夜月明序。

校注

〔一〕本篇原載《文苑英華》卷七〇七第一頁、清編《全唐文》卷七七九第一八頁、《樊南文集詳注》卷七。〔徐箋〕《舊書》本傳：商隱有《表狀集》四十卷。《新書·藝文志》：李商隱《樊南甲集》二十卷，《乙集》二十卷，《玉谿生詩》三卷，文、賦一卷。《宋史·藝文志》：李商隱《文集》八卷、《四六甲乙集》四十卷、《别集》二十卷、《詩集》三卷。今惟詩傳。〔馮箋〕義山自序文稱樊南生也。《史記·樊噲傳》：賜食邑杜之樊鄉。《索隱》曰：杜陵有樊鄉。《三秦記》曰：長安正南，山名秦嶺，谷名子午，一名樊川，一名御宿。樊鄉即樊川也。《元和郡縣志》曰：樊川一名後寬川，在萬年縣南三十五里。蓋其地當京城之南。唐人居城南者甚多，而『樊南』之字，如張禮《遊城南記》云：『西倚高崖，東眺樊南之景。』地志諸書亦屢見也。義山未第之前，往來京師，文名已著。及開成中移家關中，必居樊南之地，故以自稱。文所云『十年京師寒且餓』『樊南窮凍人或知之』，而詩有云『白閣自雲深』，又『迴望秦川樹如薺』，實指京郊景物言之無疑也。或謂懷州河内縣本漢野王縣，《左傳》杜註曰：『樊一名陽樊，野王縣西南有陽城。』似義山仍從懷州取義，必不然也。《説文》：樊，京兆杜陵鄉。徐鍇《繫傳》曰：即樊川，漢曰御宿，在長安南、終南山北，連芙蓉園、曲江也。（《樊南文集詳注》卷一）〔按〕樊鄉地在今長安縣韋曲鎮東南樊川一帶。唐代，今杜曲至韋曲沿潏河川道仍稱樊川或御宿。序作於大中元年十月十二日夜赴江陵舟中。

〔二〕才，《英華》注：集作『十』。誤。〔按〕二文今佚。

〔三〕〔徐注〕（鄆相國）令狐楚。〔按〕令狐楚元和十四年拜中書侍郎同平章事，大和三年任天平軍節度、鄆曹濮觀察使，故稱。

〔四〕〔徐注〕（華太守）崔戎。〔按〕大和七年，崔戎任華州刺史。商隱受知於令狐楚，在楚鎮天平時；受知於崔戎，則在戎任華州刺史時。故稱『鄆相國』『華太守』，正標明初受恩知之地。

〔五〕〔補注〕《文心雕龍·書記》：『迄至後漢，稍有名品。公府奏記，而郡將奏牋。』奏記，漢時指向公府等長官陳述意見之文書。此泛指章奏公牘。敕定，敕令寫定。

〔六〕〔徐箋〕《舊書》本傳：商隱能爲古文，不喜偶對。從事令狐楚幕，楚能章奏，遂以其道授商隱，自是始爲今體。《新書》：商隱初爲文，瑰邁奇古，楚工章奏，因授所學。商隱儷偶長短，而繁縟過之。〔補注〕今體，此指四六文。唐時章奏等公私文書，例用駢體。

〔七〕〔馮箋〕一爲開成四年，試判釋褐；一爲會昌二年，又以書判拔萃。以上皆詳《年譜》。〔補注〕房，指官署及辦公處所。商隱曾先後爲祕書省校書郎、正字。

〔八〕〔馮注〕《通典》：秘書省雖非要劇，然好學君子亦求爲之，四部圖籍，粲然畢備。

〔九〕〔徐注〕任昉、范雲、徐陵、庾信。咽噱，當作『嗢噱』。庾元威《論書》曰：許慎門徒，居然嗢噱。嵇康《琴賦》：嗢噱終日。注：服虔《通俗篇》：樂不勝謂之嗢噱。嗢，烏没切；噱，巨略切。〔馮注〕《魏志》注：太子又書與繇曰：執書嗢噱，不能離手。咽噱即嗢噱。〔按〕咽噱，謂讀書有會心處而歡不自禁。任、范、徐、庾，均駢文名家。

〔一〇〕〔補注〕好對，工巧的對句；切事，貼切的典實。

〔一一〕哀，《英華》作『衷』，誤。注：集作『哀』。〔補注〕元稹《叙詩寄樂天書》：『聲勢沿順，屬對穩切者爲律詩。』又《唐故工部員外郎杜君墓系銘并序》：『穩順聲勢，謂之爲律詩。』聲勢，指文章之聲韻氣勢。哀上，指聲情激切昂揚。浮壯，清揚激壯。

〔一二〕〔補注〕商隱開成五年移家長安，至作此序時首尾八年。『十年京師』殆舉成數。

〔一三〕〔徐注〕韓愈、杜甫、令狐楚。箋，樊南之詩，不師漢、魏，而師少陵；其文不師班、馬，而師昌黎；其四六不師徐、庾，而師彭陽。平生述作，於數語見之。〔補箋〕《舊唐書·令狐楚傳》：『楚才思俊麗，德宗好文，每太原奏至，能辨楚之所爲。』楚爲彭陽人，大和九年，進封彭陽郡開國公。《新唐書·藝文志》著録其《表奏集》十卷。

〔一四〕〔補注〕樊南窮凍人，商隱自指。或於『凍』字下斷句，誤。此承上文，謂己於韓文、杜詩、令狐楚章奏皆深有所得。

〔一五〕『聖僕』二字下《英華》有原注：羲叟。

〔一六〕〔補注〕進士，指應進士試之士子。此謂羲叟於會昌年間諸應進士試之士人中居第一二。

〔一七〕表，《英華》注：集無『表』字。焉，《全文》《英華》均作『爲』。《英華》注：集作『焉』。是，兹從之。

〔一八〕當，《英華》注：去聲。〔補注〕入嶺，指至嶺南之桂林。表記，職司章表奏記之掌書記。

〔一九〕〔徐注〕《新書·地理志》：江陵府江陵郡，本荆州南郡。〔馮注〕《漢書·地理志》：南郡，秦置江陵縣，故楚郢都。《舊書·志》：荆州江陵府，荆南節度使治。

〔二〇〕〔《英華》注〕燹，息淺反。汙，烏污反。〔馮注〕汙，烏故切。《玉篇》：燹，野火也。〔補注〕燹，此指燒。《新唐書·循吏傳·羅讓》：『讓惨然爲燹券，召母歸之。』

〔二一〕〔錢鍾書曰〕謂削衡山之筆，洗湘江之硯，即以山爲筆鋒，江爲硯池（見《管錐編》第一四八一頁）。

〔按〕此『削筆』『洗硯』猶筆削改定之意。

〔二二〕〔補注〕謂分類編次。色，種類。

〔二三〕〔馮注〕《宣和書譜》：觀其四六藁草，方其刻意致思，排比聲律，筆畫雖真，本非用意，然字體妍媚，意氣飛動，亦可尚也。

〔二四〕〔徐注〕四數，未詳。鮑弘《博塞經》：各投六箸，行六棋，故曰『六博』。《漢書·吾丘壽王傳》：以善格五召待詔。師古曰：即今戲之簺也。《禮記·内則》：九年教之數與方名。注：朔望與六甲也。王應麟《小學紺珠》：六甲：甲子、甲戌、甲申、甲午、甲辰、甲寅也。《漢志》云：日有六甲，辰有五子。〔馮注〕《楚辭》：琨蔽象棋，有六博些。注曰：投六箸，行六棋，故曰『六博』。鮑弘《博經》：用十二棋，六白、六黑。《説文》：簺，行棋相塞謂之簺。鮑弘《簺經》：簺有四采，塞白乘五是也。至五即格不得行，故謂之格五。王粲《儒吏論》：古者八歲入小學，學六甲五方書計之事。按：六年所教之數，一至十也。五方即方名，此也『四數』，其四方四時之謂歟？〔補注〕六甲，以天干地支相配計算時日，其中有六甲日，故稱。此謂四六文係博戲與兒童初學識方位數干支一類。故曰『不足矜』。

於江陵府見除書狀〔一〕

伏承榮兼史職〔二〕，伏惟感慰。十三丈學士學洞九流〔三〕，文窮三變〔四〕，果解殊選〔五〕，允用當仁〔六〕。千載興懷，一時定法〔七〕。使馬遷死且不朽，猶畏後生〔八〕；若王隱魂而可知，必慚非擬〔九〕。凡厥儒學，以爲光榮。況某嘗被恩知，曾蒙講教〔一〇〕，惟望精聞變例〔一一〕，竊見先經〔一二〕。雖類偃、商，終一辭而不措〔一三〕；庶同《公》《穀》，許二傳以兼行〔一四〕。伏計清光，必賜念記。方之遐嶠〔一五〕，臨上孤舟。仰望玉音〔一六〕，俯佩金諾〔一七〕。下情不任攀賀結戀之至。

校注

〔一〕本篇原載清編《全唐文》卷七七四第二一頁、《樊南文集補編》卷五。〔錢箋〕『十三丈學士』爲周墀，有《獻華州周大夫十三丈啓》可證也。《舊唐書·周墀傳》：宣宗初，入朝爲兵部侍郎判度支。而不言兼史職，蓋朝官兼領，史略之耳。義山於大中元年應鄭亞之辟，文有『方之遐嶠』語，必將赴桂管、道出江陵時作。又：墀先於文宗時補集賢學士，後同平章事，復監修國史。均與義山赴桂之年不相及，未可以前後歷職偶同，遂爲牽引也。《新唐書·地理志》：江陵府，屬山南東道。〔張箋〕文稱『十三丈』，有『榮兼史職』及『方之遐嶠』語，必本年（按：指大中元年）使南郡時作……考墀監修國史，在二年拜相後，豈是年即已兼領史館乎？《傳》無可證，或别是一人也。〔岑仲勉曰〕按此狀不合，應云賀某某狀；其『於江陵府見除書』，係狀内之詞，接下『伏承榮兼史職』而言。

後人既佚其題，遂截狀首七字以代耳。十三丈錢氏謂指周墀……余意錢説頗可信，墀或帶集賢學士史館修撰，與拜相後之監修國史小異也。〔按〕錢謂『十三丈』指周墀；岑謂題有誤，『於江陵府見除書』係狀首之詞，均甚是。謂墀或帶集賢學士史館修撰，亦近是。然錢謂狀上於大中元年商隱應鄭亞辟，將赴桂管，道出江陵時（時當閏三月下旬初）；張謂『必本年（大中元年）使南郡時作』，則均非。狀既云『於江陵府見除書』，又云『方之遐嶠，臨上孤舟』，自必作于自江陵赴桂林時，而非如張説在大中元年『使南郡時』。大中元年閏三月下旬初鄭亞一行自江陵續發赴桂時，周墀尚外任鄭滑節度使，至是年六月方入朝爲兵部侍郎、判度支（詳參張氏《會箋》三大中元年六月『以義成軍節度使周墀爲兵部侍郎判度支』條），當無『榮兼史職』之事，唯有大中二年正初商隱自江陵返回桂林時，方可有周墀『榮兼史職』之事（其時墀入朝任兵侍判度支已半載之久），亦方可云『方之遐嶠，臨上孤舟』。此『榮兼史職』，當如岑氏所云係『集賢學士兼史館修撰』，與杜牧以司勳員外郎而兼史館修撰同例。狀當作於大中二年正初自江陵返桂林臨發前。

〔二〕〔錢注〕《後漢書·張衡傳》：自去史職，五載復還。

〔三〕丈，《全文》作『大』，〔錢校〕當作『丈』。兹從之。洞，《全文》作『同』，〔錢校〕疑當作『洞』。兹從之。又，錢箋本『學洞九流』上脱『學士』二字，且未出校，疑涉下『學』字而脱。『大』字固『丈』字之誤，然『學士』二字并非衍文。商隱《與陶進士書》已稱周墀、李回爲『周、李二學士』，此時周墀又帶集賢學士史館修撰（參注〔一〕引岑説），則『十三丈學士』不誤。九流，見《爲滎陽公賀牛相公狀》注〔二三〕。

〔四〕〔錢注〕《宋書·謝靈運傳論》：自漢至魏四百餘年，辭人才子，文體三變。

〔五〕解，〔錢校〕疑當作『階』。〔按〕錢校近是。殊選，破格選拔，指『榮兼史職』。

〔六〕〔補注〕當仁，當仁不讓之省，語本《論語·衛靈公》。此猶言當之無愧。

〔七〕〔補注〕此二句切修史。

〔八〕〔錢注〕《史記·太史公自序》：罔羅天下放失舊聞，略推三代，録秦、漢，上記軒轅，下至於兹，著十二本紀，作十表、八書、三十世家、七十列傳，凡百三十篇，爲《太史公書》。〔補注〕《左傳·襄公二十四年》：『穆叔如晋。范宣子逆之，問焉，曰：「古人有言曰：死而不朽。何謂也？」……（穆叔曰）「豹聞之，大上有立德，其次有立功，其次有立言，雖久不廢，此之謂不朽。」』《論語·子罕》：子曰：『後生可畏，焉知來者之不如今也？』

〔九〕〔錢校〕擬，原作『法』，今據胡本改正。兹從錢校。〔錢注〕《晋書·王隱傳》：太興初，典章稍備，乃召隱及郭璞俱爲著作郎，令撰晋史。〔按〕魂而可知，錢本作『魂而有知』，義似稍長，然未知何據。

〔一〇〕〔錢注〕本集《與陶進士書》：前年乃爲吏部上之中書，又復懊恨周、李二學士以大法加我。夫所謂博學宏詞者，豈容易哉！馮氏曰：周，周墀也。〔補注〕商隱詩《華州周大夫宴席》：『郡齋何用酒如泉，飲德先時已醉眠。若共門人推禮分，戴崇争得及彭宣？』直以『門人』自居。此即所謂『曾蒙講教』也。

〔一一〕〔錢注〕杜預《春秋左氏傳序》：諸稱書、不書、先書、故書、不言不稱書之類，皆所以起新舊、發大義，謂之變例。

〔一二〕〔錢注〕杜預《春秋左氏傳序》：傳或先經以始事，或後經以終義。

〔一三〕〔錢注〕曹植《與楊德祖書》：昔尼父之文辭，與人通流，至於制《春秋》，游、夏之徒，乃不能措一辭。

〔一四〕〔錢注〕《漢書·儒林傳》：武帝時，公孫弘爲《公羊》學，上因尊《公羊》家。宣帝即位，聞衛太子好《穀梁》，時蔡千秋爲郎，召與《公羊》家並説，上善《穀梁》説。

〔一五〕〔補注〕嶠，此指五嶺。遐嶠，指嶺南之桂林。

〔一六〕〔錢注〕王褒《四子講德論》：望聽玉音。

〔一七〕〔錢注〕《史記·季布傳》：曹丘生揖季布曰：『楚人諺曰：「得黄金百斤，不如得季布一諾。」足下何以得此聲於梁、楚間哉？』

爲滎陽公賀白相公加刑部尚書啓〔一〕

相公克佐昌期，允符俊德〔二〕。耀握中之至寶〔三〕，高價難酬〔四〕；縱堂上之奇兵〔五〕，善師無敵〔六〕。述成徽册，導降恩波〔七〕。由中祕書〔八〕，兼大司寇〔九〕。羅含吞鳳，追佳夢於當年〔一〇〕；少皡爽鳩〔一一〕，集芳塵於此日〔一二〕。百蠻仰化〔一三〕，九縣畏威〔一四〕。某早奉陶甄，謬當藩服〔一五〕，雖深抃賀，未卜趨承。遵《吕刑》而但戒守官〔一六〕，望魯酒而必期盡醉〔一七〕。抃躍瞻戀，不任下情。

校注

〔一〕本篇原載清編《全唐文》卷七七六第九頁、《樊南文集補編》卷七。〔錢箋〕（白相公）白敏中也。《新唐書·宰相表》：大中二年正月，敏中兼刑部尚書。《舊唐書·職官志》：刑部尚書一員，正三品。餘見《爲滎陽公上史館白相公狀一》注〔一〕。〔按〕據《新唐書·宰相表》，白敏中加刑部尚書在大中二年正月丙寅（初五），消息傳至桂林，當已在正月末或二月初，啓當上於其時。

〔二〕〔補注〕《書·堯典》：『克明俊德，以親九族。』孔傳：『能明俊德之士任用之，以睦高祖玄孫之親。』俊德，才能傑出者。錢本此句作『克懷俊德』，『克』字顯涉上句而誤，『懷』字錢氏未出校。

〔三〕〔錢注〕劉琨《重贈盧諶詩》：握中有縣璧，本自荆山璆。

〔四〕〔錢注〕《後漢書·邊讓傳》：非所以章瓌瑋之高價，昭知人之絶明也。

〔五〕〔錢注〕張協《雜詩》：何必操干戈，堂上有奇兵。

〔六〕〔錢注〕《漢書·刑法志》：故曰：善師者不陳。

〔七〕〔錢注〕《舊唐書·宣宗紀》：大中二年正月，宰臣率文武百寮上徽號曰『聖敬文思和武光孝皇帝』。御宣政殿，獻受册訖，宣德音。《宋書·柳元景傳》：宜崇賁徽册，以旌忠懿。丘遲《侍宴樂遊苑送張徐州應詔詩》：肅穆恩波被。〔補注〕《通鑑·大中二年》：『正月，甲子，羣臣上尊號曰聖敬文思和武光孝皇帝，赦天下。』『導降恩波』之『恩波』即指赦天下。

〔八〕中祕書，見《爲濮陽公上楊相公狀》注〔四〕。此指白敏中所任中書侍郎、同中書門下平章事之職。

〔九〕〔補注〕《周禮·秋官·大司寇》：『大司寇之職，掌建邦之三典，以佐王刑邦國，詰四方。』此指稱刑部尚書。

〔一〇〕〔錢注〕《晋書·羅含傳》：含嘗晝卧，夢一鳥，文彩異常，飛入口中，自此後藻思日新。〔按〕白敏中爲相前，曾充翰林學士，拜中書舍人，遷户部侍郎知制誥、充翰林學士承旨，爲皇帝起草詔敕，故云。

〔一一〕〔補注〕《左傳·昭公二十年》：『昔爽鳩氏始居此地。』杜預注：『爽鳩氏，少皞氏之司寇也。』

〔一二〕〔錢注〕陸雲《登臺賦》：蒙紫庭之芳塵兮。

〔一三〕〔補注〕《詩·大雅·韓奕》：『以先祖受命，因時百蠻。』百蠻，古南方少數民族總稱。

〔一四〕〔錢注〕《後漢書·光武紀贊》：九縣飈回。注：九縣，九州也。

〔一五〕〔補注〕藩服，古九服之一。古代分王畿以外之地爲九服，其封國區域離王畿最遠者曰藩服，詳《周禮·夏官·職方氏》。

〔一六〕〔補注〕《書》有《吕刑》篇，係周穆王時有關刑法之文書，由于吕侯之請命，故名。《左傳·僖公五年》：『守官廢命不敬。』此切白敏中加刑部尚書。

〔一七〕〔錢注〕《莊子》：魯酒薄而邯鄲圍。〔補注〕此申抃賀之意。

爲滎陽公賀韋相公加禮部尚書啓〔一〕

相公祥金淬刃〔二〕，羣玉排峯〔三〕。樂和而穴鳳來儀〔四〕，氣正而路牛無喘〔五〕。歸美既彰於天載〔六〕，懋官旋踐於春卿〔七〕。《周官》則曰諧萬人〔八〕，《虞書》則曰典三禮〔九〕。苟非全氣〔一〇〕，孰贊昌期？係萬國之懸誠，加一人之德色。某早蒙恩異，今創辭離〔一一〕。蘭省春深〔一二〕，伏謁尚遥於八座〔一三〕；桂林夜静，仰占惟見於三台〔一四〕。抃賀末由，戀結空極。

校注

〔一〕本篇原載清編《全唐文》卷七七六第一一頁、《樊南文集補編》卷七。〔錢箋〕（韋相公）韋琮也。詳《爲滎陽公謝集賢韋相公狀》注〔一〕。《新唐書》本傳：兼禮部尚書。《舊唐書·職官志》：禮部尚書一員，正三品。〔按〕《新唐書·宰相表》：『大中二年正月丙寅（初五），敏中兼刑部尚書，元式兼户部尚書，琮兼禮部尚書。』則此啓當上於大中二年正月末或二月初。參上篇注〔一〕。

〔二〕〔錢注〕《莊子》：大冶鑄金，金踴躍曰：『我且必爲鏌鋣。』大冶必以爲不祥之金。《漢書·王褒傳》注：淬，謂燒而内水中以堅之也。

〔三〕〔錢注〕《穆天子傳》：天子北征東還，至於羣玉之山，先王之所謂策府。〔補注〕《晉書·裴楷傳》：『楷風神高邁，容儀俊爽，博涉羣書，特精理義，時人謂之玉人，又稱見裴叔則（裴楷字）如近玉山，映照人也。』此似以玉山之排列贊美韋琮之容儀風姿。

〔四〕〔錢注〕《山海經》：丹穴之山，有鳥如雞，五采而文，名曰鳳凰。〔補注〕《書·益稷》：『《簫韶》九成，鳳皇來儀。』孔傳：『儀，有容儀。』鳳凰來儀，爲吉祥之兆。

〔五〕見《爲濮陽公賀楊相公送土物狀》注〔五〕。

〔六〕〔補注〕《詩·大雅·文王》：『命之不易，無遏爾躬。宣昭義問，有虞殷自天。上天之載，無聲無臭。儀刑文王，萬邦作孚。』《詩·小雅·桑扈》：『交交桑扈，有鶯其羽。君子樂胥，受天之祜。』

〔七〕〔補注〕《書·仲虺之誥》：『德懋懋官，功懋懋賞。』懋官，謂授官以示勉勵。春卿，指禮部尚書。周代春官爲六卿之一，掌邦禮，故稱。

〔八〕曰，《全文》作『日』，據錢校改。〔補注〕《周禮·春官·大宗伯》：『以禮樂合天地之化，百物之産，以事鬼神，以諧萬民，以致百物。』

〔九〕曰，《全文》作『日』，據錢校改。〔補注〕《書·舜典》：『帝曰：咨四岳，有能典朕三禮，僉曰伯夷。』

〔一〇〕〔補注〕全氣，指純全之氣。《新唐書·五行志一》：『以謂人稟五行之全氣以生，故於物爲最靈。』

〔一一〕〔補注〕創，傷也。

〔一二〕〔錢注〕《白帖》：郎官曰蘭省。〔補注〕蘭省，此指尚書省。因尚書郎握蘭含香，故稱。見《漢官儀》卷上。

〔一三〕〔錢注〕《晉書·職官志》：後漢以三公曹、吏部曹、民曹、客曹、二千石曹、中都官曹，合爲六曹。并令、僕二人，謂之八座尚書。

〔一四〕三台，見《爲滎陽公上集賢韋相公狀三》注〔三〕。

爲滎陽公賀崔相公轉戶部尚書啓〔一〕

伏見某月日恩制，伏承榮加寵命。伏以聖上能順考古道〔二〕，相公以浚明有家〔三〕。夜思晝行〔四〕，則袁安之每念王室〔五〕；柔遠能邇〔六〕，則吴漢之不離公門〔七〕。躬贊休辰，首獻明號〔八〕，克宣天澤，榮轉地官〔九〕。擾《周禮》之兆人，選同農父〔一〇〕；寬《虞書》之五教，任比司徒〔一一〕。宗社降輝，華夷快望。況某叨蒙任使，早被恩知。未期黄閣之趨〔一二〕，預祝《緇衣》之美〔一三〕。抃賀瞻戀，不任下情。

校注

〔一〕本篇原載清編《全唐文》卷七七八第五頁、《樊南文集補編》卷八。題首原脱『爲滎陽公』四字，據張采田説增。〔錢箋〕《新唐書·崔鉉傳》：會昌三年，同中書門下平章事。澤潞平，兼户部尚書。《崔元式傳》：宣宗初，同中書門下平章事，進兼户部尚書。是二崔並可通也。文内有『首獻明號』句，考《舊唐書·武宗紀》：會昌五年正月，宰臣李德裕、杜悰、李讓夷、崔鉉，太常卿孫簡等上徽號。執此以推，似鉉爲近。又《宣宗紀》：大中二年正月，宰臣率文武百僚上徽號。時元式已居相位，未必不預其列。終無以斷其孰是也。《舊唐書·職官志》：户部尚書一員，正三品。〔張箋〕案錢説固通，然文有『某叨蒙任使，早被恩知』語，似代鄭亞桂幕作，則崔相公定爲元式無疑，有《爲滎陽公上崔相公》諸啓可證，姑編此（按張箋編大中二年春）。〔按〕張説是。《新唐書·宰相表》：『大中二年正月丙寅（初五），敏中兼刑部尚書，元式兼户部尚書，琮兼禮部尚書。』《全唐文》已有《爲滎陽公賀白相公

父，古官名，司徒之尊稱。《書·酒誥》：『薄違農父，若保宏父。』孔傳：『農父，司徒。』孔穎達疏：『父者，尊

地官，故稱户部（尚書）爲地官。

〔一〇〕〔補注〕《書·周官》：『司徒掌邦教，敷五典，擾兆民。』擾，安撫，和順。《周禮》，當指《周官》。農

之記載。

〔九〕〔補注〕《周禮·地官·序官》：『乃立地官司徒，使帥其屬而掌邦教，以佐王安擾邦國。』武后曾改户部爲

〔八〕〔錢注〕揚雄《甘泉賦》：雍神休，尊明號。〔補注〕明號，顯赫之稱號。事參見注〔一〕大中二年上徽號

〔七〕〔錢注〕《東觀漢記》：吴漢爲人，質厚少文，鄧禹及諸將多相薦舉，再三召見，其後勤勤不離公門。

室，未嘗不流涕。

〔六〕〔補注〕《書·舜典》：『柔遠能邇。』孔傳：『柔，安；邇，近……言當安遠，乃能安近。』

〔五〕袁，《全文》作『裴』，據錢校改正。〔錢曰〕裴，當作『袁』。《東觀漢記》：袁安爲司徒，每朝會，憂念王

稱其言，履其行，夜思之，晝行之，滋滋焉，汲汲焉，如農之赴時，商之趨利，惡有不至者乎？』

〔四〕〔錢注〕《孔叢子》：孟軻問子思曰：『堯、舜、文、武之道可力而致乎？』子思曰：『彼人也，我人也，

也；亮，亦明也；有家，大夫也；有邦，諸侯也。浚明、亮采，皆言政事明治之義。』浚明，明治，治理清明。

〔三〕〔補注〕《書·皋陶謨》：『日宣三德，夙夜浚明有家，日嚴祗敬六德，亮采有邦。』蔡沈集傳：『浚，治

〔二〕〔錢注〕《書》『曰若稽古帝堯』傳：若，順；稽，考也。能順考古道而行之者，帝堯。

正月末或二月初。

丙寅（初五）。制書到桂林日，必已知甲子上尊號之事及『首獻明號』者。故此啓當與上白、韋二啓用作於大中二年

公』四字。據《通鑑》，大中二年正月甲子（初三），羣臣上尊號曰『聖敬文思和武光孝皇帝』，元式之兼户部尚書在

辭離』之語，與本篇『某叨蒙任使，早被恩知』語相類，均切合鄭亞身份而不合商隱身份，故此篇題必脱『爲滎陽

加刑部尚書啓》《爲滎陽公賀韋相公加禮部尚書啓》，二啓均分别有『某早奉陶甄，謬當藩服』，『某早蒙恩異，今創

之詞，以司徒教民五上之藝，故言農父也。』

〔一一〕〔補注〕《書·舜典》：『帝曰：契！百姓不親，五品不遜，汝作司徒，敬敷五教在寬。』孔穎達疏：『文十八年《左傳》云：布五教於四方：父義、母慈、兄友、弟恭、子孝，是布五常之教也。』

〔一二〕〔補注〕《漢舊儀》卷上：『（丞相）聽事閤曰黄閤。』唐時門下省亦稱黄閤。崔元式爲門下侍郎同中書門下平章事。句謂未能定趨拜於黄閤相府之期。

〔一三〕〔補注〕《詩·鄭風·緇衣》：『緇衣之宜兮，敝，予又改爲兮。』毛傳：『緇，黑也。卿士聽朝之正服也。』《詩序》謂《緇衣》係贊美鄭武公父子之詩，一説爲贊美武公好賢之詩。

爲滎陽公上宣州裴尚書啓〔一〕

近已有狀，不審諸況比復何如？待詔漢廷，俱成老大〔二〕；留歡湘浦，暫復清狂〔三〕。思如昨辰，又已改歲〔四〕。以公美之才之望〔五〕，固合早還廊廟〔六〕，速泰寰區。而辜負明時，優游外地，豈是徐公多風亭月觀之好〔七〕，爲復孟守專生天成佛之求〔八〕？幸當審君子之行藏〔九〕，同丈夫之憂樂〔一〇〕，乃故人之深望也。李處士藝術深博〔一一〕，議論縱横〔一二〕，敢曰賢於仲尼，且慮失之子羽〔一三〕。云於江沔〔一四〕，要有淹留，便假以節巡〔一五〕，託之好幣〔一六〕，十一月初離此訖。末由披盡，勤戀增誠，其他並付使人口述。

校注

〔一〕本篇原載清編《全唐文》卷七七六第九頁、《樊南文集補編》卷七。〔錢箋〕（宣州裴尚書）裴休也。《舊唐書》本傳：休字公美，長慶中，從鄉賦登第。又應賢良方正，升甲科。大和初，歷諸藩辟召，入爲監察御史、右補闕、史館修撰。會昌中，自尚書郎歷典數郡。大中初，累官户部侍郎，充諸道鹽鐵轉運使，轉兵部，領使如故。《新唐書》本傳：更内外任，至大中時，以兵部侍郎領鹽鐵轉運使。按：二傳於休典郡，皆槩括其辭，並不明指宣州，今以文稱『公美』定之耳。又按文中有『云於江沔，要有淹留』之語，當爲大中元年冬義山奉使南郡時作。第宣州屬江南西道，非自桂至荆州所經，頗疑『宣』字或有訛誤。然《太平廣記》引《松窗雜録》云：『裴休廉察宣城，未離京，同省閣名士遊賞紫雲樓。』則宣州固有確據。〔張箋〕初疑李處士即係義山，考義山由正字奏辟幕職，狀中皆稱『李支使』，斷無再稱處士之理。此『李處士』蓋别一人，當是先赴江沔，後使宣歙。據《甲集序》，義山使南郡在十月，必在江沔與義山相晤，故代作此啓也。（張箋繫本篇於大中元年冬，置《於江陵府見除書狀》後。）〔岑仲勉曰〕（張）箋三繫（裴休爲宣歙觀察）會昌六年誤，應依《方鎮年表考證》作大中元年。《爲滎陽公上宣州裴尚書啓》作於元年之初，所云李處士十一月初離此訖，係追述六年底事，其時休當在湘任，託致湖南，非託致宣州也。如此説法，情事便通。若張氏所據《唐語林》載『裴相爲宣州觀察，朝謝後閒行曲江遇廣德令』事，下云『宣宗在藩邸聞之，常與諸王爲笑樂』，則説部不經之談。蓋休從湖南調宣歙，安得有朝謝閒行曲江之事？如謂追赴闕而後外除，亦與啓『辜負明時，優游外地』及『託之好幣，十一月初離此訖』情節不相合也。〔按〕錢、張、岑諸家繫年均誤。岑繫大中元年初，顯與啓内『待詔漢廷，俱成老大；留歡湘浦，暫復清狂』之語扞格。所謂『留歡湘浦』，明指大中元年閏三月末至五月上旬，鄭亞赴桂途經潭州因水漲而滯留期間，受到當時任湖南觀察使之裴休歡宴款待之情景，如岑氏所云此啓作於大中元年初，則『留歡湘浦，暫復清狂。思如昨辰，又已改歲』云云直不知所指。『留歡湘浦』既指大中元年夏鄭、裴湘浦歡聚事，則『又已改歲』明謂作此啓時已是大中二年春。此固爲啓中提供之基本事實與繫年之基本依據，亦爲考辨其他問題之基本前提。錢、張均謂啓作於大中元年冬義山奉使南郡時（錢説較含糊，張則明言李處士在江汭與義山相晤，故代作此啓），此説亦與『思如昨辰，又已改歲』明顯矛盾。『十一月初離桂林』，抵江汭（依張説指江陵）不過十一月底或十二月初，何得云『又已改歲』？且十一月初李處士離桂林時裴休尚在湘任也。裴休由湖南改宣歙，據其《黄檗山斷際禪師傳心法要序》：『大中二年，廉於宛陵。』及盧肇《宣州新興寺碑銘并序》：『宣城新興寺者，會昌四年既毁，大中二祀，故相國太尉裴公之所立也。公諱休，字公美……大中二年拜宣城。』均明言裴休爲宣歙觀察使在大中二年。再參《通鑑·大中二年》：『正月乙酉（廿四日）西川節度使李回坐不能直吴湘冤，左遷湖南觀察使。』（《舊書·宣宗紀》載此事於是年二月，與正月廿四相差不過旬日。《舊書·李回傳》謂在元年冬，當誤，張氏《會箋》已有辨）。然則李回之左遷湖南，與裴休之由湖南移宣歙，當先後同時之任命。唯大中元年十一月初，李處士離桂林時，裴休仍在湘任，如其時鄭亞『假以節巡，託之好幣』，當致書幣於潭州任上之裴休，且當早已收到。而據啓中之行文口吻及文題，此李處士當是不久前奉命派往宣城致書幣于裴休者，因其在江汭要有淹留，到達宣城之時可能稍晚，故啓中特爲提及。然則『十一月初』或爲『二月初』之誤，裴之由湖南遷宣歙，則可能在正月初。文末之『使人』乃指此次携啓之使者。此文之作時，當在大中二年二月上中旬之間，鄭亞貶制未到桂林時。

〔二〕俱，《全文》作『但』。〔錢校〕胡本作『俱』。兹從之。〔錢注〕《漢書·揚雄傳》：初，雄年四十餘，自蜀來至，遊京師。大司馬王音奇其文，薦雄待詔。歲餘，奏《羽獵賦》，除爲郎，給事黄門。當成、平間，三世不徙官。及莽篡位，以耆老久次，轉爲大夫，恬於勢利乃如是。《樂府·長歌行》：老大徒傷悲。箋：休於長慶中登第，歷五朝而尚居外郡，故有是語。《太平廣記》：《南楚新聞》：宣宗常謂侍臣曰：『裴休真措大也。』〔按〕文宗大和二年，裴休、鄭亞俱應賢良方正、能言極諫科，登第，見《登科記考》卷二〇。此正所謂『待詔漢廷』。『俱成老大』，則同切二人當前情況而言，謂俱老大無成，輾轉僻郡也。下一句「留歡湘浦，暫復清狂」亦綰合兩人去歲歡聚而言。

〔三〕〔錢注〕《水經注》：湘水又北，左會瓦官水口，湘浦也。《漢書·昌邑王傳》：清狂不惠。按：此當有實事。〔補注〕湘浦，指湘水邊之潭州。清狂，放逸不羈，即杜詩「放蕩齊趙間，裘馬頗清狂」之「清狂」，與《漢書·昌邑王傳》「清狂不慧」爲癡顛義者有别。

〔四〕〔補注〕《詩·豳風·七月》：「嗟我婦子，曰爲改歲，入此室處。」改歲，由舊歲入新歲。

〔五〕〔錢注〕《晉書·虞駿傳》：駿歷吴興太守，王導嘗謂駿曰：「孔愉有公才而無公望，丁潭有公望而無公才，兼之者其卿乎？」

〔六〕合，《全文》作「令」，據錢校改。

〔七〕〔錢注〕《宋書·徐湛之傳》：湛之出爲南兖州刺史，起風亭、月觀、吹臺、琴室，招集文士，盡游玩之適。時有沙門釋惠休善屬文，辭采綺豔，湛之與之甚厚。

〔八〕〔錢注〕《宋書·謝靈運傳》：會稽太守孟顗事佛精懇，而爲靈運所輕，嘗謂顗曰：「得道應須慧業，大人生天當在靈運前，成佛必在靈運後。」〔補注〕生天，佛教謂行十善者死後轉生天道。《正法念處經·觀天品》：「一切愚癡凡夫，貪著欲樂，爲愛所縛，爲求生天，而修梵行，欲受天樂。」《舊唐書·裴休傳》：「家世奉佛，休尤深於釋典。」

〔九〕〔補注〕《論語·述而》：「用之則行，舍之則藏。」

〔一〇〕〔錢注〕趙至《與嵇茂齊書》：「豈能與吾同大丈夫之憂樂者哉！」

〔一一〕〔錢注〕《後漢書·安帝紀》：校定東觀五經諸子傳説百家藝術。〔補注〕藝術，泛指六藝以及術數方技等各種技術技能。《後漢書·伏湛傳》「藝術」李賢注：「藝，謂書、數、射、御；術，謂醫、方、卜、筮。」

〔一二〕〔錢注〕揚雄《解嘲》：一從一横，論者莫當。

〔一三〕〔錢注〕《史記·仲尼弟子傳》：澹臺滅明狀貌甚惡，欲事孔子，孔子以爲材薄。退而修行，南遊至江，名施于諸侯。〔補注〕《史記·仲尼弟子列傳》：澹臺滅明，字子羽。孔子聞之（名施於諸侯），乃曰：『以貌取人，失之子羽。』

〔一四〕〔錢注〕《後漢書·法雄傳》：南郡濱帶江、沔。

〔一五〕節巡，見《爲尚書濮陽公涇原讓加兵部尚書表》注〔三〕。〔補注〕假以節巡，指假以節度使巡官之職。

〔一六〕好幣，見《爲滎陽公上荆南鄭相公狀二》『式將好幣』注。

爲滎陽公與浙東楊大夫啓〔一〕

不審近日諸趣何如？越水稽峯〔二〕，乃天下之勝概；桂林孔穴〔三〕，成夢中之舊遊〔四〕。遐想風姿，無不暢愜。一分襟袖，三變寒暄〔五〕。雖思逸少之蘭亭〔六〕，敢厭桓公之竹馬〔七〕。況去思遺愛〔八〕，遐布歌謡；酒興詩情，深留景物。庾樓吟望〔九〕，謝墅遊娱〔一〇〕，方知繼組之難〔一一〕，不止頒條之事。今者冰消雪薄，江麗山春〔一二〕，訪古跡於暨羅〔一三〕，探異書於禹穴〔一四〕，不知兩樂，何者爲先？幸謝故人〔一五〕，勉自遵攝，未期展豁，惟望音符〔一六〕。其他并附喬可方口述〔一七〕。

校注

〔一〕本篇原載清編《全唐文》卷七七六第一二頁、《樊南文集補編》卷七。題内『大夫』上原脱『楊』字，錢本據胡本補入，兹從之。〔錢箋〕（浙東楊大夫）楊漢公也。《新唐書》本傳：擢桂管、浙東觀察使。本集《爲滎陽公赴桂州在道進賀端午銀狀》：『謹以前觀察使楊漢公封印進上。』是鄭亞代漢公之任也。《舊唐書·地理志》：浙江東道節度使或爲觀察使，治越州。管越、衢、婺、温、台、明等州，中都督府。〔按〕大夫，御史大夫，爲楊漢公所帶之憲銜。啓有『今者冰消雪薄，江麗山春』語，而未及鄭亞左遷循州情事，當上於大中二年商隱自南郡歸抵桂林後，鄭亞貶循之前，時值仲春。而據《爲滎陽公與前浙東楊大夫啓》『近已遣押衙喬可方，齎少信幣聘謁，計程已過衡湘』語，本啓當早於後啓二十天左右。又據後啓『今月二十日，專使林押衙至，緘詞重疊，贈貺豐厚』及『以今月二十三日南去』之語，後啓當作於大中二年二月二十一日或二十二日，然則本啓之作約在二月初，正值南方江浙一帶『冰消雪薄，江麗山春』之時。

〔二〕〔錢注〕《越絶書》：禹始也憂民救水，到大越，上茅山，大會計，爵有德，封有功，更名茅山曰會稽。〔補注〕越水，指鏡湖；稽峯，即會稽山。鏡湖在會稽山北麓。

〔三〕〔錢校〕孔，疑當作『乳』。〔錢注〕《桂海虞衡志》：桂林山中，洞穴最多，所産鐘乳。〔按〕孔穴字常見，指穴洞。然作『乳穴』似更切。柳宗元有《零陵郡乳穴記》。

〔四〕〔補注〕楊漢公會昌五年至大中元年五月在桂管觀察使任。大中元年五月，授浙東觀察使，故云桂林爲其『舊遊』之地。

〔五〕〔補注〕三變寒暄，謂歷大中元年夏、秋、冬三季，今又變而爲春。

〔六〕〔錢注〕《晉書·王羲之傳》：羲之字逸少，嘗與同志宴集於會稽山陰之蘭亭。〔按〕事詳羲之《蘭亭集序》。

〔七〕〔錢注〕《晉書·殷浩傳》：桓温語人曰：『少時吾與浩共騎竹馬，我棄去，浩輒取之，故當出我下也。』〔補注〕此蓋以桓温喻楊，以殷浩喻己，謂桂林爲楊『棄去』，己則猶樂此不厭也。

〔八〕〔錢注〕《漢書·循吏傳》：所居民富，所去見思。〔補注〕《左傳·昭公二十年》：『及子産卒，仲尼聞之，出涕曰：「古之遺愛也。」』此句『遺愛』指遺留仁愛恩惠爲百姓追懷。

〔九〕見《上許昌李尚書狀一》『望月登樓，庾亮祇應不淺』注。

〔一〇〕〔錢注〕《晉書·謝安傳》：安於土山營墅，樓館林竹甚盛，每携中外子姪，往來遊集。

〔一一〕〔錢注〕《説文》：組，綬屬。〔補注〕繼組，猶繼任。

〔一二〕〔錢注〕《山海經》：浙江出三天子都，在其東，在閩西北，入海餘暨南。

〔一三〕〔錢注〕《越絶書》：句踐索美女以獻吴王，得諸暨羅山賣薪女西施、鄭旦。

〔一四〕〔錢注〕《吴越春秋》：禹登宛委山，發金簡之書。案金簡玉字，得通水之理。《史記·太史公自序》：上會稽，探禹穴。〔補注〕賀知章《纂山記》：黄帝號宛委穴爲赤帝陽明之府，於此藏書。大禹始於此穴得書，復於此穴藏之，人因謂之禹穴。（轉引自王琦《李太白詩註·送二季之江東》『禹穴藏書地』句注）

〔一五〕〔錢注〕李陵《答蘇武書》：幸謝故人，勉事聖君。

〔一六〕〔錢注〕《晉書·陳敏傳》：音符道闊。〔補注〕展豁，猶開懷暢叙。音符，猶音信。

〔一七〕〔錢注〕喬可方爲押衙，見後《爲滎陽公與前浙東楊大夫啓》。

爲滎陽公上馬侍郎啓〔一〕

蒙恩左遷〔二〕，不任感懼。某謬居職守，實昧官常〔三〕。不能束矢窮辭〔四〕，鈞金就直〔五〕。屢移時序，竟致紛披〔六〕。故府李相公案吏之初，具獄來上〔七〕，某久爲賓佐，方副臺綱〔八〕。若其間必有阿私〔九〕，則先事固當請託〔一〇〕。實無一字〔一一〕，難誑九泉。崔監察是湖南李相公門生〔一二〕，是某所拜雜端日御史〔一三〕。遠差推事〔一四〕，既無所囑求；近欲叫冤，豈遽能止遏？不知何怨，乃爾相窮！容易操心，加誣唱首〔一五〕。門生之分，尚或若斯；常僚之情〔一六〕，固無足筭。九重邃邈，五嶺幽遐。若從彼書辭，信其文致〔一七〕，即處以嚴譴〔一八〕，未曰當辜〔一九〕。直遇侍郎，察以疏蕪，知非侮黷〔二〇〕，照姦吏之推過〔二一〕，略崔子之枝辭〔二二〕。特念遠藩〔二三〕，獲用寬典〔二四〕，纔移廉部，尚處頒條〔二五〕。實繄如燭之明，敢不知風所自〔二六〕。末由謁謝，空抱款誠。

校注

〔一〕本篇原載清編《全唐文》卷七七六第一一頁、《樊南文集補編》卷七。〔錢箋〕（馬侍郎）馬植也。《舊唐書》本傳：宣宗即位，行刑部侍郎。《新唐書·李德裕傳》：吴汝納訟李紳殺吴湘事，而大理卿盧言、刑部侍郎馬植、御史中丞魏扶言：『紳殺無罪，德裕徇成其冤。』《舊唐書·鄭畋傳》：父亞，大中二年，吴汝納訴冤，貶循州刺史。又《李紳》等傳：吴湘爲江都尉，爲部人所訟贓罪，兼娶百姓顔悦女爲妻。李紳令觀察判官魏鉶鞫之，贓狀明白，伏法。湘妻顔，顔繼母焦，皆笞而釋之。及揚州上具獄，物議以李德裕素憎吴氏，疑紳織成其罪。諫官論之，乃差御史崔元藻覆獄，據款伏妄破程糧錢，計贓準法。顔悦女則稱是悦先娶王氏女，非焦所生，與揚州案小有不同。德裕以元藻無定奪，奏貶崖州司户。及德裕罷相，羣怨方搆。湘兄進士汝納詣闕訴冤，言紳在淮南，恃德裕之勢，枉殺臣弟。追元藻覆問。元藻既恨德裕，陰爲崔鉉、白敏中、令狐綯所利誘，即言『湘雖坐贓，罪不至死，顔悦實非百姓。此獄是鄭亞首唱，元壽協李恪鍛成，李回便奏。』遂下三司詳鞫。故德裕再貶，李回、鄭亞等皆竄逐。吴汝納、崔元藻數年並至顯官。〔岑仲勉曰〕湘受贓有據，見《舊·本紀》大中二年覆審之狀，狀稱：『節度使李紳追湘下獄，計贓處死，具獄奏聞。朝廷疑其冤，差御史崔元藻往揚州按問，據湘雖有取受，罪不至死。』可見湘受贓是實，出入只數量問題。考《唐律疏議》一一：『諸監臨主司受財而枉法者……十五匹絞。』今大中覆判竟未舉出湘受財多少以證其罪不至死，顯係有意出脱，構成德裕之罪名。然主判者李紳，最多不過錯在失人，更非德裕直接負責者也。涉湘事，《雲溪友議》卷一及卷三各有記載，可參看。（《隋唐史》第四二一頁）〔按〕《通鑑》大中二年正月書：『西川節度使李回、桂管觀察使鄭亞坐前不能直吴湘冤，乙酉（廿四），回左遷湖南觀察使，亞貶循州刺史。』《舊唐書·宣宗紀》則書此事於二月。商隱《樊南乙集序》亦謂大中二年『二月府貶』。相互參證，當以《通鑑》之記載爲準。蓋朝廷貶制，當在正月乙酉（廿四）發出，因屬嚴譴，故二十餘日即可到達桂林。《爲滎陽公與前浙東楊大夫啓》云：『今月二十日，專使林押衙至，緘詞重疊，贈貺豐厚……某頃副憲綱，昧於官守，早乖審克，久乃發揚……尚蒙恩宥，獲頒詔條……以今月二十三日南去。』細審啓文，可推知貶制當在二月中旬到達桂林。林押衙至桂林時，亞已接貶制，故啓於『今月二十日，專使林押衙至』之後，即接叙已被貶之事及南去之日期。商隱『二月府貶』之文，蓋指二月中旬鄭亞接到貶制之時。而此啓及下《爲滎陽公與三司使大理盧卿啓》則作於大中二年二月中旬奉貶制之後，二月二十三日之前。因亞與李回同時被貶，故此啓已稱『湖南李相公』。據《登科記考》，鄭亞、馬植係大和二年賢良方正、直言極諫科同登第者。

〔二〕〔錢注〕《漢書・周昌傳》：吾極知其左遷。注：是時尊右而卑左，故謂貶秩位爲左遷。

〔三〕〔補注〕官常，官之常職。語本《周禮・天官・大宰》：『以八灋治官府……四曰官常，以聽官治。』

〔四〕〔補注〕《周禮・秋官・大司寇》：『以兩造禁民訟，入束矢於朝，然後聽之。』鄭玄注：『必入矢者，取其直也……古者一弓百矢，束矢，其百个與？』

〔五〕〔補注〕《周禮・秋官・大司寇》：『以兩劑禁民獄，入鈞金三日，乃致於朝，然後聽之。』鄭玄注：『必入金者，取其堅也。三十斤曰鈞。』束矢、鈞金，古代民間訴訟應繳納之財物，後指處理訟事。

〔六〕〔補注〕紛披，紛亂。

〔七〕〔錢注〕《舊唐書・李紳傳》：會昌四年十一月，守僕射平章事，後出爲淮南節度使。六年卒。《漢書・丙吉傳》：客或謂吉曰：『君侯爲漢相，姦吏成其私，然無所懲艾。』吉曰：『夫以三公之府，有案吏之名，吾竊陋焉。』又《于定國傳》：具獄上府。〔補注〕案吏，懲辦下屬官吏。此指江都尉吴湘。具獄，據以定罪之全部案卷。《漢書・于定國傳》：『于公爭之，弗能得，乃抱其具獄，哭於府上，因辭疾去。』顔師古注：『具獄者，獄案已成，其文備具也。』按：文稱『故府李相公』，似亞昔日曾從事李紳幕府。考紳大和七年閏七月至九年四月任浙東觀察使、開成元年六月至五年九月任宣武軍節度使，開成五年九月任淮南節度使，會昌四年至六年復鎮淮南。紳初鎮淮南時亞已入朝，歷任監察御史、史館修撰、刑部郎中等職，其爲李紳幕僚唯浙東、宣武二鎮方有可能，而以任職浙東幕府之可能性較大。

〔八〕〔錢注〕《舊唐書・鄭畋傳》：父亞。會昌初，始入朝爲監察御史，累遷刑部郎中，中丞李回奏知雜。按《通鑑》，殺吴湘在會昌五年。臺綱，見《爲濮陽公附送官告中使回狀》『顯分霜憲』注。〔補注〕鄭亞在長慶二年至大和三年，曾爲李德裕浙西幕府從事，後又可能從事浙東李紳幕，故云『久爲賓佐』。方副臺綱，指任御史臺知雜事侍御史，主持臺中事務。《舊唐書・王播傳》：『遷工部郎中，知臺雜，剌舉綱憲。』

〔九〕〔錢注〕《莊子》：必服恭儉，拔出公忠之屬，而無所阿私，民孰敢不輯？

〔一〇〕〔錢注〕《漢書·何武傳》：除吏先爲科例，以防請託。

〔一一〕〔錢注〕陸機《謝平原内史表》：片言隻字，不關其間。

〔一二〕〔錢注〕《舊唐書·李回傳》：會昌三年，兼御史中丞。潞賊平，同平章事。大中元年冬，坐與李德裕親善，改潭州刺史、湖南觀察使。《新唐書·選舉志》：舉人既及第，綴行通名詣主司第，則謂門生。〔按〕史未見李回曾知貢舉，主持進士試。唯開成三年，曾主持博學宏辭科考試，商隱啓、狀中屢稱之爲『座主』。崔元藻是否在開成三年曾參加宏博試，待考。

〔一三〕〔錢注〕《新唐書·百官志》：侍御史久次者一人知雜事，謂之雜端。〔按〕據《舊唐書·鄭畋傳》，御史中丞李回曾薦奏鄭亞爲刑部郎中知雜事。

〔一四〕〔補注〕推事，勘斷案件。張鷟《朝野僉載》：『敕令能推事人勘當取實。』

〔一五〕〔錢注〕《漢書·王尊傳》：浸潤加誣。《宋書·蔡興宗傳》：若一人唱首，則俯仰可定。〔補注〕容易，猶輕慢放肆。操心，猶持心。唱首，即首唱。崔元藻謂『此獄是鄭亞首唱』，參注〔一〕。

〔一六〕〔錢校〕『常』，疑當作『嘗』，見《左傳》。〔按〕常僚，常參官中之同僚。武元衡《竇三中丞去歲有臺中五言四韻未及酬報》詩：『在昔謬司憲，常僚惟有君。』《新唐書·百官志》：『文官五品以上及兩省供奉官、監察御史、員外郎、太常博士，日參，號常參官。』錢疑作『嘗』，恐非。

〔一七〕〔錢注〕《漢書·路温舒傳》：奏當之成，雖咎繇聽之，猶以爲死有餘辜。何則？成練者衆，文致之罪明也。〔補注〕文致，舞文弄法，致人于罪。

〔一八〕〔錢注〕《説文》：譴，謫問也。〔補校〕以，《全文》作『於』，當誤。《爲滎陽公與三司使大理盧卿啓》：『若據其證逮，按彼詞連，則處以嚴科，無所逃責。』亦可證字當作『以』，兹改正。

〔一九〕〔錢注〕《宋書·徐羡之傳》：雖伏法者當辜，而在宥者靡容。

〔二〇〕〔補注〕《左傳·昭公七年》：及正考父佐戴、武、宣，三命兹益共，故其鼎銘云：『一命而僂，再命而傴，三命而俯，循墻而走，亦莫余敢侮。饘於是，鬻於是，以餬余口。』

〔二一〕〔錢注〕《史記·張湯傳》：姦吏並侵漁。《魏志·齊王芳紀》注：習鑿齒曰：『若乃諱敗推過，歸咎萬物。』〔補注〕照，洞察。

〔二二〕〔補注〕《易·繫辭下》：『中心疑者其辭枝。』孔穎達疏：『中心於事疑惑，則其心不定，其辭分散，若閒枝也。』按：此處枝辭，猶言無根據亂説之辭。崔子，指崔元藻。

〔二三〕〔錢注〕《魏書·太宗紀》：遠蕃助祭者數百國。〔按〕桂管爲僻遠之藩鎮，故云『遠藩』。

〔二四〕〔錢注〕《周書·武帝紀》：道有沿革，宜從寬典。

〔二五〕〔補注〕謂雖罷桂管觀察使，猶任循州刺史。

〔二六〕〔補注〕宋玉《風賦》：『王曰：「夫風，始安生哉？」宋玉對曰：「夫風，生于地，起于青蘋之末。」』

爲滎陽公與三司使大理盧卿啓〔一〕

蒙恩左遷，不任感懼。某頃以疏拙，謬副紀綱〔二〕，不能辨軍府之獻囚〔三〕，折王庭之坐獄〔四〕。將踰五載〔五〕，終辱三司。過實已招〔六〕，咎將誰執〔七〕？故府李相公〔八〕，知舊之分〔九〕，與道爲徒〔一〇〕。戎幕賓筵〔一一〕，雖則深蒙奬拔；事蹤筆踪〔一二〕，實非曲有指揮。逝者難誣，言之罔愧。且崔監察元藻是湖南李相公首科門生〔一三〕，是某所薦御史〔一四〕。將赴淮海〔一五〕，私間尚不囑求；及還京師，公共豈能遏塞？昨蒙辨引，稍近加誣〔一六〕。座主既不免於款中〔一七〕，雜端固無逃於筆下〔一八〕。乘時幸遠，背惠加誣。既置對之莫由〔一九〕，豈自明之有望〔二〇〕？若據其證逮〔二一〕，按彼詞連〔二二〕，則處以嚴科〔二三〕，無所逃責〔二四〕。猶賴九天知其乖運〔二五〕，伏念非欲固用深文〔二六〕，不從鍛鍊之科〔二七〕，得在平反之數〔二八〕。揣心知幸，感分增榮〔二九〕。拜謝末由，惶戀無極。

校注

〔一〕本篇原載清編《全唐文》卷七七六第一二頁、《樊南文集補編》卷七。〔錢箋〕（大理盧卿）盧言也。詳《爲滎陽公上馬侍郎啓》注〔一〕。《新唐書·百官志》：刑部尚書一人，侍郎一人。凡鞫大獄，以尚書、侍郎與御史中丞、大理卿爲三司使。《舊唐書·職官志》：大理寺卿一員，從三品。〔張箋〕案香山《長慶集·開成二年三月三日禊洛濱詩》，有留守裴令公召駕部員外郎盧言名，即此人。〔按〕此啓與《爲滎陽公上馬侍郎啓》同時所上，具體寫作時間約當大中二年二月中下旬間，詳上篇注〔一〕按語。今人周勛初有《盧言考》。

〔二〕〔錢注〕《唐會要》：伏以御史臺臨制百司，糾繩不法，若事簡則風憲自肅，事煩則紀綱轉輕。〔補注〕紀綱，指臺憲。副紀綱，即《爲滎陽公上馬侍郎啓》之『副臺綱』，指鄭亞任刑部郎中知雜事。

〔三〕〔補注〕《左傳·成公九年》：『晋侯觀于軍府，見鍾儀，問之曰：「南冠而縶者誰也？」有司對曰：「鄭人所獻楚囚也。」使稅（解）之，召而弔之。』此反用，謂己不能辨吴湘之冤而解之。

〔四〕〔補注〕《左傳·襄公十年》：『王叔之宰與伯輿之大夫瑕禽坐獄於王庭，士匄聽之。』杜預注：『獄，訟也。』坐獄，訴訟雙方互相辯論。折獄，判決訴訟案件。《易·豐》：『君子以折獄致刑。』

〔五〕〔補注〕吴湘案，《通鑑·會昌五年》二月紀其事，云：『淮南節度使李紳按江都令吴湘盜用程糧錢，强娶所部百姓顔悦女，估其資裝爲贓，罪當死……議者多言其冤，諫官請覆按，詔遣監察御史崔元藻、李稠覆之，還言：「湘盜程糧錢有實，顔悦本衢州人，嘗爲青州牙推，妻亦士族，與前獄異。」德裕以爲無與奪，二月，貶元藻端州司户、稠汀州司户。不復更推，亦不付法司詳斷，即如紳奏，處湘死。諫議大夫柳仲郢、敬晦皆上疏争之，不納。』是五年二月實貶元藻及處決吴湘之時，此案則在四年於淮南審理。自會昌四年至大中二年，首尾已歷五載，故云。

〔六〕〔錢注〕《宋書·彭城王義康傳》：即情原釁，本非己招。

〔七〕〔補注〕《詩·小雅·小旻》：『發言盈庭，誰敢執其咎？』鄭玄箋：『事若不成，誰云已當其咎責者。』執咎，謂承擔罪責，不憚任過。

〔八〕〔錢注〕謂李紳。參《爲滎陽公上馬侍郎啓》注〔七〕。

〔九〕〔補注〕知舊，知己舊交。唐人常以知己、知舊指對己有知遇之恩的府主。

〔一〇〕〔補注〕徒，侣也。此言與李紳純以道交。

〔一一〕〔錢注〕《北史·万俟普等傳論》：策名戎幕。〔補注〕《詩·小雅·賓之初筵》：『賓之初筵，温温其恭。』〔按〕戎幕、賓筵，均指幕府。『戎幕』二句，益見鄭亞曾在李紳幕府任幕僚。

〔一二〕筆，《全文》作『畫』，據錢校改。〔錢校〕畫，疑當作『筆』。陸機《謝平原内史表》：事蹤筆跡，皆可推校。

〔一三〕〔錢注〕湖南李相公，李回也。詳《爲滎陽公上馬侍郎啓》注〔一二〕。〔按〕李回宦歷，未曾任禮部侍郎，知貢舉，唯開成三年曾爲博學宏詞科主考官，疑崔元藻爲是年登第者。

〔一四〕某，《全文》作『其』，錢本據胡本改正，兹從之。〔按〕《爲滎陽公上馬侍郎啓》亦云『是某所拜雜端日御史』。

〔一五〕〔補注〕指崔元藻被朝廷派往淮南覆按吴湘案時。

〔一六〕加誣，見《爲滎陽公上馬侍郎啓》注〔一五〕。

〔一七〕〔錢注〕《摭言》：有司謂之座主。〔按〕座主，此指李回。款，供詞。《通鑑·天授二年》：『來俊臣鞫之，不問一款，先斷其首，仍僞立案奏之。』胡三省注：『獄辭之出囚口者爲款。』

〔一八〕〔錢注〕《新唐書·百官志》：侍御史久次者一人知雜事，謂之雜端。〔按〕雜端，此指鄭亞自己。

〔一九〕〔錢注〕《漢書·劉向傳》：恭、顯白令詣獄置對。注：置對者，立爲對辭。〔補注〕置對，猶答辯。

〔二〇〕〔錢注〕《史記·淮南王安傳》：被遂亡之長安，上書自明。

〔二一〕〔錢注〕《史記·杜周傳》：章大者連逮證案數百，小者數十人。〔補注〕《史記·五宗世家》：『請逮勃所與姦諸證左。』證逮，逮捕與案情有關連之人。

〔二二〕〔錢注〕《史記·淮南王安傳》：於是廷尉以王孫建辭連淮南王太子遷聞。〔補注〕辭連，供辭牽連。

〔二三〕〔錢注〕《宋書·自序》：故同之嚴科。

〔二四〕〔錢注〕《爲齊明帝讓宣城郡公表》：四海之議，於何逃責？

〔二五〕〔錢注〕《楚辭·離騷》：指九天以爲正兮。注：九天，謂中央八方也。按：《書》『服念五六日，至于旬時』，字本作『服』，而吴質《答東阿王書》引此，即作『伏念』，則二字之通用久矣。若析『伏念』屬下讀，義雖可通，而文勢未合。〔按〕『伏念』二字當屬下讀。伏，敬詞；念，念及。致書尊上多用之。

〔二六〕〔錢注〕《史記·酷吏傳》：張湯與趙禹共定諸律令，務在深文。〔補注〕深文，謂制定或援用法律條文苛細嚴峻。

〔二七〕〔錢注〕《漢書·路温舒傳》：治獄之吏，皆欲人死，上奏畏却，則鍛練而周内之。〔補注〕鍛鍊，謂羅織罪名，陷人于罪。

〔二八〕〔錢注〕《漢書·劉德傳》：多所平反罪人。注：蘇林曰：反音幡，幡罪人辭，使從輕也。

〔二九〕〔錢注〕曹植《七啓》：感分遺身。〔補注〕感分，猶感恩。

爲滎陽公與前浙東楊大夫啓〔一〕

近已遣押衙喬可方〔二〕，齎少信幣聘謁，計程已過衡湘〔三〕。方將遐仰清風〔四〕，不謂先霑膏雨〔五〕。今月二十日，專使林押衙至，緘詞重疊，贈貺豐厚〔六〕，皆晉地之所生也〔七〕，而秦不産一物焉〔八〕。使乎方來，已承徵詔〔九〕。下車投刃〔一〇〕，則致謳謡；高浪順風〔一一〕，難窺飛止。滎聞休暢〔一二〕，何樂如之！

某頃副憲綱〔一三〕，昧於官守，早乖審克〔一四〕，久乃發揚〔一五〕。舊吏常僚〔一六〕，微有誣引〔一七〕；小藩遠地，難自辨明。若從文致之科〔一八〕，合用投荒之典〔一九〕。尚蒙恩宥〔二〇〕，獲頒詔條。省罪撫心〔二一〕，不任感懼。鄙人嚮學之後〔二二〕，操心有歸〔二三〕。至於率履公塗〔二四〕，承迎親友，雖多乖時態，或不愧座銘〔二五〕。又用高明〔二六〕，常所照信。至於機微之會〔二七〕，用捨之間〔二八〕，既有命有時〔二九〕，亦何思何慮！更將尚口〔三〇〕，彌失處躬。

以今月二十三日南去〔三一〕。家無甚累〔三二〕，官忝古侯〔三三〕。外以勸課蠻夷〔三四〕，内以訓摩子弟，惟將悔過，以立後圖〔三五〕。鄧禹之止望功曹〔三六〕，赤也之願爲小相〔三七〕，古猶有是，余獨何人！不因遭值聖明〔三八〕，階緣叨竊〔三九〕，則循陽郡守〔四〇〕，乃山東書生禱祠之所求也〔四一〕。負責雖懼〔四二〕，循涯則驚〔四三〕。多謝故人，慎加頤保，騰凌紫闥〔四四〕，步武青雲〔四五〕，時因南風〔四六〕，不至遐棄〔四七〕。厚幸。

校注

〔一〕本篇原載清編《全唐文》卷七七六第一三頁、《樊南文集補編》卷七。〔錢箋〕此爲漢公去任後作，詳《爲滎陽公與浙東楊大夫啓》注〔一〕。〔張箋〕案《嘉泰會稽志》：『大中元年，漢公自桂管授浙東觀察使，二年二月召。』贊寧《高僧傳·知玄傳》又有『大中三年誕節，詔諫議李貽孫、給事楊漢公』語，故啓云：『使乎方來，已承徵召。』是漢公罷鎮，與鄭亞貶循同時也。〔按〕《會稽掇英總集·唐太守題名》云：『楊漢公，大中元年五月自桂管觀察使授，二年二月追赴闕。』與《嘉泰會稽志》所載合。漢公遣林押衙自會稽出發時，朝廷内召之命尚未抵會稽，而二月二十日林押衙抵桂林時，朝廷内召漢公之命已達，故云『使乎方來，已承徵召』，題亦稱『前浙東楊大夫』矣。據啓内『今月二十日，專使林押衙至』及『以今月二十三日南去』之文，此啓當作於二月二十一、二兩日内。

〔二〕〔錢注〕《通鑑·唐玄宗紀》注：押衙者，盡管節度使牙内之事。

〔三〕〔錢注〕《水經注》：衡山東西二面，臨映湘川，自長沙至此，江湘七百里中有九背，故漁者歌曰：帆隨湘轉，望衡九面。〔按〕衡湘，當指衡陽一帶之湘江。自桂林赴浙東，桂林至潭州一段走湘江水路。桂林至衡陽一千三百五十七里，按通常速度，當須二十天左右。則喬可方出發及前啓寫作時間約在二月初，參《爲滎陽公與浙東楊大夫啓》注〔一〕。

〔四〕〔補注〕《詩·大雅·烝民》：『吉甫作誦，穆如清風。』毛傳：『清微之風，化養萬物者也。』

〔五〕〔補注〕《左傳·襄公十九年》：『小國之仰大國也，如百穀之仰膏雨焉。』膏雨，滋潤作物之霖雨，用典雅切『小國之仰大國』。此喻指『緘詞重疊，贈貺豐厚』。

〔六〕〔錢注〕《宋書·盧江王禕傳》：往必清閑，贈貺豐厚。

〔七〕〔錢注〕按：此似用『羽毛齒革，則君地生焉』，但《左傳》指楚非晋，或誤臆耶？〔按〕『羽毛齒革，則君地生焉』，見《左傳·僖公二十三年》，係晋公子重耳出亡至楚時，與楚王之對話。

〔八〕〔錢注〕李斯《上秦始皇書》（即《諫逐客書》）：今陛下致崑山之玉，有和、隨之寶，垂明月之珠，服太阿之劍，乘纖離之馬，建翠鳳之旗，樹靈鼉之鼓，此數寶者，秦不生一焉。

〔九〕〔補注〕謂林押衙方抵桂林，已接奉朝廷徵召（漢公）入朝之消息。

〔一〇〕刃，《全文》作『兩』，錢本據胡本改正，兹從之。〔錢注〕沈約《齊故安陸昭王碑》：下車敷化，風動神行。孫綽《遊天台山賦》：投刃皆虚，目中無全。〔補注〕下車，語本《禮記·樂記》：『武王克殷，反商，未及下車，而封黄帝之後於薊。』投刃，典出《莊子·養生主》，謂庖丁解牛，三年後所見皆非全牛，只見其骨節皆空虚，『彼節者有間，而刀刃者無厚，以無厚入有間，恢恢然其於游刃必有餘地矣。』『下車』二句，蓋謂其在浙東任上有惠政，爲民謳歌。

〔一一〕〔錢注〕郭璞《遊仙詩》：高浪駕蓬萊。王褒《聖主得賢臣頌》：翼乎如鴻毛遇順風。〔補注〕《宋書·宗慤傳》：『慤年少時，（叔父）炳問其志，慤曰：「願乘長風，破萬里浪。」』『高浪』二句，謂其内召任京職，如高浪順風，難以預測其遠大前程。

〔一二〕〔錢注〕李陵《答蘇武書》：榮問休暢，幸甚幸甚。〔補注〕榮聞，美好之聲譽。休暢，休美暢通。

〔一三〕〔錢注〕陳琳《爲袁紹檄劉豫州》：不顧憲綱。〔按〕此『副憲綱』與《爲滎陽公與三司使大理盧卿啓》之『副紀綱』，《爲滎陽公上馬侍郎啓》之『副臺綱』，均指鄭亞任刑部郎中知雜事。

〔一四〕〔補注〕《書·吕刑》：『五過之疵：惟官、惟反、惟内、惟貨、惟來。其罪惟均，其審克之。』審克，猶審核、查實。

〔一五〕〔錢注〕謂吴湘之獄，詳《爲滎陽公上馬侍郎啓》注〔二〕。〔補注〕發揚，猶揭發、揭露。

〔一六〕〔錢注〕《吴志·陸抗傳贊》：軍中舊吏，知吾虚實者。常僚，見《爲滎陽公上馬侍郎啓》注〔一六〕。

〔按〕舊吏常僚，指崔元藻，時任監察御史，爲刑部郎中知雜事鄭亞之屬僚。

〔一七〕〔錢注〕《宋書·自序》：或財利相鬬，妄相誣引。

〔一八〕文致，見《爲滎陽公上馬侍郎啓》注〔一七〕。

〔一九〕〔錢注〕揚雄《逐貧賦》：投棄荒遐。

〔二〇〕〔錢注〕《宋書·王弘傳》：若垂恩宥，則法廢不可行。

〔二一〕〔錢注〕《漢書·田延年傳》：光因舉手自撫心曰：『使我至今病悸。』〔按〕撫心，猶捫心自問，錢注引非其義。

〔二二〕〔錢注〕《莊子》：汝鄙人也。《史記·伏生傳》：是時張湯方鄉學。〔按〕鄉、嚮通。

〔二三〕〔補注〕操心，所執持之心志。《史記·傅靳蒯成列傳論》：『蒯成侯周緤操心堅正，身不見疑。』

〔二四〕〔錢注〕《晉書·阮种傳》：營職不干私義，出心必由公塗。

〔二五〕座銘，見《爲尚書濮陽公涇原讓加兵部尚書表》『銘座循墻』注。

〔二六〕乂，《全文》作『又』，錢本同。〔錢校〕『又』字，胡本作『周』。愚按：當作『又用』，蓋合《尚書》『又用三德』『高明柔克』耳。〔按〕《書·洪範》有『乂用三德』之語，字作『乂』不作『又』，今據改。孔傳：『治民必用剛、柔、正直之三德。』又有『高明柔克』之語。孔傳：『高明謂天，言天爲剛德，不干四時，喻臣當執剛以正君，君亦當執柔以納臣。』

〔二七〕〔補注〕機微，事物變化之最初徵兆。

〔二八〕〔補注〕用捨，語本《論語·述而》：『子謂顔淵曰：用之則行，舍之則藏，唯我與爾有是夫。』

〔二九〕〔錢注〕《鶡冠子》：既有時有命。

〔三〇〕〔補注〕《易·困》：『有言不信，尚口乃窮也。』尚口，徒尚口説。孔穎達疏：『處困求通，在於修德；非用言以免困。徒尚口説，更致困窮。』

〔三一〕〔錢注〕（南去）謂貶循州刺史。見《爲滎陽公上馬侍郎啓》注〔一〕。

〔三二〕〔錢注〕《後漢書·百官志》注：其有家累者，與之關内之邑，食其租税也。

〔三三〕〔錢注〕曹冏《六代論》：且今之州牧郡守，古之方伯諸侯。〔按〕官忝古侯，指爲循州刺史。

〔三四〕見《爲滎陽公論安南行營將士月糧狀》注〔四〕。

〔三五〕〔補注〕《左傳·桓公六年》：「以爲後圖，少師得其君。」

〔三六〕見《爲濮陽公上華州陳相公狀》注〔四〕。

〔三七〕〔補注〕《論語·先進》：「子路、曾皙、冉有、公西華侍坐……「赤，爾何如？」對曰：「非曰能之，願學焉。宗廟之事，如會同，端章甫，願爲小相焉。」」小相，諸侯祭祀、盟會時之司儀官、儐相。

〔三八〕〔錢注〕《後漢書·劉寵傳》：年老遭值聖明。

〔三九〕〔錢注〕《魏志·高貴鄉公紀》注：《魏氏春秋》曰：階緣前緒。《蜀志·諸葛亮傳》：叨竊非據。〔補注〕階緣，攀附；叨竊，謙稱無才德而據位。

〔四〇〕循陽，《全文》作『脩揚』，據錢校改。〔錢校〕按《舊唐書·地理志》：循州，隋龍川郡，領河源縣。循江一名河源水，自虔州雩都縣流入。而《隋書·地理志》河源縣下注，有脩江，意『循』『脩』二字形似致訛，而『揚』又當作『陽』歟？〔按〕《元和郡縣圖志》卷三十四循州：『循江西自河源縣界流入，西去縣五十里。』『河源縣……循江經縣東南，去縣二百步。』是當作『循江』。循江又名河源水。循陽郡守，即指循州刺史。

〔四一〕〔錢曰〕按馮氏以洛都爲山東，前《上江西周大夫狀》注〔八〕已引其説。鄭亞，滎陽人，則在洛陽之東矣。

〔四二〕〔錢注〕馮衍《與陰就書》：負責之臣，欲言不敢。〔補注〕負責，失職。

〔四三〕〔錢注〕任昉《到大司馬記室牋》：顧己循涯，實知塵忝。〔補注〕循涯，省察本分。

〔四四〕〔錢注〕《後漢書·崔駰傳》：駰擬揚雄作《達旨》曰：不以此時攀台階，窺紫闥，據高軒，望朱闕，蒙竊惑焉。

〔四五〕〔錢注〕《國語》：夫目之察度也，不過步武尺寸之間。《史記·范雎傳》：須賈曰：『賈不意君能自致於青雲之上。』

〔四六〕〔錢注〕李陵《答蘇武書》：時因北風，復惠德音。〔按〕循州在嶺南，楊漢公内召在朝廷任職，故云因南風而惠德音。

〔四七〕〔補注〕《詩·周南·汝墳》：『既見君子，不我遐棄。』遐棄，遠相抛棄。